U0902321

十二事务所（全2册·下）

钟晓生·著

江苏凤凰文艺出版社
JIANGSU PHOENIX LITERATURE AND ART PUBLISHING, LTD

第五章 ______ 没头脑和不高兴

打从答应王晋生要参加水彩画大赛以后，钱钱立刻就着手开始筹备作品了。第一步，她得先想好作画的题材。

这次水彩画大赛的主题很前卫，是“未来”。参赛者可以画任何自己认为能跟“未来”搭上边的东西。这个主题的边界很广，钱钱自己构想了一下，最容易想到的就是机甲、机器人、飞船、外太空之类的。但是这些她能想到别人也能想到，很难画出新意。

为了确定素材，她还参考了很多其他人的意见。

周一她去上班，头一个问的人是肖巴：“八哥，如果让你想象一个关于‘未来’的画面或者元素，你会想到什么？”

“未来？”肖巴一怔，摸着下巴想了一会儿，给出了一个丝毫没有新意的答案，“机器人吧。各种各样厉害的机器人，入能洗衣烧饭洗碗拖地，出能写论文写代码写方案……而且还长得都跟人一样。我在想以后科技发达了，我们在路上碰见一人，要不仔细分辨，估计都分不清楚人家是真人还是机器人。”

他兴高采烈地说完，发现对面的越明宇不屑地撇了下嘴，像是在嫌弃他的想象的东西老套又无趣。他不服气地瞪着对面那家伙：“有本事你说一个啊！”

“明神明神，”钱钱本来也打算向越明宇寻求灵感，“你呢？关于未来，你会想到什么？”

越明宇推开面前键盘，双手交叉，靠到椅背上。问题还没回答，架势倒已经摆好了，看样子，这个话题他很有想法。钱钱的兴趣顿时被勾起来了，连肖巴都有点好奇，想听听他会说什么。

越明宇慢吞吞地开口：“未来……大概全都是机器人吧。”

肖巴白眼都快翻到天上去。这人到底什么毛病？还以为他要说出什么有建设性东西来呢，合着就是来搞笑的？

越明宇并没有说完，他面无表情地接着说：“以后的人，会拥有机器躯体。有伸缩自如的手臂、能跳百米高的弹簧腿、随意飞行的翅膀……还有可以抵抗大气压强的钛合金的身体，让人能在整个宇宙自由穿梭。”说完他眯着眼低头看了看自己的胳膊。那眼神流露的光彩，仿佛他看到的不是血肉之躯，而是一条钢铁甲臂。

钱钱和肖巴俱是一愣。上班这么久了，除了工作需要的沟通之外，他们好像还是第一次听越明宇说这么多话。

这下钱钱弄明白了。肖巴说的机器人，那是长得像人的机器。越明宇说的机器人，那是长得像机器的人。他的意思是未来人类的器官就只剩下一个大脑，身上的器官肢体可以随意更换。只要把大脑装进一副万能的坚固的躯壳里，就可以想去哪儿去哪儿，想干吗干吗。

仔细想想的话，这样的未来好像确实挺带感啊……

由于韩闻逸去录节目了，钱钱第二天才又见到他。早上两人一起去上班，她也询问了韩闻逸的想法。她说：“哥，关于未来你有什么想象？”

韩闻逸正在开车，这个问题让他略有些惊讶。但他很快就得到了答案，笑着看了她一眼：“你啊。”

钱钱茫然地看着他，好一会儿才反应过来。

——他想象的未来，是她。

“哎呀，不是说这个啦。”她抿抿唇，把嘴角绷着，不让它翘得太过，

“我不是要参加水彩画比赛吗？‘未来’是比赛的主题。所以我问的是那种更大更远的未来。”

韩闻逸问她：“比赛有要求时代背景吗？”

钱钱摇头：“那倒没有……”

可是绘画比赛比的不仅仅是画家的技法。立意、主题、审美、技巧都是评价艺术品的标准之一，甚至立意比水平更重要。因此她觉得格局更大的选题在立意上会更占优势。世界的未来，总比某一个人的未来更能够吸引观众和评委吧？

她又把肖巴和越明宇的答案说给韩闻逸听。

“其实我更喜欢越明宇的想象。不过我还没想好要怎样表现出这个机器人的内核是人，而不是机器。”

韩闻逸听明白了她的意思。他好整以暇地开口：“再问我一遍。”

“啊？”

“之前的问题，再问我一遍。”

钱钱不明白他卖什么关子，却还是依言又问了一遍：“哥，关于未来你有什么想象？”

他嘴角噙着笑，回答：“你啊。”

她怔住。这算在玩什么情景重演的游戏吗？

“不管是一百年后，一千年后，人类的身体是否已被机器取代……只要我还在，那么我的答案还是——你。”他把手伸过去，握住钱钱的手，与她十指交错。

“爱，是人类永恒追求的主题。”他的声音像是一阵清风，拨开钱钱心头的迷雾。

一瞬间，她的脑海中忽然闪现许多幅波澜壮阔的画面。遥望无际的外太空、千疮百孔的星球表面、华丽绚烂的宇宙战舰……壮观而又苍凉。

直到荒芜的地面上长出一朵摇摇欲坠的小花儿，直到冰冷的机械船舱里飘出一张泛黄的老照片……毫无温度的世界里才终于有了一点动人之处。

“我知道我想画什么了！”钱钱拍了下大腿，急匆匆翻包寻找纸笔。她脑海中灵感迸现，她要立刻把灵感捕捉下来。

韩闻逸通过后视镜看了眼她低头认真画草稿的样子，欣慰一笑，继续驾车朝事务所驶去。

确定了题材以后，钱钱就开始认真作画了。她每天在公司里尽快完成工作，一下班就赶紧回家画画。一个礼拜的时间本来就很短，还要去掉上班和睡觉的时间，她的进度可谓非常紧张。

有时她晚上作画太晚，早上实在起不来，困得哈气连连的。因为情况特殊，韩闻逸也就暂停了早上的晨跑活动，让她安心作画。

转眼到了周五。

钱钱一下班，回家里随便闷了两口饭就往房里钻。钱美文在后面着急叫道：“哎，你这就吃完了？这也吃太少了吧？”

“就是啊，再多吃点儿。”钱为民接腔，“我烧了那么多菜呢……”

“不吃了！吃饱了！”钱钱头也不回地钻进屋里，继续干活。

钱美文和钱为民面面相觑。他们知道女儿最近报名了一个绘画比赛，时间紧凑，好像这个周末就要交稿。

“好不容易看你健康一段时间，最近又开始熬夜，饭也吃那么点，早上跑步也不去了……”钱美文喋喋不休地唠叨，“你这样身体怎么吃得消？”

钱钱充耳不闻，已经在屋里调起颜料来了。她的时间快不够用了。

“唉……”钱美文摇摇头，“晚上要是肚子饿了，自己去冰箱热菜吃。我们可不管你了！”

“知道了知道了。你们吃饱就行，不用管我。”钱钱被叨叨得不耐烦，提高嗓门回应了一句。

调好颜料，她就开始赶稿。

画了没多久，放在桌上的手机响了起来。有人打她电话。她正全神贯注地上色，无心理会，任凭手机自己在那儿叫个没完。

响了一阵，铃声停止了。可没清净几秒，铃声又响了。

钱钱无比专注，小心用笔刷给画上色，屁股都没从椅子上挪一下。

等铃声第四次响起，她完成了画面的某一个部分，终于搁下笔起身接电话。她拿起手机一看，是王晋生打来的。

她按下接听键：“王老板。”

“钱老师。”电话接通以后，王晋生的语气很不好，“你干吗呢？消息不回，电话也不接，我还以为你出什么事儿了，差点给……”他说到一半，戛然而止。

“给什么？”钱钱莫名。

“给……你粉丝打电话，问他你在哪儿。”

“我粉丝？是谁啊？”钱钱诧异。她想起王晋生刚来找她的时候跟她说过，是她粉丝介绍，他才知道她的。她还以为所谓的粉丝是个网友，听王晋生这口气，敢情还是她认识的人？

王晋生刚才嘴快，差点就把韩闻逸给供出来了。紧急关头想起韩闻逸嘱咐过他保密，他才急刹住。他嘿嘿一笑，卖了个关子：“你猜猜看呗。我给你个提示，那位可是个大神。”

他没太把保密这事儿当回事。钱钱现在不知道，早晚不还是要知道的？这世上传得最快的八卦就是人脉关系。他现在也就配合人家小情侣玩个情调。

“大神？”钱钱一怔。她忽然想起，那天修好电脑，越明宇曾问她要过她的作品。难不成是小明同志学雷锋，做好事不留名？

“扯远了！”王晋生打电话来可不是为了这事的。他赶紧把话题掰回来，“你画得怎么样了？明天能过来交图吗？”

钱钱走回画板面前，纠结地咬了咬嘴唇：“还差一点……明天晚上也许可以画完。”

“明天晚上？！”王晋生顿时急了，“后天展会开始了，我之前不是跟你说了周六上午就得把画交给我吗？”

“抱歉……我构思花的时间太多了，而且最初画的那版怎么看都不满意，所以又重画了一幅，浪费了很多时间。”

艺术这东西还是要讲灵感的。本来她就只有一个礼拜的时间，花了两天她才想清楚自己准备画什么，再加上废稿重画，这几天她是真的忙得没停过了。所以连吃饭的心思都没有。

电话那头重重叹了口气，王晋生让步了："你确定明天能交是吧？我最晚只能等到你五点，五点画廊就要关门了。"

钱钱端详着自己的画。其实现在画面已经完整了，但是水彩画是一层一层上色，一层一层晕染的，这是一个细致的功夫活。她还差很多细节，她要把色彩的变化和过渡画出来，她要把所有的光线明暗表现出来。

"明天我就待在家里画画，哪儿也不去。一天时间应该够了。"她说。

"别应该呀！"王晋生希望得到她更明确地答复，"钱老师，后天早上九点钟就开展了，我位置都给你安排好了，你要是画不完，现在说，我马上去把位置撤了。要不等观众进来一看，墙上空着算怎么回事？"

钱钱咬咬牙："再给我一天，我能画完！"

"好，那明天我等你！"王晋生舔舔嘴唇，犹豫着没立刻挂电话。

虽然得到了她的保证，但他还是不能完全放心。作为一个开画廊的，他被画家拖稿的血泪经历太多了，那种拍着胸脯说一天就能交稿的，拖上一个月都不是什么新鲜事。不把画拿到手里，就是天王老子的话也不能信。

"对了钱老师，"他说，"你把你现在的进度拍张照，发给我看看，我心里好有个数。"

"行。"钱钱一口答应了。

等挂了电话，她就对着自己的半成品拍了张照片，发到了王晋生的微信上。

跟钱钱通完电话，王晋生就捧着手机等着。说心里话，他对钱钱不是很信任，像这种拖稿的画家，说自己快画完了，实际一笔都没画的也多着呢。所以他必须检查进度，才能确定要不要给钱钱留参赛名额。

不一会儿，钱钱还真发了张图片过来，他连忙点开查看。

当进度条读完，整幅画出现在他的手机屏幕上，他瞬间愣了。

一幅画作映入眼帘，最先看到的是整体，是画面的构图和色彩。钱钱的背景色选用了蓝色，为她这幅画奠定了淡淡的忧郁的基调。她并没有很明确地表现出场景的地点，斑驳苍凉的蓝，可以是在深海中，可以是在夜空下，也可以是在太空的任意一角。

画面上有两个主角，在画面上占的比重不大，因为钱钱想表现他们只是苍茫浩瀚宇宙中两个小小的人。王晋生乍一看，发现她画的是一个人类女子从背后拥抱住一个蜷缩着的机器人男孩。

画面给人的冲击感是很强的，但是这选题让王晋生有点丈二和尚摸不着头脑。人类拥抱机器人？为什么？这是想表现未来人应该与机器人和平相处的意思？

然而他再仔细一看，发现另有玄机。被他乍一眼认作是人类的女子，整个身体是人类的身体，后脑却是由一堆机械电路构成的；被他乍一眼看成是机器人的男孩，身体是各种机械构成的，头部以上却还是人类的头。

——所以这幅画的内容，其实是一个机器人女子在拥抱一个身体被改装成机器的男孩？

王晋生正细细品味着，钱钱又发了一段消息过来，解释她的作画构思。

钱钱没有钱："灵感来源是我两个同事给我提供的。一个同事说，未来人类会发明出很多机器人，帮助人类解决各种需求；另外一个同事说，以后人类自己就可以把自己改装成机械了，有了更强大的身体，我们就更自由，可以做更多事。"

钱钱没有钱："我想了很久，如果未来的科技真的那么发达，人类已经拥有最强劲的身体，那还有什么需求是要机器人帮忙解决的？"

钱钱没有钱："科技越来越发达，一个人能做的事情越多，就会越孤独。因为我们不再需要其他人的帮助。所以如果真的有那样的未来，我觉得人类依旧需要机器人提供的，大概就是爱和陪伴吧。"

钱钱没有钱："这句话是我朋友说的。爱，是人类永恒的追求。"

王晋生看完画，再看她的解释，被深深地震撼了。他又重新点开画，盯着看了很久，很久。

他忽然觉得非常惋惜。这么好的想法，这么好的立意，只是埋没在他们这么一场小小的比赛中。这幅画如果能有机会走上更大的平台，它一定能取得更多成就！

——当然，这样的想法扯得太远了。人还是得先把眼前的事做完。

王晋生给钱钱回消息："钱老师，我用我的人格给你担保，你这幅画要是不拿奖，我以后跟你姓！但你必须在明天晚上五点之前交稿。"

展览是在清风画廊举办的，所以其他的参赛作品都已经送到他手里了，他都已经看过了。参加这种小比赛的没什么名家，基本都是学美术的学生和绘画爱好者。摸着良心说，他认为钱钱这幅画，是这批参赛作品里最出色的。不说拿第一，说拿奖总没跑了。

钱钱上了一会儿色，拿起手机一看，王晋生又给她发了几条消息。

"你该发光发亮的，不该被埋没。"

"我很期待我们接下来的合作！"

钱钱心里又忽悠一颤，心跳猛地快了几拍。发光发亮吗……

第二天，钱钱果真一早就起来继续画画了。正画着，收到了韩闻逸发来的消息。韩闻逸知道她今天要去交画，所以询问她的进度。

我家的金坷垃："你的画完成了吗？"

钱钱没有钱："还差一点。"

我家的金坷垃："王老板说最晚什么时候交图？"

钱钱没有钱："今天下午五点。应该来得及，我估计三四点就能搞定了。"

她画了一个礼拜了，也是她第一次去参加比赛，心里多少有点忐忑。她希望韩闻逸能陪她。

钱钱没有钱："哥，等会儿你陪我去好吗？"

韩闻逸捧着手机犹豫。

好巧不巧，就在这时候林佩蓉的消息进来了。

"下午两点网球场已经定好，勿迟到。"

两人的邀约正巧撞在一起了。韩闻逸心烦地揉了揉额角，先给母亲回了一句“知道”过去。然后他才又回到跟钱钱的聊天界面。

“抱歉，我下午约了朋友，恐怕不能送你去。”

钱钱收到回信，愣了一愣，忙回道：“没事，那我自己去～”

发完消息，她就放下手机继续赶稿了。

她虽然没有描绘出具体的背景，只是用了蓝色作为底色，但她不可能把画面全部涂蓝就完成。整个背景的斑驳感、苍茫感、浩瀚感，那都是需要一点点渲染处理的。

她花了不少时间，把背景处理得差不多了，然后退后两步，远远打量审视。

总感觉画面上如果能再多些点缀会更好。该怎么弄呢……

她想了一会儿，又调了一格白色的颜料，用最细的笔蘸了颜料，小心翼翼地往画上点。

那是海洋中的光点，是夜晚的银河，也是宇宙间的星辰。

点完以后，她再次起身往后退，遥遥打量。

有了点缀以后，画面看起来的确充实了一些，但她还是不够满意。

哪里不好？到底还有哪里不好？

每次作画的时候，感觉最好的是下笔之前。画面只存在脑子里的时候，总觉得自己这次要完成的会是一幅惊世巨作。画着画着，越画觉得问题越多。及至快收尾的时候，最是焦虑，总觉得自己的作品处处糟糕，恨不得能来一笔画龙点睛，将整幅画升华一下，挽救所有的不完美。

她越看越觉得焦虑，心跳加快，手心渗汗。

还能怎么改？还要怎么改？

看了好一会儿，她突然发现了问题所在。被她最后点缀上去的那些星辰，太死气沉沉了，如果能营造更随意自然的感觉会更好。

她纠结地回头一看墙上挂钟。现在下午两点一刻……还来得及！

她一咬牙，又急匆匆调起蓝色颜料，小心翼翼地用笔刷盖去图上的白点。

“撤销”了之前的点缀以后，她把画板放到地上，调了点稀湿的白色颜料，然后拿了两支画笔，一支沾了颜料后笔锋濡湿，另一支则是干净的。

她走到画板前，在画布上方将两支笔笔轻轻敲打。笔尖上的白色水墨在撞击中肆意溅洒在画布上。星星点点的白水儿在画布上洇开，变成了蓝色背景中细碎的点缀。

就像真正夜空中的繁星，随性而自然。

终于大功告成，钱钱回头看了眼墙上的挂钟，顿时大惊失色。刚才她沉浸于作画之中，还以为自己动作很快，谁料时间的动作比她更快，现在已经是下午四点了！

她匆匆忙忙跳起来收拾东西，手机钱包钥匙抓起来直接扔进包里。衣服也来不及选了，作画服脱下一扔，随手抓起一条椅背上的T恤就往身上套。

等画上的颜料干了，她小心翼翼地把画卷起来塞进画筒，以百米冲刺的速度冲出门去。

当钱钱心急如焚地赶往画廊的时候，有人比她更着急。

王晋生已经在办公室里来回走了N圈了，急得像是热锅上的蚂蚁。他不知道给钱钱打了多少电话，发了多少消息，消息没人回，电话一打过去就跳转优美的语音——

“您好，您拨打的电话已关机。”

王晋生气得想摔手机！

如果不是昨天晚上他看过钱钱的半成品，他绝对会怀疑被人放鸽子了。

就在这时候，办公室的门被人推开，宣传部的小张从门口伸进一个脑袋来。他问道：“老板，还有不到一个小时就下班了，我们要不要重新打印宣传册？”

王晋生仰头一看办公室里的挂钟，已经四点一刻了。

明天早上就要开展了。一场展览里多一件少一件展品，关系到的可不仅仅是一个展位是否空着。他们要做宣传册、做导览、做展品介绍，网站上也需要同步信息。王晋生跟钱钱说晚上五点下班前是死限，这不是开玩笑的。如果画交不上，他不能开天窗，得让同事们把所有已经做好的跟钱钱相关的宣传全部撤掉。要撤就要早点决定，晚了同事们要加班不说，还可能赶不上。

王晋生烦躁地摆摆手牙：“你们先去打印吧，第二手准备做好。”

他还不想放弃钱钱，可是他也不敢完全相信钱钱。这次的比赛他们不是第一主办，上面还有水彩画协会和相关部门的参与。万一闹出什么笑话，他们画廊丢不起这个人。

小张没走：“那网站上的信息要不要撤下来？”

如果撤掉，就意味着他们决定撤销钱钱的比赛资格了。

王晋生咬咬牙：“再等一会儿吧……”

小张弱弱地问：“等到几点啊？”

“等到……四点三刻。如果四点三刻她还不来，我们立刻更换展区布置！”

“哦……”小张把头缩回去，出去重新制作宣传册去了。

钱钱出了门准备叫车，摸出手机，摁了好几下没反应，摁下开机键跳了个电量警告就又关了。她目瞪口呆——刚才她赶稿太认真，完全没发现手机居然没电了！

出来得匆忙，充电宝也没带，现在再回去拿已经来不及了。她咬咬牙，只能硬着头皮去打车。

连开过去好几辆空车却都不停，都是已经被人约了的。钱钱急得快哭了，恨不得冲到马路上去拦车。

好容易打到一辆车，她火烧屁股似的钻进去，人还没坐稳就急匆匆道：“师傅，去清风画廊，麻烦快点！”

司机师傅扭头一看，小姑娘脸色煞白，脑门上都是汗，呼吸急促，把他吓了一跳。

“小姑娘你没事儿吧？”师傅一脚油门踩下去，关心道，“你脸色这么难看，不是生病了吧？”

钱钱一怔。不说生病她还没多想，一说起来，种种不适的感觉立刻就涌了起来。她心跳得很快，手心里都是汗，刚跑来跑去的时候还没觉得，现在屁股坐稳了，眩晕恶心的感觉一阵阵往上顶。

她的心里顿时咯噔了一下。

“我没事，”她硬着头皮说，“去清风画廊吧……”

司机师傅驾驶技术很溜，听说她赶时间，一路飙车，在道路上左突右进，赶超车辆无数。从钱钱家到画廊约莫三十分钟的路程，照他的速度，二十分钟就能看到。

然而眼看着离画廊越来越近，钱钱的呼吸就越急促。

她突然有种冲动叫司机开慢一点，她忽然希望前方出现拥堵路段，这样她就赶不上交画了……

这种想法让她意识到，她的焦虑症又发作了。

糟糕的是，越意识到自己的焦虑，焦虑的症状就越严重。她不想就此溺毙，她得找人帮帮她。

她第一个想到的人就是韩闻逸，于是赶紧掏手机给韩闻逸打电话，摸出手机，看到全黑的屏幕，她怔了一怔，这才想起手机已经没电了。

她只能绝望地把手机扔回包里。

这可如何是好……

韩闻逸离开球场，在场边的长椅上坐下，用毛巾擦了擦脸上的汗。

一个年轻女孩轻快地跑过来，在他身边坐下：“你打得真好！”

韩闻逸浅笑回夸：“你也很厉害。”

他的目光落在球场上，两个年长的女人还在打球，一个是林佩蓉，一个是女孩的母亲。在她们这个年纪，身材样貌和活力还能保持的如此之好的，几乎是把“富贵”二字刻在了脸上。

女孩向他挪了挪，跟他靠得更近：“你年纪比我大，以后我就叫你哥好不好？”

韩闻逸眉头轻轻微蹙。他笑了笑：“你还是叫我英文名吧，我在国外待的时间比较久，习惯听人家叫我英文名。”

“好啊！那你叫我 Caroline 吧。”她开玩笑，“我以前在英国读书，早点认识你，也许我也去美国了。”

韩闻逸耸肩：“你要是早点认识我，也许会很庆幸你去了英国。”

女孩一愣，还以为他在开玩笑，爽朗地哈哈大笑。

不一会儿，林佩蓉和女孩的母亲打完球从场上下来了。

“走吧。”林佩蓉提起包，“换好衣服，我们一起去吃晚饭。”

韩闻逸无所谓地点了点头。

王晋生坐在办公室里，眼睛死死地盯着挂钟。

已经是四点四十分了。虽然他非常不舍，但是跟一幅他欣赏的画作比起来，毫无疑问是整个清风画廊的脸面更重要。

办公室的门又被人推开了，门外挤进来一个脑袋，还是宣传部小张。他小心翼翼地问道：“老板，还等吗？”

王晋生没有回答，拿起手机按下重播。不意外，钱钱的手机还是关机状态。他拨弄着自己手上的金戒指，闭目沉思。

片刻后，他睁开眼睛，“唰”一下从座位上站起来：“走吧，我们一起去重新布置展厅。”

他不打算再等了。

出租车司机在清风画廊门口把车停稳。

“小姑娘，你确定你不需要去医院？”司机师傅关怀地问。刚才在车上钱钱一直在抖腿，抖得整个车都跟着抖。他挺想让她停下别抖，但看她紧张那样儿，怕真让她停了她能急得哭出来。

钱钱还真想说师傅要不你直接送我去医院算了，但她知道她这是在逃避。她不能逃避，她得面对。

她没吭声地翻了翻包。虽然手机没电，幸好她带了交通卡，把账给结了。

下了车，清风画廊的招牌立刻映入眼帘。她忽觉一阵头晕目眩。

招牌上那四个大字开始扭曲变形，变成虫蛇，从牌匾上爬下来，朝她游来。她的腿像是陷在泥沼地里，后退很轻松，前进却很艰难。她心跳快得要撞开胸膛，衣服已经让汗水打湿了。

她想要转身逃走。她心里有几个声音在呼喊。

——算了吧，你没有那么优秀。他给你这样的机会，他对你寄予那么高的期望，如果你失败了，他会多失望？别人会不会因此笑话他？

——不，如果你现在就放弃，你会令他更失望！

——可是不放弃的话，如果失败了怎么办？

——停！还没有尝试，想什么失败？

她脑海中天人交战，她知道这是焦虑的反应，现在她什么都不该想。金意申有教过她一套呼吸放松的方法，帮助她缓解焦虑情绪。她试着去照做，但她一闭上眼睛，映入脑海的却是她下车之前在出租车仪表盘上看到的时间。

16:42。她没有时间了，她必须立刻好起来。

她很努力地把注意力集中到调整呼吸上，可是时间表在她的脑海中挥之不去。甚至那表盘还活了起来，自己往后跳动。

16:43……16:44……

她的情绪已从焦虑转向焦躁，眩晕感让她连站都快站不住了，她在空气中无力地挥了下拳头，不知该如何发泄。

就在这时候，她挥到一半的拳头被人握住了。她猛地回头，看到一张熟悉而温柔的脸。

韩闻逸将她的拳头掰开，她没有什么抵抗就放松了。他与她十指交握：“我陪你进去？”

钱钱惊讶地望着他，不知道他怎么会出现在这里。不是说跟朋友有约吗？

韩闻逸没有催促，没有生拖硬拽，只是专注认真地凝视着她的眼睛。他的目光里有个深潭，吸走一些不安，让人宁静。

过了一会儿，他才又开口。这次不再是问句，而是温和的陈述句：“我们进去吧。”

他的话语仿佛有魔力，瞬间解开了钱钱身上的禁锢。方才还如铅般沉重的双腿忽然变得很轻盈。近乎虚脱的身体重新有了力量。她慢慢迈出了第一步。

有他陪在身边，什么都不想了，反而什么都不怕了。

第二步。第三步。

她走得越来越快，最后她拉着韩闻逸开始撒腿狂奔！

关门的时间快到了，画廊里的顾客和员工们三三两两往外走，钱钱一路往里冲，一路不停道歉：“抱歉抱歉，让一让！”

众人连忙让出通路来。

两人冲到王晋生的办公室，门大开着，钱钱往里一看，里面居然没人！她四处张望，拉住一个路过的员工：“麻烦问下，你们老板去哪儿了？”

员工指了指里面的方向：“他在布置明天开放的展厅。”

钱钱立刻拉起韩闻逸继续往里跑。

一进屋子，只见王晋生在墙前站着，他边上宣传部的小张正跨在梯子上，准备把墙上为钱钱准备的画家介绍撤下来。

“王老板！”钱钱叫道。

王晋生和小张闻声回头，看到站在门口的钱钱和韩闻逸，都吃了一惊。

钱钱看到小张的动作，明白他们在干什么。她抿了抿唇，没有多做解释，只是朝他们深深鞠了个躬：“对不起。”

王晋生和小张面面相觑。

钱钱又直起腰板，解下自己背上的画筒，紧张地问道：“现在还来得及吗？”

王晋生嘴唇掀了掀，露出一个古怪的表情。他讥讽道：“艺术家就是有个性，这年头手机都联系不上的人可不多了。”

“对不起，我手机没电了。”钱钱低着头愧疚地再次道歉。

王晋生掏出手机看了眼时间。16:46，比他刚才跟小张说好的死限晚了一分钟。于是他面色沉静，不置可否。

钱钱不知所措，下意识地看了眼身边的韩闻逸。

韩闻逸用眼神示意她继续争取——这是她自己的事儿，做错了就道歉，亏欠了就弥补，错过了就承担。正面面对会发现没有什么大不了的事儿。

“王老板，能不能再给我个机会？”钱钱想了想，提议，“要不先你看看我的画？”

刚才王晋生心急地打了几个小时电话没人接，原本他以为他再看到钱钱，能气得把她掐死。结果真看到人了，看到她手里的画筒，他心里的火气竟然下去一大茬了。

但是架子还是要拿捏一下的。

他慢腾腾道：“拿过来我看看。”

钱钱一喜，立刻冲过去，打开画筒，抽出里面的画，小心翼翼地在地上铺开。

韩闻逸也跟过去。这也是他第一次看到钱钱的画，只看一眼，他便被那壮观的画面震撼了。

虽然大块的画面都是空无一物的背景，但是经过钱钱一层又一层的渲染，由浅至深，由浓至淡的色彩变化过度让画面非常丰富，极具视觉冲击力。甚至薄薄的一张纸仿佛有了纵深，像深深的漩涡。要将人吸进去。而肆意洒脱的星辰点缀让画面显得更加浩瀚绚丽。

而图上的人物，昨天王晋生第一次看的时候经过钱钱的解释他才明白，韩闻逸却一眼就看懂了钱钱想要阐述的故事。他有些惊讶地看了眼钱钱，为她的构思而惊艳。

她果然，是极有天赋的。

连小张也坐在梯子上遥遥地看了眼钱钱的画，情不自禁发出“哇”的一声。

“可以吗？”钱钱咽咽唾沫，问道。

王晋生转几一圈金戒指，像是在思考。然后慢条斯理地把她的画卷了起来。

钱钱还以为他要还回来，顿时有些担心。她的手不自觉地向后伸，摸到韩闻逸的手，牵住。

卷好画，王晋生悠悠道："小张，你就在上面等着。我去把画裱起来，你帮忙挂上。"

钱钱怔了一怔，立刻笑逐颜开："谢谢王老板！！"

"唉！"王晋生摇头晃脑地出去拿画框了，"跟你们这些艺术家打交道，早晚要折寿！"

出了画廊，韩闻逸送钱钱回家。

"哥，你怎么来了？不是说你去见朋友了吗？"钱钱问道。

"打你电话一直打不通，我不放心，就过来看看。"

"对不起，我一天都在画画，没注意手机。"钱钱顿觉十分愧疚，"那你朋友怎么办？你现在过去还来得及吗？"

"不去了。"韩闻逸摇头。

前几天林佩蓉打电话给他，问他周末有没有时间。她有一位风投机构的高层朋友，听说了他的事务所最近在融资的事情，挺感兴趣，想约他见面谈。林佩蓉在金融行业闯荡多年，这方面的人脉可比他强得多。他最近确实在为融资的事情发愁，立刻就答应了。

然而赴会以后他才发现，这场聚会的性质跟他想象的不太一样。林佩蓉的那位朋友，风投机构的女强人，他叫她宋阿姨，她是带着女儿来赴会的。原本当成亲友聚会也没什么，但是那位叫 Caroline 的姑娘对他热情得太直白太赤裸裸了。

她说她一直在看他的节目，她对他很感兴趣，希望跟他交朋友；她说她听说了他的事务所需要融资的事情，这次的聚会其实是她促成的；她说如果他需要帮助，她会帮忙游说她的母亲。

他听到这里才明白，敢情这是一场变相的相亲。投资人是有了，但这资金要真愿意投给他，他还不敢收。

本来出于礼貌，他想着把今天的活动应付完了再说，然而他下午三点的时候给钱钱打了个电话，想问她图画完了没有，没想到钱钱关机了。之后他又尝试打了几个，一直到四点多，始终打不通。他放心不下钱钱，那边的应酬也让他很难应付。最终他还是借口有急事推掉了那边的晚餐，跑过来了。

“钱钱……”他忽然开口。

“嗯？”钱钱转过脸看着他。她这才发现韩闻逸今天的状态好像不是很好，眉头微微皱着，好像很疲惫的样子。

韩闻逸动了动嘴唇，欲言又止。

事务所缺融资的问题，目前只有他、夏见灵和郑佳三个高层知道，其他人谁也没说。一来是就算让员工们知道了，他们也帮不上什么忙，二来这种事情动摇军心，肯定会影响员工的工作状态，对事务所更加不利。

他也没打算告诉钱钱，倒不是怕钱钱泄密，只是让她知道了，徒然增加她的担心。这不是她应该操心的事情，所以还是算了吧。

钱钱很少看到韩闻逸欲言又止的样子。她很担心地问道：“怎么了？出什么事了吗？”

韩闻逸摇头。

“钱钱，”他停顿一下，突然问道，“你觉得，我们应该什么时候向父母公开？”

“啊？”钱钱一怔，“怎么突然说到这个？”

他叹气：“你看，我们年纪也不小了，父母不知情，万一操心我们的终身大事，给我们介绍相亲之类的活动怎么办？”

“难道你今天是去相亲了？”钱钱大惊。

韩闻逸不置可否。这算是默认了。

钱钱立刻就想追问详细的情况。但他的样子看起来情绪低落，还很疲惫。加之他今天连晚饭都没有吃就赶来找她……她便大致猜到，恐怕去之前他自己都不知道那是一场相亲。而且……已经搞砸了。

她几番启唇，最后还是什么都没问。

“我……”她又短暂地沉默了一会儿，然后下定决心地开口，“等我，等我考完试，等我……病好以后，再说。行吗？”

韩闻逸本来以为她听说了他相亲的事情会生气或者质问他，结果她一句话没说，这让他颇感意外。

听了钱钱的话，他也明白她不愿意公开，归根结底还是她介意她自己的病情，介意别人会怎么用什么目光看待她。

片刻后，他举起她的手贴到唇边轻轻吻了一下："好。"

接下来的一路直到到达饭店他们都很沉默。韩闻逸心情不好，钱钱心情也不好。

然而韩闻逸毕竟是学心理学的，在自我调节这方面他颇有一套。等吃上晚饭，把肚子填饱了，他心里的阴霾已经完全被驱散了。

他抬头看对面的钱钱，她还是心不在焉的样子，用筷子夹着米饭往嘴里送，一次只夹一两颗。

"你在想什么？"韩闻逸伸手擦掉她嘴角的米粒。

钱钱没精打采地撩起眼皮看他一眼，又低头用筷子戳戳碗里的米饭。

"不开心了？"他问。

"没有。"她恹恹地回答。

韩闻逸失笑。

钱钱正低头拨弄米饭，忽听对面传来"咔嚓"一声快门声，她吃了一惊，连忙抬起头。韩闻逸拍了她的照片，递给她看："看到没有，你脸上写字了。喏。"

他用手指依次点照片上她的额头和脸颊两边："不——开——心。看到没有？"

钱钱恼羞成怒："快把照片删掉！我没化妆，你连个美颜都不开！"

韩闻逸心想，这是重点吗？

钱钱作势要抢他手机删照片，他看她这张照片上小嘴噘着的样子还挺可爱的，颇舍不得，奈何钱钱不乐意，他也没办法。

"那我开美颜，再拍一张？"他问。

找打吗？

他逗了逗钱钱，看到钱钱终于恢复精神，他心里才踏实点。他笑了笑，开口解释："其实也不能算相亲。是我妈一个朋友的女儿，一起见面打了会儿球，我事前不知道她会来，也不知道这场聚会的性质。你看我晚饭也没吃就来找你了。所以不要生我气了，好不好？"

"哦……"钱钱眼珠向下撇了撇，"说了我没生气啊。"

韩闻逸看她一脸口是心非的样子，也不揭穿，微笑："对，我们家钱钱最大度。"

钱钱很轻地哼了一声。

吃完饭，两人一起回家。因为晚饭吃得比较饱，韩闻逸把车停好以后，没有立刻上楼，提议他们一起去外面走走，消化消化。钱钱同意了。

他们慢慢地沿着花园小路走了一段，钱钱忽然停下脚步。韩闻逸也跟着停下。

"哎——"钱钱低头用脚尖踢了下地上的石子，"她长得好看吗？"

韩闻逸挑眉。憋了这么久，可算是开口了。

"不知道啊。"他慢条斯理地回答。

钱钱猛地抬头，用质疑的目光瞪着他。不知道是什么鬼答案？

"没注意看，"韩闻逸无辜地摊手，"光顾着想你了。"

"骗鬼啊！这么大一个人你看不到？"

韩闻逸当然不是看不到。但是这种时候回答好看还是不好看都不是正确答案。钱钱并不是真的关心人家好不好看，她关心的是他的想法。

"真的一直在想你。我给你打电话你关机，我很担心你。"韩闻逸拿出手机给她看通话记录，"你看。"

钱钱接过一看，从下午三点到四点多这段时间里，他一共给她打了四个电话。

她把手机还回去，没说什么，一直向下撇的嘴角终于平了。

以前她看电视剧，电视剧里的女人都爱听甜言蜜语。每次只要男主角嘴上抹蜜的哄两句，女主角立刻笑逐颜开一脸羞涩地扑进男主角怀里撒娇，她还觉得这剧情挺弱智的，什么亲亲小宝贝全天下你最美，除了你别人我都看不到……这不明是摆着瞎说么？

可真到她自己恋爱了，她才懂得人为什么要听甜言蜜语。她一边默默唾弃韩闻逸这话说得忒假，一边又忍不住觉得甜滋滋。从他嘴里说出来的，她还真就喜欢听。

其实韩闻逸说的也不能完全算是甜言蜜语。打球的时候他心里一直有事，还就没看那姑娘几眼。后来打不通钱钱电话，光顾着担心钱钱了，就更没空关心人家姑娘到底长得怎么样了。

“那你们交换联系方式了没有？”钱钱又问。这回不再像刚才那样装得漫不经心了，语气已经带点小蛮横。

“没有。”一般都是分别的时候交换联系方式，但他走的时候比较匆忙，还真就没加。

钱钱脸上有了些笑意：“你真的没注意人家长什么样？”

“嗯。”

“她有我好看吗？”

“不是说没注意吗？”韩闻逸才不跳她挖的坑，“而且在我心里谁都不能跟你比。”

钱钱的笑意又多了几分。

数秒后，她一直无意识绷着肩膀终于松懈下来。她牵起韩闻逸的手，慢慢悠悠地继续往前走。

“好吧，相信你了。”

韩闻逸压在心里的石头这才卸去。其实相亲的事情他本来可以不说，他自己完全能够处理好，钱钱可能永远都不会知道。但是事情总有说不准的时候，万一乱七八糟的消息传进钱钱耳朵里，还不如他现在就交代清楚，本来都不是什么大事。

“下次介意就直接说，不要憋这么久了。”韩闻逸捏捏她的手指，“害我这一路也提心吊胆的。”

“你提心吊胆？你提心吊胆什么啊？”

“怕你生气啊。”

“我像是爱生气的人吗？”

“你没生气吗？”

钱钱皱皱鼻子：“也不算生气啦。我就是有点……失落。”

“嗯？”

“因为我不知道自己有没有资格生气啊。”她噘着嘴小声嘀咕。

正走着呢，身后的人忽然一个急刹。他们还牵着手，她迈出去两步，手被抻直了。她不解地回头，却看见路灯下韩闻逸一脸严肃地站在原地。

“你！”她没生气，他倒生气了。

他瞪着她，想说她两句，又舍不得说重。片刻后，他只能泄愤似的一把捏住钱钱的脸。

“什么叫没有资格？”他用力捏了捏，把她捏成小鸡嘴，“气死我对你有什么好处？”

士可杀，不可辱形象。

钱钱想掰开他的手，没想到他平时看着斯斯文文，手劲还挺大，掰起来纹丝不动。她感觉自己可怜的小脸在他的揉捏下被挤成各种滑稽的形象，火气不由噌噌往上冒。

“里（你）_去相亲，还说我气里（你）？！”她怒目相向道，“我才要被里（你）气死嘞！！！”

韩闻逸听她口齿不清地发脾气，笑眯眯地挑眉：“看，这不是挺生气的吗？”

别人家的男朋友都是小心翼翼怕女朋友生气，她家的金坷垃怎么就非要惹她生气不可？！

她一腔怒火无处发泄，正巧韩闻逸的手就在边上，她既然掰不开，索性张嘴一口咬了上去！

她咬得挺用力，韩闻逸“嘶”了一声，没叫唤也没挣扎。

她捧着那只手磨了好一会儿牙，力气渐渐小下来，最后终于松口。借着路灯瞅瞅牙印，还挺深。

她掀起眼皮看看：“疼吗？”

韩闻逸还挺会装，委屈兮兮地点头。

“装什么可怜，你说是不是你自找的？”话是这么说，她抓起那只修长好看的手，忍不住给他揉了揉。

情绪宣泄出来了，宣泄出来也就好了。

韩闻逸笑了笑，跨上前一步，从背后搂住她，亲了亲她的头发。

“钱钱。”

“干吗？”她捧着他的爪子揉了好一会儿，然后举起来凑着路灯的光看看，牙印已经淡了，这才满意地松开。

他轻声说：“我爱你。”

礼拜天，钱钱又去见金意申。

咨询一开始，她便将昨日发生的事情告诉了金意申。等她说完她在出租车上的经历，金意申示意她暂停一下。

“你刚才说是出租车司机的话提醒了你，让你意识到你发病了？”

钱钱点头。当时如果不是出租车司机的提醒，她还没有发现自己的焦虑症已经发作了。不过她也有点好奇，如果她就这么没发现的话，她当时是否能够自己一个人顺利走进画廊呢？

金意申对她的结论不太认同：“我觉得不是他的提醒让你意识到你发病了，可能正相反，是因为他的提醒，导致你发病。”

钱钱一怔：“他的提醒导致我发病？还有这种事儿？之前不是说我的病是因为别人的期待和压力引起的吗？”这要是别人一句话就能引发她焦虑，以后麻烦可不大了去了？

“是这样的。”金意申说，“以前我遇到过一个病人，他有心脏病，他还有飞机恐惧症，每次一坐飞机他的心脏病就发作——不是生理原因导致的，是心理原因。在他患上恐惧症之前，他坐飞机一点问题都没有。我给他治疗以后才了解，他第一次发病，就是因为他跟朋友一起去坐飞机出去玩，飞机起飞的时候他脸色不是很好看，朋友随口问了他一句，‘你该不会是心脏病发作了吧？’结果他真的就当场发病。”她摊手，“而且打从那以后，只要他一坐飞机，甚至哪怕是看到飞机、听到飞机这两字，他的心脏就会不舒服。”

钱钱目瞪口呆：“这也行？”

“这种案例一点都不少。”金意申说，“人的心理力量非常强大，能治愈疾病，也能引发疾病。像我刚才说的那个病人，其实飞机起飞的时候心跳加速之类的反应都是很正常的，就因为他担心自己的心脏病发作，他就为此紧张焦虑，越紧张焦虑，他的心脏就越难受。最后他甚至对飞机形成了恐惧的条件反射。”

钱钱感觉这案例听着好像跟自己的情况确实挺像：“所以，我昨天也是这样？”

“我听你的描述，感觉应该是。”金意申说，“所以下一次，你怀疑自己焦虑的时候，不要把注意力放在对抗它上。因为当你想克服它的时候，意味着你已经认可了两个心理暗示：第一，你相信自己正在焦虑，这种认知一定会让你更紧张，就算不焦虑都焦虑了；第二，你潜意识里相信焦虑情绪是强大的，是难以战胜的，你才需要那么努力地去对付它。这种心理暗示肯定会使情况变得更糟糕。”

心理疾病这东西很像小说和游戏里常常出现的“心魔”一类的角色。主角一路打怪升级，越变越厉害，可偏偏有一个 Boss 怎么都打不过，那就是主角自己的心魔。心魔从主角的身上汲取养分，主角强大，心魔就会更强大。不过在小说的结尾，主角往往是靠着奋力一击的大绝招打败心魔，而现实中却不是如此。你越不在乎它，它就溃败得越轻易。

钱钱连忙记下金意申说的话。

“如果下一次你再感觉不舒服，不要轻易下结论，”金意申循循善诱，“你可以先感受一下自己的具体感受，站在一个旁观者的角度解释它。比如你心跳加速，是不是因为刚才跑步跑得太快了？比如你头晕，是不是因为早饭没有吃？你要是不担心自己在焦虑，你的情况反而会好转。”

“另外还有一点，焦虑的时候分心想想别的事情，也会有助你缓解情绪。”

钱钱若有所思地点头：“难怪昨天我男朋友一出现，我瞬间就好了。我当时光顾着想他怎么会出现，就把其他事儿都忘了。”

金意申听她提到恋人，不由笑了一下：“爱和陪伴本来就是治愈心灵最好的良药，比医院开给你的那些药都更管用。像你昨天的经历其实挺好的。你看你男朋友一来，一牵你的手，你的病情马上就得到控制了，这不就是让你知道，这病没你想的那么难对付吗？你现在有好的体验了，我相信只要你能够再经历一两次成功，你的病就能彻底治愈了。”

钱钱点头。她也希望自己能早点好起来。

“对了，”金意申问道，“你下次补考是什么时候？”

“九月底。”

“哦，那还有差不多一个月的时间。”金意申建议，“万一到时候你还会有焦虑的情况发生，你就试着去想想你的男朋友。想你们在一起开心的事情，想你考完试以后想跟他去做什么。想象他正在牵着你的手，他会陪你一起渡过所有的难关。”

金意申的语气很温和，循循善诱。那一瞬间，钱钱仿佛真的感觉有一只暖暖的手正牵着她，引领着她，陪伴着她。

这种感觉让她无比心安。

周一，韩闻逸跟钱钱一起去上班。

他刚到办公室，就看见一个穿着物业制服的人站在他们办公室门口。那物业认得他，知道他是这里的老大，就把手里的单子递给他：“先生，麻烦你们这边尽快把下半年的租金和物业费交一下吧。”

韩闻逸点点头，接下他手里的单子：“好的，我知道了。

他进了办公室，环顾一圈，问道：“郑佳来了吗？”

同事回答：“还没有。”

“哦，等她来了以后让她来我办公室一趟吧。”说完他就进办公室去了。

不多久，郑佳来了，夏见灵也来了。她们两个进了韩闻逸的办公室，小心翼翼地把办公室的门关严实。

郑佳把她打印好的财务报表递给韩闻逸和夏见灵。

“最近你们见的人有谈得顺利的吗？”郑佳问。

韩闻逸摇头。就连平日一直笑眯眯的夏见灵，这会儿都有点愁眉苦脸的。最近他们见了很多投资人，但一个愿意进一步了解的人都没有。

“那……要不，我们还是先想办法稳住马千万？”

“他的经营理念跟我们的职业道德有冲突。”这句话是夏见灵说的。

她这话其实已经说得很委婉了。投资人想赚钱他们能理解，做点妥协也不是不行，但马千万的想法实在太过分了。他希望利用韩闻逸把十二事务所的名气打响之后，马上就去成立各种培训机构，找一堆根本没有任何资质的、只上过几天培训班的鸡汤导师去开培训班、办演讲，这样就能快速捞钱了。但是毫无疑问，这样做会把韩闻逸他们辛辛苦苦立起来的招牌和他们满腔热血的理想全都毁得一干二净。

“我知道。”郑佳不是心理咨询师，是人事行政主管，她更关心整个事务所的生死，“我是说，先稳住他。毕竟他是现在最有可能给我们追加资金的投资人了。”

韩闻逸依旧摇头：“马总又不傻，怎么稳住呢？”

郑佳登时哑口无言。也对，如果他们还指望马千万进一步追加资金，那么他们就势必要按照马千万的指示做出一些他们不愿意做的让步。人家一个混了几十年商场的投资人，难道能不比他们精明？玩心计玩手段，只怕他们玩不起。

“可是我们现在资金就已经没剩多少了……”郑佳为难地说，“再融不到资的话，我们坚持不了多久了。”

韩闻逸揉了揉额角：“账面上还有多少钱？”

事务所的总账是郑佳在管。她直接登录网银给韩闻逸和夏见灵看。账面上剩余的数字只有一百零二万了。

“我们每个月给员工发工资的流水差不多就有四五十万，还有水费电费，各种支出……”郑佳算账给他们听，“剩下的钱最多只够我们再坚持两个月。”

韩闻逸和夏见灵面面相觑。他们两个都是家世好，成长环境好，一路顺风顺水，怀着一腔热血出来创业。他们也没有经验该怎么处理这种麻烦。

“我们现在租这里的房子，物业是马总的朋友，所以当初租金给我们算得比较便宜。”郑佳想说我们现在真没办法跟马千万翻脸，但看看自家两位老大的脸色，她又把话咽了回去，“租金是半年一交，我们马上又要交租了……”

韩闻逸想起早上物业的人送来的单子，心烦地用手撑住额头。

办公室里一阵沉默，每个人的心里都有些迷茫。

“要不，我们先裁员吧……”还是郑佳先开口，“多撑一段时间，只要能融到资，我们就有可能渡过难关。”

倒不是她狠心。公司机构出现财务危机的时候，裁员是最常见的一种手段了。

郑佳的提议说出来以后，韩闻逸和夏见灵都没接茬，只是默默地看着她。

十二事务所成立没多久，人本来就不多，不像大公司有一堆冗杂人等。他们现在总共就二十来个人，每一个人都是要用在刀尖上的。

心理咨询师就不用说了。现在韩闻逸已经展开了事务所的宣传工作，通过他的节目，正在消除人们对心理咨询的隔阂感，每天上门求助的来访者很多，咨询师根本不够用，他们非但不能裁人，还得再招人才是。

IT 部门的员工也裁不得。他们的网站刚刚上线，APP 也快上线了，各种功能亟待开发。这年头很多工作都要通过网络进行，裁了他们业务就没法往下进行了。

行政、财务、人事就那么几个员工，再怎么样最基本的人手配置还是需要的。

片刻后，郑佳自己放弃了：“算了，当我没说。”

绕了一圈，又回到原点了。

再这么商量下去，也商量不出对策来。

韩闻逸只好柔声宽慰自己的同僚，“再多见几个投资人吧。还有两个月，我们还有时间。”

郑佳和夏见灵无法，也只能转身出去继续工作了。

她们离开以后，韩闻逸拿起自己的手机翻看。他打开微信，忽然发现多了一条好友申请。一点开，他微微一怔。

——新的好友申请，是那个叫 Caroline 的姑娘发来的。

他思索良久，最终还是通过了对方的好友申请。

晚上下班以后，两人没有回家吃饭。钱钱说在网上看到一家很有趣的烤肉店，想去尝尝，韩闻逸就开车一起过去。

车开了半路，车上的气氛很安静，一直没人说话。今天韩闻逸有点反常。

“哥，”钱钱忽然问道：“你没事吧？”

“嗯？”韩闻逸看她，“什么事？”

钱钱看他脸色和精神都不太好，于是伸出手，搭了下他的额头，但感觉不出什么：“你不是生病了吧？”

她搭完他的额头准备把手收回去，韩闻逸却拉住她的手摩挲了一会儿，才将她放走：“我没事，就是上了一天班，有点累。”

“要不我们不去吃了？早点回去休息？”

“没事，吃点东西就有精神了。”

既然韩闻逸这么说，钱钱也就没什么可说的了。

这回她选中的这家烤肉店很有意思。现在商家为了推陈出新而绞尽脑汁，菜品上已经没什么可创新的了，就在店铺装修设计上创新。这家烤肉店里每一桌的四周都被一圈圆圆的隔离墙包裹起来，隔离墙被装修成火炉膛子的样子，客人们就像是坐在火炉里烤肉吃。

这样的装修设计一个是新奇有趣，另一个是私密性强。被隔离墙一包裹，每一桌客人都像坐在包间里吃饭。外面的人除非从窗口路过，要不压根看不到里面。

钱钱之所以选中这家店，也是看中它的装潢设计。要不然跟韩闻逸在外面吃饭，经常有人认出他，过来拍个照搭个讪甚至要个签名，饭都吃不安生。

进了烤肉店，钱钱指着那一间间火炉膛子，笑嘻嘻地说："今天就不用怕有人来打扰我们啦。"

韩闻逸也挺喜欢这设计。他喜欢能跟钱钱独处的时光。

可惜有时候这世上的事偏偏就是不凑巧。钱钱特意选了这里，就是希望能吃顿不被打扰的饭，然而他们还没碰上不识趣的陌生人，倒先碰上熟人了。

两人正往里去找空位，店里出来几个人，是刚吃完准备离开了。众人打上照面，都愣了。

"哟，这不是韩总吗？"对面的人率先出声。

韩闻逸万没想到会在这里碰上马千万。他心里虽不高兴，但还是礼数周到地露出一个笑容跟他打招呼："马总，真巧。"

钱钱头一回来面试的时候就见过马千万，她知道他是事务所的投资人，立刻摆出一脸乖巧的样子："马总好。"

马千万看了看韩闻逸，又看了看钱钱。

钱钱还在身边，韩闻逸无心跟他多做交谈，只道："马总玩得开心。我们先进去了。"

众人擦肩而过，韩闻逸和钱钱进去找位置。马千万的朋友催促他走，他却站在原地没动。片刻后，他对自己的朋友挥挥手："你们先走吧，我等会儿来！"然后拔步朝韩闻逸进的包间走去。

韩闻逸和钱钱正看菜单呢，马千万很不识趣地踱进来，一屁股坐到韩闻逸边上，亲亲密密搂住他的肩膀，戏谑地打量他对面的钱钱："你小子，搞办公室恋情啊？"

钱钱还以为投资人忌讳这个。她忙想解释两句，不曾想韩闻逸开口比她快。他用半开玩笑的口吻叹道："是啊，好容易熬到下班，就这么点私人空间。冷落了马总别太介意。"

马千万一愣："哟，嫌我当电灯泡了？"

钱钱也是一怔。她这才察觉到不对劲。韩闻逸平时对谁都挺友善的，更别说对投资人，绝不应该是这么个态度。难不成闹矛盾了？

其实韩闻逸不仅仅是跟马千万有矛盾，更重要的是，他不希望在钱钱面前讨论这些。可偏偏马千万不遂他的意。

“韩总，我上次的提议你考虑得怎么样了？”

“那不是一两句话能讲完的事情。”韩闻逸淡淡道，“马总是打算跟我们一起再吃一顿？”

他不停下逐客令，马千万脸皮厚，就是不接他的茬。

“吃我是吃不下了，聊总能聊几句呗。”马千万嘿嘿一笑，突然改了称呼，“小韩，我听说你最近跑了好几家风投，谈得怎么样？融到资没有？”

钱钱听不懂什么风投融资之类的事情，但她看得出韩闻逸不想当她面谈这些。她忙站起来：“你们两位慢慢聊啊，我先出去找服务员点菜。”

韩闻逸点了下头，她就麻溜地出去了。

钱钱走了以后，马千万嗤笑一声，松开他的肩膀：“当着小女朋友还挺要面子的啊？”

韩闻逸不置可否。面子固然是要的，钱钱不想让他知道她跟父母吵架，他也不想让钱钱看到他跟投资人争执，不想影响钱钱的心情。

“没事，你要面子没关系，反正我这人不怎么在乎面子。”马千万端起桌上送的白开水喝了一口，“你跟别人谈不拢，咱还能往下接着谈。出来做事情，面子不重要，最重要的是跟什么过不去也别跟钱过不去。”

这几天韩闻逸和夏见灵到处拉投资的事儿马千万都知道。当然，韩闻逸他们也没想瞒着马千万。先前他们谈了好几次，都谈崩了，几乎也算是明着翻脸了。

“我当然愿意接着谈，”韩闻逸淡淡地问道，“马总改主意了吗？”

马千万脸上本来还挂着笑，一听他这话，笑容就垮下来了。他以为这时候急的人应该是韩闻逸，却没想到韩闻逸还能这么淡定。

马千万跟韩闻逸不一样，或者说，他们身处的时代不一样。马千万今年都快五十了，像他这个年纪富贵的人，小时候大多都是穷苦出身，自己白手起家打拼出来的。这些人里有厉害的企业家，也有在社会上摸爬滚打久了，很会钻空子的商人，马千万就属于后者。到了他这个年纪，早不讲什么热血和理想了，就讲真金实银。

而韩闻逸和夏见灵这些人，年纪轻轻，高知家庭出身，他们不光要讲热血讲理想，还讲道德讲底线。马千万看他们不爽很久了，要不是大家互相之间还有利用价值，他早就想给这些小青年好好上上课了。

“我说小韩，你知不知道自己在干什么？你是在做生意，不是在做慈善！你既然出来创业，不以赚钱为第一目的，就是在耍流氓！”

韩闻逸的态度依旧是温和的，他不喜欢抨击别人，他只澄清自己的理念：“我不是在做生意，我是在做事业。”

马千万一怔。生意和事业有区别吗？这玩文字游戏呢？

韩闻逸也不是在做慈善。他们正在想办法拓宽事务所的资金来源。现在宣传活动已经展开了，事务所的客人越来越多，公众号上的粉丝也越来越多。到时候哪怕接点广告甚至卖点周边赚钱都行，他并没有跟钱过不去，他只不过不能认可马千万那种毫无道德底限的赚钱方式。按照事务所现在的发展，顺利的话三年就能回本，往后就能盈利，这在心理咨询事务所来说已是极难得的。问题是，马千万要的是半年回本一年翻番，三年后估计就挫骨扬灰了。

韩闻逸油盐不进的态度让马千万非常不爽，他也懒得绕弯子了，冷笑着单刀直入：“既然我们谈不拢，那我要撤资！”

韩闻逸微微皱了下眉头。

马千万注意到他的表情，顿时心中一喜。十二事务所的经济状况他清楚，要么马上融到资，要么就关门大吉。现在他提出要撤资，意味着韩闻逸他们如果千辛万苦融到资了，也不能把资金投入事务所的运营中去，而是得先把他的钱还给他。目前韩闻逸和夏见灵为了把控制权握在自己手里，两人手里的股份加起来是51%，剩下的大头可就是他马千万的了。他一撤资是伤筋动骨的大事，无疑会大大提高他们融资的难度。

然而出乎他的意料，韩闻逸丝毫没犹豫就答应了：“好，我同意。马总给我一点时间，我会想办法的。”

马千万不可思议地瞪大眼睛：“你可别逞强！”他还是想劝韩闻逸屈服。如果韩闻逸非要来个鱼死网破，最后事务所倒闭了，他也没机会撤资了，前期的投入只能眼睁睁打水漂。

韩闻逸笑笑：“那就是我的事了，不劳马总费心。”

马千万被他气得不轻。眼看这样纠缠下去也没有什么好结果，他站了起来，皮笑肉不笑地说：“你再好好考虑考虑吧。你很快会发现，我这么好的合作伙伴满世界打着灯笼都找不到第二个。”

他那讥讽和轻蔑的态度已经丝毫不加掩饰，韩闻逸却始终是平和的。他淡然道：“如果我只想走得快，也许我会和马总合作；但是我想走得远，所以，我更想找到志同道合的人，一起走下去。”

马千万不由一怔。不知为什么，韩闻逸的这番话，竟让他有种透骨生寒的感觉。然而这种感觉很快就让他压下去了。

他走了几十年的路，难道还能没有他们这些愣头青走得长远吗？他不信。

他轻飘飘地撂下一句：“那就走着瞧吧！”冷笑着出去了。

烤肉店门口。

钱钱一直靠在店外的墙边发呆。她的余光看见有人出来，撩起眼皮看了一眼，是马千万。她收回目光，继续发呆。

不知过了多久，她感觉到口袋里手机震动，也不拿出来看，慢吞吞地走回包间去了。

回到包厢，钱钱垂着眼，慢慢地开口：“哥，这么大事怎么都没听你提过啊？”

她本想去韩闻逸对面坐下，然而韩闻逸伸手将她拉到自己身边，抱着她，将脸埋进她的肩窝里。

钱钱微微怔了怔。平日里她见到的韩闻逸都是光芒四射的样子，可是此刻他却显得有些脆弱，疲惫。

“事务所碰到麻烦了吗？”她轻声问。

“不算很大的麻烦。”他也不知道是在安慰钱钱，还是在安慰自己，“我正在想办法。会有办法解决的。”

过了一会儿钱钱才“嗯”了一声。

韩闻逸靠在她肩上，他自己也心事沉沉，因此他没注意到，她的表情有些失落。

“先不要告诉事务所里其他的同事，”韩闻逸握着她的手，“我不想影响大家工作的心情。”

“好。”

她看到桌上那杯被马千万碰过的水杯，正想把它拿出去，刚动了一下，又被韩闻逸按住。

“别动，让我抱一会儿。”

钱钱便坐着不动了。她不知道自己还能做什么，轻抚他的背脊，希望能给他一些安慰。

韩闻逸收紧胳膊，将她抱得更紧，淡淡的栀子花香的味道传进他的鼻腔。那是她洗发水的味道。

柔软的躯体和清新的香味让他烦乱的心情很快安定了下来。

第二天上午，众人正在楼上工作，忽听底下吵吵闹闹的，仔细一听，好像有人在吵架。

“别老对我指手画脚！我是个人，不是你养的宠物，懂不懂尊重？”

“你他……跟谁学来的脏话？！你连尊重父母都不懂，你还谈什么尊重？！”

事务所的同事们面面相觑。

楼下是咨询室，难道是来咨询的客人吵起来了？

不一会儿。前台小姑娘急匆匆地跑上来，一脸哭相：“怎么办，有人吵起来了，我死活拦不住。现在所里还有没有咨询师在？”

众人面面相觑。

刘小木赶紧跑进韩闻逸办公室，不一会儿，他把韩闻逸拉出来了。

“怎么回事？”韩闻逸问道。

“有一对父子来了以后在楼下吵起来了，他们说要做咨询，但是他们没有预约啊。”

心理咨询一般都需要提前预约，心理咨询师有时候还需要出诊，所以有些是不坐班的。如果不预约，来了很可能扑空。今天就是这个情况，事务所里已经没有闲着的咨询师能接待他们，他们又争吵不休，前台只能跑上来求助了。

韩闻逸连忙往楼下走。

到了楼下，果见一对父子正吵得面红耳赤。

儿子个子已经长得很高，面容还很稚嫩，约莫十五六岁的样子。发型剃了一个莫西干头，还挑染了一撮红毛。身上穿着校服，校服被他整得歪歪斜斜的，一看就是个让老师头疼的不良少年。

当爹的四十来岁模样，浓眉大眼，国字脸，精气神十足，中气更足，扯开嗓子一吼，上下三层楼都能听见。

这家人家境应当很不错，儿子脚上一双球鞋够年轻小白领一两个月工资。当爹的也是一身豪牌，看那训人的架势和嗓门，还挺像当老板的人。

“浑小子，就是你妈平时惯的你，给你惯得什么样子？没大没小！”

“关我妈什么事？子不教，父之过，听过没？我要是浑小子，你就是浑老子！”

“你！”

这父子俩都是暴脾气，针锋相对，谁也不让。当爹的被儿子气得够呛，捏了捏拳头，好像想直接动手。

不良少年一点不带怕的，跟他爹长得一个模子刻出来的浓眉大眼瞪得滚圆：“来，你打！今天就让人看看，是你不会当爹，还是我不会当儿子！”

韩闻逸怕他们真动起手来，连忙出去阻拦。幸好当爹的虽然脾气急，但理智尚存，也就是捏了捏拳头就松开了，并没有真动手的意思。

当爹的背对着韩闻逸，因此是少年先看到韩闻逸。他原本还跟他爹吵得不可开交，一见韩闻逸，竟然瞬间安静下来。眼角眉梢的戾气消失无踪，一下露出他这个年纪的孩子应有的柔顺乖巧来。

当爹的一愣，顺着儿子的目光回头，这才看到韩闻逸。他那火暴脾气竟然也瞬间消失无踪，变得热情友好。

“你们好。”韩闻逸上前，“我是这里的心理咨询师韩闻逸。”

“韩老板，你好你好，”当爹风风火火上前，热情地伸手，“我叫武大问，你叫我大问就行。”

韩闻逸跟他握手。他看着武大问，感觉有点眼熟，这名字好像也在哪儿听过，但一时想不起来。

少年正要开口，武大问一把把他拉过来，拍拍他肩膀：“这我儿子，武顺。韩老板叫他小顺就行。”

武顺一脸不爽，刚张了一半的嘴又闭上了。

“叫人啊！”武大问瞪儿子，“这么大人了礼貌还要我教你？”

武顺没叫人，只从牙缝里憋出两个字来：“我……草……”

武大问顿时把眼睛瞪得跟铜铃似的。眼看父子俩又要吵起来，韩闻逸忙调停：“武先生，小顺，你们是需要心理咨询吗？”

这个问题把武大问难住了。他舔了舔嘴唇，不知道该怎么回答。

武顺对着他老爹讥讽地笑了笑，终于开口叫人了：“闻逸哥。”

韩闻逸眉峰动了动。他能感觉到这对父子都对他莫名的友好和信任。武大问上来就叫他老板，想来他们父子是看过他的节目，也知道这间事务所是他开的。

“闻逸哥，你评个理！是我有病，还是我爸有病？”

他差不多明白了，霸道暴脾气的爹和青春叛逆期的儿子，有病算不上，也就是前世修来的仇，今世互相折磨。

“我听小倩说，”小倩是前台小姑娘的名字，“二位没有预约是吗？”

“对不住啊韩老板，”武大问还是很讲道理的，连忙赔礼道歉，“今天早上这小子在学校跟老师吵了一架，老师把我叫过去，我们就吵起来了。他现在叛逆期，家长和老师的话都不听，他平时看你节目，他就听你的话……”

韩闻逸一惊，连忙纠正他的话：“是说小顺愿意跟我沟通交流吗？”

——开玩笑，这个年纪的孩子可傲娇得很，一句“听你的话”天知道要给他拉多少仇恨。现在武顺看着对他确实挺柔和的，让武大同拉一拉仇恨，回头他一句话没说顺心，也被武顺打成冥顽不化的成年人了，冤不冤？

——被别人家家长拉仇恨这种亏，他可是从小吃到大，再也不想吃了。

“对对对，他愿意跟你交流。”武大同还挺从善如流的，“因为比较突然，我们也来不及预约就跑过来了，实在不好意思啊。韩老板现在要是忙，我们可以等。或者您说个时间，我们换个时间再来。”

韩闻逸现在倒是不忙，但他最近都很忙。拉投资的事够他焦头烂额了，他得成天跑风投机构，请投资人吃饭。他还要录节目，偶尔还要去看望吕彤彤。他倒不是不愿意陪武家这对父子聊聊，但是咨询不是一次性的活儿，他没有精力接更多的工作了。

“很抱歉，我还有其他工作，最近一段时间不接咨询。我给你们推荐一位咨询师好吗？他……”

话都没说完，被武家父子齐声打断了：“不行！！！”

这样的抬爱让韩闻逸很为难。

他试图向他们推荐事务所的其他咨询师，并且他向他们保证其他咨询师的水平也非常高。但是武家父子根本听不进去。他们就是冲着韩闻逸来的。

“韩老板，你就不要推脱了嘛。你看你现在给我们介绍别人的时间，你帮我们解决一下问题，不是更有效率吗？”武大同说话做事都风风火火的，认定的事情不打算更改。

韩闻逸只能耐心地跟他们解释，如果他们希望通过心理咨询的方式来改善家庭关系，可以尝试一起做家庭治疗。但是这是无法一次性解决问题的。而他确实在未来的一段时间里都很忙碌。

武大同不依：“我们也不需要什么心理咨询、什么家庭……治疗。”说到治疗这两个字的时候，他情不自禁地皱了一下眉头，“就是这孩子他听……他愿意跟你交流。我们平时都有看过你节目，你讲那些亲子关系啊处理人际矛盾的事儿都讲得挺好的。我们不找别的咨询师，你要能抽出陪我们聊聊就行。当然，我们肯定给咨询费！”

韩闻逸听明白了。武家父子来这里，是有问题想解决的，但他们对心理咨询和家庭治疗也是有点偏见的。这倒也不怪他们，这种偏见很常见，心理咨询这词听着就是给有心理疾病的人准备的。家庭治疗更好，全家都有病了！所以他们不打算接受长期咨询，也并不认为这需要花费韩闻逸很长的时间。

韩闻逸为难地皱皱眉头，一偏头，正对上武顺的视线。

在武大问跟韩闻逸商量的时候，武顺没怎么开过口。他就一直在边上默默看着韩闻逸。韩闻逸每拒绝一次，他的目光就冷几分。刚来的时候这少年还跟他老爸吵得有声有色的，这会儿却变得丧眉耷眼、无精打采的。

——他原本以为至少在这里，有人可以理解他，可以帮他说几句话。

少年的目光韩闻逸的心里不由自主地动了一下。他明白，如果他不接这个工作，他们不会再找其他咨询师，他们也不会去尝试心理咨询。

片刻后，韩闻逸暗暗叹了口气。随即他打起精神，微笑道：“那你们跟我来吧，我们聊聊。”

武大问和武顺一怔，面面相觑。他们本来就已经不抱什么希望了，韩闻逸却居然忽然答应了！

武顺苟着的背瞬间又挺直了，神采奕奕。父子俩互相瞪视着，雄赳赳气昂昂跟在韩闻逸的身后，走进了咨询室。

即使他们说他们不需要做家庭治疗，但韩闻逸的思路还是一样。他得先弄明白父子俩的矛盾所在。

“你们今天是因为什么事情吵架呢？”他问道。

先开口的是武大问：“早上他跟学校老师吵了一架……”

这个之前武大问已经说过了。武顺先是跟老师吵架，父亲被叫到学校以后，他又接着跟父亲吵了一架。

韩闻逸问武顺：“你为什么会跟老师吵架？”

武顺冷笑着嗤了一声：“她多管闲事，狗眼看人低！”

“怎么说？”

韩闻逸以前也接待过一些叛逆期的孩子，这些孩子大多是被父母认为心里有问题强行押送来的，让他们开口说句话跟挖金矿似的难。但武顺是自己找来的，他又很信任韩闻逸，所以他很爽快地就都交代了。

武顺在市里一所很好的公立学校念书，才升上高二。他在班上有一个最好的哥们，名叫林羽轩。这林羽轩也是一个让老师头疼的不良少年，应该比武顺还让人头疼点。这两天学校刚刚开学，林羽轩没来上课，因为暑假末尾的时候他在游戏机房跟人打了一架，受伤了，这两天还在医院里。

于是就在今天上午，武顺在走廊上碰上教导主任，擦肩而过的时候，教导主任随口在他耳边说了一句话。

她说：“以后你离林羽轩那种人远一点，别让他把你带坏了。”

教导主任说这么句话，估摸着在她眼里，虽然同是不良少年，林羽轩已经属于没救了的那种，武顺还是可以拯救一下的。很可惜，武顺非但没有对此感恩戴德，反而火冒三丈。

他一把拦下教导主任的去路，气势汹汹地质问：“林羽轩那种人？哪种人？你给我说清楚！”

教导主任是个个子矮小的中年女人，武顺年纪虽然小，但营养好，个子已经一米八几了。他站那儿一发狠，把教导主任吓得不轻，被路过的其他老师看到了，以为他要跟教导主任动手，忙上来阻拦。最后一阵摧枯拉朽的，闹剧越闹越大，眼看无法收场，校领导一个电话把武大问给请到学校去了。

“我爸到了学校，只听那些老师说的，然后不分青红皂白就让我跟教导主任道歉。凭什么？！”武顺满脸写着不高兴三个字，“我就说，让我道歉，行，可以！但那个女人必须先跟我解释清楚，林羽轩是哪种人？她凭什么这么说？谁给她的权利干涉我们交朋友？她先说清楚，先跟我道歉，我才有可能跟她道歉！”

“然后呢？”韩闻逸问道，“她道歉了吗？”

武顺嗤了一声：“怎么可能？她那种人，让她跟学生道歉，她宁可去死吧？反正我也没道歉，我爸逼我，我就跟他吵起来了。课我也不想上了，我们就来你这儿了。”

——以上是武顺讲述的版本。

武大问对此有不同的意见：“什么叫老子不分青红皂白？老子今天早上正在跟员工开会，就接到你们学校电话，说你把教导主任给打了！我把公司里几百号员工丢下赶到你们学校去，就看到你们教导主任哭得那个惨啊，手腕都让你掐红了。别的先不说，你跟老师动手，你是不是该道歉？！这做人的道理没人教过你？？”

武顺翻了个白眼：“我打她？我要是跟她动手，她还能站那儿哭？是她先推我，我让她别碰我，才去抓她手腕的！这叫我打她？如果这算打人，那也是她先打的我！”

武大问气得脸红脖子粗：“她就到你胸口高，腿还没你胳膊粗，她怎么打你？是你先凶她，她那是被你吓到了才想把你推开！退一万步说，就算她打你了，你能还手吗？！跟老师动手，跟长辈动手，跟女人动手！谁教你的？？”

他一口气吼了一大串，稍稍缓了口气，又接着喷：“你是什么时候变这么混账的，啊？！我看你们老师一点没说错，就是那个林羽轩把你给带坏的！”

一听到父亲跟老师站在一条线上，武顺的眼神瞬间变得阴鸷。他懒得跟父亲争自己好朋友的为人，只冷笑道：“对，老师说什么都对。你从来都是这样。只要老师找你，你从来不管他们做了什么，只要我有一点不对的地方，在你眼里就全都是我的错！你就二话不说让我道歉、认错！”

他说着说着眼眶都红了，挤眉弄眼地讥讽：“为什么？因为我是你儿子，你是我老子，你就想在那帮老师面前证明你有多能耐。训儿子多威风多有面子啊，是吧？你想过我的感受吗？啊？！我是个人，不是你养的一条狗！”

咨询室的门关上以后隔音效果就很好了，韩闻逸听着他们吵架，没有立刻插话。

“你还有没有良心？”武大问脸涨得通红，“我跟你妈三天两头被老师叫去学校，你以为我们很有面子？我每次说你，那是因为你都有错，我当你爹我不该管教你？我在老师面前我没有帮你说话？你错的地方我就说你，你没错的地方我也都帮你跟老师理论了！”

武顺一脸新奇地瞪大眼睛：“你帮我理论？你什么时候帮我说过话？梦里吗？”

“我怎么没有说过？上次你们老师说你成绩下滑，让你把心思多放点在学习上。我是不是跟老师说这不光是你一个人的责任，也是老师的责任。既然学校清了他们当老师，他们就得想办法培养学生的学习积极性，而不是把责任都推给学生和家长！当时你就在边上，你都不记得了？”

“你哪有说过这种话？！明明是老师说我学习成绩下降，你就帮着老师骂我，说什么我被惯坏了，一点不知道生活要靠自己努力。”武顺愤愤不平，“你会去指责老师？拉倒吧！你哪次在老师面前不是卑躬屈膝，奴颜媚骨？！”

看来武顺这孩子语文成绩应该不错，成语张口就来。

“什么？！”武大问也震惊了，“我天天跟市里领导吃饭都没卑躬屈膝过，我对你们老师卑躬屈膝、奴颜媚骨？！那你教教我怎么叫不卑躬屈膝？帮你把你们全校老师都揍一顿？！”

韩闻逸微微怔了一下。天天跟市里领导吃饭？看来这武大问还是个挺成功的生意人。

这父子俩吵了老半天，他大概也听明白了。听武顺的意思，武大问是个忽视青少年心理健康的不称职的家长；而照武大问的意思，明明是武顺这孩子成天惹事，而他自己却是个相当讲道理的家长。

武大问和武顺吵得都气呼呼的，谁也不能吵赢谁，就把目光投到韩闻逸的身上，指望他帮忙评个公道。

“韩老板，你说他这孩子是不是……”

“闻逸哥，你说我爸他是不是……”

韩闻逸谁谁也不偏帮。他起身拿了两张白纸和两支笔过来，递给他们两人。

“这样，你们把你们认为对方身上存在的让你们不满意的缺点写下来，并且在旁边写至少一个能够证明这个缺点存在的例子。写完之前先不要交流，可以吗？”

武大问和武顺都挺听韩闻逸的话。父子俩互相翻了个白眼，接过纸笔，各自背过去写去了。

过了一会儿，武顺好像先写完了，转过身看了眼自己老爸。武大问还在洋洋洒洒地奋笔疾书。

少年脸上顿时露出了不服输的表情，背过身咬着笔思考了一会儿，继续往下写。

韩闻逸坐在一旁，看到这个有趣的小动作，情不自禁地微微一哂。

一段时间以后，两人都放下了笔。

“那么现在，交换一下，”韩闻逸说，“你们让对方看一下自己写的东西好吗？”

武大问和武顺写的时候就知道是要拿给人看的，自然没什么意见，互相交换。然而两人拿到对方的控诉一看，还没看完呢，都急眼了。

“你这写的什么玩意儿？我监视你？你知道你老子一天要谈多少生意吗？我是吃饱了撑的有空来监视你？！”武大问抖抖手里的纸，“你那天跟林羽轩那小子在台球厅里抽烟，那是我路过台球厅门口正好看到的。谁跟踪你啊？！”

武顺一副冷冰冰懒得跟他吵的样子:“你有没有做过你自己心里知道。”

结果他没看两行就淡定不下去，也光火了：“你是不是年纪大了记忆错乱？我什么时候故意扔我妈东西了？”

韩闻逸连忙阻止了他们的下一轮争吵。他示意他们重新拿起笔：“如果你们认为对方写的事情不是真实的，或者是不全面的，那就在旁边把你们认为真实的事情原委再写一遍。不用交流，就写你们的想法就可以。”

父子俩又一次偃旗息鼓，继续奋笔疾书。这一次他们都洋洋洒洒写满了几张纸为自己进行辩解。

等他们全写完以后，韩闻逸先是瞄了一眼。

这父子俩对对方都是满满的怨词。像武大问一开始写儿子的缺点是“不懂事”，后来他发现他有太多事情想要控诉，“不懂事”涵盖的面太广了，他又划掉了，给细拆成了“不孝顺”“没礼貌”“不懂感恩”等等。

而两人在看到对方对自己的指控的时候，也都是不服气的。除了个别一两条他们没有反驳，其他他们都写了更长的辩解甚至是反向指控。对于自己被人指出的缺点，他们也认为那是对方或者其他人的错导致。

韩闻逸示意他们再次交换写完的东西：“你们看一下对方写的内容吧。看完之前先不要讨论。”

于是武大问和武顺又交换了手里的纸。他们看到对方写的东西，时而惊讶，时而荒谬，时而愤慨。

“我怎么……”

武大问正要开口，被韩闻逸抬手制止了：“武先生，您看完了吗？”

武大问硬生生把话咽回去，做了几个深呼吸，接着往下看。

因为韩闻逸不允许他们交流争辩，父子俩真是憋得够呛的。看他们的表情就知道，他们不服气。非常不服气。

韩闻逸也看了下他们写的内容。他们的矛盾，有些是立场不同引起的，譬如武大问不允许武顺晚上十一点以后跟朋友出去玩，武顺认为父亲过度干涉他的自由；武大问这认为儿子不学好，大晚上出去肯定是出去鬼混。

另外还有一些，则完全是罗生门，从两人的立场上描述出来的完全是两件不同的事情。甚至有一些他们根本不知道对方在说什么，他们觉得对方描述的事情根本就没有发生过。

武顺先把他爸写的东西都看完了，抢先开口：“你记性有问题吧？还是你除了我之外还有其他儿子？什么乱七八糟的事情都往我头上扣？我什么时候骗你说我出去学习结果出去玩了？不好意思，我每次都是明明白白告诉你们，我是出去玩的。我犯不着骗你。我再怎么混账，我做事也敢作敢当！我最讨厌别人冤枉我！”

“你敢作敢当？你敢说你不骗人？”武大问好像听了个笑话，“你撒过的谎多了去了，我给你面子，我都懒得揭穿你！”

武顺“唰”一下站起来，气得浑身发抖：“你说！你今天就一件一件全说清楚，我不要你给我留面子，你说得出来我随你怎么样！你说不出来你就是我孙子！”这个年纪的少年，气性极大，是最受不得委屈的。

见到儿子发这么大火，武大问吃了一惊，同时也有些茫然。他并不觉得自己做错了或者说错了什么。他认为他指出的武顺身上的毛病每一件都是真真实实的，这孩子难道都不记得了？还是不肯承认？如果只是不承认，又如何能表现出如此受冤枉的样子？要说是演的也不像啊……

韩闻逸见他们又要吵起来，只怕由着他们，他们能把咨询室的天花板都掀了。他再一次制止了他们的争吵，拍拍武顺的肩膀，平和地劝道：“你先坐下。”

武顺对着他爹是头凶狠的小狮子，对着韩闻逸就变成一只委屈的大狗。他磨磨蹭蹭重新坐回沙发上，坐得离他爸几尺远，只恨沙发不够长，要不然他能坐到天边去。

父子俩似乎都等着他来主持公道，但主持公道是“老娘舅”做的事，不是心理咨询师做的事。他看不出谁对谁错，他也不觉得需要评判对错。

家庭治疗这件事有点像是在玩推理游戏，每个人都给出一点线索，把他们给的线索结合在一起可能拼出一幅完整的图案；也有可能互相矛盾，随后只拼出一盘散沙。他得从中寻找蛛丝马迹，尽可能地构建起一个宏大的世界。但跟推理游戏不同的是，他不需要找出谁是凶手，因为也许故事里的每一个人都是凶手，也有可能行差踏错一步，他自己变成了那个凶手。

他说：“你们都相信自己写的内容是真实的，如果对方的说法和你们不一样，是对方记错了，对吗？”他只说记错，而不指责任何一个人有撒谎的可能性。

武大问和武顺都毫不犹豫地点头了。

韩闻逸笑了笑：“那我们先来做一个小测试吧。”

武大问和武顺都是一愣。测试？

韩闻逸起身，不一会儿，他手里拿着一台平板电脑回来了。他把平板电脑放到桌上："我们先看一段影片，好吗？"

为了能看清屏幕上的内容，刚才坐得很远的武家父子不得不挪得近了一些。他们虽然不知道韩闻逸想干什么，但是他们都没有什么意见。

韩闻逸给他们看的是一部很冷门很小众的影片，看之前他询问了父子两人有没有看过这部影片，父子俩都摇头否认了。于是他就给他们播放。

这是一部黑帮电影，讲述的是两个原本很要好的兄弟"没头脑"和"不高兴"，一起经历风风雨雨闯天下，可在经历了一系列的事件之后，他们最终反目成仇并相互残杀的故事。

韩闻逸并不是按照顺序给他们播放的，他先放了影片的结局。那是一幕很悲凉的场景。

"没头脑"得知仇家派出的杀手已在前往暗杀"不高兴"的路上，而"不高兴"对此还毫不知情，"没头脑"最终下定决心，冒着生命危险亲自去给自己昔日的好兄弟通风报信。然而当他赶到"不高兴"所在的地方，没有看到"不高兴"，忽听身后一声枪响，一枚子弹从他的胸口穿过！

他捂着胸口转身倒下，临死前看到了不可思议的一幕：朝他开枪的人正是他不惜冒着风险也要拯救的"不高兴"！"不高兴"却全然不知好友的心思，冷笑着说：杀了你，所有的一切就都是我的了。

电影就在此处落幕。

看完这一段以后，武家父子都不胜唏嘘。他们一个是在商场厮杀多年的商界精英，一个是正值青春期的热血男儿，对兄弟情这东西都是很有感触的。

韩闻逸关掉了这段视频。武家父子都眼巴巴看着他，不知道他给他们看这么一段视频的用意。然而韩闻逸什么都没说，反而又打开了另外一段视频。

"请你们仔细看接下来的这一段。看完以后我会提一些问题让你们回答，以此来测试你们谁的记忆力更准确——毕竟刚才有很多事情你们都质疑了对方的记忆能力，而更相信自己记得的内容。"

武大问和武顺一惊，立刻斗志满满地盯住屏幕。他们都有信心，也都必须证明，自己才是正确的那一个。

韩闻逸给他们播放的，依旧还是这部电影的片段，只不过他是先给他们看了结局，才跳到前面去播放。这一次他播放的是电影开头，“没头脑”和“不高兴”还是好朋友时，一起奋斗打拼的片段。

父子两个都看得聚精会神的，尽可能地注意每一个细节，以免待会儿韩闻逸向他们提问的时候他们答不上来。这一次的片段韩闻逸放得比较长，放了整整十几分钟。

放完以后，他拿了两张问卷分别交给武大问和武顺：“你们来填一下吧。”

武顺率先摩拳擦掌地接过问卷。他对自己的记忆力非常有信心。他现在上的是市里非常好的一所公立高中，可不是他爸砸钱把他塞进去的，而是他自己凭实力考进去的。他自觉自己非常聪明，念书不是什么难事。所以每次武大问跟他对一件事情的看法发生矛盾，他都坚信是武大问搞错了。

他开始看题。

第一个问题是这样的：“你是否看到酒吧门口有一块广告牌？ A、看到了 B、没看到。”

武顺闭上眼睛思考了一会儿，脑海中浮现出刚才电影里的画面。不一会儿，他比较确定地选择了 B。他并没有在酒吧门口看到什么广告牌。

选完之后，他还偷偷看了眼旁边的老爸。武大问皱着眉头还在思考，他显然记不清楚这些细节了。

武顺不由嘲讽地勾了勾唇角，继续往下答。

第二个问题是这样的：“你有没有看到停在广告牌下面的黄色轿车？ A、看到了 B、没看到。”

武顺微微一怔。他印象里的确是看到黄色轿车了，但是哪儿来的广告牌？

他想了一会儿，认定这应该是个陷阱，坚持选择了 B。

他做了几道题，又偷看边上武大问。武大问还在抓耳挠腮地回忆前几道题。他忍不住开始放垃圾话：“记性不好就别勉强了。”

武大问立刻怒目相向：“做你自己的！”

武顺哼了一声。

很快他答了几道题，到第七题的时候，他居然又看到了广告牌这三个字。

“影片第七分钟的时候‘没头脑’靠在哪里抽烟？A、电线杆 B、广告牌。”

武顺再次闭上眼睛回想刚才电影里的画面。“不高兴”抽烟的场景他有点印象，是在哪里呢？想啊想啊……他的脑海中若隐若现地浮现出一块广告牌来。

这个回忆让武顺自己都有点蒙了。他刚才回忆的时候确实没想起来有广告牌，可现在闭上眼睛回想，酒吧门口又好像的确是有那么一块广告牌来的？到底是哪个记忆错了？

他抓耳挠腮想了半天。忍不住偷偷瞟旁边的老爸。卷子没瞟到，视线却撞上了——这父子俩也怪有默契的，都想偷看对方的答案。

武大问四十好几的人了，这都告别考试多少年了，谁想得到居然还能沦落到这地步。这可真是重温青春了。

“咳。”考官韩闻逸出声维持考场秩序，“不许偷看。”

两人只好老老实实自己答题。

武顺继续回想。他拼命回想，越回想，脑海中隐隐约约的画面就越清晰——是了！他现在想起来了！的确有，而且广告牌是黄色的，是某运动品牌的广告！

这么清晰的回忆让武顺瞬间信心满满。他先把这道题答完，赶紧又返上去修改了前几题的答案。

问卷里还有一些跟“没头脑”和“不高兴”相关的问题。

“在得知‘没头脑’被老大提拔以后，‘不高兴’的反应是：A、为他高兴 B、嫉妒却强颜欢笑。”

“影片第八分钟的时候‘不高兴’偷偷‘没头脑’的包里塞了什么？A、

毒品 B、现金。”

武顺有些有印象，有些记不清了，有些电影里就没有讲明白。他看到“不高兴”往“没头脑”包里塞了一个纸袋，但是纸袋里装的是什么至少这一段情节里没有说明啊！

“闻逸哥，”他掀起眼皮，“这题确定没出错吧？”

韩闻逸摊手：“如果不记得或者不确定，可以空着不填。”

武顺犹豫了一会儿，并没有空着。他还是按照自己的想法填了个选项——既然“不高兴”是黑社会，他往同伴的包里塞毒品也是很正常的吧？于是他填下了 B。不管怎么说，哪怕瞎蒙一个还有一半正确的几率呢，没道理空着不填啊！

最后还有一道开放的填空题。问题是这样的：“从本段影片中，你认为‘没头脑’和‘不高兴’的性格分别是怎样的？请填写一个细节来佐证你的观点。”

问题特别指明了是本段影片，也就是说上一段影片里的内容是不能参考的。武顺想了想，给“没头脑”总结的性格特点是重情义，佐证是影片中“没头脑”曾施舍乞丐。至于“不高兴”，武顺脑海中始终挥之不去的是他最后枪杀了自己好兄弟的画面，于是他给“不高兴”总结的性格特点是残暴，佐证……他一时没想出来。

于是他看了眼上面做过的题目，有一题给了他灵感，他忙写下佐证是“不高兴”在得知自己的好兄弟升职以后，非但不为他高兴，反而还嫉恨他——这还是兄弟干的事儿吗？真是玷污了兄弟这两个字！

很快，父子俩都做完了答卷。他们把答卷交给韩闻逸。

两人互相对视一眼，眼神里都是刀光剑影。

不管怎么样，气势不能输。输了这一场，以后都得授人话柄啊！

父子俩的暗战打完，都把目光投向韩闻逸。武顺到底年纪小点，一面对韩闻逸就露怯了，紧张得直咽唾沫。

武大问还是比较淡定的。他对着韩闻逸一脸从容，至于他心里有底没底，那就只有他自己知道了。

他们都在等韩闻逸评出一个结果，但韩闻逸只是看了一眼就还给他们了。

“因为你们都没有看过这部电影，那我现在先给你们讲一下电影的大概内容。这部电影有两位主角，‘没头脑’和‘不高兴’。‘没头脑’看起来看起来是个大大咧咧没心没肺的人，其实他的城府非常深，他的内心也非常贪婪。”

武大问和武顺同时睁大了眼睛。刚才那两段片段里完全没看出来啊！

“‘不高兴’呢，是一个比较稳重也挺讲情义的人，他给人的表面感觉很冷漠。一开始，‘没头脑’和‘不高兴’他们进了同一个帮派，感情很好。后来为了向上爬，‘没头脑’背叛、出卖了‘不高兴’很多次。‘不高兴’看中兄弟情义，最终都原谅他了。”

“多年的奋斗以后，他们两个都出人头地了，各自成立了帮派，都成了老大。但他们为抢地盘、抢人手，竞争也越发激烈。‘没头脑’想置‘不高兴’于死地，就把他的行踪出卖给了敌人，准备借刀杀人除掉‘不高兴’。”

“然而就在杀手去暗杀‘不高兴’的那天，‘没头脑’在家收拾东西。他忽然收拾出一张泛黄的老照片，是年轻时的两人。他翻过照片，发现照片的背面竟然写了一行字，是很多年以前‘不高兴’写下的。那行字是——‘你是我今生最好的兄弟’。”

韩闻逸平静地娓娓道来，“他忽然想起这些年发生过的很多往事，想起他们一起打拼的日子，想起‘不高兴’对他所有的好。最后一刻他良心发现，不管不顾地跑去找‘不高兴’，想让他快点逃走。然而这些年，‘不高兴’也早已变了。他早已对‘没头脑’失望透顶，也下定决心除掉‘没头脑’，把他的一切占为己有——然后，就是你们刚才看过的大结局。”

武家父子早已听得目瞪口呆——从刚才韩闻逸给他们看的那两个片段里，根本看不出这些内容来！

武顺这心里瞬间就虚了。他忽然意识到自己好像跳进了一个坑里，这要是真的学校里考试，这会儿他肯定偷偷摸摸在台板底下改答卷了。可惜在心理咨询室里，一切清清楚楚，无可遁形。

韩闻逸笑了笑，并不对他们的答卷做什么评价，只说：“刚才那段我再放一边你们看看吧。”

他又重新播放了一遍刚才的视频，才开头，武顺就傻眼了——那酒吧外头，光秃秃一根电线杆子，哪来什么广告牌啊？！

再往下看，他就更加坐立不安。影片里根本没有什么黄色轿车，只有一辆红色的，但他改了电线杆的答案，就上去把所有和电线杆有关的答案全给改了。这些细节还都算了，涉及主角的剧情，他回答的更加错漏百出。

在得知“没头脑”被老大提拔以后，“不高兴”是高兴还是强颜欢笑？刚才他选了强颜欢笑，可现在再看一遍，他明明笑得挺欢实的，没什么证据说他假装开心呀！

“不高兴”往“没头脑”包里偷偷塞了什么？刚才他选了毒品，可再看一遍，发现吃饭的时候“没头脑”随口抱怨了一句家里母亲生病了，那明明是塞钱更有可能吧？

至于最后的填空题，在了解了全部的剧情以后，武顺已经知道自己完全理解差了，可再看一遍，他还是觉得汗颜——他认为“没头脑”是个重情义的人，原因是他第一遍看的时候记得两人一起走路的时候“没头脑”曾经摸出一个钢镚儿送给路边的乞丐，第二遍再注意看，发现给乞丐钱的人竟然是“不高兴”！这敢情好，他情节倒是记住了，却直接来了个张冠李戴……

武顺本来对自己的记忆力很有信心，可整个片子看完，他对一遍答案，发现自己做错了一大半。他心虚地看了眼武大间，生怕武大间来问他成绩。但武大间被他一看，也下意识地把自己的问卷往旁边挪了挪。

——父子俩的测试结果基本半斤八两，谁也不比谁好到哪里去。

韩闻逸委婉地问道：“你们有没有做错一些题目呢？”

武大间和武顺都不吭声，算是默认了。

这回韩闻逸没有让他们互换答案，也没问他们究竟错了多少。他并不打算让他们的错误曝光在别人面前，因为那只会适得其反，他们很有可能会出于自我保护的目的而坚持自己的错误。只要他们自己心里对他们之前坚信的东西产生疑问和反思，他的目的也就达到了。

他慢慢地解释："我们有时候会把记忆当成是电脑的磁盘，以为储存进去的都是真实的。但是并不是这样。记忆其实是我们对世界的解读。当我们重新回忆一件事情的时候，我们不是准确地再现它，而是用我们自己理解的方式重构了这件事。"

有了前面的测试结果做打底，武大问和武顺都眼巴巴地看着他，认真听他说。

"举个简单的例子，就好像刚才影片里酒吧的门口是没有广告牌的，但男主角家门口里有一块黄色的运动品牌的广告牌。我不知道你们一开始是否记忆准确，但我在后面问题里频繁暗示，很可能会误导你们。当一个人潜意识里认为一件事应该是什么样的时候，他很有可能按照之后的理解去修改之前的记忆。"

"甚至对于我们其实并不了解或者不记得的事情，我们也会按照自己的理解去将它补全，而不会任由记忆空白着。"

他大致看了下父子俩的问卷，父子俩在广告牌这道题上很有默契，一开始都选择了没看到，后来都把自己的正确答案给修改掉了。明显都是被误导了。他也提示过他们不知道的可以不写，可是父子俩都没有空一道题。

韩闻逸接着说："另外，心理学上有一种现象叫作验证性偏差，当我们已经有一个观点的时候，我们会本能地关注所有能够支持我们观点的证据，忽视那些跟我们观点相反的事情。刚才我先给你们看了结局，你们对两位主角的性格已经有了预先的判断，当你们再去看前面的剧情的时候，会不会有一些先入为主但是不太正确的解读呢？"

因为他们已经认定了"不高兴"是坏人，他们就会拼命去寻找所有"不高兴"邪恶的证据，扭曲、误解，甚至编造。

"韩老板。"武大问位于这个测试有点微词，"这个毕竟是电影，两个外国演员，长得本来就眼生，我们对人物不熟悉，就看了几分钟片子，记错也很正常吧？如果是身边的亲戚朋友，都是很熟的人了，那肯定会记得更清楚啊！"

“当然，对亲戚朋友的熟悉程度肯定比对电影角色高。”韩闻逸说，“但是看电影之前，我已经提示你们认真仔细地记住影片的内容。在生活里，不可能每时每刻都用心，反而更容易因为粗心大意留下一些有偏见的印象，你觉得有道理吗？”

武大问想了想，不说话了。

“本来我们在选择记住什么东西的时候就已经有偏见了，然后在我们选择回忆什么也是不公正的。”韩闻逸又接着说道，“人的记忆跟情绪有匹配性。在悲伤的情绪下，更容易回想起悲伤的事情，在快乐的情绪下，更容易回忆起快乐的事情。”

他开玩笑：“如果你每次考试的时候都觉得很悲伤，那就试试在悲伤的时候背单词，这样考试时回忆起来的概率更高。”

武大问和武顺都露出了恍然大悟的表情。这对暴脾气的父子俩，显然没少说急话气话。有时候气头过去了，自己都觉得自己之前无法理喻。原来是这个原因？

武家父子都若有所思，韩闻逸就停了一会儿让他们思考。

他刚听了父子俩说的很多罗生门，他并不知道真相是什么，但他可以猜测出很多可能性。

武顺讨厌父亲和老师站在同一阵营，他更多记住的是武顺的态度，因此武大问或许讲了许多公道话，他却没有记住；也有可能，武大问或许没有他自己想象的那么公道，他批评了儿子许多句，只委婉地提点了一下老师，但他潜意识里认为自己应该是个公道的人，于是他在记忆里就把自己讲理的内容放大了。

至于武大问觉得儿子是个爱撒谎的人，许是武顺的确承诺了什么却没有做到，他心里就留下了儿子爱撒谎的偏见，凡他觉得有疑问的事，都把原因归结为儿子故意撒谎，譬如武顺出门晚了五分钟回家，他就觉得儿子骗人；武顺说好周末学习，偷摸玩了五分钟游戏，他也觉得儿子骗人；以后武顺说什么话，他都要怀疑一下。至于武顺呢？他相信自己是个有担当的人，即使有事与愿违的地方，他也不会把错归于自己“撒谎”。矛盾也就越积越大。

——当然，这些都是他的推测，未必是真相，他也不打算让他们去还原一个真相出来，因为那只会引发新一轮的争执。只要他们愿意修正自己心里的“真相”，尽可能地和别人的“真相”靠拢，矛盾和误会也就随之减小了。

亲近的人未必就没有偏见。反而可能越亲近，偏见就越根深蒂固。陌生人说他是一万年后穿越来的未来人类也许都有人会相信；可自己的儿子就因为五岁时砸碎了一个碗，即使五十岁时的他已经成了举世闻名的科学家，在父母的眼里，他却依旧还是那个做事毛手毛脚的傻小子。

过了一会儿，没等韩闻逸提醒，武大问主动把他先前写的控诉儿子和儿子辩解的纸拿起来重新看。

武顺见状，也有样学样，重看他自己和父亲刚才写的东西。

之前他们看的时候，都是满腔的不服气和愤怒。这会儿才重看，却都是若有所思的。

到底什么才是真的？到底什么才是对的？

他们思考的时候，韩闻逸情不自禁地看了眼手表。他跟这对父子已经聊了远远不止一个小时了，他下午还要去见另一个投资人，快没时间了。

武大问注意到了他的动作：“韩老板，你是不是有事要忙啊？”

韩闻逸点点头。

“不好意思不好意思，耽误你这么长时间。”武大问忙给他道歉，“那你赶紧去忙，我们……”

他本来想说我们下次约时间再聊，突然想起来咨询之前韩闻逸说过这不是一次性能解决的问题，当时他还信誓旦旦说就让韩闻逸陪他们聊一会儿就行。但聊了这么些会儿，他已经隐约意识到他们父子之间的矛盾不是明面上看起来那么简单。这光意识到问题没用，还得知道怎么解决问题才行啊！他们恐怕还必须得找韩闻逸再多聊几次……他顿时有点不好意思了。

韩闻逸看穿了他的心思。他无奈地笑了笑：“如果你们还有意向下次继续来做咨询的话，我给你们布置一个作业吧？”

武顺听到作业两字就情不自禁地哆嗦了一下。这每天上课的作业都做不完了，做个心理咨询也要留作业的？！不过他倒还真有点好奇，这作业会是什么样的。

见父子俩都眼巴巴望着他，韩闻逸就知道他们决定要接受长期咨询了。即使他再忙，这项工作既然接手了，就不能推给别人了，他得帮人帮到底，送佛送到西。

“今天我让你们列出了对方的缺点，并且找到证据来证明你们的观点。我希望回去以后，继续找证据——找那些跟你们的结论相反的证据。”

父子俩都是一愣。

“比如说，武先生，你认为小顺不懂礼貌，那么就试着找一两件他其实是讲礼貌的事情，记录下来。”

人们总是本能地寻找那些支持自己观点的证据，所以每个人的观点总是那么坚定、不可动摇，无论它在别人眼里看起来多荒谬。而所谓的辩证性思维，就是克服本能，自发去寻找相悖的论据来自我质疑。

“我建议你们重新制作一张表格，在你们认为的缺点边上写上相反的优点，然后为评估它们的比值。比如武先生认为小顺不懂礼貌的时候占了60%，懂礼貌的时候占了40%……以此类推，把每一项都记下来。”

他不希望他们从一个极端跳到另一个极端，那又是另外一种偏见了。人都是矛盾的、复杂的，站在一个更开阔的视角才能做出更公正的评价。而且一旦他们照着这个方法去做了，他们又会发现一些他们以前没发现的事情。比如武顺为什么对有的人礼貌，对有的人蛮横无理，到底是他的性格缺陷，还是被他无理对待的人身上也有什么问题？

把作业布置完，韩闻逸又看了眼时间，真的来不及了，他得出发了。

“韩老板赶紧去忙吧，我们下次再来。”武大问连忙收拾东西站起来。武顺也跟着站了起来。

“对了，下次再来的话，小顺的妈妈要不要也一起来参与？”韩闻逸问。

武大问和武顺对视了一眼。还是武大问开口：“主要是我们父子俩矛盾大，我老婆挺温柔一人，她什么都挺好的。”

武顺好像想说什么，想了想，又咽回去了。

韩闻逸对武大问的说法不置可否。家庭就像一个化学式，每一个人都扮演着重要的角色，要么是反应产物，要么是催化剂。他说：“如果有时间，就一起来聊聊吧。”

三个人一起走到咨询室门口，韩闻逸开玩笑：“下次来别忘了预约。”

武大问一愣，旋即爽朗地哈哈大笑：“韩老板，今天谢谢你啦！”

送走了武家父子，韩闻逸就出发去见投资人了。坐上车，他越想越觉得武大问这名字有点耳熟，武大问这人也有点脸熟。想着想着，他忍不住拿出手机在搜索栏输入了“武大问”这三个字。

搜索引擎立刻跳出来许多相关的新闻报道，其中一条的标题是——《武大问：从“急性子商人”到公益人的华丽转身》

韩闻逸愣了一下，终于想起来了。他平时常关注一些财经新闻，就曾在网上看过有关武大问的专访报道。这武大问似乎是一个事业上很成功的实业家，近年来开始热衷公益，所以媒体对他也有了比较多的关注。

有一回在一个专访里记者问他，以前有过从政的经历，后来为什么转去从商了？他哈哈大笑，说他这人是个急性子，口无遮拦，做不了官，就只能做商人。后来他就有了“急性子商人”这个绰号。

韩闻逸放下手机，想了一会儿，不由微微一哂。

果然这世上不管什么样的人，都各有各的烦恼啊……

晚上下了班，钱钱回家吃晚饭。一进门，家里只有钱美文在，钱为民晚上有事，烧好饭就出去了。

母女两个把饭菜端上桌就吃起来了。

“你什么时候去参加补考？”钱美文问。

“月底。”

“哦。”钱美文想多询问几句，想起韩闻逸的叮嘱，又硬给憋回去了。

过了一会儿，她忍不住叹气：“唉，当初你要是考上 A 学院就好了。

要是考上了，哪还有这些事儿……真是太可惜了。”

钱钱正夹菜呢，闻言拿筷子的手一顿。她好笑道：“这都哪年的老皇历了，还说那个干吗？”

钱美文就不吱声了。

过了一会儿，钱钱慢吞吞地问道：“妈，我爸平时工作辛苦不？”

“啊？”钱美文莫名其妙地看了女儿一眼：“辛苦？他有什么好辛苦的？每天看看书、写写东西、上上课，他开心着呢。”

“我爸就没个压力大、不顺心的时候？”钱钱不信，“不能够吧？”

钱美文狐疑地打量着她：“你到底想说什么？”

“就想问问，我爸他不顺心的时候，一般你都怎么安慰他的？”钱钱问道。最近韩闻逸忙得连轴转，而且因为压力大，时不时叹口气、皱下眉头，甚至他自己都没发现。钱钱看在眼里，心疼得很。她很想为他做点什么，但她也是头一回谈恋爱，实在不知道自己有什么可帮上忙的地方。

钱美文突然把筷子往桌上一搁，发出“啪”的一声，把钱钱吓了一大跳。

“问这个干吗？”女人的第六感是很强的，钱美文立刻就察觉到了女儿的不对劲，“你谈恋爱了？谈多久了？跟谁啊？做什么工作的？”

“没有。我不是在心理咨询事务所上班么，最近在做一个专题。现在这社会上大家不是压力都挺大么，我们做的专题就是‘如果男朋友或者女朋友工作压力太大，另一方能做什么’。所以我来找你取取经。”钱钱目不斜视地夹菜，“再说，我这么大人了，就算我真谈恋爱，你慌什么？你还怕我早恋啊？”

“我慌什么了？没不让你谈恋爱，你上大学的时候我就说介绍小男生给你认识了，是你自己不要的。”钱美文嘀嘀咕咕地，“但你要真谈恋爱了，你可必须得告诉我那个男生的情况，让我帮你把关。我怕你太傻，被外面花花肠子的男人骗了。”

“我哪儿傻……”钱钱本想反驳，看着母亲的脸色，又把反驳的话咽了回去，“哎呀，扯哪儿去了，别跑题呀。我这是找你取材呢。”

钱美文想了一会儿，说：“能帮他解决的麻烦就帮他解决了呗。有时候他忙不过来，我就帮他写写教案理理资料什么的。我要是帮不上忙，就给他涨点零花钱，让他跟朋友出去吃顿好的，买点乱七八糟的东西，他心情自然就好了。”

钱钱咬着筷子沉思。事务所缺融资的事儿她能帮上什么忙？她连融资是怎么回事都还半知半解的；给韩闻逸加零用钱？人工资卡还没交到她手上呢！

吃完饭，钱美文进屋收拾房间去了。钱钱揣上钥匙：“妈，我出去走走啊。”

钱美文没起疑心：“那你早点回来。”

钱钱就出门去了。她没下楼，而是来到韩闻逸家门口，拿钥匙打开了他家的房门。

招财哧溜一下从屋里钻出来，跑过来亲昵地蹭她的小腿。

钱钱弯下腰，摸摸招财的脑袋：“饿了没小招财？我来喂你吃东西啦。”

韩闻逸最近忙得脚不沾地，今天晚上又要跟投资人出去吃饭，就把家里钥匙交给钱钱，让她来帮忙喂猫。他事先都已经交代好了，猫粮就在柜子里，冰箱里有牛肉，煮熟了切碎拌进猫粮里就行。

她照韩闻逸的指示把招财的饭盆水盆都添满，猫砂盆换干净，然后没有立刻回去，坐在客厅的地上，一边看招财吃饭，一边想心事。

她摸出手机，打开某社交软件，输入“如何安慰男朋友”，点击搜索。她搜到一个类似的问题，赶紧点进去看。然而一看到最高赞的答案她就傻眼了。

最高赞答案就一句话——“男朋友不高兴？多半是装的，打一顿就好了！”

她无语地继续往下翻，然而底下的回答大多都是恶搞。她看了半天，没找到什么有用的答案，最后还是决定求助好友。于是她给吴妮妮发消息。

钱钱没有钱：“话说，平时张西工作压力大，心情不好的时候，你都会怎么做啊？”

妮妮爱吃土豆泥：“怎么，金坷垃最近心情不好？”

钱钱没有钱：“嗯。”

妮妮爱吃土豆泥：“你要不要试一下戴上兔耳朵把自己装进快递里寄给他？等他开箱的时候你就一下从箱子里面蹦出来，萌萌地对他说：‘主人，我是你的小兔子。’保证给他一个惊喜！”

钱钱没有钱：“想死吗？”

妮妮爱吃土豆泥：“哈哈哈哈哈！”

钱钱没有钱：“快点，我认真的。”

妮妮爱吃土豆泥：“好吧好吧好吧。”

妮妮爱吃土豆泥：“其实我也没有什么很好的主意啊。要是张西心情不好来找我倾诉，我就听着，别不耐烦，也别嫌他烦。谁都需要找人倾诉的嘛。再不然，给他做点他喜欢吃的小饼干小点心什么的哄哄他开心？还能有啥？”

钱钱若有所思。

不一会儿，她又打开搜索引擎，开始搜索融资流程，艰难地啃起那些天使轮、A 轮、B 轮之类她之前完全不了解的东西来。就算帮不上忙，好歹到时候韩闻逸找她诉苦的时候，她也别像个傻子似的一句话都听不懂吧。

韩闻逸正跟投资人吃着饭，桌上的手机忽然亮了，他点开一看，是钱钱发来的消息。

钱钱没有钱：“任务完成！”

还拍了一张招财吃饱喝足躺在空猫饭盆边上的照片发过来。

韩闻逸不由微微笑了一笑。饭桌上其他人正聊着，他便拿起手机给钱钱回消息。

钱钱正捧着手机看关于融资的科普呢，收到回信，忙点开看。

我家的金坷垃：“再拍一张来看看，想我家宝宝了。”

钱钱不由啧了两声，用手指戳戳身边招财那滚圆柔软的肚皮：“他还管你叫宝宝啊？”

于是她举起手机对着招财“咔嚓”又是一张，给韩闻逸传过去。

没几秒，对方的消息就来了。

我家的金坷垃："不是这个宝宝。我是说另外一个。"

钱钱一怔，茫然地环顾四周。这房里还有其他活物吗？还是韩闻逸有什么收藏她不知道？好一会儿，她突然反应过来，顿时老脸一热。

饭桌上，韩闻逸时不时看一眼手机，然而他迟迟没有收到回信。他足足等了快十分钟，才有钱钱的消息进来。

钱钱给他发了一张天线宝宝的表情，底下配字——"本宝宝就喜欢你不要脸的样子"。

韩闻逸差点扑哧一声笑出来。他问钱钱："在干什么？怎么这么久才回消息？"

钱钱当然不会说过去的十分钟里她试着用各种美图软件自拍、修图，折腾了半天没拍出一张满意的照片所以最后还是选择了天线宝宝。她就高冷地回了两个字："撸猫。"

韩闻逸不由仰天长叹。这年头人不如猫啊。

钱钱没有钱："你还在跟投资人爸爸吃饭？聊得怎么样？"

韩闻逸抬头看看桌对面的投资人。也就刚吃饭前几分钟他们聊了下事务所的事，这位金主老爷还表现得兴味索然的。接着金主老爷就跟同桌其他人聊起什么网红经济来了，一聊起这个话题反而聊得兴致勃勃。韩闻逸知道他跟这位老爷也是道不同不相与谋，也就是为了礼节继续把这顿饭吃完。

"唉，有点心烦。"韩闻逸打了几个字，还没发出去，忽听桌上有人叫他名字。

"韩总啊。"

他立刻放下手机，与对方交谈起来。

半小时后，他把投资人送上车，长长松了口气，拖着疲惫的身躯回到自己的车里。他拿出手机，打开一看，看到那条没法出去的消息，犹豫片刻，最后还是把消息删掉了。

于是等钱钱收到韩闻逸消息的时候，已经是完全另外一个版本了。

我家的金坷垃："我吃好了，准备回来了。"

钱钱没有钱："还顺利吗？"

我家的金坷垃："多个朋友多条路，也算有收获吧。"

钱钱看着这条消息怔了怔，半天不知道该回什么，最后只能发了个摸头的表情过去。

翌日早上晨跑完，两人又一起去上班。刚上车，钱钱从包里取出一个玻璃小杯子递给韩闻逸。

"这是什么？"韩闻逸接了过来。这看起来好像是一杯甜点。

"草莓布丁。昨天晚上做着玩的，做多了就给你尝尝。"

韩闻逸挑眉："做多了？那可真巧，我最喜欢吃草莓。"

钱钱当然知道。她昨天晚上特意跑去超市买了材料，还是等钱美文和钱为民睡下以后她偷偷溜进厨房，照着网上的教程捣鼓到三更半夜才捣鼓出来的。好在这玩意儿不算很难，虽然她是第一次做，也只失败一次就成功了。她自己尝过，味道还是很像样的。

她绷了一会儿就绷不住了，跷起二郎腿，两手抱胸："本仙女第一次下厨，感动吗？"

韩闻逸含笑道："感激涕零。"

钱钱眨眨眼睛："这是我第一次做东西，水平有限。食物中毒可别找我负责啊。"

"只要是你做的，就算是毒药我也保证一口都不剩。"

钱钱被他哄得见牙不见眼的。

到了事务所，钱钱先上去。不一会儿，韩闻逸也捧着布丁上楼了。

他刚进办公室，手里东西还没来得及放下，刘小木就捧着一打文件推门进来找他说事。

于是韩闻逸匆匆忙忙把草莓布丁往电脑边上一放，就开始办公了。

周五一大早，韩闻逸刚进办公室，隐约闻到办公室有股异味，像是食物变质的味道。办公室有保洁阿姨打扫卫生，垃圾袋也会每日更换，这异味又是哪里来的？

他莫名其妙地走到办公桌前，屁股刚沾凳子，目光扫过桌面，蓦地跳了起来！整个人如遭雷劈！

——他看到了放在桌上的，钱钱送他的草莓布丁。

最近他简直忙得头昏脑涨，前天上午他把草莓布丁带进办公室，还没来得及吃，先跟刘小木聊了一会儿，又被夏见灵叫出去了。再然后他就离开事务所去风投机构了。昨天更好，他压根就没来事务所，白天去医院看了吕彤彤，下午又去录了节目，完全把这档子事给抛诸脑后了！

韩闻逸拿起草莓布丁，放到鼻子下闻了闻。这会儿是大夏天，办公室里的空调不是二十四小时都开的，晚上人一走，保洁员就把电给拉了。没了空调，气温能有三四十度高，这新鲜食物放了两三天，明显已经馊了。

他懊悔不迭地拍拍额头，头疼不已。过了一会儿，他拿了把小勺子，挖了一小块布丁含进嘴里。布丁的味道酸滋滋的，口感十分奇怪。他不敢往下咽，还是吐了出来。这要吃下去，怕真得食物中毒了。

"唉！"

他长叹一口气，犹豫再三，还是将布丁放回一旁。

中午，钱钱跟同事们一起在外吃好午饭，有说有笑地走回事务所。

刚进事务所大门，就见前厅坐着一个打扮精致的女人，正低头玩手机。钱钱漫不经心地看了一眼，还以为是个来咨询的客人，正打算上楼，那女人像是有心灵感应似的，也抬头看向她。

四目相对，两人皆是一愣。

"钱钱？"

"林阿姨？"

坐在那儿的不是别人，正是韩闻逸的母亲，林佩蓉。

同事们以为是钱钱的熟人，就留下她自己上楼了。钱钱朝着林佩蓉走过去。

“钱钱，你在这里……上班？”林佩蓉有些吃惊。她跟韩闻逸不住在一起，平时交流也很少，就连韩闻逸公司缺融资的事儿，她都是听风投机构的朋友说了才知道的。钱钱的事情，她自然也不知道。

“啊……”钱钱有点尴尬，“对。我在这里做 UI 设计师。”

“这样啊。”林佩蓉点点头，客气地说，“小逸要是欺负你，你就跟林阿姨说。”

“嗯……林阿姨，您是来找闻逸哥的？”

“是啊，我有事找他聊聊。他说他跟朋友在外面吃午饭，马上回来。”

钱钱舔舔嘴唇。待在这里她有点不自在：“我去帮您倒杯饮料吧？您想喝点什么？”

“不用麻烦了。你们前台小姑娘已经去给我倒咖啡了。”

“那，您吃过午饭了没有？我去给您拿点吃的？”

“不用，我吃过了。”

钱钱坐在林佩蓉身边，不知道该说什么。这时候她注意到林佩蓉的胳膊上似乎有一层鸡皮疙瘩。事务所里空调打得很足，林佩蓉穿着雍容的短裙，觉得冷也是在所难免的。

“您是不是觉得冷啊？”她说，“我去拿件外套给您披一下？”

这回林佩蓉没拒绝，而是对她笑笑：“确实有点冷……那谢谢你了。”

钱钱松了口气，赶紧上楼去了。

不一会儿，钱钱拿着外套下来，没出楼道，听见外面有人交谈。是林佩蓉在说话。

“你最近跟 Caroline 聊得怎么样？”

钱钱情不自禁地放慢了脚步。

“没有聊了。”是韩闻逸的声音。

钱钱微微一怔。韩闻逸回来了。

“为什么不聊了？”

“没有什么话题可以说。”

“怎么会没有什么话题可以聊？你的事务所不是缺投资吗？”林佩蓉很惊讶，“她妈妈完全有能力帮你解决资金问题。”

这句话让钱钱震惊地睁大眼睛，脚步也完全停下了。她屏住呼吸，认真听外面的对话。

韩闻逸的语气听起来很无奈：“您觉得，我要跟她聊到什么程度，才有可能让宋阿姨给我投资？”

林佩蓉当然知道那姑娘是什么心思，但她觉得无所谓：“你又没有女朋友，她条件这么好，你们试一试不是挺好？哪怕以后不成，至少眼前的困难解决了。你这事务所才开了半年，就这么倒了？”

韩闻逸短暂地沉默。

钱钱的心跳瞬间加速。她想现在就冲出去，不是为了向林佩蓉坦白，而是告诉韩闻逸别说傻话。但她慢了一步。

“妈……”他说，“我有女朋友的。”

外面忽然就静默了。

过了好几秒，林佩蓉才疑惑地开口：“你有女朋友了？”

“嗯。”韩闻逸说，“以后再带给你们看。”

又过了好一会儿，韩闻逸再度开口：“你是不是很冷？我们出去找个地方坐下聊吧。”

钱钱站在楼道口，手里拎着外套，听着脚步声慢慢远去。她又站了一会儿，深吸一口气，甩甩头，上楼去了。

韩闻逸把林佩蓉带去外面的咖啡馆。出了事务所，林佩蓉还有些不死心。

“就算你有女朋友了，”她说，“你也可以跟 Caroline 多多联系啊。她很喜欢你，你们可以成为很好的朋友，她也许能帮到你。既然你想自己创业，人脉可比你的眼光、你的能力……比任何东西都重要。”

韩闻逸摇头。别的他暂且不评价，他只评价 Caroline：“她帮不到我。”

那天小姑娘添加他好友，他通过了对方的申请。他非常开门见山地告诉 Caroline，他已经有女朋友了，然后他问她和她的母亲对他的事务所和对心理咨询行业是否有兴趣。

Caroline 倒也是个直爽的女生，她同样直截了当地回答：我只对你感兴趣。

然后？就没有然后了。

即使 Caroline 表示过不介意他有女朋友，对于这种开放的女生来说，她不需要什么承诺，也不需要天长地久，只要开心就可以。即使 Caroline 也表示投资的事情还可以商量，但他没有继续商量。从姑娘说出“只对你感兴趣”这句话开始，这条路就已经结束了。

他也是头一次出来创业，人没有不犯错的，但是得学会知错就改。当初他和夏见灵太年轻，空有一腔热血，碰到有投资人愿意给他们投资他们就很高兴地以为一切顺利。其实那时候马千万就已经表现出过一些与他们观念不和的地方，只是马千万城府深，一开始并不坚持，以为时间久了他能改变他们。结果越闹越不愉快，闹到了现在不可收拾的局面。

吃了这个亏，他就不会再上同样的当。他如果拿了她们母女的投资，然后呢？这笔钱比马千万还不靠谱！至少马千万的诉求是明确的，但是 Caroline 呢？她今天高兴了给钱，明天不高兴了是不是就准备撤资？他开的不是金融公司，他对这种游戏没有兴趣。

“我现在的确缺钱，”韩闻逸平静地说，“但我更缺一个志同道合的合作伙伴。所以，她帮不了我。”

林佩蓉本还想说什么，被他这句话堵了回去，半晌不知该说些什么。

她今天来找他，一是问问他跟 Caroline 的发展后续，二是她最近听说韩闻逸不太顺利，所以来找他问问详细的情况。母子俩在咖啡馆坐了一会儿，韩闻逸向林佩蓉详细说了事务所目前的情况和发展规划，林佩蓉听后连连摇头。

“你现在这个情况，想要拉到大笔的投资非常困难。”她说，“尤其原来的投资人还要撤资，其他资方一定会很忌惮，担心你们是不是有更糟糕的隐情瞒着不说。”

“我知道。”韩闻逸说。

林佩蓉看他那样子，就知道劝他向现实屈服做出改变很不现实。而理想主义者想要取得成功本身就不是一件现实的事情。

最后，她幸灾乐祸地一笑："算了，失败了也好。这么多更有前途的事情你不做，非要去开什么心理咨询事务所。瞎折腾了这大半年，就当是长个教训吧。"

事务所还没有倒闭，她先给他下了预判之词。然而韩闻逸并没有生气。

他直视着林佩蓉，眸色深暗。他的表情是平静的，甚至带点柔和。

他轻声说："妈，不要口是心非了。"

林佩蓉脸上的笑容瞬间凝固。

第六章 ______ 无所谓才是最大的有所谓

小时候韩闻逸和父母的关系非常糟糕。或者应该说，他们家里每一个人的关系都很糟糕。而他们糟糕的方法与其他家庭不大一致。

别人家里似乎总有无穷无尽的争吵。有时候他路过钱钱家门口，能听到钱美文在里面雷霆震怒地发脾气；有时候他路过楼下的花坛，会看到因为吵架被老婆被赶出家门的钱为民又在那里乘凉；有时候他打开房门，会看见钱钱一脸苦闷地站在门口，说她又跟老妈吵架了，来他这里躲躲。

而在他家里，人们鲜少会有争吵。林佩蓉和韩爱国都很少回家，回了家也是“相敬如宾”的。就算他们偶尔争上几句，也是为了事业上的事，从不为家里的事。

后来韩闻逸学了心理学，他才明白人与人之间为什么要争吵。有时候争吵无关对错，而有关期待。如果对别人的期待太高，而别人又难以做到，那就有了矛盾。不切实际的期待会导致关系恶化，而假若完全没有期待……那自然也就全无争吵的必要。

就好像，一个陌生人杀人放火被警察抓走，没有人会上去与他争执对错，而只会在他的背后啐上一口。

从某种程度上来说，林佩蓉和韩爱国是非常契合的。他们都认为爱情不是婚姻的必需品，而婚姻是生活的必需品。于是他们的结合倒也十分稳固。

韩闻逸曾不只一次见过他们在旁人面前手挽着手亲热恩爱，到了人后，就自然而然地分隔两端，一句话不说。

夫妻之间不争吵，他们跟韩闻逸的争执也很少。并非全无矛盾，只是他们不会用争吵的方式来解决问题。

韩闻逸上初中的时候，那时林佩蓉正面临一次重要的升职机遇。她每天忙得神龙见首不见尾，很难得才会回家一趟。

有一天韩闻逸从房间里出来，正看见窗帘被吹得飒飒作响，桌上的一沓纸张被风吹散了满桌。那是林佩蓉带回来的东西。

他走过去，将被风吹乱的文件码放整齐，松开手，却看见纸张上被蹭了几道墨迹——他刚刚在房里练完毛笔字，手上不小心沾的。

林佩蓉出现在他身后，目光冰冷地看着文件上的墨迹。

她没有斥责韩闻逸，甚至都没有看他，只是看着他那双脏兮兮的手。她的语气不是愤怒，只是失望。她说："你已经长大了，应该学会怎样不给别人添麻烦。"

韩闻逸没有辩解也没有道歉。他在原地站了很久，直到林佩蓉开始重新打印文件，他才回答："好。"

后来他们也曾有过几次矛盾，当他从金融专业转去学心理学的时候，林佩蓉给他打过一个很长的跨洋电话。最后她没有说服他，她对他说："我对你很失望。"

他毕业回国，放弃了许多机会，坚持开办他那前途未卜的心理咨询事务所。她曾试图给他推荐很好的工作岗位，他全不动摇，她又对他说："你总是让人失望。"

他也很失望。只是他不像林佩蓉那么喜欢说出来而已。

他们的关系一度疏离到一年里交谈的次数屈指可数。但当他们面对面坐在这小咖啡馆里心态平和地聊着天的时候，他看着那张和他有些相似的脸庞上的皱纹，他的心态忽然有一些转变。

人心是如此的复杂，而不是非黑即白。

倘若跨一千步可以从困局里走出来，他愿意先跨出第一步。

林佩蓉下午还有其他约会，她没有跟韩闻逸聊很久，时间差不多，她就该走了。

“要我送你吗？”韩闻逸问。

“不用，”林佩蓉摇头，“我自己开车来的。”

于是韩闻逸送她到她停车的地方。她上车之前，韩闻逸跟她道别：“妈，谢谢你。”

林佩蓉不以为意：“什么？”

“谢谢你介绍朋友给我认识，”他微微笑了一下，“也谢谢你关心我。”

林佩蓉正要低头钻进车里，动作顿时僵在半当中。但她也只停顿了一两秒的时间，便钻进车里坐好了。她丢下一句“我先走了”，关上车门，系上安全带，车窗玻璃被人敲响。

她摇下车窗，韩闻逸弯下腰，凑到车窗边：“如果你还有什么朋友对心理咨询这个行业感兴趣，对我们事务所感兴趣，请你继续给我介绍，我很需要，也很感激。”

林佩蓉怔忡地看着他。

“希望有一天能让你为我骄傲。”韩闻逸笑了笑，直起身，向后退了两步，“再见，路上小心。”

林佩蓉看了他好几秒钟。她忽然感到强烈的无所适从，几乎要失态。于是她手忙脚乱地摇起车窗，从包里掏出墨镜戴上。她的车窗贴膜是全黑的，关上以后，韩闻逸便看不见里面的情形了。他不知道母亲在里面做了什么，他只知道过了好一段时间，她才发动车子。

韩闻逸目送母亲的车辆离去。等车身消失在视线里，他没有立刻走开，而是抬头看了看天空。

今天天气很好，云层稀稀薄薄，天湛蓝得仿佛一片汪洋。过了一会儿，他收回视线，脚步轻快地回事务所去了。

他回到办公室，又闻到那淡淡的异味。这让他刚刚轻松了没多久的心情顿时又沉重了起来。他走到办公桌前坐下，对着草莓布丁犯了一会儿愁，思来想去，终于还是打开聊天软件，给钱钱发消息。

“现在有空来我办公室吗？我有事要跟你说。”

钱钱正在工作，看到消息还以为韩闻逸找她干什么活儿，赶紧起身朝韩闻逸办公室走去。

她推开玻璃门，立刻皱了下鼻子：“你这里什么味道？怎么有点酸酸的？”

韩闻逸坐在办公椅上，眨巴着眼睛，脸上写着两个大字——“乖巧”。

钱钱一脸茫然：“你叫我来干吗？”

“你先过来。”

钱钱走过去，到了韩闻逸身边，韩闻逸拉住她的手。

“我有件事要跟你坦白……”

钱钱立刻想到刚才在楼下他和林佩蓉的对话。她眼神不自然地闪了闪，问道：“坦白什么？”

“你先答应我不要生气，好不好？”

钱钱沉默了一会儿，点头。

韩闻逸这才拿起桌上那杯放到变质了的草莓布丁。钱钱顿时怔住。天太热了，草莓布丁已经变了形状，一看就知道不能吃了。

“对不起，这两天太忙，我忘记吃了。”他小心翼翼地打量钱钱的脸色，随时做好承受怒火的准备。

然而钱钱没有生气。她只是盯着那杯布丁，起先诧异了一瞬，旋即皱眉，再接着便面色沉静如水，不知在想什么。

她的这个反应让韩闻逸很不安。

“真的对不起，我保证下一次绝对不会再忘。”他一手抓着钱钱的小手，一手轻轻拽她衣袖，用卖萌攻势撒娇，“能不能再做一次给我吃？”

钱钱张了张嘴，似乎想说什么，却又咽回去了。

韩闻逸本来想过把布丁偷偷带出去丢掉，然后骗钱钱说自己已经吃了。但真要这么做的话，他总觉得心虚，还不如直接坦白错误，杜绝后患。原本他以为钱钱发发脾气，骂他几句，他坦诚错误，改过自新，这事儿也就过去了。可钱钱不出声，比她发脾气还恐怖。

“对不起。”

“我错了。”

“我真的知道错了，别不要理我……”

钱钱叹了口气：“我没生气。”

“这还叫没生气？”韩闻逸差点又拿出手机给她拍一张照片了。

他想伸手捏钱钱的脸，钱钱下意识地向后一仰，避过去了。韩闻逸的手停在半空中，很是惊讶。

……这件事有这么严重吗？

“我真的没生气。”钱钱看了眼桌上的小玻璃杯，伸手拿了起来，想扔进垃圾桶。她还没来得及扔，被韩闻逸一把捞住了。

“别这样。”韩闻逸显然被她吓到了，他怕钱钱在憋什么大招，紧张地一再认错，“是我不对，你希望我怎么做你才可以消气，你说。”

看他那架势，假如钱钱让他把变质的补丁吃下去，他大概也会吃的。但是他的这种紧张让钱钱心里更不是滋味。

她不在乎什么草莓布丁，即使她为此忙活了两三个小时，但那一点不重要。韩闻逸越是这么小心谨慎，她就越不好受。

“我真的没有生气啊，”她无奈地说，“不就是一杯草莓布丁吗？我家里还有材料，你想吃我就再做。”

韩闻逸怀疑地看着她，不相信这事儿就这么完了。

“我在你心里到底是什么形象啊？”她指指玻璃杯，指指垃圾桶，表示她刚才真的只是想把坏掉的食物丢掉而已，“有那么恐怖吗？”

韩闻逸的戒备依旧没有解除：“你在想什么？”

钱钱不知道怎么回答这个问题：“你想听什么？我没生气，总不能硬发脾气吧？”

韩闻逸无言以对。女朋友满脸写着不高兴却坚持说她没有生气，这题怎么做？教授没教过，超纲了，做不来。

这时候外面传来脚步声，钱钱忙把手从韩闻逸手里抽了回来。

“坏了就赶紧扔了吧，味道怪怪的。”她小声说，“我回家再给你做，真的。”

郑佳出现在办公室门口，钱钱赶紧转身出去了。

周六是画展的最后一天，王晋生给了钱钱门票，于是钱钱约上吴妮妮周末一起去看展。

她先到清风画廊的门口，吴妮妮还没来，她就低着头百无聊赖地用脚尖来回滚动地上的石子打发时间。

不多久，她的肩膀忽然被人拍了一下。她回头一看，正是吴妮妮。

“干吗呢？手机被人偷了？”吴妮妮问道。

“啊？”钱钱吓得一摸口袋，手机还在。“为什么这么说？”

“不是遭贼了，那你脸色怎么这么臭？”吴妮妮勾起她的胳膊往画廊里走，“刚才一个小孩子从你面前走过，抬头看你一眼，吓得拔腿就跑，你没看到？”

她情不自禁地抬手摸了摸脸：“有这么臭？”

“你自己找面镜子照照？”

钱钱抿唇。良久，她烦躁地叹气：“唉，烦死了！”

她把门票交给门口的工作人员，工作人员检票后放她们两人入场。

“你烦什么？”吴妮妮问道，“跟金坷垃吵架了？”

钱钱撇撇嘴：“没吵架。”

“没吵架？那跟他有关系吗？”

钱钱默认了。

“哈哈……”吴妮妮幸灾乐祸地一笑。以前钱钱单身的时候，她找钱钱吐槽恋爱的烦心事，钱钱还各种不理解。如今可算是风水轮流转，轮到她这一遭了。

“烦什么，你说呗，我帮你出主意。”吴妮妮拍着胸脯，一脸姐姐我是过来人的样子。

她雄心壮志，以为凭她的经验一定能帮钱钱这个小菜鸟解决麻烦，结果钱钱第一句话就把她的雄心壮志打得魂飞魄丧。

“他前几天去相亲了。”钱钱说。

她正往展区里走，胳膊突然被人拉住了——吴妮妮猛地停了脚步，眼睛瞪得滚圆：“谁？金坷垃？相亲？！”

“嗯……”

吴妮妮深吸一口气。“分手”两个还没来得及讲出口，又听钱钱补充了一句：“他去了以后回来告诉我了，说他事先不知道那是相亲。”

吴妮妮没说出来的话憋在胸口，不上不下：“吓我一跳……你一口气讲完，不要大喘气。”

钱钱自嘲地勾了勾嘴角：“但他没有告诉我，他的相亲对象有多厉害。”

“啊？”吴妮妮皱眉，“有多厉害？”

钱钱没有立刻回答，而是幽幽地叹了口气。

“能有多厉害？”吴妮妮不以为意地追问。所谓的厉害，无非是长得特别漂亮又或者特别有钱吧？要是漂亮的话钱钱已经够漂亮了，何况这事儿本来就主观，情人眼里出西施；要是有钱的话，金坷垃也很有钱啊，又不差人姑娘的钱。所以有什么大不了的？

结果钱钱一句话就把她堵回去了。

“我们事务所最近碰上一点麻烦。”钱钱慢吞吞地说，“那个女生，是能够帮忙他解决麻烦的这么厉害。”

吴妮妮顿时傻眼——金坷垃还真差钱啊？！

“那，金坷垃现在是想怎样？”吴妮妮担心地问道，“他打算跟你分手，跟那个女人好吗？”

钱钱慢慢地摇头。

“呃……”吴妮妮不知道该怎么安慰，“那你就相信他？让他自己去处理好……”

“不是，”钱钱笑了一下，“我不是在吃醋。”

吴妮妮迷惑了。不是吃醋那是什么？

两人晃荡进展馆，展馆里都是人，她们开始一幅画一幅画地看过去。

“你记不记得那天我问你，在他心情不好到时候，我能做什么？”

吴妮妮点头。也就没几天的事情，她当然记得。

“我能做什么？”她自问自答，“事实证明——我什么都做不了。”

吴妮妮皱眉：“你是不是对自己要求太高了啊？别说金坷垃那种工作性质，就算普通人，那也是大家各自干各自的工作，我也不可能去帮张西上班，也不能让张西来帮我骂我们老板啊。”

钱钱停下脚步看了她一眼：“但是张西心情不好，他会跟你说。至少，你可以安慰他。”

吴妮妮一怔：“金坷垃他……”

“他什么都没有跟我说过。”钱钱面无表情地耸肩，“就连事务所融资出了问题，也是那天我们出去吃饭，正好遇到现在的投资人，我才知道的。”

“呃……”吴妮妮舔舔嘴唇，“那是不太好。”

“那天我问完你之后，我做了一个草莓布丁给他，我以为他会喜欢……”钱钱顿了顿，好像在说一个笑话，“结果，他今天告诉我，他忘记吃了。天太热，放坏了。”

吴妮妮简直不知道该怎么吐槽。要是吃几口一不小心手滑掉地上了，那还都算了。忘记吃是什么鬼？这换谁谁不扎心啊？

“这肯定是他不对，”她只能绞尽脑汁地安慰好友，“让他跟你道歉。”

“他道歉了啊，他很怕我生气，道了好几次歉。我相信他是真的忙忘了。如果他最近不是那么忙，以他的性格，他不会有这种疏忽的。”

吴妮妮迷惑了。听钱钱这意思，她不是挺体贴金坷垃的么？那她到底在烦恼什么？

钱钱在一幅画前停下，目无焦距地盯着前方：“你知道那时候我是什么感受吗？”

吴妮妮隐约感觉到一点不对劲，但她说不上来。

“我觉得……我傻了吧唧地研究了半天，我以为我是在安慰他。其实不是，我是在安慰我自己，还想让他一起来安慰我。”她转过头，看着吴妮妮，露出一个自嘲的笑容，“我以为我做点什么能让他开心一点，轻松一点。可是没有，我能做的事情，对他来说……都是多余的。”

吴妮妮瞬间呼吸一窒。她终于明白钱钱的感受了。

——比起失败，发现自己的无能才更伤人。

“那天我把布丁给他的时候，我还跟他说，这是我第一次下厨，我问他感动吗？”她哈了一声，“店里十五块钱一个，比我做的鬼东西不知道好到哪里去，而我除了这个鬼东西，我甚至不知道我还能干什么。如果我是他，我一定会觉得这人很好笑。”

吴妮妮揪心地拍拍她的手，让她不要再说了。

——钱钱觉得自己是多余的还不是最糟糕的。最糟糕的是，她已经知道，有人不是多余的。

过了良久，吴妮妮绞尽脑汁地开口：“要不然你跟金坷垃摊牌，让他把他的想法说清楚？如果他不在乎，就不要浪费大家的感情了。”

“说什么？”钱钱撩起眼皮看她，“问他，我是不是给你造成负担了？”

吴妮妮再度失语。她终于发现这个困局的关键在哪里了。如果不是想翻脸的话，钱钱的这个问题正常人都不会给出肯定的答案。于是这个问题也就等于变相地要求：你快来哄我，快来安抚我！而安抚的人越花力气安抚，承受的负担也就越大。

——无解。

以前钱钱看电视剧，男女主角有什么矛盾，一方总是我不说我不说我不说，另一方则是我不听我不听我不听。他们急不急她不知道，观众反正是急得要命，恨不得冲进电视里揪住他们的领子拼命摇晃咆哮：“你倒是说啊说啊说啊！”“你听啊听啊听啊！”

然而当她自己成了戏中人的时候，她才知道人的软弱就是有那么多。很多话，讲不出口。或者说，没有必要讲出口。

“我对他来说，不是一个……值得分享的人。”她想了想，说，“甚至，我都不是一个值得他信任的人。”

“唉！”吴妮妮重重叹了口气，“不说这么不开心的事情了，男人都是大驴蹄子！”

钱钱勉强地笑了一下。

“你的画在哪里？我想看看你的画。”吴妮妮转移话题，想要转移钱钱的注意力。

钱钱也在寻找自己的画。她四处张望。周末画廊很热闹，展厅里人来人往，人们在一幅幅画作前流连讨论。

终于，钱钱在展厅的一角看到了自己的作品——那里围着很多人，遮挡了她的视线，才致使她没有第一时间发现。

她拉着吴妮妮走过去。她们等了很久，前面的人群看完渐渐散去，她们才终于挤到画前。

当初王晋生问钱钱要给这幅画起什么名字，钱钱想了很久，没想到什么好主意，最后她直接用了韩闻逸说的那句话，给这幅画起了个挺长的名字——“爱是人类永恒的追求”。

别人的作品都是“时空”“母子”“飞船”这样精简干练的名字，就她的作品标新立异。但正因为这个标题，让前来参观的人们更快也更容易地理解了她画中的内涵。

吴妮妮也在画前站了很久。她没有询问钱钱作画的意图，因此她和所有参观的人一样，起先是困惑，看了几遍标题以后，她开始半知半解。她又看了一会儿，似乎有些清明，又还有些迷茫。

良久，她忍不住感慨：“你可真厉害。”她说不出什么，但她的确感受到了艺术的魅力。

钱钱也在出神地看着她自己的作品。

爱是人类永恒的追求。

可到底，什么才是爱？

武大问用钥匙打开房门，一名女子从房里迎了出来。

“回来啦。”女子接过他手里的包，又帮他脱外套，“吃过饭没有？我去给你热。”

这名女子正是武大问的妻子，武顺的母亲，郑婉柔。她的长相和脾气也如她的名字一般，温婉柔和，令人如沐春风。

“吃过了，你不用忙。”武大问问道，“小顺在干吗呢？”

“在做作业。”郑婉柔先将他的衣服和包收好，又拿起他刚换下的鞋，放进鞋架里。

“他这两天表现怎么样？”武大问一边往屋里走一边问。他前几天出差谈生意去了，今天才刚从外地回来。

“自从你们上次去咨询完回来，他比平时乖了好多，都没怎么发脾气了。”郑婉柔说，“你们找的那个咨询师还挺厉害的。”

武大问听说儿子最近表现不错，脸上顿时浮现笑容：“是啊，我也觉得他很厉害。而且小顺喜欢他，愿意听他的话。他有一档网络节目叫《十二》，你平时在家要是有空，也可以去看看他的节目，我觉得他很多东西说得挺好的。”

“哎，好。”郑婉柔连声答应。

即使武大问说他在外面已经吃过了，郑婉柔还是跑进厨房忙碌。不一会儿她就手脚麻利地给他弄了一碗绿豆莲子羹出来。

武大问看到妻子弄好的东西，不吃也是浪费，于是就在桌边坐下。他一边吃东西，一边和妻子聊天。

“小顺最近虽然没怎么发脾气，”郑婉柔有点担心地说，“但我觉得他好像心情不太好。”

“心情不好？为什么？”

“不知道，就是这几天都不怎么说话，回到家就进房间把门一关，一直都不出来。”

“出什么事了吗？”

“没有啊。”郑婉柔一脸困惑。她还跟学校老师联系过，老师也说武顺这几天也挺乖的，都不吵架闹事了。没听说有什么特别的事情发生。

武大问蹙眉沉思。

在此之前，武大问一直觉得自己是个运气特别好的人，他赶上了好时代好政策，生意做得顺风顺水，四十来岁已经腰缠万贯。他的家庭也很幸福，娶了个非常贤惠的妻子，还生了个健健康康的小子。

郑婉柔自从嫁给他以后，就成了全职家庭主妇，在家相夫教子，把家操持得妥妥帖帖，把他们父子俩也照顾得极好。他在家里什么都不用操心，随时随地一伸手就能吃到水果，一扭头就能喝到温水。如此温柔贤妻，不知羡煞多少人。

武顺上高中以前，也曾经是个很乖的孩子，学习成绩也很好。武大问不想把孩子往贵族学校里塞，武顺就靠着自己的能力考上了市里排名很高的公立学校。原本妻贤子顺，武大问可以称得上是人生赢家了，可偏偏孩子上了高中以后，许是交了坏朋友，许是叛逆期到了，让武大问头疼的事情开始了。

武顺的叛逆爆发得非常严重，在外怼天怼地，在学校怼老师怼校长，在家里怼老妈怼老爸，简直恨不能把所有比他年长的、比他有权势的人都怼一遍。这孩子本性倒还是善良的，就是脾气越来越大，整天吃了炮仗似的一点就爆，让人受不了。

自从去跟韩闻逸聊过以后，武大问也有试着换一个角度来看待儿子。他承认儿子有时候脾气发的不算是无理取闹，可大体而言，青春期的少年敏感易怒，有时候一不小心碰一下他的东西，他也要大发雷霆；学校里老师同学一句话没说顺他的心，他就要跟人吵架。因此武大问怎么想都觉得，还是儿子无事生非的时候更多一点。

听说儿子最近有所改变且情绪低落，武大问思考了一会儿，得出结论：“让他去。这小子估计终于知道他自己的错误，心里觉得愧疚呢。让他好好反省反省吧。”

武大问喝完郑婉柔准备的绿豆莲子羹，就回房间洗澡去了。郑婉柔却没停下，进厨房洗了一个苹果一个橙子，切好装盘子里，端进武顺的房间。

“儿子，吃水果了。”

武顺正在房里做题，看了眼母亲端进来的水果，皱眉：“我不想吃。”

郑婉柔专门为他准备的水果，当然不会再端出去：“那先放着。等你做题饿了慢慢吃。你现在想不想喝牛奶？”

“不想。”

“哦……”郑婉柔没有马上出去，在房间里打量了一圈，又挑出点事儿来，“你房间空调会不会开得太冷了？温度要不要调高点？”

“不要，我不冷。”

“这样吹会感冒的。”

武顺不耐烦了：“我不冷就行了，你……”

他刚想嫌弃母亲唠叨，话没出口，想了想，还是憋回去了：“不用，真不用。妈，我要做作业，你还有事没有？”

“好好好，不打扰你了。”郑婉柔这才退出去了。

武顺继续在房里写作业，写得无聊了，趴在桌上发呆。然后他注意到了郑婉柔刚才送进来的水果。其实他晚饭吃得很饱，所以不想再吃东西。可一盘食物放在那里，不搭理总觉得碍眼，他就情不自禁地一块一块拿起来吃了。

晚上十点，武顺听到开房门的声音，扭头一看，又是郑婉柔进来了。

郑婉柔手里端着一杯冒着热气的牛奶：“睡觉前喝杯热牛奶吧。”

武顺的脸瞬间垮下来了：“我不是说了我不想喝吗？”

郑婉柔走到他的书桌旁，看到桌上吃完的水果盘，不由笑了。她无奈的语气像是在安抚一个无理取闹的三岁孩子：“你说不想吃水果，不也吃完了吗？”

武顺愣住。他看着那个空盘，忽觉满心羞愤与屈辱。

郑婉柔把牛奶放下，端上空水果盘正准备出去。只听背后传来儿子的低声呵斥：“把牛奶一起端出去！”

郑婉柔一怔，不知道儿子又在闹什么别扭。她耐心地哄道：“睡觉前喝杯热牛奶，有助于睡眠质量……”

“我让你拿出去！”武顺提高了音量。

“哎——”郑婉柔犹豫地站在原地。她不是很理解儿子这突然的怒气从何而来。睡前喝牛奶是他们家里的习惯，在武顺小的时候，如果哪天她忘记准备，武顺还会哭闹着要喝。今天这又是怎么了？

“听不懂吗？我说，我！不！喝！”见母亲无动于衷，武顺的声音更响了，几乎已经是吼出来的。“拿！出！去！”

郑婉柔被儿子凶神恶煞的样子吓到了，忙过去端起牛奶：“好好好，我拿出去。”

顿了顿，又接着道：“那我把牛奶放在厨房里，万一你想喝的时候凉了，自己用微波炉热一下。”说完就赶紧端着空盘和牛奶出去了。

她走到门口，背后传来武顺的怒吼：“关门！！！”

虽然郑婉柔手里都是东西，但她还是小心翼翼地调整了一下，然后轻手轻脚地替儿子关上了房门。

房间里，武顺看着被关上的房门，大口喘着粗气。他的胸腔里一团火气翻滚着，可刚才母亲那受惊的样子如同一盆冷水，压制着他的怒火。他满腔情绪，无处发泄。

片刻后，他抓起桌上的一支笔，狠狠掼到地上。

郑婉柔出了房间，就看见武大问站在客厅里。武大问双眉紧锁，满脸严肃：“你不是说他最近好多了吗？我怎么还听到他吼你？”

武大问本来已经在房里休息了，是听到儿子的吼声才特意跑出来的。

郑婉柔看看手里满满的一杯牛奶，也很苦恼：“他突然说今天不想喝牛奶了。”

武大问眉头皱得更厉害。若是搁在以前，他大约就推门进去好好跟儿子理论一番了，牛奶的事情先放在一边，武顺刚才这么对自己的母亲说话无疑是很没有礼貌的。可自从跟韩闻逸聊过以后，他也试着去更努力地理解儿子。他回想自己年少气盛的时候，这个年纪的少年，都是急于打破一切规则的。武顺兴许是把睡前喝牛奶这个习惯也视作陈规陋俗了。

“算了算了。”武大问挥挥手，“他不喝就不喝，你让他去吧！”

郑婉柔便低眉顺眼地进厨房去了。

武大问长叹一口气。家里有个叛逆期的孩子，还能怎么办？咬牙受着吧！

第二天是周末，一大清早武顺就跟林羽轩出去打球了。

林羽轩刚出院，头上还裹着纱布，运动了没一会儿身体就有点吃不消，于是下场休息了。武顺打着没劲，也从场上下来，走到好哥们边上坐着。

林羽轩睨了他一眼："心情不好？"

这几天武顺确实很消沉，他谁也没说过，却被兄弟一眼看出来了。他心烦地点了下头。

"怎么了？"

武顺犹豫。他不是不想说，而是说不出来。自从上次跟韩闻逸聊过以后，他觉得自己的心态有一些转变，他也在试着改变自己，可他的生活还是没有发生改变。他说不清楚是什么让他如此苦恼。最后他猛地甩了甩头："不知道，天气太热了吧，烦。"

林羽轩也不追问，只是拍拍他的肩膀："有需要就开口，哥们随叫随到。"

武顺看了眼林羽轩，心情瞬间好多了。

林羽轩从口袋里摸出一包烟，点了一根抽上，随手把烟盒递给武顺，示意他自己拿。然而武顺却没动手，看着烟盒迟疑。

林羽轩举了半天烟盒没见他有反应，奇怪地撩起眼皮看了他一眼："不抽？"

"唉……"武顺皱皱鼻子，"抽了回去我爸又闻到我身上有烟味。为这个他跟我吵好几次了。"

武顺今年才刚升上高二，没有一个家长愿意看到自己的孩子抽烟喝酒，更何况孩子还没成年。有一次武大同撞见武顺和林羽轩一起在台球厅里抽烟，就为这一根烟，他差点逼迫儿子跟那个叫林羽轩的不良少年绝交。但林羽轩是武顺最要好的哥们儿，武顺不惜以离家出走甚至绝食来抗争，武大同最终只能睁一只眼闭一只眼随他去了。

林羽轩奇道："你爸自己不抽烟吗？"

这个问题让武顺不屑地嗤了一声。武大同当然是抽烟的。他们第一次为抽烟这件事吵架的时候，他就用这个理由回击过。

当时他质问武大问："你自己一天多少根烟，你凭什么管我？"

武大问不甘示弱地予以回击："你才几岁？你老子几岁了？等你成年了我就不管你，但现在你必须听我的！"

武顺压根不吃这一套："凭什么我必须听你的？少拿那套封建礼教来压我。你管不好你自己就没资格来管我！"

当时武大问听了他这番话，看他的眼神特别失望也特别可笑。他说："你为什么要抽烟？你能有什么烦恼要抽烟？你现在这是最好的年纪你懂不懂？等你到我这个年纪，等你肩上担子像我一样重的时候，你再来跟我探讨这个凭什么的问题吧！"

武顺不懂。他的烦恼有很多，是武大问不能理解。当然，他也不理解武大问那个年纪的烦恼。他虽然不服武大问的管束，但他不想跟父亲没完没了地吵架。所以他偶尔也会妥协。

林羽轩见他不接烟，耸耸肩，收起烟盒自管自抽了起来。

武顺扭过头看着他。林羽轩吞云吐雾的动作很熟练，白烟从他嘴里离开，逸散到空气中，带着一股寂寥感。以及一种令人羡慕的自由感。

良久，武顺耐不住心里痒痒，伸手摸向林羽轩的口袋："算了，我还是来一根吧。"

打完球，两人有说有笑地往回走。路过一家蛋糕店门口，林羽轩漫不经心地往店里看了一眼，忽然想起件事儿来："哎对了，今天是不是你生日啊？"

武顺哈哈一笑："对啊。"

男孩子没有女生那么细腻的心思，林羽轩事先也没准备什么礼物和惊喜。他想了想，说："要不我去买块蛋糕给你？"

"不用，我不爱吃甜品。"

"哈哈哈哈。也是。蛋糕这种东西给小姑娘吃还差不多。大老爷们捧块奶油蛋糕，总感觉娘们唧唧的。"林羽轩勾着他的肩膀，"那你要什么礼物不？我最近手头紧，过段时间有钱了就给你买。”

“你请我喝瓶雪碧就行啦！”

武顺满头大汗地回到家，正要进屋洗澡，郑婉柔捧着一块大大的奶油蛋糕，兴高采烈地从客厅里迎出来：“小顺，生日快乐！”

武顺看到蛋糕，微微一怔。这是一个三层的大蛋糕，每一层都装饰了精致的奶油裱花，蛋糕上面还点缀了许多草莓、芒果等水果点，非常可爱。

“晚上外婆、爷爷奶奶和家里兄弟姐妹都会来为你庆生，妈妈给你准备了一个生日蛋糕，”郑婉柔语气带点小炫耀，把蛋糕托到他面前，“喜欢吗？”

武顺却只是嫌弃地看了一眼，冷漠地低头换鞋：“不喜欢。”

郑婉柔微微一怔。

武大问此刻就站在客厅里。郑婉柔是个很贤惠也很能干的母亲，今天儿子生日，她在厨房里忙活了一整个上午，亲手做出一个精美漂亮的大蛋糕。连武大问都钦佩妻子的动手能力。他本以为儿子也会很惊喜，可武顺竟然如此不捧场。

他心中不悦，按捺住了没有出声。

郑婉柔忙活了半天的成果被儿子一句话就否定了，心里十分委屈。这蛋糕本是要留到晚上大家一起吃的，此刻她却忍不住从蛋糕顶上摘了一颗草莓下来：“你先尝尝看？”

武顺嫌弃地撇开脸：“我不要吃。”

郑婉柔瘪瘪嘴，撒娇似的把草莓递到儿子嘴边：“尝一口嘛，妈妈花了……”

话音未落，武顺不耐烦地用力推开她的手，低吼：“我说了我不要吃！”

郑婉柔本是单手托着大蛋糕，被儿子一推，瞬间失了稳心，蛋糕朝着地上滑去！她惊呼一声，连忙伸手去捞，却已经来不及了……

“啪”的一声，硕大的蛋糕砸在地上，奶油溅了满地满墙！

郑婉柔愣了，武大问愣了。

武顺也愣了一瞬。飞溅的奶油仿佛引信的火星，点燃了他压抑数日的炸药桶，他非但没有为此感到愧疚和惋惜，反而勃然大怒，扯开嗓门吼道："你是不是听不懂人话？啊？我说了不要吃不要吃不要吃！我什么都不要吃！！！"

郑婉柔盯着满地的狼藉，头低得很低，一声不吭。

武大问从客厅里冲了出来。

"为什么什么东西都要塞给我？！我是你们的垃圾桶吗？！我……"

"啪！"

一声脆响终止了武顺的怒吼。武大问狠狠抽了儿子一个耳刮子！

这一巴掌抽得极狠，武顺被打蒙了，眼前一阵金光，耳畔嗡嗡作响。等他终于回过神，他看见母亲低着头冲进房间，关上了房门。他看见父亲因愤怒而布满双眼的红血丝，他看见父亲指着他的鼻子，他看见父亲嘴唇翕动，一字一字地往外蹦。

"从今天开始，你什么都别吃，我们什么都不会给你！滚！"

武顺耳中轰鸣，费了一些力气才弄懂武大问说了什么。他一声不吭，踩着刚换好的拖鞋，推门就走。

没有人追出来。

出门以后，武顺想去林羽轩，可他一摸口袋，手机钥匙刚才进门的时候都扔在玄关了，他身上连一个钢镚儿都没有，公交车也坐不了。脚上的布拖鞋底很薄，踩在石头路上，脚底生疼。

他不知该去哪里，他不知有哪里可以去，他在小区里晃了一圈，最后到小区花园里的秋千上坐着发呆。

脸颊还在隐隐作痛。武大问是个暴脾气，有好几次他们争执的时候，武大问险些动手，但最后都忍住了。这是他第一次挨耳光，还是这么重的耳光，可他心里感到的并不是愤怒。

愤怒都在挨打之前。挨打之后，剩下的是满心彷徨。

蛋糕砸地的那一刻，母亲低着头冲回房间的那一刻，父亲愤怒而失望的眼神，一遍又一遍在他脑海中盘旋。挥之不去。他该怎么做？他能怎么做？

二十分钟以后，武顺插着口袋从秋千上站起来，慢吞吞地回家了。

他上了楼，大门竟然开着。他走到门口，只见郑婉柔正跪在地上擦地板，她的手边放着一盆水，水上漂浮着一层脏兮兮的奶油。本是精美漂亮的裱花，此刻却成了一盆污秽。

郑婉柔听到脚步声抬起头，母子俩目光交汇，都倍觉尴尬。

郑婉柔红着眼睛，咬着嘴唇，过了一会儿，她不自然地拨了拨耳边的头发，竟是挤出了一个愧疚的笑容："对不起啊……"

武顺怔在原地。郑婉柔是个很精致的女人，保养一直做得很好，永远是温柔而充满活力的样子。这是他第一次从这样居高临下的角度看自己的母亲。

也是他第一次惊讶地发现，母亲的头顶竟已有那么多的白发。

"妈妈以为你会喜欢的……"郑婉柔很轻地吸了下鼻子。她依旧是那副温婉柔顺的样子，红着眼睛对他笑，"对不起。"

武顺没有吭声。一股强烈的酸意瞬间冲上他的鼻尖。自从他到了叛逆的年纪，他浑不在意地说过很多次，我就是浑蛋又怎样？他也曾经理直气壮地对着武大问吼，我要是浑小子，你就是浑老子！

可这是第一次，他发自内心地觉得自己就是个浑蛋。彻头彻尾的浑蛋。

他自恃已是个大人，不愿在父母面前失态流泪。他慌张到不知如何自处，于是夺路而逃。

他冲进屋子，武大问正站在阳台上抽烟，父子俩打上照面，同时将目光转开。武大问没有把他赶出去，只装作没有看到他。

武顺跑进房间，关上房门，背靠着房门滑坐到地上。他把脸埋进臂弯里，终于忍不住无声地痛哭起来。

他有满心的愧疚，还有满腹的委屈。终究都化作一腔的彷徨与迷茫。

礼拜天晚上，钱钱正上着网，手机铃声响了，她拿起一看，来电显示人：

王晋生。她本是瘫坐在椅子上的，唰一下坐直了。

她做了几个深呼吸，才接起电话："喂，王老板？"

那边一片死静。

钱钱心里顿时七上八下的。王晋生跟她说过，画展一结束获奖情况就会出来，这个电话毫无疑问是来告知她比赛结果的。然而那边不出声，让她感觉很不安。

"王老板？听得见我说话吗？"

"唉……"电话那头传来了王晋生长长的叹气声。

钱钱的心一下沉到谷底。

电话两端久久的沉默。

"我没得奖啊？"钱钱强打精神，尽量让自己的语气听起来显得不在意，"是哦，我那天去看了画展，出色的作品还是蛮多的。"

"这次的比赛的确有点出乎我的意料，优秀的参赛者和优秀的作品很多。"王晋生慢条斯理地说，他又忍不住叹了口气，"唉……"

钱钱用手盖住自己的脸，忍住叹气的冲动，说："没关系，我有心理准备的。"

"你做好心理准备了？"王晋生问。

"嗯。"

"真的？"

"嗯？"

电话里又沉默了两秒，王晋生的语气忽然比上扬了八度，跟刚才判若两人："哈哈，那恭喜你啦！"

钱钱捏着手机，呆滞。什么？

"这次优秀的作品确实很多。但是真的太可惜了，他们撞上了你那幅作品，硬生生都被比下去了。我真是为他们心痛啊……"王晋生啧啧感慨，问道，"怎么样，打败所有对手的感觉开心吗？"

钱钱一脸惊诧。

"等等等等，"她已经被搞糊涂了，"什么意思？我到底拿奖没有？"

王晋生调皮地反问："你猜？"

王老板皮这一下，皮得很开心。

"所以说……其实我拿奖了？"钱钱站起来，在屋子里来回走圈，不停舔嘴唇，"而且……一等奖吗？！"

"哈哈哈哈哈哈……"王晋生终于憋不住了，爽朗地哈哈大笑，"什么时候有时间来我们这签下确认书，签完了我们好把奖金打给你！"

刚才被王晋生吓唬了那一下，钱钱到现在还没缓过神来，直到听到"奖金"这两个字，她才又一个激灵："奖金？奖金多少钱来着……"

"一等奖两万块啊，"王晋生说，"不过税你可得自己交。"

两万块！白花花的银子啊！

钱钱的嘴角渐渐咧开，一直咧到耳根。她捏着拳头用力挥了两下，喜悦的情绪后知后觉地在体内炸开，她恨不得捧着电话亲上几口。

"我下周就来签！！谢谢王老板！！！"

"哈哈，期待你的新作品。"

挂了电话，钱钱乐得发癫，在房里一阵手舞足蹈，差点没把书桌上的台灯扫到地上。她满腔欣喜无处宣泄，迫不及待要找人分享，于是衣服都不换就朝外跑去。

她跑到韩闻逸家门口，正要摁门铃，忽然又停住了。

刚才被王晋生吓唬了这么一下，让她觉得自己就这么大大咧咧跑进去跟韩闻逸分享喜悦怪没劲的，她也很想皮这么一下。

于是她在门口对着自己的脸一阵猛搓，把快要溢出来的笑容强行压回去，两只手指抵着自己的眼角和嘴角往下拽，强行扯出一个凄苦的表情，做了几个深呼吸，这才去按门铃。

这会儿韩闻逸刚刚应酬完回家，正坐在沙发上抱着猫发呆。最近为了拉投资的事儿他忙得焦头烂额，进展又始终不顺利，这让他很失落。

门铃声忽然响起，他疑惑地往外看了一眼，放下腿上的招财，朝门口走去。他先从猫眼里往外看，发现站在门外的人是钱钱，连忙把门打开。

钱钱耷拉着脑袋走进来，可怜巴巴地叫了一声："哥……"

"怎么了？"韩闻逸问道。

"水彩画比赛的结果出来了……"钱钱把头低得更低了。

韩闻逸微怔。钱钱身上还穿着印着粉色草莓的居家服，显然是迫不及待就从家里跑出来了。她虽然很想表现出愁苦的样子，但她的演技着实不怎么好，眼珠子转来转去，为了压制自己上扬的嘴角，她快把嘴噘成了鸭子状。怎么看也不是伤心的样子。

韩闻逸心里已经大概有数了。他慢慢悠悠地"哦"了一声："结果怎么样？"

钱钱装模作样地吸了吸鼻子，还想装出哭过的样子："特别可惜……"

"是吗？"韩闻逸微笑着打量她，"看不出你还挺有同情心的。"

"啊？"钱钱一怔。这时候韩闻逸不是应该抱住她安慰她哄她开心么？怎么不按套路出牌？她问道，"什么同情心？"

韩闻逸挑眉："你不是在为你的对手们感到可惜吗？"

钱钱傻眼了。戏台子还没搭起来就让人拆到底了，这还让人怎么往下演？

韩闻逸看她那一脸迷茫的样，嘴角不由一个劲儿地往上翘。他真想拿手机拍下她现在的样子，让她看看她心虚的表情有多好玩。

"奖金有多少？"

钱钱不死心，继续装傻充愣："什么奖金？"

韩闻逸原本只能猜到钱钱应该是得奖了，然而她越狡赖，他就越确定她拿的奖还不小。钱钱参与的比赛他当然也去看了，所有参赛作品他都看过，不管从主观还是客观的角度出发，他都觉得钱钱的作品最优秀。看来评委的眼光也跟他差不多。

"一等奖啊，奖金是多少来着？"

话都说到这个分上了，钱钱的戏是彻底歇菜了。她嘴角一个劲儿地向下撇，这回不是装的了，是真的懊恼："你怎么知道的啊？"

"我当然知道啦，"韩闻逸气定神闲，伸手捏捏她的鼻子，逗她，"你可不要背着我做什么亏心事，我什么事都知道。”

她瞪了他一眼，哼了一声，跑进屋里，到沙发上坐着。

韩闻逸跟进去，在她身边坐下。钱钱竟往远离他的方向挪了点，双手抱胸，一脸不爽。

韩闻逸失笑。他就没忍住逗了逗，不会真生气了吧？

“钱钱？”

钱钱不理他。

“宝宝？”

钱钱目光闪了闪，继续装高冷。

“你的画这么好看，除了你，还有谁能拿一等奖？”韩闻逸可怜兮兮地扯扯她的袖子，“这明摆着的事，我想上当也不容易啊。”

钱钱终于睨了他一眼。她倒没真生气。就是看到韩闻逸那老神在在的样子就觉得不爽，很想让招财去把他挠一顿。

——好像自己被他吃得死死的，他却永远游刃有余。

韩闻逸也有点懊恼。他知道钱钱最近有心事，但她不肯说，他也不清楚她究竟在纠结什么。今天她过来的时候兴致明明挺高的，自己何不就配合她尽兴，非要耍这个聪明到底图什么？

过了一会儿，钱钱又哼了一声，自己把环胸的胳膊放下了。她也就有那么点小不爽，得奖的喜悦太大了，足以把这点小小的不爽干趴下。

她把腿搁到沙发上抱着，侧过身对着韩闻逸，眼里闪着兴奋的光：“哥，你说我是不是真的有画画的天赋啊？”

“当然。”韩闻逸毫不迟疑地给她鼓励，“你都拿奖了，你说呢？”

“其实我真的喜欢画画。可我以前一直觉得画画赚不到钱，还特别烧钱……”她嘿嘿傻笑，“敢情是没找对路子。”

韩闻逸微笑地看着她，由衷为她高兴。钱钱太需要正面激励了。兴许是她之前有一些失败的或是不好的体验，让她对很多事情的看法消极而保守。但是一次成功就能让她明白，不是这条路走不通，只是她没有碰上好的机遇。

——实力虽然是成功里重要的一部分，但际遇是更不可或缺的。一次失败可能会让人再也不愿去尝试第二次，但一次成功给人的力量足以扛住十次失败带来的打击。

“奖金两万呢！这幅画我就画了一个礼拜，一个月有四个礼拜，要是每周都有这样的比赛，我一个月就能赚八万！！”钱钱被自己算的账美翻了，“哈哈哈哈，我要发财了！！”

韩闻逸也跟她一起做起白日梦来：“说不定以后别的大奖，奖金更高。你以后还能卖画，出画册……”

钱钱乐翻了，仿佛下个月开始她就要月薪百万了：“快，叫我一声钱总来听听！”

韩闻逸从善如流，把她的腿放到自己膝盖上，为她捶捏：“钱总，小人的手法您可还满意？”

他的手很温暖，手劲正正好好，捏得钱钱十分舒服。她哼哼唧唧，大手一挥：“满意满意，给你涨工资！”

有韩小工捶着腿，有软和的沙发躺着，钱钱忍不住继续把她的白日梦做了下去。以前觉得难以企及的梦想突然之间变得不再那么遥远，仿佛再用力往上跳一下就能够到了。她还应该去跳吗？

不一会儿，她又忍不住想起韩闻逸融资的事。这让她无比明朗的心情又低落了一些。什么时候，她才有能力能为韩闻逸分忧解难呢？

没等她细想这个问题，韩闻逸已顺势将她拥进了怀里，轻轻抚摸她的长发。

他的手是如此的温柔，让她很快将烦恼的事忘却了。

第二天一早，韩闻逸刚到办公室坐下没多久，刘小木就敲门进来了。

“师父，一位叫武大问的打电话来预约你的咨询。”

韩闻逸忙道：“你把电话转进来吧。”

不一会儿，办公室的电话铃响了一声，韩闻逸接起电话。

“韩老板，”电话里传来武大问的声音，“您什么时候有时间，我们想跟您再聊聊。”

没等韩闻逸开口，他又说道：“还有我老婆，小顺他妈，这次也想一起来。”

韩闻逸略有些诧异。上一回他建议武大问把妻子带来，武大问还挺不以为意的。这次主动提，难不成是他们家里这几天发生了什么事？

韩闻逸看了看自己的日程安排，有点头疼。一般来访者约时间都是晚上或者双休日，毕竟学生要上课，上班族要上班。但他这几天都有安排了。

“下周五晚上你们有时间吗？”他问道。

武大问没立刻回答。到下周五要等接近两个礼拜，太久了。

“韩老板最近很忙？”

“是啊。”他没有详细解释他在忙什么，毕竟心理咨询师在非必要的情况下不应该向来访者自我暴露。

“那……也不一定非要晚上，”武大问问道，“这周哪天午休的时间韩老板有空？”

韩闻逸越发诧异。武大问似乎很心急。他沉吟片刻，又看了看自己的日程表，还真找到一天的空。

“那就今天？正好我今天中午有时间。”

武大问愣了一下，立刻一口答应下来：“那就今天！”

中午，武家一家三口果然上门来咨询了。

当韩闻逸下楼的时候，就看到武大问和郑婉柔站在一侧，武顺一个人低着头默默地站在另一侧。他们之间的气氛有些沉重。

“韩老板，”武大问先看到韩闻逸，忙跟他打招呼，介绍自己的妻子，“这是我老婆郑婉柔。”

“武太太您好，我是韩闻逸，”他向郑婉柔伸出手，“我是这里的心理咨询师。”

“韩老板您好。”郑婉柔连忙伸手，“我听老公说过您的事，很感激您对他们的照顾。”

韩闻逸一边微笑着和她握手，一边不动声色地观察着她。郑婉柔的气质非常与世无争，几乎没有任何棱角——可没有人真的什么都不争。棱角若不在外面，便在里面。

打过招呼，他便领着他们进咨询室。

一踏进咨询室，一股凉风扑面而来。屋内的空调打得很足。武顺情不自禁地哆嗦了一下。

郑婉柔忙从包里取出一件外套递给武顺。武顺摇头不肯接。郑婉柔小声道："披上吧。着凉的话会生病的。"

两人僵持了一阵，武顺终于不情愿地接过外套，并不披上，只在手里拿着。

郑婉柔还想再劝，武顺快步进屋找地方坐下了，将外套放到一边。郑婉柔顿时露出了难过的表情。

韩闻逸默默将这些细节看在眼中。

咨询开始之后，他先检查了一下他上次布置给武大问和武顺的功课。上一回他让他们写下对方身上的缺点，找出正例和反例，并为缺点评分。不过人的看法是会不断改变的，一天一个看法也不稀奇，他要求他们把记录的表格全留下来，不必因为第二天改变了想法就丢掉昨日的记录。因此当武家父子把他们这些天来的记录表交给他的时候，他能够很明显地看出这段时间来他们的心理变化过程。

刚咨询完的那几天，显然是武家父子的"蜜月期"，他们对彼此的评价都很高，武顺对武大问的缺点的评分几乎都在百分十五十到百分之六十之间，武大问对儿子的缺点的评分更是低到百分之四十左右——当他们学会用另一个角度来看待对方，稍有一些矫枉过正也是情理之中的。

后来双方的评价都有一些波动，直到前天，武大问对儿子的评分忽然滑铁卢一般骤降，武顺的多项缺点都被他提高到了百分之七八十！

韩闻逸便从评价表的变化开始切入话题："是前两天你们发生了什么不愉快的事吗？"

武大问和郑婉柔对视了一眼，武顺则低着头谁也没看。

片刻后，武大问清了清嗓子，率先开口："是的。前天……"

他刚开了个头，韩闻逸抬手示意他不急，先宣布规则："我希望接下来你们每个人都能站在自己的角度把发生的事情说一遍。说你们的感受和理解就好。因为每个人都有发言的机会，所以当别人说的时候，即使你们不认同，也不要插话，听对方说完，可以吗？"

三人都露出了惊讶的表情。武大问和武顺上一次已经经历过"罗生门"，他们立刻理解了韩闻逸的用意。最吃惊的当属郑婉柔，她还从来没有试过这样的沟通模式。不插话，不打断，甚至不交流，每个人都自己说自己的。但既然武大问和武顺同意，她也没有意见。

得到一家人的同意之后，韩闻逸这才示意他们开始。

武大问率先开口。他讲述了武顺一回家就发脾气摔蛋糕的事，言语之间满是对武顺的失望。

他说的时候，武顺一直低着头，虽然不高兴，但并没有表现出愤怒——他亦清楚自己的糟糕，令人失望也是情理之中。

武大问说完，就轮到郑婉柔说了。她说："那天小顺生日，因为小顺爱吃奶油蛋糕，所以我亲手……"

"我什么时候爱吃奶油蛋糕了？"武顺猛地抬起头。刚才武大问说话的时候他一直没吭声，可是郑婉柔的第一句话他就忍不住了打断了。"我根本不喜欢吃。小姑娘才喜欢吃那种东西！"

郑婉柔很吃惊："你以前明明很喜欢吃的啊。"

武顺正要反驳，韩闻逸对他比了个噤声的动作。不许插话的规则是他们一开始就说好的。

武顺满肚子话想说，可是他之前答应过规则。无奈何，他懊丧地抓抓头发，重新把头低下去。

"武太太，您继续。"韩闻逸说。

郑婉柔想起那天的事就难过："我不知道小顺那天心情不好……"

武顺又想反驳。他那天并没有心情不好。事实上这么多天以来，他就只有那天和林羽轩一起打了球，心情才稍微好一些。可在韩闻逸的注视下，他只能把话都憋回去。

他不能说话，他就只能听。

“那天我在厨房忙了一整天，做了十道菜，还有一个蛋糕。晚上我们请了很多亲戚朋友，一起为小顺庆祝生日。本来蛋糕也是要留到晚上一起吃的，可是做因为蛋糕我花了很多功夫，所以我迫不及待想给小顺尝尝……”

武大问冷不丁看着武顺插了一句：“你妈那天腰疼，还在厨房拌了一个小时的面。”

规矩是说好了，可要让人人都遵守并不是那么容易的事。好在武大问也只是补充了一句就缄口了，没有要打断的意思。

“我是有腰肌劳损的毛病。”郑婉柔不好意思地笑了笑，“本来大问说要去买蛋糕的，可我觉得自己做的更有心意也更卫生，所以就还是做了。因为是做了很久的东西，就想先听听小顺的评价。”

“你拿给他尝的时候，”韩闻逸问道，“是期待他有什么样的反应呢？”

郑婉柔想了想：“如果小顺能夸一句妈妈的手艺好，我就觉得忙活一天也就值了……”

武顺的目光闪烁了一下。他把母亲的行为视作对他的侵犯，却从来没想过母亲在期盼什么。

一直以来，她送到他身边的东西仿佛是天生就在那里的，多到成为他的负担。可他没想过那些东西是如何做出来的。他也从来没有听郑婉柔说过累和辛苦。

这是第一次。

郑婉柔说完了，轮到武顺了。可是武顺很长时间都没有开口。

他的内心又开始了强烈的冲突。他有怨言，可强烈的愧疚让他很难将怨言说出来。他知道那样太没有良心。

韩闻逸先让武顺平复了一会儿，才温和地开口：“如果他们说的东西让你有什么感受，你可以先说感受。”

良久，武顺急促而轻声地说了一句“对不起”。叛逆期的少年面子大过天，那天他没能把道歉的话说出口，今天终于在咨询室里补上了。

郑婉柔什么也没有说，只是拿起一张纸巾无声地抹掉了眼泪。武大问将她搂进怀里，轻抚她的背脊。

那天的事情，武顺不想再重复一遍了。他没有什么可说的，说得多了，倒像是在找借口。

于是韩闻逸便开口引导话题：“你为什么不肯吃蛋糕呢？”

武顺把脸撇开：“我不喜欢他们不尊重我的意见。我不要的东西他们硬要塞给我，我不想做的事情他们硬要让我做，他们总是想控制我。”

武大问猛地坐直了身体，郑婉柔也吃惊地看着他，两人都想说点什么，话还没出口，就被韩闻逸抬手拦回去了。刚才武顺听完了他们的话，他们也得听听武顺说的。

“我已经十六了，我不是小孩了，我有我的想法，我有我的人生。”武顺捏了捏拳头，又无力地松开，“我知道我自己在干吗，我有能力为我自己做的事情负责了。”

同样一件事，武大问从母子争吵说起，郑婉柔从清晨的忙碌说起，而武顺则跳脱出了那一天，说的是他长期以来的困扰。

“我爸在外面管着我，我妈在家里管着我。我交朋友他们要管，我吃饭穿衣他们也要管。我真的很不喜欢他们老是对我指手画脚。我是个人，不是东西，我不可能按照他们的意愿活着啊……”

武大问几番想插话，都强忍住了，直到武顺停下。

“你说完了？”武大问问道。

武顺不情不愿地点头。

武大问看向韩闻逸。等韩闻逸用眼神示意他可以开口，他深吸了一口气，才继续往下说。

“你知道你自己在干吗？你有能力为你做的事情负责？”武大问并没有否认他们对武顺的管教和干涉，只是对他的结论不住摇头，“不是，你不知道。你也没有能力负责。你还没有成年，是我们要对你负责。”

武顺觉得很荒谬：“你怎么知道我没有？”

“连法律都规定你没有。”武大问严肃地看着他，“如果你现在做了什么违法乱纪的事情，你没满十八岁，是我跟你妈要承担责任的你知道吗？”

武顺却觉得更可笑了：“法律是谁规定的？是你们成年人规定的。我真的不懂你们到底凭什么觉得我们都是白痴？十八岁又算个什么门槛？是人一过十八岁就会脱胎换骨、焕然一新吗？”

武大问不想跟他争辩法律的合理性：“没有人觉得你是白痴。但如果你真的知道你自己在干什么，你不会去抽烟，不会跟那种坏孩子交朋友，你不会整天跟人吵架打架……你更不会这么对你妈。”

前几句武顺还想反驳，最后一句让他暂时失语。

武大问看他的眼神充满悲悯：“再过十年……不用，再过五年，你自己回头看，你会知道你今天多可笑。”

武顺却并没有被他的悲悯打动。武大问自成一脉的逻辑无法证伪，他连道理都没处讲，他只能说：“你非要这么说我也没办法。反正我知道，五年以后我不会。”

他顿了顿，回敬以同样悲悯的眼神：“而且我还知道，我以后不会变成你这么自以为是的大人。”

父子俩没有再像上一次那样激烈地争吵，可是他们之间剑拔弩张的局面并未得到改善。郑婉柔没有参与他们的战局，只是在旁难过地抹眼泪。她不擅长与人争执。

话说到这个分上，韩闻逸已大致明白他们之间的问题出在什么地方了。

武顺说，他的父母想要控制他，不尊重他的意见。韩闻逸相信那是真的，即使武顺自己不说，他也明明白白看到了许多细节。他的父亲是霸道的，他的母亲是缠绵的，他们用不同的手段侵蚀他的领地，让他对自己的生活毫无掌控感。于是他愤怒，于是他抗争。

有太多的人不明白控制力对一个人有多么重要。它关乎人的心态，甚至关乎人的健康。如果一个人对自己的生活没有控制力，如果他的努力对他的生活状态影响甚微，他就会失去生命的活力和能量，他会习得性无助，甚至因此患上抑郁症——没有人愿意成为一颗任人摆布的棋子，无论这颗棋子有多富贵。

所谓的叛逆期，正是那些逐渐成长的少年们用看似无理的抗争手段，为他们自己的活力寻找出路。家里父母为他们安排好了一切，学校里老师为他们制定好了规则，他们对自己人生的掌控力太小太小，他们抗拒不了规则，他们甚至很难拒绝一杯送到嘴边的牛奶！那他们存在的价值和意义究竟是什么？！他们的立身之本又在哪里？！

于是他们唯有打破、打烂、打败什么，才能为他们自己谋求出路，争夺一个属于他们自己的位置。

武顺的诉求是如此明确，韩闻逸能够理解他。

韩闻逸也能理解武大问。他说武顺不知道自己在做什么，是因为他与武顺的格局不同。他是一个四五十岁阅遍沧海桑田的成功商人，年少时的烦恼他未必没有经历过，可对如今的他来说，那早已是不值一提的沧海一粟。而武顺不可能用五年十年后的格局眼光来看待眼前的生活，少年的世界是单纯的，可单纯的世界就是他的全部。他们的矛盾由此而来。

武大问确实有些霸道也有些自大，可他是做老板的人，他的事业需要他的霸道和他的自大。

而韩闻逸唯一不太明白的人，是郑婉柔。所以他选择从郑婉柔问起。

“武太太，”他问道，“你是全职太太吗？”

郑婉柔点头。

“从什么时候开始的？”

“怀了小顺以后我就辞职了，然后就没有再出去上过班。”

“家里的家务都是你做的吗？”

“有用人帮忙，家里很大，我一个人忙不过来。”郑婉柔说话的时候一直是轻声细语的，“用人主要是帮忙收拾打扫房间。洗衣和买菜做饭都是我来，这些事情交给别人做我不放心。”

韩闻逸了然。郑婉柔果然是个贤内助，丈夫和孩子贴身的、入嘴的东西她都要自己经手，确保家人的健康。

“我刚听你说，你会做蛋糕，你会做的东西很多吗？”

“我老婆很厉害，”武大问忍不住抢了一句，“外面吃过的东西她都能研究出来怎么做。”

郑婉柔微微笑了一下，谦虚地说：“毕竟我不上班，希望能为他们多做一点事情。”

韩闻逸微怔。他捕捉到些什么，忙继续追问下去：“你希望能为他们多做一点事？”

“嗯。”

“这会让你觉得满足吗？”

“是的。”郑婉柔的目光变得更柔和，“每次看到他们把我做的东西吃完，我都会特别满足。”

武顺诧异地扭头看了母亲一眼，又立刻收回目光。

韩闻逸已经明白了。他接着往下问。是想让武顺也听明白：“您所谓的满足，是来自他们认可您的付出吗？”

郑婉柔愣了一愣，点头：“是啊……”

“您渴望被认可？”

这个问题郑婉柔迟疑了一会儿。然后她小声反问：“谁不渴望呢……”

武顺目光猛地闪了闪。母亲也希望被认可……这是他从来没有思考过的角度。

韩闻逸暂停了问话，给他们思考的时间。

郑婉柔也在用她的方式证明她存在的意义和价值。唯有确保他们离不开她，她是不会被抛弃的，她才有安全感。可她的施展空间是那么的小，以至于她伸一伸手，就侵占了别人的领地。

过了片刻。

“能举个例吗？”韩闻逸忽又问道，“让您满足的事情，能举个例子吗？”

郑婉柔想了想，脸上渐渐浮现笑容。

“我记得小时候小顺很好养，别人家的孩子都挑食，这也不吃，那也不吃。可是小顺吃饭从来不需要人操心。”郑婉柔回想起的是印象最深刻的例子，因此年代已有些久远。

“直到有一次，小顺的爷爷奶奶把他带去老家住了几天，我没有跟去。他的爷爷奶奶给我打电话，说孩子太挑食，这也不肯吃，那也不肯吃，问我孩子喜欢吃什么。我很惊讶。”

“后来我就给小顺打电话，问他为什么不肯好好吃饭，为什么不听爷爷奶奶的话。”郑婉柔的眼角微微泛起几道带着笑意的褶子，“他说，他只喜欢吃我做的菜，别人做的他都不喜欢。他说……他想妈妈了。”

她的神色满是怀念，怀念孩子还小的时候，那个乖巧地依赖着她的那个年纪。

武顺脸上的表情很复杂。

郑婉柔说的让韩闻逸忽又想起一件事来：“对了，武太太，刚才您说武顺以前喜欢吃蛋糕？”

郑婉柔点点头。

“我什么时候喜欢的？”提起这个话题，武顺依然觉得莫名其妙。

郑婉柔敛去了笑意，话题忽然变得有些沉重：“有一年小顺外公去世了……”

武顺愣住。

“那时候我一直在忙着操办我爸爸的后事，小顺生日我也没顾得上。那天晚上他哭着跑来我房里找我……”郑婉柔的表情有点难过，“我问他为什么哭，他说他想要生日蛋糕。”

武顺再一次失语。

“那是什么时候的事？”韩闻逸问道。

郑婉柔想了一会儿，有点记不清了：“那是零几年的事？”

武大问在旁边小声提醒了一句：“差不多十年了。”

郑婉柔也想起来了：“啊，那一年小顺六岁。”

武顺无措地看着自己的母亲。六岁那年的事情，他真的已经记不清了。

“妈……”过了很久，他无力地开口，“可我已经十六了。”

郑婉柔瞬间愣住。

时间对于年少的人们来说是如此的清晰，他们鲜活地感受着每一天的变化，这尘世间的变化、他们自己的变化。他们一天一天地成长。十年的时间，从六岁到十六岁，世界已然天翻地覆。

可时间对于一个母亲来说是如此的模糊。孩子小的时间她要悉心照料，她要为他添衣加水，她生怕他磕了碰了，生怕他闯下祸事。她要牵着他的手走路。她日复一日做着同样的事情，从三十六到四十六，恍如弹指一挥间。当她好不容易找到自己的位置和成就感，她却跟不上变化的脚步了。

他已经长大了。

一个小时转眼就过完了。

咨询结束之前，韩闻逸问郑婉柔是否考虑过出去找个工作，然而他就只是问一问，郑婉柔马上露出了慌张的神色，看武大问的表情显然也不支持这个提议——郑婉柔已经脱离社会太多年了，比起社会，她显然更喜欢家庭。现在家庭里她的用武之地减少了就要重新将她赶回社会上，这对她来说的确有些残忍。于是韩闻逸放弃了这个提议。

发现问题并不是难事儿，解决问题才是最难的。武家现在这情况，夫妻感情倒是挺稳定挺融洽，可武顺跟谁都有矛盾，跟郑婉柔的矛盾还更大点。他们在一个小小的空间里争夺权力，武顺多得到一点，就意味着郑婉柔得放弃一点。这是一场权力的交接和渡让，他们需要时间重新磨合，而磨合的过程也必然免不了痛苦。

韩闻逸只能着手用更温和的方式帮助他们改变。他说：“你们对彼此的评价量表可以接着做，武太太最好也能一起参与进来。”

郑婉柔表示同意。

“另外，如果最近你们再发生矛盾，可以尝试像今天一样，大家一起坐下来，每个人轮流发言，把想说的都说出来，不要打断别人的发言——给别人一个表达的机会，也给自己一个倾听的机会。”

武家三人都很郑重地点头。

这种交流方式他们从来没有试过，他们平时在家中，要么吵吵闹闹，要么隐忍退让。就连在公司和班级里开会都未必能有这么平等的机会。

然而隐忍和退让已经意味着放弃了让对方了解自己的机会，而你来我往的争执有时候会导致人们话赶话地说出一些违心话，也有可能真正想说的东西没说出来就被对方把话题拐跑了。所以如果能有一个平等开放的交流环境，比争吵和冷战有效得多。

韩闻逸循循善诱地说："改变先从互相理解开始吧。"

理解永远是人际相处中最重要的东西。武顺若能将母亲的过度照料看成是母亲自我价值的实现，而非故意控制他；郑婉柔若能把儿子的反抗看成是儿子对自由的追求，而非对她的嫌弃，他们无疑会比彼此有更多的宽容和耐心。

韩闻逸的话让武顺愣了一下。他情不自禁地扭头看了眼自己的父母，然后闪烁着收回目光。

工作结束，韩闻逸送他们出去。时间已经不早，武顺该回学校上课，武大问也该去公司了。

武大问和郑婉柔走在前面，武顺和韩闻逸走在后面。少年时不时抬头看一眼韩闻逸，又是一副很柔顺的样子。从前在网上看韩闻逸的节目，他对韩闻逸就很崇拜，有了几次面对面的交流之后，他对韩闻逸更是非常服气。

韩闻逸微笑着轻拍他的肩膀。这少年今天受了一些打击，他需要能量。

武顺小声问道："闻逸哥，我是不是真的很叛逆啊？"

他说的时候表情有些别扭。叛逆期的少年不愿承认自己叛逆，更年期的妇女也不愿承认自己更年，中年危机的男人更不想承认自己中年危机。因为这意味着他们得承认他们跟外部世界的矛盾是由他们自身的问题引起的。

韩闻逸想了想，说："你不需要承担所有责任，但你的行为也是造成关系不良的原因之一。我这么说，你能明白吗？"

武顺怔了一会儿，用力点点头，脸上的表情轻松了不少。

韩闻逸揉揉他的头发，轻声道：“你很幸运。”

这年纪的少年还是很在乎形象的。武顺连忙整理自己的发型，同时有点困惑地看了韩闻逸一眼，不是很明白他所谓的幸运指的是什么。

韩闻逸却没再说下去。

武顺是幸运的。武大问和郑婉柔也是幸运的。他们一家三口能共同坐在咨询室里，无论他们身上有什么样的缺点，可他们愿意承认，也有心改变，也已是多少家庭都难以企及的了。

到了咨询室门口，武大问停下脚步，准备预约下一次的咨询：“韩老板，你下周什么时候有时间？”

韩闻逸还没来得及回答，忽听身后有人叫他。

“师父！”

他回头一看，刘小木从楼道里跑出来，比了个电话的手势贴到耳边：“有风投机构的人打电话找你。”

韩闻逸最近为了融资的事情非常心急，别的都顾不上了。他连忙急匆匆地向武大问告别：“抱歉，我现在有点急事要处理，下次咨询的时间我们再约吧。”

武大问也不好耽误他，忙摆摆手：“那你快去忙吧，辛苦你了。”

韩闻逸留下一句“路上小心”，匆匆忙忙上楼接电话去了。

“风投机构吗……”

武大问看着韩闻逸的背影，又打量了一下事务所的环境，若有所思地摸了摸下巴。

午休以后，越明宇就有点不对劲。平时他都跟庙里供奉的菩萨似的扎在自己的座位上不动弹，要么在写代码，要么就在发呆。头上还一直戴副耳机，从来不跟人交流。

但是今天他破天荒地没戴耳机，而且还坐立不安的，一会儿翻来覆去地找东西，一会儿又起身往外跑。

肖巴和钱钱都发现了他的反常。

当越明宇又一次起身离开座位，钱钱的目光顺着他移动，才发现他竟然是去饮水机那儿打电话。事务所里不是每个同事都有座机，尤其他们 IT 部门，平时不需要外界联络，所以都没安装座机。饮水机那里有一台公用的，但跟他们的位置跨越了大半个办公室。

越明宇在座机那捣鼓了半天没回来，钱钱过去倒水，正好听见他在讲电话。

“请帮我停下卡，我的手机号是……”

钱钱顿时吃惊地看了他一眼。

过了一会儿，越明宇打完电话，回到座位上。

“明神，你手机丢了吗？”钱钱问道。她刚才听到越明宇在跟运营商打电话办停卡。

越明宇目光闪了闪，点头。

“啊？你手机丢了？”肖巴也吃了一惊，“是自己掉了还是被人偷了？打过电话了没？”

“关机了。”越明宇面无表情地说。

“关机了？”肖巴和钱钱面面相觑，“那是被偷了啊……”

越明宇烦躁地啧了一声。

肖巴这才明白今天是什么妖风刮的越明宇老往座机那儿跑。他忍不住吐槽：“所以你刚才是去那里打电话啊？你说你就不会问我们借手机吗？跑来跑去的，你不累啊？”

越明宇撩起眼皮看了他一眼，一副懒得理他的表情，把目光投回电脑屏幕。

肖巴翻了个白眼。人家不跟他求助，他还能上赶着帮忙吗？

钱钱在桌子底下轻轻踢了肖巴一脚，示意他别说了。越明宇丢了手机，心情肯定很坏。

肖巴摇摇头，不吭声了。

一下午越明宇心情都不好，快到下班的时间，他提早走了。钱钱因为手里有点工作，稍微加了会儿班，但也没加到太晚。

她今天约了王晋生，要去画廊签获奖确认书，签了那个才能拿到比赛奖金。而韩闻逸下午就有事离开了事务所，没空陪她去。

离开事务所以后，钱钱就打了辆车去画廊。

下班时间路上有点堵，一条马路等了两个红绿灯也没过去。钱钱给王晋生发了条消息告诉他自己已经在路上，然后就百无聊赖地看着窗外发呆。不一会儿，她看见马路上有个人双手插在兜里，低着头往前走。

眼熟的身影让钱钱愣了一下。她有点茫然地看着那人。

过了一会儿，她忽然惊醒，拍拍司机座椅："不好意思师傅，麻烦靠边停一下，我在这里下车。"

"啊？"司机师傅还以为她堵车堵得不高兴了，"小姑娘别着急，就这条马路堵，过了这个红绿灯前面车就少了。"

"不是，我看到朋友了。麻烦停一下吧。"

客人坚持，的士司机也没办法，只能靠边停下。钱钱打开车门跳下去，快步朝着前方的身影追过去。

"明神！"

越明宇闻声回头，看到追上来的钱钱，吃了一惊。

"明神，你怎么在这儿？"钱钱跑到他面前停下。

越明宇的表情有点窘迫。

"你从事务所走到这里来的吗？"钱钱问道，"你是不是没带钱啊？"

越明宇不吭声。

这里距离事务所三公里远，因为越明宇走得比钱钱早，刚才在车上的时候钱钱心里算了一下，他下班走路到这地方是差不多时间。

他不回答，钱钱就知道自己没猜错。她问道："明神，你家住哪儿啊？"

越明宇犹豫了一会儿，才报了个路名出来。

"啊……那不近啊。"

"不远。"他盯着地上的石头看。

他平时上下班都靠手机叫车，出门经常不带现金和交通卡。今天手机丢了，身上唯一的家当就没了，别说去买台新手机，就是连张地铁卡都买不起。他的住处离事务所七公里，说近也不近，说远也不很远，他想先走回家找出银行卡再去买新手机。

钱钱看着一脸无所适从的越明宇，好笑地不知道该说什么。平时她觉得越明宇这人有点高冷，今天才发现，这人不是高冷，是别扭。他写代码写得再厉害，却连问同事借几块钱买张地铁卡都办不到，宁愿自己走路一小时回家。

钱钱身上也没带现金。她想了想，说：“我用手机帮你叫辆车？”

越明宇犹豫。

钱钱不知道他是不喜欢欠别人钱还是另外有什么事要去做。她左右张望了一下，发现两条马路开外有个商场：“你要不要买新手机啊？那边有商店，我可以陪你去买，你拿到手机不就可以马上把钱转给我了吗？”

越明宇想了一会儿，点头同意了这个方案。

钱钱于是陪着越明宇往商场走。

“其实你问我们借五块钱买张地铁卡也好啊，”她忍不住说，“五块钱，谁会拒绝你啊？走路回家也太健身了吧？”

越明宇面无表情地低头看路，不说话。

下午肖巴吐槽越明宇宁可跑来跑去用座机也不开口问他们借手机，那时候钱钱还觉得这是小事，费不了多少工夫。可发现越明宇居然打算走路回家的时候，她也觉得这有点夸张了。

“这就是七公里，要是七十公里你打算怎么办哦？”

“无所谓。”越明宇撇开脸，斜低着头走路。也就是路上没电线杆子，要不以他这走路方式，非得撞上去不可。

钱钱简直哭笑不得，忍不住道：“无所谓就是最大的有所谓好不好？”

越明宇这才皱着眉头回头看了她一眼，那眼神既有些抗拒，又有些莫名其妙。

钱钱怕他心里有负担，忙说：“嗨，你也真是的。这么点小事，你怎么不早跟我说？你帮过我修过电脑，就是我的救命恩人！我不帮你还是人吗？”

越明宇嘴角一抽。救命恩人……

"下次你没钱，你来问我借啊，你借五块钱，我肯定眼睛也不眨就借你五十块！"钱钱拍照胸脯，豪气冲突，"你要是问我借五百块——那我再考虑考虑。"

越明宇愣了愣，绷得死紧的嘴角终于要笑不笑地勾了一下。

钱钱对他露出一个灿烂的笑容。

钱钱开的玩笑让越明宇不再那么拘谨了。他难得主动开口，慢吞吞地问道："你为什么在这里？"

"我去清风画廊有点事。"钱钱说。清风画廊离这儿已经不远了，等会儿陪越明宇买完手机，她走过去也行。

"哦。"越明宇点了下头。

他的话还是少，钱钱随口扯了几个话题想让气氛不要那么干，但越明宇不是"唔"就是"哦"，钱钱没有讲单口相声的天赋，聊了一会儿就放弃了。两人沉默地往商场走。

越明宇一会儿低着头看路，一会儿瞥一眼钱钱，好似有什么话想说，但又一直没有说出口。

到了商场，商场的楼下就有营业厅，越明宇先把手机卡办了，又上楼买手机。

买完新手机插上卡，他检查了一下，一切 ok，便把买手机和办卡的钱一起转给了钱钱。

钱钱笑眯眯的："这不就挺好嘛？"

越明宇点了下头，又迅速把目光瞥开了，连句谢也没有说。

钱钱已经习惯了。越明宇不是冷漠，他心肠其实很好，就是他不知道怎么跟人交往而已。当然，用他自己的话说，他这是不喜欢人类。

"走吧！"钱钱扭头向商场外走去。

出了商场，钱钱往清风画廊的方向走，越明宇没立刻去打车，反而在旁边默默跟着她。

钱钱好奇地看了他一眼。

越明宇总算开口了："你为什么说……"

钱钱挑眉："什么？"

越明宇撇撇嘴，想问又不想问的样子。

好一会儿，他才憋出几个字来："无所谓。"

钱钱微怔，这才明白他问的是她前面说的那句话话："你是说，我刚说的，无所谓就是最大的有所谓？想问我为什么这么说？"

越明宇默认了。

钱钱失笑。她先前没说完，是怕说多了越明宇嫌她屁话太多。但既然越明宇问了，那就没什么不可以讲的了。

"怎么说呢……"她舔了舔嘴唇，"真正的无所谓，应该是无所畏惧吧。无所畏惧的人什么都敢尝试，因为结果是好是坏都无所谓。"

一个豁达的人，不是什么都不想要的人，而是什么都不畏惧的人。而那些虚张声势地说"我不在乎"的人，其实只是不想说，"我害怕"。

"还没有去做就先说无所谓……是在担心，结果不如自己预料的那样吧？"钱钱扭头看了越明宇一眼。

越明宇眉头已经拧得可以夹死苍蝇。

气氛就这样凝滞了三五秒。

"哎，你别介意啊，我不是说你。"钱钱连忙解释道，"我说我自己。我这人也经常会这样的。"

她自嘲一笑："人讲道理的时候都一套一套的，到自己身上就完全不是那么回事了。"

越明宇紧锁的双眉终于渐渐松开。他动了动嘴，想说什么，又没说出来。

他们并肩走了一段路，在路口分别。

"明神，明天见。"钱钱挥手向他告别。

越明宇把手揣回兜里："再见。"

绿灯亮起，钱钱加快脚步朝马路对面跑去。

越明宇转身想要离开，目光一如既往地盯着地面。他走了没几步，忽又停下，慢慢抬起头，看向车水马龙的街头。

晚高峰时繁华的十字街头，车来车往，人头攒动。

热闹、拥挤、陌生。却没有他想象的那么可怕。

他站在路口发了很久的呆，深吸一口气，继续朝回家的路走去。

晚上画廊关门以后，王晋生就在办公室里等着。他正上着网，外面响起敲门声，他扭头一看："大画家，来了啊。"

钱钱嘿嘿一笑，走了进来："不好意思啊王老板，路上有点事耽搁了。久等了吧？"

"还行吧，我在看你们家韩大神的节目，讲得可真好，时间一会儿就过去了。"王晋生从抽屉里抽出获确认书递给她："你先看看，没问题就签个名。"

钱钱乐呵呵地看完，确定没什么问题，大笔一挥，把名签了。

王晋生收好文件："七个工作日左右，奖金应该能打到你账上。"

刚赚到一笔小钱钱，钱钱非但没觉得知足，反倒是胃口被吊起来，已经开始幻想更多大钱钱了："王老板，我那些旧画什么时候开始卖啊？"

"你急什么？"王晋生说，"下半年还有几个展，我打算把你的画送去参参展。还有商报的专栏，也去投个稿，再拿几个奖……"

"还有画展？还有比赛？那是不是还有奖金拿啊？"钱钱现在一听比赛就两眼发亮，这要每年来几次这样的比赛，班都不用上了啊！

王晋生好笑地看了她一眼："你以为这么好的事天天都有？想什么呢！大部分是没钱的，有些奖不光它不给你钱，你还得给它钱，它才肯带你玩。"

钱钱脸色的笑容顿时飞去了外太空。她眼睛瞪得滚圆了："什么？我还给它钱？！"

"你以为？这叫商业包装好不？有投入才有回报，等以后你的履历表拿出来一看，一堆获奖记录，你的身价得翻多少倍？那时候再卖画也不迟。"

钱钱被噎了一下。这话听着好像是挺有道理，她每回看别人的履历，各种这奖那奖这荣誉那荣誉的，瞧着确实挺眼红的。但放到她自己身上，心里多少有那么一些硌硬——谁不希望自己所有的荣誉都是靠自己的实力得来的呢。

“光拿奖还不够，我还得找媒体帮你宣传推广，慢慢把你的知名度给提上去……”王晋生停顿一下，“让你们家韩大神帮忙啊，他在节目上提一句，微博上转一转，可比好多媒体报道都有用得多了！”

王晋生毕竟是个商人，能用的资源和人脉没道理不用。要是韩闻逸用自己的知名度帮忙，能给他省下不少营销经费呢。

然而钱钱却只是瘪瘪嘴，对这个提议并不感冒：“他不一定愿意的啦，还是算了。”

她要真跟韩闻逸提，韩闻逸未必不乐意。但她现在就是个无名小卒，作品也还算不上有多完满，让韩闻逸帮她吆喝，她实在不好意思。

“他有什么不愿意的？”王晋生不以为意，“他要不乐意。他能把你介绍到我这儿来？”

钱钱一愣：“什么？”

王晋生说完以后，自己也怔了一下。他这才发现自己说漏嘴了。

——韩闻逸交代过，让他不要提这一茬的。

“嗐……”王晋生舔舔嘴唇，索性破罐子破摔，“你说你们小情侣的，玩这个神秘干什么。别说情侣了。就是普通朋友，帮忙介绍个人脉，拉个资源，不也挺正常的事儿么？”

钱钱傻傻地站在原地，没有任何反应。

王晋生以为她反感营销这一套，忙道：“我不是说你水平不够啊。只不过现在可不讲什么酒香不怕巷子深那一套了。人脉、背景、资源……哪个不比你自身实力重要？就说这次比赛，要不是靠人脉，别说拿奖了，你连这比赛的边也摸不到啊。”

钱钱依旧愣着。

“呃……”她的反应让王晋生有点心虚，“我也不是那个意思……就是……哎呀……”

钱钱好半天不说话，王晋生不知道该怎么说，办公室里的气氛就这样凝滞了。

好半天，王晋生从牙缝里挤出几个字来：“你说句话呗……”

钱钱终于有了点反应。她眼看向王晋生，慢吞吞地问道：“王老板，是韩闻逸把我介绍给你的？”

王晋生心虚地舔舔嘴唇。话说到这分上，再找话去圆也没必要了。他干笑：“啊。”

钱钱沉默。她想起前两天她告诉韩闻逸她获奖时他的反应，忽然觉得有点荒诞。

王晋生说，人脉、背景、资源，都比实力更重要。也许是这样没错。

她想了想，问道：“我这次拿的奖，跟他有关系吗？”

王晋生一惊，立刻矢口否认：“没有，这真没有！”

钱钱垂着眼睛，也不知信了没信，脸上没什么表情。

“你没事吧？”王晋生小心翼翼地问道。

钱钱又不作声了。

王晋生急得抓耳挠腮：“你不会真的介意这个吧？不是我说，这多正常件事啊，你要是介意这个，实在有点小心眼啊。”

“多正常件事……”钱钱吐出一口气，“那他为什么不告诉我？王老板，他是怎么跟你说的？”

王晋生一愣：“呃……他是怕你……”

刚开始韩闻逸让他不要提的时候，他还觉得韩闻逸多此一举。可现在钱钱真的不高兴了，他又觉得钱钱太敏感，韩闻逸也不容易。

“怕我自卑？”钱钱歪着头问。

王晋生失语。虽然韩闻逸当时好像不是这么说的，但在他的理解，好像的确是这样。

钱钱自嘲地笑了笑：“如果他不觉得我应该自卑，那他为什么要怕呢？”

感情上，韩闻逸似乎是个坦率的人。他会和异性保持应该有的距离，他不会做让人误会的事。即使她不知道他去相亲，他也会主动交代。可生活上。他从来不坦率。无论是他的事，还是她的事。

归根结底，在他心目中，她不是一个有资格和他比肩的人。

这不怪他。她明白。

钱钱的话王晋生不知道该怎么接，只能眼睁睁地让话掉到地上。

办公室里就这样安静了好几秒。

“我走了。”钱钱平静地说，“王老板，再见。”

王晋生讷讷地回答：“再见……”

钱钱转身往外走，忽听身后又有人叫他。

“那个，你的这份合同你忘拿了……”

钱钱回头，获奖通知书一式两份，王晋生留了一份，还有一份是她的。她接过看了一会儿，对折塞进包里，垂头丧气地出去了。

第二天上午，钱钱正坐在位置上作图，肖巴离开了一会儿，回来就神神秘秘往她身边凑。

“小钱钱，我刚才去了趟灵姐办公室。”他附到钱钱耳边，“你猜我看到什么了？”

“看到什么了？”钱钱漫不经心地附和了一句，手上的工作完全没停。

“灵姐把之前挂脖子里的戒指拿出来戴上了。”

“哦？”

“看来她跟老大打算正式公开了。”肖巴摸着下巴自言自语，“过段时间办公室里会不会发喜糖啊？”

钱钱甩鼠标的手一顿。

许是这段时间以来听肖巴说了太多韩闻逸和夏见灵的花边八卦，她都已经习惯了。她没觉得生气，也没觉得嫉妒，就是真心觉得好奇。

“八哥，”她慢条斯理地问道，“为什么，你一直觉得，老大和灵姐是一对？”

肖巴一愣：“难道不是吗？”

钱钱歪了歪头：“他们否认过的。”

“他们那是不愿意公开吧？办公室恋情就是这样的。”

“所以……”问题又回到了原点。她问，“你为什么坚持认为，他们俩是一对？”

肖巴眨眨眼，突然卡壳了。

他本来想说这不是明摆着的吗？可仔细想想，他平时注意到的一些事情，似乎可以说明韩闻逸和夏见灵都有对象了，但并没有什么证据能说明他们的对象就是彼此。他之所以如此坚定，是因为他从一开始就认为他们俩是一对，所以无论发现什么线索他都往这方向想。

肖巴挠挠头："我刚进公司的时候就觉得他们是一对。因为觉得他们俩特别般配。你说他们又是校友，又一起出来创业，家里又门当户对……没道理不是吧？"

钱钱点头。听起来好像的确有几分道理。

"干吗？"肖巴奇道，"难道你有别的八卦？"

"没有，"她淡淡地说，"我就好奇问问。"

肖巴奇怪地打量她，然而她的注意力已经回到电脑上了。

肖巴自讨了个没趣，耸耸肩，也继续工作去了。

此时此刻，韩闻逸正坐在办公室里，看着手里武顺的个人资料出神。

最近他一空下来，就会想想武家人的事情。家庭治疗和普通的心理咨询最大的区别就是，普通的心理咨询只需要面对一个来访者，只要找出来访者身上的矛盾点以及弄清楚他的诉求，然后想办法帮助来访者在他所处的环境下实现诉求。可家庭治疗，他面对的不是一个人，而是一群人。他需要搞清楚他们每个人身上的矛盾和每个人的诉求，然后帮助他们寻求一个新的平衡。

韩闻逸在纸上写下"叛逆期"这三个词，然后用笔顶着下巴沉思。他要搞清楚他们的感受，撇去专业知识和经验之外，在很大程度上，他也得依赖同理心。假如一个心理咨询师并不是真正理解自己的来访者，而只是照本宣科地讲些东西，那他将很难走进来访者的内心，也很难从根本上帮助他们解决问题

可他自己并没有经历过叛逆期，所以不是特别能体会武顺的感受。父

母和他的关系从小就不亲密，他们对他的照顾颇有疏漏，因此对他的管束也不甚严格，意见不合时往往说几句，说不通就放弃了。他实在无须用叛逆的方式为自己争夺什么。

过了会儿，他又在纸上写了几个词汇。“自由”“平等”“空间”“自控力”……

这是他跟武顺聊完之后，从武顺说的话里感受到他的渴望。但必然有一些东西，是他没有感受到的，又或者武顺自己也并未厘清，所以没有表达出来的。

又过了一会儿，他在纸上慢慢写下了“责任感”这三个字。

这是他自己的理解——所谓的自由，不是天高任鸟飞、海阔凭鱼跃……那种广袤无垠给人带来的感觉往往并非自由，而是迷茫。真正的自由，应该是人渴望一件事，并且凭他的能力可以去做这件事。因为有了限制，因为有了目标，人才能真正体会到自由的美妙。于是自由也好，自控力也好，空间也好，武顺现在所缺乏一切东西，都可以换一种形式来表达——那就是责任感。

当一个人开始明白自己该对什么负责，对亲人的责任也好，对家庭的责任也好，对社会的责任也好……当他开始承担责任，很多事情需要他去判断、去思考、去做决定，他也就有了发挥的空间。他的自主能力和自我认知水平必定会提升，他会开始理解很多以前不能理解的事情。

韩闻逸转了转笔。下一阶段他对武家的治疗，重点就放在培养武顺的责任感上。但是武大问和郑婉柔应该怎么做才能培养出儿子的责任感，这又是个很复杂的问题了。

思考完这一切，韩闻逸放下笔，靠在椅背上长长吐出一口气。

他总觉得自己似乎还漏掉了什么，然而一时片刻是真的想不出来了。

晚上下班以后，韩闻逸有事出去了，直到九点多，他才开车回住处。车刚开到 T 大门口，他看到前方一辆出租车上下来一个眼熟的人影。那个人脚步蹒跚地往前走。

他不由一愣，连忙开车跟上去，减慢车速，摇下车窗：“钱钱？”

钱钱正低头往前走，忽然听到有人叫她，过了两三秒才反应迟钝地回过头。她茫然地看着坐在车里的韩闻逸。

“你去哪儿了？怎么现在才回家？”他问。

“我跟吴妮妮去吃饭了……”钱钱慢吞吞地回答。

韩闻逸发现她的脸色很潮红，目光也挺迷离，走路的脚步都不稳扎。他问道：“你又喝酒了？”

钱钱没吭声。

韩闻逸想了想，先加快车速，去前面停车区域把车停好了，然后从车上下来，跑回钱钱身边。他在钱钱面前站定，借着路灯的光仔细打量她。

他伸手撩起她脸边的碎发，指尖碰到她的肌肤。酒精的余热还没散去，她的脸颊还有些发烫。

“以后你要是喝酒了，打电话让我来接你。”他说，“你这样一个人回来我不放心。”

钱钱撇开眼，不服气地说：“有什么不放心的？我又不是小孩子。”

韩闻逸好笑：“你现在这样子就很像小孩子啊。”

钱钱并不觉得自己喝醉了。当然，真正喝醉的人也不会觉得自己喝醉。她只是觉得身体有那么点不太听话，比如她看准了一块地砖落脚，脚却会踩到地砖的缝上。但她的思绪却是很清明的，甚至比平日更清明。

韩闻逸过来牵起她的手，开玩笑：“走吧，小朋友，我带你回家。”

钱钱的目光从两人交握的手一直挪到韩闻逸的身上。韩闻逸在前面领路，她只能看到他的背影。她突然觉得他的身影变得很高、很大。她又垂下眼看地上的影子。路灯从斜前方照过来，她的影子被他完全覆盖住了。

韩闻逸刚走没两步，忽觉身后的人似乎停住不动了。他不解地回头：“怎么了？”

钱钱皱着眉头，将手从他的手心里抽出来，固执地重复了一遍：“我不是小孩子了。”

韩闻逸怔了怔，语气宠溺地哄道：“好好好，你不是小孩子了。我们快点回去吧。”

他那敷衍的态度让钱钱更不爽。她盯着他的眼睛，加重语气，一字一顿道：“我，不，是，小，孩，子，了！”

韩闻逸没体验过叛逆期少年的感受，现在倒提前体验起有一个叛逆期孩子的家长的无奈了。

他索性停下脚步，认真凝视钱钱的双眼。

钱钱目光闪烁了一下，默默把视线转开了。

韩闻逸凝眉。他知道钱钱最近心里有事，但他工作太忙，他们一直没有一个很好的机会坐下来开诚布公地谈谈。他突然觉得今天或许是一个机会，喝了点酒的钱钱更有可能把她心里想的事情说出来。

“好吧，你没喝醉。那么我们聊一聊。”他问道，“你最近是不是有什么心事？”

钱钱没吭声，低头用脚尖磨地上的石子。

“没关系，有什么都可以说出来。”

钱钱继续踢石子。

“如果你不知道怎么说，那么我来提问，你回答‘是’或者‘不是’，好吗？”

钱钱终于有反应了。她抬头看了韩闻逸一样，又迅速把头低下去了。

“你们心理咨询师都是这样的吗？”她皱着眉嘟囔。韩闻逸现在的语气跟金意申跟她说话的语气很像，连台词都差不多。

韩闻逸微微一怔。他的确很擅长鼓励别人向他袒露心迹，这几乎成了一种职业习惯。

“呃……”他正在思考这个问题该怎么说，钱钱却又开口说下去了。

“我对你来说，到底算什么呢？”她轻声问道。

“什么？”韩闻逸吃了一惊，“为什么这么问？”

钱钱沉默了。

过了一会儿，她慢慢地朝前走去。韩闻逸连忙跟上。

“抱歉，”他观察着她的脸色，“是不是我说话的语气让你不舒服？”

钱钱摇头："不是。"

"那是什么？没关系，你可以……"他意识到自己又顺嘴了，默默把嘴闭上。

两人沉默地并肩走了一段路。

"哥。"她轻声叫道。

"嗯？"

"我不知道该怎么办……我很沮丧……"

"什么让你沮丧？"

钱钱偏过头看了他一眼："你。"

"什么？！"韩闻逸怀疑自己听错了。

"跟你在一起，让我很沮丧。"她重复了一遍。

韩闻逸猛地停下脚步。

钱钱也停了下来，转过身面对着他。她没有要收回刚才那句话的意思。

"我不明白你的意思。"韩闻逸小心翼翼地问道，"是我做了什么让你不高兴的事吗？"

"你没有……"钱钱再次摇头："你什么都好，是我不好。"

韩闻逸盯着她的脸，想从她脸上看出一丝玩笑的成分或是醉酒说胡话的样子，可是都没有。钱钱看起来很平静，平静到可怕，这让他心里忽然绞了一下。

他舔舔嘴唇，用开玩笑的语气说："你别说这么吓人的话，容易产生误会的。"

钱钱长长吐出一口气。她觉得自己很清醒，但她讲出来的话却很混乱："我努力工作来回报你好吗？我不知道，我还能做什么……"

"回报我？"韩闻逸不停摇头，"你到底在说什么？"

没等钱钱回答，他又抬手制止了。无论在工作中还是生活中，他都很少不给别人说话的机会，但这一次他有点害怕了。

"算了，你喝醉了，等你明天清醒了我们再好好聊聊。现在我们先回家，好吗？"

钱钱终于把目光从地上挪开，抬起头看他。

“哥……”

她的眼神让他心再度绞了一下。他有一种很糟糕的预感，这让他垂在身边的手不由自主地捏紧了拳头。

“你真的很好……很好很好。我也知道，你是为了我好。”

韩闻逸紧张地屏住呼吸。他终于明白，被人发好人卡的不安从何而来。他很害怕后面还有个“但是”在等着他。

“但是我不明白……”钱钱轻声说，“我的存在，对你来说，到底有什么意义呢？”

他顿时愣住了。

这个话题太出乎韩闻逸的意料了，甚至觉得不可思议，以至于他好一会儿不知道怎么开口去说。

钱钱又转身继续往回家的方向走了。他连忙追上去。

“我不是很明白，什么叫你的存在对我来说有什么意义？”韩闻逸拉住她的胳膊，让她又停了下来，“为什么会这么说？因为我忘记了那个草莓布丁？还有什么？”

钱钱看着他。过了一会儿，她平静地问道：“哥，是你把我推荐给王晋生的吗？”

韩闻逸再次怔住。话题转换得太快了，他花了几秒钟的时间才跟上。

他抿抿唇：“是。”

钱钱叹气。她认真而困惑地问：“那你为什么不告诉我呢？”

韩闻逸张了张嘴，又闭上。当初他是怕钱钱想太多才隐瞒了这件事。可当这件事摆到台面上来的时候，他才发现自己干了一件蠢事。本来明明没什么的事，被他这么一瞒，不想多也想多了。

韩闻逸答不上来，钱钱就自问自答地接下来了：“你是怕我因此自卑？怕我对你太感恩戴德？怕我因为感动跟你在一起？或者怕我从此不思进取，什么事都指着你帮忙？又或者，你准备给我留个惊喜，将来有一天我突然发现真相，然后感动得潸然泪下？”

韩闻逸惊呆了：“我怎么会……”

“你不是这么想的。”他还没说完就被钱钱打断了，“我知道，你什么都好，你做什么事也一定是为了我好。是我有问题。问题就出在——我明明知道我应该感激你，可我没有，我不开心。我是不是很没有良心？”

韩闻逸怔怔地看着她。他忽然有点迷惑钱钱到底喝醉了几分，抑或者一分也没有醉。

“这是一件好事，真的。如果当初你光明正大地把我介绍给他，我会很感激……我想我会的。”钱钱无力地抹了把脸，“当然，我现在说这个已经是马后炮了。谁知道真那样的话我到底会怎么做呢？”

顿了一顿，她自嘲地笑：“但是现在这样，我就真的搞不明白了。我在你心里到底是什么样的一个人啊？”

她介意的并不是韩闻逸把她引荐给了王晋生，而是她被瞒在鼓里。当她知道王晋生口中那个神秘人就是韩闻逸的时候，她的第一反应是不可思议，第二反应是觉得整件事情很可笑。

“我没有……我……”韩闻逸很难得不知道该说什么。他对上钱钱黯淡的双眸，刚组织起来的一点语言又消散在空中。

他终于意识到他犯了一个多严重的错误。

当人们预期一件事情可能会发生的时候，那件事就真的很可能会发生。这不是迷信，而是在这种预期之下，人会做很多事，引导这件事发生。就像那个著名的“聪明的汉斯”的试验，那匹马并不是真的聪明到能够认识人类的数字，而是人类的反馈让它变得有那么聪明。

同样，他把钱钱看得太敏感太脆弱，他为此做了许多看似维护她的举措。可他越是这样，越叫她不好受。因为他的一举一动都在提醒她，她是一个脆弱的人，她就是有那么敏感。即使她原本没有，他的自作聪明也会让她开始自我怀疑，认为自己非常糟糕。

这明明不是一个很复杂的道理，若是放在别人身上，他必定一眼就看得明白。偏偏医者不自医，到了他自己身上，他竟就这样糊涂了！他一直想好好维护他们的感情，不让钱钱对他的心意有半点误会。却忘记了，有时候生活中的许多事，比单纯的爱情更重要。

钱钱在原地站了一会儿，又调头朝回家的方向走去。

韩闻逸跟上去牵她的手，她没反抗，也没回应。

“对不起……”

钱钱摇头。她没觉得韩闻逸做错了什么，他们之间的问题不是对和错的问题。

“是我没有考虑周全。但不管怎么样，请你相信你对我很重要。”

钱钱眼神微微闪烁了一下。没等她做出反应，韩闻逸又接着说了下去。

“你问我你的存在对我有什么意义……忘记草莓布丁的事是我不对，我再一次向你道歉。对我来说，你的存在本身就是最重要的意义。”韩闻逸郑重地说，“所以，哪怕你什么都不做也没关系。我知道我最近的状态不太好，可能也因此疏忽了你。但你不用担心，给我点时间，我会处理好的。”

她刚放松的眉头又拧了起来。

这明明是一句甜言蜜语，如果钱钱现在在看电视剧，看到男主角这样对女主角说，她大概会很感动。可当这句话的对象是她自己的时候，她却并不觉得受用。

“什么都不用做，什么都不用担心？”她小声重复，然后摇头叹气，“就算养一盆植物，植物还得努力开个花才好看啊……唉……”

“什么？”韩闻逸疑惑地看着她。她嘀咕的声音太小了，他没听清楚她在说什么。

钱钱扭头看了他一眼，又收回目光。

他们已经走到楼下了。再往上走几格台阶就要分离。韩闻逸放慢脚步，准备再说点什么。

“哥。”钱钱比他先开口，“其实，我感觉不到在跟你谈恋爱。”

韩闻逸又是一愣。

“可能是你太理性了吧，你永远游刃有余。所以你给了我一种……”她歪了歪头，“居高临下的感觉，你明白吗？”

韩闻逸不可思议地看着她："我居高临下？"

"嗯。"

这道指责让韩闻逸又震惊又茫然。他年少的时候曾被人批评过冷漠，可如今人们对他的评价都是亲和、友善。第一次有人说他居高临下，而且这个人还是他的女朋友！

钱钱又轻轻叹了口气。他们没有在一起的时候，她很喜欢韩闻逸的那份温和和强大，可现在，她却开始讨厌他的这个特点了。

她看了他一会儿，上楼去了。

韩闻逸跟在她身后。直到钱钱进屋，关上房门，他又在楼道里站了一会儿，才转身回自己的住处。

招财从屋里跑出来，蹭他的腿。他弯腰把招财抱到沙发上。招财很有灵性，察觉到铲屎官的心情不是很好，因此表现得极为乖巧，不停用脑袋蹭铲屎官的胳膊。

猫咪的亲昵让韩闻逸感觉好了不少。他抱着招财顺毛，轻轻叹了口气。

人最难的是自我审视和自我认识。今天钱钱一系列的话说的他哑口无言，是因为他忽然意识到，她说的没有错。

——他并不是居高临下，而是游刃有余地掌控全局能给他带来安全感。如果不被人指出，他根本没有意识到这一点。这让他很沮丧。

招财不停蹭他，像在安慰他。他抬起头，和招财对视。

"她不开心了，"他轻声道，"怎么办呢？"

招财用一双圆溜溜的大眼睛看着他。

"你去帮我哄她开心好不好？"韩闻逸轻轻摇晃猫爪，"她最喜欢你了。"

招财又跟他对视几秒，然后一脸无辜地把头扭开了。

再萌的主子，也只能锦上添花，不能雪中送炭。

"养你何用！"韩闻逸长叹一声，仰躺在沙发上。

招财还没有被摸够，用脑袋继续蹭韩闻逸的手，想让他再帮它按摩一会儿。然而那只手跟死鱼一样垂在沙发上动也不动。

招财气恼地喵了一声：养你何用！跳下沙发去了。

翌日中午，武大问一家三口又找上门来做咨询了。

韩闻逸也开始了自己的治疗方案：培养武顺的责任感。他在咨询室里，通过一些谈话和行为的训练，想办法改善他们一家三口的相处模式。不过第一次尝试的进展并不是很顺利。

一来是郑婉柔和武大问，他们不太愿意放手让武顺去为一些事情负责，他们对孩子的能力不那么相信。这倒也是许多家长的通病，他们不能很好地适应孩子成长的过程，在很长的一段时间里，总把孩子当成小孩子来对待。然后又突然在某一天仿佛醍醐灌顶一般发现自己的孩子已经长大成人了，于是要求他一肩扛起所有的责任。这么一来，双方都觉得对方很不可理喻。成长本来就应该是个循序渐进的过程。

二来武顺自己也对这治疗方案有那么点抗拒。他当然希望自己是个有责任有担当的人，但因为一直以来的生活方式，他已经习惯由父母操持打点很多事了。他的目光太高远，让他从生活中的小事开始负起责任来，他还瞧不上，恨不能立马成就一番大事业去。

家庭治疗是咨询师帮助家庭在咨询室里改善相处模式，然后来访者们自己将在咨询室里的相处模式延伸到日常生活里去。毕竟咨询师不了解来访者生活中的点滴，他不可能手把手地教他们做每一件事。咨询室里的进展都不顺利，那生活中的改变恐怕也需要花费不少时间了。

咨询结束以后，韩闻逸回到办公室，整理刚才的咨询记录。他想起不太顺利的进展，有点发愁。

想要改变武家人现在的相处模式，其实应该先改变他们的思维模式。到底怎样改变武大问和郑婉柔的思维，让他们心甘情愿放儿子承担责任？又怎样能让武顺心甘情愿地去承担责任呢？

是花时间潜移默化地影响他们，让他们接受这件事。还是寻找另外一种方式，让他们卸下心里抗拒，更快更容易地接受？

韩闻逸转笔思考。

不一会儿，刘小木在外面敲门。

韩闻逸抬头："进来。"

刘小木抱着本子进屋："师父，最近有什么案例能给我学习吗？"

之前韩闻逸不太忙的时候，每个礼拜有时间都给他讲点东西，毕竟刘小木来事务所实习主要目的是学习来了。但最近他忙得很少有时间待在事务所里，也就很久没跟刘小木聊过了。

韩闻逸看看表。今天他难得比较闲，就让刘小木到对面坐下。

"我最近正好在看控制力缺失的课题，就给你讲讲这个吧。"

刘小木立刻好学生样地摊开笔记本，握好笔，准备做记录。

"控制力缺失会引发人们的不快，甚至长期丧失控制力会导致抑郁等相关疾病。"韩闻逸说，"有两个在动物身上做的相关实验都可以说明这个结果。"

刘小木认真听讲。

"一个实验是用小白鼠做的。"小白鼠毫无疑问是心理学家和生物学家们的最爱。"心理学家把两组小白鼠放在特殊的容器里。其中一组小白鼠，当它们完成了指定的工作，心理学家会奖励他们食物。另外一组小白鼠，无论它们做了什么或者什么都没做，心理学家都会在指定的时间给它们投放食物。那么问题来了——一段时间过后，你认为这两组小白鼠有什么区别？哪一组更健康？"

刘小木托腮。听起来第二组小白鼠生活得更轻松，什么都不做都有人喂食。但是……

"第一组更健康吧？至少有点事情可做。"他回答，"第二组太闲了，容易生病。"

他说完以后，半天没等到韩闻逸的回应。他好奇地打量韩闻逸，发现韩闻逸不知道在想什么，竟然自己想出神了。

"师父？"

"嗯？"韩闻逸回过神来，慢慢地眨眨眼，"嗯，一段时间以后，明显是第一组小白鼠更健康，更有活力和创造力。第二组则相对患有更多的疾病。”

刘小木饶有兴致地往下听：“还有什么实验？”

“还有一个试验是‘迷信的鸽子’。”韩闻逸说，“心理学家把几只鸽子关在房间里，然后在随机的时间给它们投喂食物——这个时间跟鸽子的任何行为都无关，是完全随机的。一段时间以后，多只鸽子都出现了‘迷信’的行为。”

“‘迷信’？”刘小木好奇地瞪大眼睛，“鸽子怎么‘迷信’？”

“虽然食物的到来是随机的，但是它们相信其中有某种规律，它们相信跟它们的某种行为相关。有的鸽子会跳舞，有的鸽子会甩头，有的鸽子会不停梳理羽毛——某一次发放食物的时候，它们正在做这件事，于是它们相信，是它们的这种行为换取了食物。于是之后它们会不断重复这种行为，来祈求食物。”

刘小木把嘴张成了 O 形。这听起来跟古代那些巫术跳大神的确很像，“那……所有鸽子都‘迷信’了？”

韩闻逸耸肩：“不是所有。但，有‘迷信’行为的鸽子比不‘迷信’的相对更健康，更有活力。”

刘小木现在明白控制力到底有多重要了。要么真正得到控制力，要么幻想自己拥有控制力。要不然丧失控制力，就有可能会抑郁。

“师父，”他问道，“你最近在研究什么案例啊？为什么会牵扯到控制力？”

“嗯……”韩闻逸并不提及来访者的详细信息，只说大概，“在研究一个叛逆期的案例。我是想，人之所以叛逆，是因为想要获取自己的控制力。”

“哇……不愧是师父！”刘小木深以为然，“叛逆是为了获取控制力……好有道理啊！”

“你呢？你有过叛逆期吗？”韩闻逸随口问道。

“有的吧……那会儿老跟我爸妈吵架来着。我妈烧了饭，我硬说想吃面；我妈煮了面，我又说想喝粥……现在想想还是挺叛逆的。”

“哦？那你怎么走出来的？”

刘小木讪然：“呃……我要是说了，师父你别笑话我啊。”

“嗯。”

“其实就是一件特别小的事。”刘小木不好意思地挠挠头，“那时候我应该在念高一吧。有一天她帮我洗件白衣服，忘记跟深颜色衣服分开了，把我白衣服都染色了，我特别生气，一上午没跟她说一句话。下午她就把我那件衣服拿出去重新漂洗了。”

“洗完以后，她把衣服拿出去晒，但是外面风太大了，衣服让风吹杆子上去了。我妈怎么跳都捞不着，叫我爸去，我爸也够不着。他们还想找工具，我听到动静跑出去，一伸手就把衣服给拽下来了。”

韩闻逸看着他。刘小木一米八几。这一代年轻人营养好，很多都比父母个子高。

“我其实还在生气，怪我妈晾件衣服都晾不好，湿衣服挂杆子上又弄脏了。我还是不想跟我妈说话，就准备回去了。结果我妈当时看着我，特别感慨地说了句话……”刘小木说到这里，停顿了一会儿，竟有些哽咽，“她说，‘原来你都长这么大了，以后我们都要依靠你了。’”

“哎呀，真是的……”他抹了下泛红的眼眶，尴尬地笑，“很小一件事对吧？当时给我的冲击挺大的。就是觉得，他们需要我，我是被人需要的，我应该长大了，不能再任性了。然后……就不再叛逆了。”

他说完之后，怕韩闻逸笑话他，低着头不好意思看韩闻逸。然而等了半天没等到韩闻逸的反应，他情不自禁地抬头看了一眼，却看见韩闻逸一脸怔忡。

“师父？”刘小木抬手在韩闻逸眼前晃了晃。

韩闻逸缓慢地转动眼珠看了他一眼，没说话。

刘小木觉得今天师父状态不太好，还是改日再来上课吧。于是他抱起笔记本，向韩闻逸鞠了个躬，转身出去了。

韩闻逸看着他的背影，慢慢用双手盖住自己的脸。

他第一次觉得自己，忝为人师。

他想了那么多，理性地剖析了那么多，控制力，空间，责任感……可用感性的话来说，无非就那么一句话，他偏偏就是疏漏了。

——他渴望被人需要。

——她也渴望被人需要啊！

郑佳正在整理文件，一抬头，发现钱钱站在她面前。

“佳姐，我下周一想请半天假。”

“请假？什么事啊？”

“我要去参加学校补考。”

“啊……”郑佳想起来了，“就是你挂掉的那门色彩构成是吧？”

“是的。”

“行，我知道了。”郑佳点头，爽快地批了她的假，“考试加油啊！”

“谢谢佳姐。”

请完假，钱钱没有立刻回去座位上。而是朝着阳台走了过去。事务所楼上有个小阳台，平时办公室里抽烟的男同事们会到这里来吸根烟放松放松。现在午休的时间还没结束，办公室里的人稀稀拉拉，阳台上也空无一人。

钱钱走到阳台上，趴在栏杆边发呆。风把她的头发吹乱，她也无心打理。

最近有太多不顺心的事情了。马上就要考试了，她的心理咨询虽然取得了一些进展，可不到考场门口，她对自己也没有百分百的信心。而且钱美文和钱为民怕给她施加压力，考试的日期越接近，他们就越小心翼翼。可他们的小心谨慎让家里的氛围变得很奇怪，弄得她又愧疚又不自在，反而压力更大。

还有韩闻逸那边……

钱钱把下巴搁到手臂上，心烦地叹气。

不知道过了多少时间，她正发着呆，忽听身后传来脚步声，她回过神来，扭头一看，越明宇走了过来。

“明神？”钱钱还以为越明宇也要来阳台上吹风，犹豫着是否该把阳台让给他。

越明宇目光闪烁，慢吞吞地从口袋里掏出一个东西，递给钱钱。

钱钱定睛一看，是一块巧克力。她不由愣了：“这是给我的？”

越明宇默默点了下头。

钱钱十分意外。她入职几个月了，除了工作上必需的沟通之外，越明宇很少跟人讲话，更别说主动跟人接触了。

越明宇目光盯着地板，淡淡地说：“吃点甜的，心情好。”

她不知道该说什么，接过越明宇递来的巧克力。

越明宇来只是给她巧克力的，她收了，他就转身回办公室去了。

钱钱目光随着他移动回办公室，意外地发现办公室里所有同事都回来了，都在兢兢业业地干活。她连忙低头看表，才发现午休时间都已经过完一刻钟了！

一个不留神，她居然在阳台上发了那么久的呆……难怪连越明宇都看出她心情不好了……

她没有立刻回去，反正也已经迟了，她现在没有心情工作，索性再待一会儿。她低头看了看手心里的巧克力。她中午没吃什么东西，确实有些饿了，于是她剥开包装纸，把巧克力丢进嘴里。

越明宇给她的是颗夹心巧克力，刚入口的时候没什么感觉，等外壳融化，里面丝滑的夹心流出来，甜味充斥了整个口腔。很神奇的是，随着甜味在味蕾中散开，心里的雾霾仿佛被一点一点拨开了。

她看看手里的包装纸，又抬头往办公室里看了眼。越明宇已经回到电脑前工作了，很专注的样子。他没有一直盯着她，也没有来关心他的巧克力是否起到了作用。

她愣了愣，随着失落的瓦解，她忽然有种醍醐灌顶的感觉。

——对啊，心情不好的人想要的是什么？不是别人的过分关注，也不是别人的小心翼翼，无非就是一颗糖，一会儿的陪伴，或者是一两句安慰的话语啊！知道有人在关心她，感觉到这个世界的温度，这已经足够让她感觉好很多了！

对于韩闻逸来说，大概也是一样的。既然他最近因为工作上的事情头疼心烦，那陪伴他、关心他不就足够了吗？为什么非要想着做点什么能为他分忧解难？就好像谁也没有办法替她色彩构成的考试啊！

……终究是她太急于求成，太急功近利了。是她给了自己太多压力，也给了韩闻逸不该有的压力。

钱钱收拢掌心，把包装纸捏成一团。她忽然觉得有点好笑，甩甩头，做了几个深呼吸，打起精神回去工作了。

她回到办公桌前坐下，冲着对面的越明宇露齿一笑，已不是上午那垂头丧气的样子："明神，谢啦。"

越明宇目不斜视地盯着电脑，"嗯"了一声。

肖巴不知道刚才发生了什么，问道："小钱钱，你跑哪儿去了？怎么现在才回来？"

钱钱没理他。

肖巴不明所以，又扭头看了看越明宇。这一看他的视线就黏在越明宇身上离不开了，来来回回上上下下打量了好几遍。

越明宇一开始还无视他的目光，渐渐被他盯得难受，脸色越来越不好看。

"小明，你剪头发了？"肖巴疑惑地嘀咕。

越明宇莫名其妙地摇头。他都一个多月没进过理发店了。

"那怎么感觉你看起来跟平时不一样？"

被肖巴这么一说，钱钱也不由多打量了越明宇几眼，打量着打量着，她也有了一种说不上来的奇怪的感觉。越明宇好像就长这样，又好像并不长这样。到底是哪里不太对？

正好刘小木从附近走过，肖巴忙把刘小木拉过来："小木，你快过来看看，小明他是不是哪里有变化？"

于是刘小木也加入了围观大军，周围的一些同事也将好奇的目光投了过来。

就在越明宇即将忍无可忍之际，钱钱第一个反应过来，惊道："明神，你今天怎么没戴耳机？”

肖巴和刘小木同时露出了醍醐灌顶的表情：真相找到了！！！

——越明宇这家伙每天至少百分之九十的时间戴着耳机，剩下百分之十的时间也把耳机挂在脖子上。以至于相处了几个月，同事们看久了已经看习惯了，都快反应不过来那是一副耳机，而把它当成越明宇身上的一部分了。缺了这东西，就跟柯南[1]少了呆毛，新吧唧[2]没了眼镜是一个道理，可不是看起来哪里怪怪的么！

越明宇被办公室里无数目光包裹住，简直浑身不自在。他没好气地瞪了始作俑者肖巴一眼，恨不能用针线把他的嘴缝上。

“小明你的耳机去哪儿了？！”肖巴一脸惊恐，仿佛少掉的不是一副耳机，而是越明宇身上的某个器官。

越明宇脸都红了，恼羞地回应：“坏了！”早知道摘掉耳机会被人围观的话，他一定会把耳机焊在自己脑袋上再也不摘下来的！

“怪不得……”肖巴恍然大悟，“我还以为你受了什么刺激，准备洗心革面好好做人了。你这样子我看着可真不习惯。”

越明宇：他发誓他明天出门之前不会再把耳机放回抽屉里了！

“我看受刺激的是你吧？你是不是嫉妒明神摘掉耳机以后太帅？怎么就不习惯了？”钱钱不客气地吐槽，“明神你别理他！”

“就是啊，明哥别听八哥的。”刘小木附和，“你摘掉耳机精神多了。以后少戴戴嘛，要不我都不好意思跟你说话。”

“谁嫉妒他了，”肖巴郁闷，“你们八哥我又不是靠脸吃饭的。”

“别说得你好像有得选一样。人家明神一摘耳机立马时髦值加一百，你呢？”

“八哥，虽然我跟你感情好，但是这次我站钱钱。”

围观的人群嘻嘻哈哈地散了，人们不再把注意力放在越明宇神秘失踪的耳机上。越明宇松了口气，起身去洗手间。

1　日本漫画《名侦探柯南》的主角。

2　日本漫画《银魂》中的角色。

上完厕所洗完手，他却没有马上回去，情不自禁对着洗手池前面的镜子多看了两眼。平时一出门就戴耳机他都习惯了，别说肖巴钱钱他们，就连他自己今天都感觉怪怪的，缺了耳机简直像没穿鞋一样。但是习惯以后，反而觉得少了一件束缚，还挺轻松的。

他先扭头左右看了看，确定厕所里没有人，于是又退后两步，开始照镜子打量自己的全身。

他先捋捋头发，对着镜子挤出一个笑容。因为平时很少笑，他的笑容很僵硬，看起来一点都不自然。

他皱着眉头想了一会儿，竖起食指和大拇指，比出一把手枪的形状，对着镜子里的自己“Biu”地开了一枪。然后酷酷地对着“枪口”吹了口气。

——这样看起来，好像是比平时帅一点哦？

自我审视完毕，越明宇满意地点点头，恢复了平日里面无表情的样子，扭头准备离开洗手间。刚一回头，他就看见了站在厕所门外一脸惊恐的肖巴。

两人尴尬地对视着。

快到下班的时间，钱钱忽然收到了韩闻逸发来的消息。

韩闻逸：“晚上一起回去吗？”

钱钱打字：你今天晚上不忙？

打完以后她没发出去，想了想，又删掉了。

钱钱：“好。”

到了下班时间，钱钱把剩下一点工作收尾，就拎着包走了。

她到外面等了一会儿，韩闻逸开车过来，她打开车门钻进车里。刚系好安全带，韩闻逸伸过来一只手，握住她的手。

钱钱微微怔了一下。

韩闻逸从后视镜里偷瞄钱钱的反应。昨天晚上他们不欢而散，今天早上钱钱说头疼，连晨跑都没去，他有点担心钱钱会把他的手甩开。

然而钱钱并没有那么做。她反握住了韩闻逸的手，直到前方出现车辆，她才晃晃那只手：“开车小心啦。”

韩闻逸松了口气，把手收回方向盘上，好好开车。

“你是不是马上要去补考了？”

“嗯，下周一。”

“感觉怎么样？”

钱钱没吭声。

韩闻逸知道她这是不确定，问道：“我陪你去？”

钱钱想了想，拒绝了：“不用啦。”

“为什么？”

“我也不能一直依靠你啊，以后你不可能时时刻刻陪在我身边。所以我还是希望自己能克服吧。”

怎么就不能一直依靠我了？我就想一直被你依靠嘛！——韩同学的内心山呼海啸，可惜这话不能说，说了也不占理。

现世报来得就是这么快，他现在就体会到钱钱那种不被人需要的憋屈感了。

他含含糊糊地“唔”了一声，暂时搁置这个话题不谈：“等会儿去我家陪我坐会儿好吗？”他生怕钱钱不乐意，又补了一句，“你好久没来，招财都想你了。”

钱钱微怔，好笑地点头：“好。我也想招财了。”

不一会儿，车开到住处。韩闻逸把车停好，跟钱钱一起上楼。

钱钱想问他最近天天在外面跑，投资的事情拉得怎么样了。想了一会儿，又把话咽了回去，不问了。

到了家门口，韩闻逸打开房门，钱钱走进玄关。她弯腰脱掉脚上的鞋子，穿上拖鞋，刚直起腰准备往里走，忽然一双胳膊从背后抱住了她，一颗毛茸茸的脑袋拱进她肩窝里。

“宝宝……”他卸去了在外光鲜亮丽的伪装，整个人松下下来。连带着声音也变得沙哑而疲惫。

“我好累啊。”

第七章 ＿＿ 最后的心结

钱钱刚被韩闻逸抱住的时候，还想吐槽不是说好我们是来看招财的吗？然而韩闻逸的那声“宝宝”让她心跳猛地快了数拍，接着那句累又让她的心猛地揪了起来。

她沉默了一会儿，转过身，反抱住韩闻逸。她的个子比韩闻逸矮了一个头，可她努力地踮起脚尖，好让自己显得高大一些，成为能够让他依靠的人。

韩闻逸将脸埋在她的颈间，与她耳鬓厮磨。她洗发水淡淡的香气舒缓了他紧绷的神经。

每个人都有自己的“舒适区”，那是一种习惯了的生活方式或者行为模式，然后人们会周而复始地不断重复，除非被逼无奈，否则不愿轻易改变。韩闻逸亦是如此。

然而舒适区却未必真的舒适。与其说是舒适，倒不如说，那是一种尚且可以忍受的生活方式。之所以不想改变，是害怕改变会带来更大的灾难。然而很多人也忘了，改变同样可能带来更好的体验。

韩闻逸习惯了不在人前暴露自己的软弱，习惯了独自承担麻烦和困难。曾几何时他若不这样做，他的生活会变得更糟糕。即使这些年他改变了许多，可骨子里根深蒂固还留着一些习惯。直到今天，他才幡然醒悟，放下自己端了那么多年的身段。

他抱着怀里柔软的身躯，被这双纤细的胳膊环绕，对这个人说出自己的烦恼，竟让他感到一种从未有过的安心。

“有你真好。”

钱钱什么都没说，只把胳膊收得更近。

拥抱结束之后，两人走进客厅里坐下。韩闻逸揉了揉自己的肩膀，钱钱注意到他的小动作，忙问道：“怎么了？肩膀不舒服？”

“嗯，酸。”韩闻逸嘴一瘪，可怜兮兮地点头。

钱钱连忙脱鞋跳上沙发，蹲在后面帮他揉捏肩膀。她虽然瘦，但画画练出来的胳膊还是很有力气的。她的手掌揉过韩闻逸酸痛的地方，将淤积的疲惫都化开了。他顿时舒服地哼哼了两声，索性在沙发上趴下，享受钱钱的按摩服务。

“哥，”钱钱问道，“你最近找投资还顺利吗？”

“还可以吧，已经有进展了。”

这些时日以来，韩闻逸见了不少风投机构和个人。对他感兴趣的投资人不少，以至于他每天的应酬饭局都排得很满。可惜对心理咨询事务所感兴趣的却不是很多，要么是指望借着十二这块招牌日后再拓展更多机构和业务的，要么就是看中了他的人，想借他的影响力做其他事。说到底他是为了理想而工作，但他很难要求所有人跟他拥有一样的理想，朝着一个方向前进。因此有些不太离谱的地方他还是可以妥协的。

目前他已经找到了一家有意向的公司愿意给他们提供资金，但是各种细节还有待商榷。每天的谈判和拉锯战都弄得他十分头大。

若搁在往常，这些话他是不会跟钱钱说的。当然，他也不会找别人倾诉，即使对夏见灵和郑佳这样的工作伙伴，他也是多谈进展而不谈烦恼。可今天他却破天荒地把最近压得他喘不过气来的事都告诉了钱钱。

钱钱听得很心疼：“你说的愿意投资的那家公司靠谱吗？”

“还可以吧。”韩闻逸说，“目前算是比较好的选择了。”

钱钱听他这语气，就知道他不是很满意，但苦于没有别的选择。

“唉……”她忍不住长叹了一口气。

韩闻逸趴了一会儿没听见钱钱的动静，情不自禁回头看了一眼，只见钱钱垂头丧气的，居然比他还低沉。

"怎么了？"他问道，"也算一个好消息啦，你干吗垂头丧气的？"

钱钱瘪嘴："可你不是不太满意吗？"

韩闻逸耸肩："有希望就是好事啊。"

钱钱俯下身，趴在韩闻逸背上，闷声道："开心理咨询事务所是你的梦想吧？"与梦想有关的东西，她总希望能更完美一些。

韩闻逸微微怔了怔，忽然翻了个身。沙发比较软，他很顺利地转过身来。他本是面朝下趴在沙发上的，这样一来，他变成了正面朝着钱钱，而钱钱趴在他的胸口上。

钱钱被他突如其来的举动吓了一跳，差点从他身上摔下去，被他两条有力的胳膊紧紧地圈住了。

"是我的梦想啊。"他轻笑着亲了下钱钱的鼻头。

这样的姿势太亲密了，钱钱感觉到他身上的传来热度和他的心跳声，乖巧地蜷在他怀里，一动也不动。

"我也希望能有更好的选择。不过就算暂时没有也没有关系。"他说，"不把那些暂时的东西当成是永远的，尤其是困难和麻烦，会让人乐观很多。"

钱钱怔怔地看着他。

"人生总是不断前进和变化的。只要不放弃一个目标一直走下去的话，总会有走到的那一天的。"

他最近其实也比较低沉，许多事情闷在心里，并没有排解掉。然而讲出来以后，他的思绪反而也清明了许多。

钱钱目光粼粼波动。片刻后，她张开双臂，搂住他的脖子。她依旧不知道自己能做什么帮韩闻逸解决麻烦，但是那不重要了，她只想让他知道，不管什么时候，都有人关心他、爱着他。

"哥，"她软糯地吻了吻她的唇角，语气坚定，"我会一直陪着你的。"

韩闻逸收紧双臂，将她搂得更紧，恨不能将她镶进自己的身体里。

"好。"

快到中午的时候，韩闻逸接到武大问打来的电话。

“韩老板，抱歉啊，小顺的数学老师突然说要用午休的时间做数学测验，所以今天中午我们来不了了。”他们一家三口本来跟韩闻逸约了中午来做家庭治疗，结果突如其来的变化让武顺无法出席了。

“这样啊……”韩闻逸想了想，问道，“武先生和武太太中午还有时间吗？”

“我们？我们都有时间的，只是小顺要测验。”

“那你们中午可以来一趟吗？我希望能想跟你们聊聊。”

“跟我们两个？”武大问有点意外。

“是的。就您和夫人两个。”

“也行……那韩老板，那一会儿见。”

“一会儿见。”

到了午休时间，韩闻逸简单吃了点东西，就在咨询室里等着。没过多久，武大问和郑婉柔准时来了。韩闻逸引领他们入座。

“韩老板，今天就我们聊？”

武大问和郑婉柔习惯了三个人一起来做咨询，今天都有点不适应。上回韩闻逸还说要培养他们寻找新的相处方式，建立起武顺的责任感。可武顺今天不在，这可怎么弄？

韩闻逸笑道：“今天我们换一种谈话方式吧。”

之前的几次咨询，武顺都是家庭治疗里的中心人物，然而今天他有了新的想法，也就改变了原先的策略。他先从武大问入手，问了他一些问题。

“武先生，我前几次听你们谈话，家里的事好像都是武太太料理得多，您平时有帮忙吗？”

“有啊。”武大问说，“不过我太太不怎么让我插手。家里的事她都打点妥当了。”

“那您想帮忙，但您太太不让您做的时候，您是什么样的感受呢？”

武大问愣了一下。他想了一阵，不知道该怎么回答这个问题。

“您是觉得轻松呢，还是失落呢？”韩闻逸引导他，“又或者是别的？”

"呃……"武大问抿抿嘴，"说实话，会有点失落。我还是挺喜欢我太太一起做饭的。没结婚以前，我也有那么一两道拿手菜，也想让他们尝尝。可惜我太太总是怕我累，我一进厨房她就唠叨我回去歇着。"

郑婉柔很惊讶地看了武大问一眼。这她以前还真没听武大问说过。每次武大问想帮她干点啥，她都以为是丈夫体恤她料理家事太辛苦，却没想过是丈夫自己想做。

韩闻逸接着问道："如果您做的菜您太太和小顺喜欢，你会开心吗？"

"那当然！"

韩闻逸微微笑了笑。真正对一个人好，什么都不让那人做，而是让他发挥他的价值，并让他从中体会到成就感。而武大问和郑婉柔的关系之所以还不错，是因为武大问在工作上已经有足够的发挥余地了，因此家中的事他对他太太也就多有体谅。

他又转向郑婉柔："武太太，如果有一天，小顺长大了，不再需要您辛苦操持他的生活，您会是什么样的感受？"

郑婉柔很茫然。这个问题她没有想过，因为她一直觉得很遥远。可韩闻逸问了以后，她忽然发现那一天其实不会很久了。

"您是会觉得轻松，终于从这么多年的辛苦中解脱了？还是会有点失落呢？"

郑婉柔没有回答。她觉得两者都会有。照顾家人是辛苦的，但她也挺喜欢。如果真不让她做了，大概还是失落更多。

韩闻逸问这些问题是为了抛砖引玉，现在砖已经抛出去了，玉该收回来了。

"武先生，武太太……"他停顿了一下，问道，"你们是否都喜欢被人需要和被人依靠的感觉呢？"

武大问愣住。

郑婉柔讶然。

他们惊讶地看着韩闻逸，又惊讶地对视，对视过后，都露出了醍醐灌顶的表情。

“对了！”武大问激动地一拍大腿，“韩老板，你刚问我的时候，我就有种感觉，但我说不出来。你一说我就明白了！就是这样的！”

郑婉柔不像丈夫那么激动，只是柔柔地点头。毫无疑问，她很喜欢被人需要的感觉。

韩闻逸微笑。他之所以用提问的方式引入话题，是因为倘若简单粗暴地丢出结论，人们未必会发自内心地接受，也未必会心甘情愿地执行。唯有唤起人们的同理心，先让他们明白自己的感受，再让他们推己及人地明白其他人也会有一样的感受，如此一来谈话无疑会顺利得多。

“小顺已经长大了……”他打量着武大问夫妻的神色，“当然，他还未成年，他还有很多不懂事的地方……但他已经大到，也希望自己能够被别人需要，能够被别人依靠。我这样说，你们能明白吗？”

武大问神色复杂地点了下头。

郑婉柔失神了。数秒后，她抽了张纸巾轻轻擦拭湿润眼睛，略带尴尬地一笑：“抱歉……”

又片刻，她轻声道：“谢谢你……韩先生。谢谢。”

晚上武顺下课回家，刚到楼底下，正撞见郑婉柔一手揉着腰，一手拎着购物袋从住所里出来。母子对面相见，都是一愣。

“小顺，回来啦。”

“嗯。你去超市？”

“对。”

“哦。”

武顺随口问了一句，跟母亲擦身而过，准备进屋了。

郑婉柔目光跟随着武顺，踌躇片刻，在儿子关门之前忽然出声叫道：“小顺……”

武顺手扶在门框上停下：“干吗？”

“陪妈妈去趟超市吧？”

武顺皱眉。上次做完家庭治疗，韩闻逸说要培养他在家里的责任感，父母就开始尝试交给他一些家务工作让他做，他还挺抗拒的。从小到大这些琐碎事他就没有沾过手，也不喜欢，非要说责任感的话，干的别的不行么？

“我不想去。”他理所当然地拒绝了。

他正准备关门，目光注意到郑婉柔那只揉腰的手，动作停顿。

郑婉柔其实挺犹豫。家里的果蔬快吃完了，她喜欢自己去超市挑选新鲜的瓜果蔬菜，但她今天正好腰肌劳损的老毛病犯了。这也不是第一次了，她以前一直都是咬牙自己坚持下来的，可今天……

“陪妈妈一起去吧？”郑婉柔又请求了一遍，语气不知不觉带了点撒娇，“妈妈拎不动啊。”

武顺怔在原地。他动了动嘴唇，又没说出什么来，然后转身进屋去了。没几秒，他又跑了出来，肩上的书包不见了。

他双手插在兜里，神情别扭地从郑婉柔身边路过：“走吧。”

郑婉柔微怔，脸上绽出一个笑容，小步追上去，跟儿子并肩而立。

“你都长这么高了啊……”郑婉柔小声感慨。

武顺扭头看了眼身边的母亲。他发育得比较晚，上了高中以后身高才开始突飞猛进，也就这一年时间一下长了二十厘米。以前他跟郑婉柔走在一起都是齐肩的，不知不觉他竟比母亲高出一头了。

他又忽然想起两三年前他上初中的时候，他跟郑婉柔走在一起，郑婉柔总喜欢抢他手里的东西，生怕他拿多了东西累着。他放学她来接他，一见面就接过他手里的书包，说小孩子不要背太沉的东西，容易压着长不高个儿。其实他挺不乐意的，被同学看见他那个年纪还让母亲帮忙拿书包，他在学校里都要遭人笑话。就为了抢书包的事情，他还跟郑婉柔吵过几次架，有一次吵得特别凶，他说了几句难听的话，郑婉柔才改掉了从他手里抢东西拎的习惯。

事实证明，书包并没有把他压住。他还是长高了。

他把手从口袋里掏出来，默默地接过了郑婉柔手里的购物袋。

到了大卖场，郑婉柔左挑右选，买了一堆东西，装了满满两大袋子。

她怕武顺提不动，还想帮忙分担点，结果武顺拎起来就走，轻松得气都不带喘一下。

“都买齐了吧？”武顺不耐烦地说，“还差什么赶紧买齐，回去了我可就不会再出来了。”

郑婉柔核对了一下账单，确定想买的东西都买好了，笑眯眯地点头：“我们回去吧。”

女人购起物来能量不足小觑，出了大卖场，天都黑了。手里提着一堆水果牛奶之类的东西，还挺沉的，武顺活动活动手指，让自己捏得更牢。

“腰不舒服还出来买什么东西？”他黑着脸嘀咕，“这么沉的东西你自己一个人怎么弄得回家？”

郑婉柔挽住他的胳膊，笑容很幸福：“妈妈有你啊。”

武顺瞬间失语了。

良久，他撇开脸，瓮声瓮气道：“晚上我想吃红烧肉！”

“好，妈妈给你做。”

晚饭的时间，钱钱收到一条短信。她拿起来一看，是韩闻逸发过来的。

我家的金坷垃：“我想你了。等会儿一起去散步吗？”

钱钱嘴里一口饭没咽下去，差点噎住。

钱美文给她夹菜：“吃饭别玩手机！谁给你发消息呢？”

钱钱默默把手机锁屏揣回兜里：“有人说想我。”

她照实说反而没人信。钱美文嗤了一声：“现在莫名其妙的广告是越来越多了。”

钱钱笑了笑，给老妈夹了一块大肉。

吃完晚饭，她匆匆忙忙出门下楼。

一出楼道，她就看见了站在外面的韩闻逸。

她左右张望，确定周围无人，跳上去在韩闻逸唇上亲了一下，然后跟他一起并肩往操场走。

“想散步就说散步，什么想我了，”她撇撇嘴，“情话张口就来，都跟谁学的？”

“哪有？真的想你了啊。”

“我们才分开不到一个小时好不好？”

“分开一分钟我都想你。”韩闻逸问，“你不想我吗？”

钱钱愣住了。

过了一会儿，她幽幽哼了一声。她还真想。

韩闻逸侧过脸，借着路灯的光打量钱钱。她这几天的低沉已经完全消失无踪了，完全恢复了昔日的模样。

他看着看着，不由笑了。

“笑什么？我脸上有东西吗？”

“没有。”他温柔地捋捋她的头发，“我只是突然想起一句话。”

“什么话？”

“是心理咨询里的一句话。”

“到底是什么啦？别吊胃口呀。”

韩闻逸放慢脚步，抬头向天上看去。今天晚上天气很好，除了月亮之外，还能看到不少明亮的星辰。

他轻声道：“终极的治疗，并非来自逻辑。而是来自——爱。”

他牵起身边人的手，仰望星辰。

这句话他曾几何时并不是特别明白。但现在，他终于懂了。

周末，钱钱又去了金意申那里。这是她参加补考前的最后一次心理咨询了。

进了咨询室，金意申示意钱钱在沙发上坐下。她先打量钱钱几眼，问道：“这个礼拜过得怎么样？”

钱钱笑了笑：“挺好的。”

金意申点头。她也看出来钱钱这礼拜过得不错了。上周她来的时候还垂头丧气的，这回明显精神多了。

两人简单聊了两句，便正式开始了心理咨询。最近金意申在用系统脱敏法为钱钱治疗她的焦虑障碍。系统脱敏法是行为疗法中的一种，其方法是让人们想象或者接触那些让他们感到恐惧或焦虑的东西，由于恐惧、焦虑等负面情绪是由联想造成的，就像恐高症的人害怕的不仅仅是高处，而是担心自己会从高处跌落下去。于是咨询师会通过训练消除那些负面联想带来的反应，从而治愈病症。

“还记得我们之前说过的方法吗？现在就开始吧。”

她想让钱钱先放松下来，但是她并不直接从放松开始，正相反，她先让钱钱进入紧张的状态。

“绷紧你全身的肌肉，找一下感觉。然后你的手臂用力……面部用力……后背……腹部……双腿……全部紧张了吗？现在再听我的口令慢慢放松……先从你的手臂开始……”

她缓慢地用指导钱钱，让她跟随她的语言行动。紧张过后，身体的放松会是更加深层次的放松。在重复了五六次之后，钱钱整个人已经完全松懈下来，仿佛无骨一般躺在柔软的沙发里。

金意申翻看着手里的表格，根据表格的内容缓缓做出提示和引导：“现在，闭上眼睛，我们开始进入想象。你现在在家里，一个小时以后你就要考试了，你准备收拾东西出发去考场……”

她一面说，一面观察钱钱的表情和肢体。钱钱依旧是放松的，和之前几乎没什么变化。于是她又开始进行下一步的指导。

“去考场的路上，你口袋里手机响了。你拿出来一看……是你的同学们发来的消息，他们预祝你考试顺利，并且说他们相信你一定会取得一个非常优秀的成绩……”

钱钱的呼吸节奏略微有些乱了。金意申正打算提醒，她已经开始自己重新调整放松了。金意申满意地点点头，等她完全放松下来，又继续往下进行：“你的同事们也都来关心你……”

金意申手里拿的表是一张焦虑层次表。是在之前的数次咨询中，她根据钱钱的情况制定的。

系统脱敏法治疗的最关键之处，并不在于心理咨询师如何训练来访者消除负面联想，而在找到引发焦虑的源头，并建立焦虑层次。这一步非常重要，心理疾病就像身体上的疾病，同症不同病，同病不同症。譬如同样的考试恐惧症，有人恐惧的是考试前会发生的事，有人恐惧的是考试中会发生的事，有人恐惧的则是考试的结果。若是不能弄清心病的本源，就难以治愈。

这段时间以来，在弄清楚钱钱焦虑的原因之后，她已经给钱钱做过好几次训练了。她引导钱钱先从让她轻微不适的场景开始联想，顺利的话就继续往下，一旦在联想的过程中产生焦虑紧张，她们便立刻停下，重新开始放松练习。直到有关这个场景的联想不会再引发焦虑，她们再继续进行下一个场景的放松练习。

金意申娓娓道来，她的声音很有诱导性，三言两句就让钱钱仿佛置身一个真实的情景中："你的老师在考场里等着你，她非常期待你这一次的表现。虽然你已经失败了几次，但是她相信只要你能走进考场，你就一定能完成一幅令人惊艳的作品……"

钱钱搭在沙发上的手指动了动，像是想要攥起拳头来。但她控制住了。

"不是这样的。"她心想，"老师对我没有那么高的要求。她表扬我，鼓励我，是因为欣赏我，想要让我有信心。她并不希望我有压力……"

在这种想象下，钱钱很快又放松下来。

金意申默默观察着钱钱。这一层次的放松练习之前她们已经做过几次了。第一次的时候钱钱在咨询室里坐立不安，根本没办法继续进行下去。但是尝试几次以后，她紧张的程度越来越轻微了。

焦虑障碍症其实是一种条件反射，患者在进行某些联想的时候条件反射地感到焦虑紧张。于是只要能够改变这种条件反射，治疗效果就达到了。行为疗法对于焦虑症和恐惧症都有很好的效果。人不可能同时又放松又紧张，迫使人在进行某种联想的时候放轻松，以后再碰到相关事情，他们也就习惯了不再紧张。

金意申确定钱钱已经自己克服了焦虑层次，而不需要她的帮忙，她又开始进行下一步的引导。

“现在你已经到了考场门口，你发现你的父母就在考场等着你……”

钱钱那薄薄的眼皮底下，眼珠很明显快速滚动了几下。

“你的父母希望你能完成这场考试，顺利拿到毕业证……”

之前关于同学、同事、老师的想象钱钱都顺利通过了。但是一提到父母，她的反应明显比之前大不少。她的肩膀紧张地耸了起来，她的呼吸节奏也完全乱了。

父母的出现让她控制不住开始焦虑。

良久，确认自己已经失败的钱钱抱歉地睁开眼：“对不起，金老师……”

金意申摇摇头：“没关系，你已经有进步了。别放弃，我们接着再来。”

因为将焦虑的情景分成了不同的层级，从低层级逐渐向高层级渐进，每进步一点，无论是钱钱还是金意申都能直观地感受到。从开始用系统脱敏法以来，钱钱已经成功克服几重障碍了。只要把最后几重障碍也度过，她的焦虑障碍就能痊愈。

钱钱重新闭上眼睛，调整着呼吸，想让自己平静下来，但是肌肉还是不可抑制地紧绷着。

金意申见状问道：“为什么你的父母在考场外会让你紧张呢？他们的出现让你想到了什么？”

钱钱默了默，道：“我怕我表现不好，会让他们在亲戚、朋友……还有邻居面前丢脸。”

“嗯……”金意申听钱钱说过一些从前的事。她问道，“那你觉得做到什么样的程度，他们才不会因你而丢脸呢？”

“起码……我拿到一个好成绩吧……”

金意申要的并不是模棱两可的答案。她继续追问：“多好的成绩才可以？”

钱钱愣了一愣。这个问题假如不逼迫自己理性地思考，那她一定会说当然是越高越好。

“要多好的成绩呢？”金意申第三次重复这个问题。她在逼着钱钱必须去思考这个问题。

钱钱被问得哑口无言。这个问题并不难，倒不是她想不出答案，而是……认真思考以后得出的答案让她觉得有点讽刺。

——做到什么样的程度才不会让父母因为她而丢脸？或者这个问题应该反过来问，怎样才会让钱为民和钱美文因为她而丢脸？……只有因为她不去考试，她才会让他们丢人。

她害怕让他们失望，她期望为他们争光。但她把两者混淆了，她把本该期望的目标也当成了畏惧的内容，因此给了自己太大的压力。她的确很想为他们为她而骄傲，的确想有能力做到最好最好，的确希望自己能给身边人带去更多的东西……可她并不能一步登天。现在她得学会先放下那些，慢慢往前走。

金意申看她的神色，就知道她已经有答案了。她并不觉得这个答案讽刺或者荒诞，不光是钱钱，她见过太多人犯了类似的错误。一个目标定得再高都不可怕，可怕的是这个目标没有定数。一个没有定数的目标，无论人怎么努力都达不到，做到最好，还有更好；做好更好，还有更更好……这又让人怎么能不焦虑呢？

唯有把目标明确下来，人们才会发现，事情远远没有他们想象的那么困难。

金意申笑了笑："现在闭上眼睛，我们再来一遍吧。"

她们又继续开始脱敏治疗。金意申先让钱钱重新进行了一遍肌肉放松的练习，当钱钱进入到一个轻松的状态下，金意申再次重复描述刚才的场景，让她再次进行深度的、全面的想象。这一次钱钱的表现比刚才好多了，保持住了自己的状态没有被打乱。

"那么现在，你就要去参加色彩构成的考试了……你看到眼前的教学楼了吗？那就是你考试的地方。考试马上就要开始了，你向教学楼走过去……"

钱钱恍惚间仿佛又来到了熟悉的校园。她坐在长椅上，看着对面的教学楼。那是她很熟悉的建筑，她四年来在里面上过不少课。建筑的外墙本是砖红色的，因为年代久远，墙面上有许多斑斑驳驳的暗黄色，这给校园增加了一分沧桑的底蕴。教学楼每一间教室都有两扇铁窗，她上课的时候总喜欢坐在后排靠窗的位置，看着窗外的老建筑和梧桐树，在桌板下偷偷画写生画……

她起身向教学楼走过去，到了大门口，她抬起一条腿，准备迈进去……

空旷的楼道里一个人都没有，走道的尽头漆黑一片，她忽然心生畏惧。

钱钱进行联想的时候，坐在她对面的金意申一直在仔细观察她的反应。原本明明一切都挺顺利，眼看着就要进行到最后一步了，可钱钱的呼吸竟然再一次变得急促。

金意申不解，循循善诱地提问："你在担心什么？"

钱钱闭着眼睛，眼皮微微颤抖。

她在担心什么呢？

周末韩闻逸还有事，没陪钱钱去做心理咨询。他忙完回家，正瞧见几个街坊邻居坐在楼下的花园里。今天是周末，几位快退休老人家闲得没事，在外面跟邻居唠嗑。钱美文也在其中。

韩闻逸打算上楼，从他们身边路过。钱美文不知道说了什么，楼里一个跟钱美文关系不错的家属跟着在那儿长吁短叹。

"唉，你们家钱钱真可惜了。当年她要不是身体不好，早就考上 A 学院了！现在没准也是全球知名的艺术家了。"

"是啊。"钱美文也跟着叹气，"就差这么一口气，实在太可惜了……"

韩闻逸微微一怔，不由放慢了脚步。

钱美文看到他，忙跟他打招呼："哟，小韩回来啦？"

韩闻逸也跟众人问好："叔叔阿姨们好。"

他正准备回去，走出两步停住，在原地思考了一会儿，又兜了回来。

老头老太太们正说着话，瞧见韩闻逸绕回来，都挺莫名。

"小韩，你是不是有什么事啊？"钱美文跟韩闻逸相对比较熟，她挺热情地开口询问。

"嗯……"韩闻逸看着她，"钱阿姨，我想找您聊聊行吗？"

花园里的这群老人们家本来就在漫无目的地闲聊，一听说韩闻逸有事儿，众人忙让钱美文先说正事去。

两人走到一旁无人的地方，钱美文意识到了什么，突然开始紧张："怎么了？是不是钱钱出什么事了？"

"没有……"韩闻逸解释，"钱阿姨，刚才我听见您和叔叔阿姨们的对话。我能不能问一下，钱钱当初为什么没考上A学院？"

当年韩闻逸在美国等着钱钱的消息，最终只等到钱钱一句"我没有考上"。A学院是全球知名的艺术学院，门槛颇高，考不上也情有可原。既然考试失利，韩闻逸不想揭人伤疤，后来就没有再问过这件事，钱钱也从来没有主动提过。直到刚才他听见钱美文他们的话，才发现那件事好像另有隐情。

钱美文微微一怔。一说起这个话题，她也是扼腕叹息："我们家钱钱那孩子身体一直不太好，去参加复试那天她突然低血糖发作，完全没有发挥出水平。你不知道，她初试的作品可是拿了那年中国考生里的最高分！连考官都说很看好她，谁想到就因为生病，她居然落选了，真的太太太可惜了……"

韩闻逸蹙眉："低血糖？"

"是啊，那天我跟她爸就在考场外面等她，她从考场出来的时候，脸色那叫一个煞白，路都走不稳……"钱美文一阵揪心，"可能她考试前的那几天太紧张了，就没休息好，饭也吃不下。低血糖这毛病必须好好休息好好吃饭，不然身体就不行。也怪我们，没提前想到这一茬，要不那几天我们一定好好照顾她。"

韩闻逸的眉结拧得更厉害了。他曾问过钱钱第一次焦虑症发作是什么时候，钱钱说是第一次参加色彩构成的考试，当时她的焦虑症的发作也同时伴随着低血糖的症状，但事实上低血糖正是由焦虑情绪引发的。没想到更早之前，也发生过类似的情况？为什么没有听她说过？

他连忙追问："她当时除了低血糖之外，还有其他的反常的地方吗？"

钱美文茫然。那毕竟是许多年前的事了。就连钱钱得了焦虑障碍症，她也是最近才知道的，当年就算有什么反常的细节，她也未必有注意到。

韩闻逸欲言又止，最终道："钱阿姨，您以后最好不要再在钱钱面前提起A学院的事了。"

连邻居都在为钱钱当年落榜的事感到惋惜，想必这些年钱美文没少跟人提起那件事。她的心态韩闻逸可以理解，人社交的时候总得要点谈资，而那些人生中最接近辉煌的时刻和惋惜的无疑都是不错的谈资。但是这些谈资由人自己说出来是自我嘲解，可由别人说出来，无疑不会让当事人好受。

韩闻逸的话让钱美文愣了良久。她明白韩闻逸的意思。她没有辩解什么，只是失魂落魄地点了下头。

咨询室里，金意申情不自禁地低头看了眼腕表。

往常的咨询都是一个小时，而今天到现在已经进行了两个半小时了。因为钱钱明天就要考试，为了确保她考试成功，金意申希望能在今天把脱敏治疗进行到最后一步，为此把咨询的时间延长了不少。可惜进展到现在还是不尽人意。

耗费的时间还不是什么大问题。今天下午金意申专门把时间空出来，没有别的安排了。可是长时间的治疗，无论是钱钱还是她自己，都已经进入疲惫的状态，这样下去效果只会越来越糟糕。

金意申头疼地揉了揉额角。

"我们在以前的咨询过程中，是不是还漏掉了什么？你是不是还有什么心结没说出来？"她问钱钱。

钱钱茫然地看着她。联想训练做了太久，她现在脑子有点木。

金意申想说什么，最后只是叹了口气。今天不可能再重新进行挖掘她内心的工作了。时间和精力都不允许。就算要重来，那也是下一次的事情。他们只能先把脱敏练习做完。

她决定再尝试最后一遍："来，我们再来一遍放松练习。"如果这一次还是不行，今天就只能放弃了。

钱钱听话地再次尝试让自己的肌肉紧绷起来，但进行到现在，她已经没什么力气了，紧张得这一步做得很糟糕。之后的放松也进行得根本不彻底。别说她了，换了谁连续两个多小时的放松练习，身体也早该僵硬了。

“闭上眼睛，根据我的提示来进行联想。”

钱钱麻木地闭上眼睛。

“你的父母站在考场外等着你……”

“考试的铃声响了，你该进去参加考试了……”

她一面提示着，一面观察钱钱的反应。钱钱从一开始就没能放松下来，但是她也并没有紧张和焦虑——她已经疲惫到没有力气了。

钱钱就这样安静坐在那里，似乎并没有什么变化。

金意申喜上眉梢：这次成功了吗？

片刻后，钱钱的眼角滑落两行清泪。

她哭了。

以前金意申曾经给钱钱讲过一个心脏病人患上飞机恐惧症的案例。那时候钱钱听到那个病例，置身事外地觉得很有意思。可今天，她忽然想起这件事，然后又突然想起一件很多年前的事。

在此之前，无论是韩闻逸或者金意申询问钱钱她第一次发病是什么时候，她回答的都是大一第一次考色彩构成的时候。因为她确实认为那是第一次。

但其实还有一件跟考试有关的事，因为那时候她还没有得焦虑障碍症，所以她也就没把两者联系起来。直到今天忽然想起，她才惊觉，或许那才是真正的源头。

这要说回她高三的时候。

普通人家不管父母和孩子平日里有多大的矛盾，等孩子到了高三的时候，父母都会把孩子当祖宗供起来，生怕小祖宗有个什么不顺心，影响了高考的发挥。这简直成了中国普通家庭的订阅，然而这条定律在钱钱家并不适用。

在高三的后半阶段，钱钱因为压力大，十分焦虑，脾气也跟着见长。神奇的是，钱美文和钱为民不知什么缘故，也跟着脾气见长。于是这一家三口凑到一起，整天火花带闪电，三天一小吵，五天一大吵，要不是他们不住顶楼，没准能把屋顶都给掀了。

至于吵架的原因，其实很多都是鸡毛蒜皮的小事。

那时候钱钱已经通过了 A 学院的初试，正在努力备考准备参加复试。有一天她外出回到家，房间里刚被钱美文收拾过。她准备看书，可一本看到一半的书左找右找就是找不到，找的她怒从心头起，扯开嗓子就吼："妈，我的书你给我放哪儿去了？！"

钱美文外面过来，没好气道："吼什么吼？整天乱丢东西，自己东西都找不到！"

"我东西放得好好的，从来不会找不到。明明是你给我乱收拾，把我东西弄没了才找不到的！"钱钱火气很大，"跟你说多少次了别动我房间？"

"你房间乱得连落脚的地方都没有，你以为我愿意给你收拾？这里是家，家就要有家的样子！"

"你看不顺眼可以不要进来，谁让你收拾了？你每次收拾完我都找不到东西！我要复习的书都找不到，你让我怎么去考试？！"

"谁高兴进你这狗窝？是你自己说说昨天晚上睡觉被冻醒，我才来给你加床被子！"钱美文气冲冲走进来，"什么书找不到？"

钱钱报上书名，钱美文随手打开一个柜子，丁零哐啷往外搬了几样东西，指着里面道："这不就是？找东西都找不来，我看你也别出国了，就你这样四体不勤五谷不分的人，用不了一礼拜你在外国就让人给卖了！"

钱钱气得要死。读 A 学院一直是她的梦想，在她初中那会儿，她连高中还没考呢，就已经想好未来要上的大学了。对于她的理想，钱美文的态度很奇怪。有时候支持，有时候又不支持，还隔三岔五找个刺挑她几下。一会儿说学画画以后赚不到钱，一会儿说以她的能力以后没办法一个人生活，让她打消出国的念头。

钱钱不服气："得了吧！等我出了国自己生活，我肯定比现在过得好一万倍！”

“你？就凭你？拉倒吧！你除了画画，你还会什么？”钱美文冷笑，“我劝你还是再考虑考虑，也别学画画了，不如去学点实用的。学个计算机或者金融，以后起码能养活自己，不用指着靠我和你爸。”

“靠你们？不用，谢谢。等我过了十八岁，我保证自己去挣钱！”钱钱极不爱听这样的话，马上要强地甩下狠话。

“你挣钱？你能挣多少钱？”钱美文不屑，“你……”

没等她说完，钱钱高声打断了她：“知道我为什么这么想出国吗？就是躲你远一点！离你远一点，就没人整天乱放我东西，整天在我耳边瞎唠叨！”

钱美文愣了一愣，勃然色变：“你说什么？！”

钱钱话出口也有点后悔。她说的也是气话，东西被人乱放，能力被人质疑，一时火气上头也是难免的。但她也犟，不肯承认自己讲错话，拿起书往桌前一坐，满脸的不耐烦：“我不想再重复。我现在要复习了，请你出去好吗？”

然而她捧着书在原地坐了好一会儿，一直没听到后面有脚步声，也没听见有人说话。回头一看，钱美文居然还站在原地，眼睛红红地看着她。

钱美文问她：“我做错了什么？”

钱钱答不上来。她沉默了一会儿，反问：“那我又做错了什么？”

钱美文默默地盯着她看了一会儿，什么都没说，转身出去了。

半夜三更，钱钱爬起来上厕所。

老房子面积不大，从她房间走到厕所没几步路，不用开灯她也知道怎么走。去厕所的路要经过父母的房间门口，她放轻了动作，以免把人吵醒。然而经过房间门口的时候，她看见虚掩的房门里还有淡淡的灯光，那是床头灯的光。里面还有轻声细语的交谈声。

钱美文和钱为民还没睡着。钱钱听见他们的对话。

“就一个礼拜了，你说她能考上吗？”是钱为民的声音。

“怎么会考不上？她初试不是都拿了全国第一吗？考官都说欣赏她

了。”是钱美文的声音。

钱美文这人是个典型的刀子嘴豆腐心。或许是信奉骄兵必败，她当着钱钱的面从来不夸奖她。可她对着别人，或者对着自己的丈夫，她却很为女儿的成绩骄傲。

屋里的对话暂停了。钱钱鬼使神差地站在门外没有走。

过了好一会儿，她听见钱为民低低地开口：“那我们该怎么办呢？”

屋里又一次安静了。就在钱钱怀疑是他们说话声音太轻她听不见的时候，她终于又听到钱美文说话。她的语气听起来很冷静。

“把房卖了吧。”

屋里重归寂静。

“卖了房，我们去哪儿住呢？”钱为民问。他们的对话很慢很慢，每一句都要隔上好几秒。

“换套小的吧……”

“还能换多小……我找人问过了，美国那边学杂费一年起码二三十万，学艺术的更花钱。四年也得一百来万了吧……咱手里还有多少积蓄？换多小的合适呢？”

钱为民脾气软，家里拿主意的大事他都听老婆的。

片刻后，钱美文缓缓说道：“那还是租房吧。我周末和寒暑假多给学生补补课，再加上咱俩的工资，省着点也够用了。”

“租房……你说咱这窝虽然小，好歹也是自己的窝……”钱为民挺不舍得，“不说咱俩了，等孩子在外面上完学回来，连个家都没有，孩子住的也不舒服啊。”

沉默，又是长久的沉默。

钱钱站在门口，仿佛石化了一般，许久没有动弹一下。

钱为民和钱美文都是那种小富即安的人，或者连小富也算不上。钱美文虽然有时候爱跟人攀比，也有那么一点虚荣，可其实就那么一点。她一年到头舍不得给自己买几件新衣服，首饰盒里也就那么几样，包就没买过一个上千的。她跟人比的东西，大多都和孩子有关。她拿别家的孩子和自家的孩子比，也拿别家能给孩子的东西和自己能给孩子的东西比。

夫妻两个虽然省吃俭用，却都没什么理财的头脑，这么多年一家三口还挤在当年分配的小房子里，赚的钱还跟不上通货膨胀的速度。钱美文总说等家里攒够钱就去买个大房子，地方宽敞点，够钱为民放书，够钱钱放她的作品和收藏。她这想法经常被人取笑，连钱钱都取笑她。这年头想攒够钱再买房，可攒到什么时候去？可钱美文总说背着债睡不踏实，怕房价崩盘或是他们夫妻丢了工作

现在，钱钱依然不知道他们要什么时候才能攒钱换一所大房子。但她却听到他们说，要把唯一的小房子也卖了。

——她的理想是如此美好，却从来没人告诉她，美好的背后是谁在为她承受代价。

“要不，我们再劝劝她……”钱为民说，“家里确实条件不好。让她换个专业吧……你不也常说吗，学画画以后很难挣到钱。”

又是良久的沉默，钱美文语气缥缈地开口：“其实每次劝她，我心里都挺难受。你说，我是不是太自私了？孩子明明那么喜欢，又真的有天赋……”

又良久，钱为民叹气：“都怪我没有本事……”

那一刻，钱钱说不上是什么感觉。她想要推门进去，又想转身逃走，可最终她只是站在原地，腿如同灌了铅一般。

她听见钱美文说：“让她去吧。她有这个能力。”

她听见钱为民说：“嗯……如果她以后真能当上大画家，我们脸上也有光。”

她听见钱为民又说：“等孩子考上了，你别老板着脸说她了，你告诉她，其实你很为她骄傲。孩子爱听这个。”

她听见钱美文说：“哎哟……不行了我困死了，赶紧睡觉吧。”

屋里的交谈声停止了，床头灯灭了，一切重归寂静。

她站在门外，想着白天的话，想着刚才的话，不知不觉，眼泪已流了满脸。

钱钱做完咨询回到家，天色已经晚了。她低着头往楼上走，过道的灯光在地上投出一道前方的人影，她微微一愣，抬头往上看，只见韩闻逸就站在楼梯上方等着她。

“今天怎么这么晚回来？”韩闻逸问道。

“今天治疗不太顺利，所以拖延了一个多小时……”还没等韩闻逸发问，她忽然道，“哥，陪我聊会儿吧。”

韩闻逸微微一怔，点头：“好。”

两人进了韩闻逸的屋子，钱钱失魂落魄地靠进沙发里。韩闻逸在她身边坐下，将她搂入自己怀中：“今天怎么不顺利？”

“金老师最近在用系统脱敏法给我治疗……”钱钱抿唇，“但是有一关我始终很难放松。”

韩闻逸双眉紧锁。系统脱敏法对于焦虑症和恐惧症都有不错的治疗效果，如果让他来治，他大抵也会选择这种治法。系统脱敏法见效很快，成功率也高，可钱钱又为什么会失败呢？

钱钱没有细说失败的理由。她突然开了另外一个话题。

“今天金老师让做情景联想的时候，我今天突然想起一件事……你记不记得我以前报考过 A 学院？”

“记得。”韩闻逸揉捏着她的后颈，“你当初为什么没考上？”

“我在考试中间发病了……我是说，低血糖。这个病发作起来，我连握笔的力气都没有，视线都花了，桌上的纸也看不清。最后我考得一塌糊涂，也就没考上。”钱钱说，“当时我进了考场，也坚持考完了，所以我一直以为那时候我并没有得焦虑症……直到今天，我突然想起来这件事……我觉得我那时候，可能已经有问题了。”

韩闻逸轻轻“嗯”了一声，今天他听到钱美文和人聊起这件事，之所以他又专门跑回去询问详情，就是因为他认为这件事和钱钱的病有关系。

是什么塑造了一个完整的人？

除去相貌、性格、智商、情商之外，还有一个非常重要的因素，那就是人的经历。无论钱钱那时候有没有患病，但无疑这对她后来的病情有所影响。人生的每一场经历，都会在日后的生活里留下或多或少的印记。只是有时候它们之间的关联没有被察觉而已。

“你当时低血糖发作，有什么特殊的原因吗？”韩闻逸问道，“或者说，在那之前，发生过什么特别的事吗？”

钱钱默然。但她并不是打算隐瞒，她找韩闻逸聊天，就是因为她有倾诉的欲望。只是她需要点时间来整理思路罢了。

良久，她缓缓开口：“那次考试前有一天晚上，我夜里起床上厕所，路过我爸妈房间门口，我听见他们在里面说话……”

她将那时发生的事全都告诉了韩闻逸。

韩闻逸听完沉默良久，问道：“所以你是故意考砸的？”

这个问题让钱钱迟疑了很长时间。然后她摇头：“我不知道……”

韩闻逸皱眉。不知道？

“我真的很想去……可我也做不到不管不顾让他们卖掉房子供我读书。”

韩闻逸什么都没说，轻抚她的头发。放弃从来不是那么容易的事。

“我想过坚持我的理想，然后等以后赚到钱再给他们买大房子……可是我不知道要多久。我爸有胃病，我妈跟我一样有低血糖，他们的身体都不是很好，我怕他们还来不及享福就老了……”说到这里，钱钱声音微微哽咽。

那时候她才才十几岁，她眼中的世界还很小，她眼中的自己也很渺小。她不知道自己有多大的能量，她太迷茫。整整一个礼拜，她每晚都辗转难眠。父母将她保护得太好，以至于她太少接触人间的烟火气，可在她嗅到烟火气的时候，就已是沉沉一座大山挡在她的面前。

韩闻逸不知该如何安慰她，侧过脸轻吻她的额头。

人生的许多事就坏在不知道上。谁都知道人若是豁达一些会活得更轻松，要么心甘情愿地放弃，要么铁了心一路走到黑。可是真正豁达的人终究是少数。

现在他终于明白了为什么她大学里要做那么多兼职，为什么她总有一种缺钱的紧迫感，为什么她放弃了画画，而选择了更容易赚到钱的设计专业……

她当初是在一种迷茫的境地下放弃了另一条路。可那是她的梦想，她内心深处终归是不甘心的。非但如此，更雪上加霜的是，所有的挣扎和纠结她说不出口，她只能独自承受旁人的失望。她的父母并不畏惧为她牺牲，却为她失败而惋惜悔恨。

他们希望她考上，他们想要为她而骄傲。可她终究还是令他们失望了。

“钱钱……”韩闻逸轻声开口。

“嗯？”

韩闻逸并没有安慰她。这时候让她沉浸在情绪中并不是一个很好的选择。反倒是让她先跳出来会有不错的效果。于是他忽然说起了一个风马牛不相关的话题。

“心理学上有一个很有趣的试验，叫作红蓝灯实验……”

他见钱钱目光茫然，显然没有听说过这个实验，于是开始详细解释：“科学家请了很多学生来参与这个实验，实验的内容是有一红一蓝两盏灯，一共会亮一百次，一次只会亮一盏灯。科学家告诉被测试的学生们红灯亮起的概率是百分之七十，也就是说，红灯一共会亮七十次，蓝灯一共会亮三十次。然后科学家就让学生们在每一次灯亮之前，做出预测，是什么颜色的灯会亮。”

他问钱钱，“如果你被邀请去做这个实验，你会用什么策略来进行预测，以保证最高的准确率？”

“策略？”钱钱有点蒙。她是个艺术生，这么高深的问题她可说不出那种一套一套的东西，只能说个简单的想法，“我应该会数一下前面已经亮过几次红灯，几次蓝灯……然后……反正红灯亮得多，那就根据概率来。还能有什么策略？”

韩闻逸点点头，继续说道：“科学家请了很多高校的学生来参与实验，那些学生用了非常多不同的计算方法，有类似你这种的，也有一些学生做出了更复杂的数学模型，公式洋洋洒洒列了十几张纸……你知道成功率最高的一种策略，最后预测的准确率是多少吗？”

钱钱眨眨眼：“多少？”

“百分之七十。”

“喔……”钱钱本能地点点头，“那还不错啊。”

她说完之后总觉得哪里不太对，想了半天突然反应过来了：“不对啊，既然红灯亮的概率是百分之七十，那只要每一次都预测亮的是红灯，不就已经可以达到百分之七十的准确率了吗？还要做什么复杂的数学模型啊？”

韩闻逸微微一笑：“是的。成功率最高的那些人，就是放弃了所有蓝灯的选择，每一次都选择更高概率会亮的红灯。而其他所有人，不管是完全凭直觉瞎猜的，还是做出了非常复杂的数学模型的学生，他们最后的测试结果其实都差不多——正确率基本都在百分之五十八左右。远远低于只猜红色的学生。”

钱钱惊讶地睁大眼睛。敢情忙活老半天，还不如人家闭着眼猜得准？

“不管是凭直觉猜的人，还是建立数学模型预测的人，我相信他们的目的都是希望预测的准确率超过百分之七十，甚至他们希望自己每一次都能猜准。”

钱钱点头。如果邀请她去做这个实验，她也会希望尽可能地猜准一切答案。

“而那些全猜红灯的人，从一开始他们就已经放弃了百分百的准确率，他们非常清楚地知道，自己有三十次一定会猜错。但是他们接受，他们只需要那七十次的正确就足够了。”

“也许这个结果听起来有点讽刺……”韩闻逸目光深沉地看着她，柔声道，“但这个实验的确说明了一个道理：很多时候，接受失败，才能减少失败的次数。”

钱钱愣住。接受失败？

韩闻逸并不打算跟钱钱说，就算你拿不到理想的成绩也不要紧。他是直接做了置之死地的假设：“就算你明天不去考试也没关系，就算你拿不到毕业证也没关系。我是说真的。路不只有一条，也许换一条路会更好走。当初你没考上心仪的学校，这不代表你就得放弃梦想。而这一次，就算你拿不到毕业证，你依旧有很多选择。你依然有对色彩的天赋，依然可以画你喜欢的画……这些都不会因为你失败一次或者失败多少次而消失。”

钱钱怔怔地看着他。

“至于你和你的父母……”韩闻逸停顿了很久。久到钱钱想要说点什么，韩闻逸却止住了她的话头。

他问她：“别的都不要想了。我只问你两个问题。第一个，你认为你的父母是爱你的吗？”

钱钱略觉诧异，沉默。这个答案的结果毫无疑问。她点头。

“第二个问题，你爱你的父母吗？”

钱钱依旧沉默。但这一次她更快地点头了。毋庸置疑，她爱他们。

韩闻逸笑了：“那就够了。我的问题问完了。”

再多的话无须说，再多的事无须想。如此，已经足够。

钱钱怔了良久，耸着的腰背渐渐挺直了。她吸吸鼻子，向着韩闻逸张开双臂。韩闻逸将她搂进怀里。他温暖结实的怀抱让她很有安全感。

过了一会儿，她又忍不住仰起头问道：“说真的，我要是真的拿不到毕业证，你会不会把我辞了啊？”

“把你辞了？”韩闻逸好笑，“我疯了吗？去哪里找你这么有才华的设计师？”

钱钱又问：“也不扣我工资和奖金？”

“扣我自己的也不扣你的。”

钱钱定定地看着韩闻逸，想从他眼睛里看出他说的是实话还是哄她的，韩闻逸什么都没说，低下头细碎地亲吻她，从她的额角吻到鼻尖，从鼻尖吻到嘴唇，又吻到下巴。

钱钱终于破涕为笑，把头靠到他肩上：“唉……其实这几天我一直挺紧张的。只是我没有表现出来。现在我真的觉得轻松很多了。”

“喔？”

韩闻逸还以为他要夸奖自己开导人的能力，却听钱钱说：“应该是因为工资和奖金有了保障吧。哎，果然钱是安全感的保障啊……”

他又气又好笑地捏了捏钱钱的脸：“你这个财迷。早知道这么简单，浪费那个心理咨询的钱干吗？”

钱钱也笑了。这么久以来沉甸甸地压在她心里的东西，这一刻是真的轻了。

晚上钱钱回到家，刚打开门，满屋的香气飘出去。

“谁啊？”钱为民的声音从厨房飘出来，“是钱钱回来了吗？”

“是我。”钱钱走进屋子，看见桌上的菜，不由一怔：满满一大桌都是她爱吃的东西，这阵仗，简直快赶上过年的时候了。

钱美文抱着一床被子从她房间里走出来：“哟，回来啦？最近晚上有点降温了，我今天晒了条厚点的被子给你换上了，之前那床帮你收掉。晚上睡得不舒服再跟我说。”

钱为民端着一条刚蒸好的鱼从房间出来出来：“好了好了，吃饭时间，你们两个都不要忙别的了。赶紧去洗手准备吃饭。”

“你们先吃吧，”钱美文不慌不忙，“我先去把被子叠好收起来。”

钱为民啧了一声：“收什么被子？我做了这么多菜，你们不赶紧趁热吃，对得起我忙活了一下午吗？别的本事我不敢吹，我做菜这手艺，在我们全楼那都是数一数二的！”

“嘿，还全楼数一数二，瞧把你能耐的。”钱美文翻了个白眼，“多大出息！我们全楼才几个人？”

“话可不是这么说的。有位哲人曾经说过……”钱为民不甘示弱，撸起袖管准备好好跟老婆理论理论。他这口才，不管多小的事儿都能引经据典，把歪理都说成真理。

这是钱家的日常了，每天吵吵闹闹，没完没了。钱为民哲人的话还没说出来，钱钱忽然冲上来，狠抱了他一下，笑嘻嘻地在他脸上亲了一口：“爸，我爱你！”

钱为民瞬间愣在原地。有位哲人曾经说过……说过什么来着？

钱美文看傻了眼，不知道钱钱在干什么，钱钱又扭头朝她跑过来，先是用力亲了她一下，然后抱住她不撒手："妈，我爱你！"

钱美文吓得猛地一哆嗦，话都说不利索了："干、干什么？这么大、大的人了，撒什么娇？"

钱钱但笑不语，一个劲地把毛茸茸的脑袋往钱美文的肩窝里拱。

从小到大，她跟父母有很多的摩擦。有时她会觉得母亲脾气不好，做人太小家子气；有时候她会觉得父亲不靠谱，撑不起事儿来。父母的身上似乎有很多的缺点，也曾让她有很多难受的时候。他们只是两个普通人，所以他们会有缺点，所以他们的肩膀并没有那么宽阔。

那些都不重要。重要的是，她知道，他们爱她。

而她自己，也是个充满了缺点和胆怯的普通人，她亦有太多太多给他们添麻烦、惹他们生气的时候。而那些都不重要了。

而她也深爱着他们。

爱让她充满力量。

色彩构成的补考在周一下午。钱钱请了下午半天假，早上照旧出门去上班。

出门前钱美文和钱为民还劝她："就这么半天的时间，你还赶去公司，太辛苦了吧？不如跟你们领导说一下，请一天全假算了，在家里好好休息一下。回头万一累着了……"

"我不累。"钱钱说，"再说了，去单位忙会儿比闲在家里胡思乱想好多了。"

钱美文和钱为民无话可说，只好把她送出家门。

钱钱到了公司，果然是忙个没停，把手里的活都干完了。她跟爸妈说的那话不是糊弄，是大实话。有时候人一闲着，就容易胡思乱想，想出毛病来。倒是忙碌起来，什么也没空想，反而天下太平。

到了中午，她跟韩闻逸一起在外面吃了顿午饭，就准备出发去学校了。

“真不要我陪你？”韩闻逸不死心地问。

“不用，”钱钱摇头，“你下午不还有工作吗？忙你的吧。我自己可以的。”

“好吧……”韩闻逸叹了口气，只是多少还是有些担心。不过他也希望钱钱能自己搞定这个麻烦，毕竟这对她来说很重要。

临出发时，他叮嘱：“你看看手机电充好了没有？”

钱钱把包里的东西确认了一下，该带的都带了，手机的电量也是充足的。

“有任何问题就打我电话……万一考试中间有什么不舒服千万别硬撑，马上跟老师说，联系我。”韩闻逸像个第一次送女儿去读书的老父亲，唠唠叨叨把能想到的都叮嘱了一遍，“今天下午事务所有事，你考完试我不能来接你，考完了记得给我发条消息。”

“好好好，没问题。”

韩闻逸想了半天，想不出还有什么要说的，就把钱钱送上了车。

以前去参加考试的路上，钱钱的心情总是很忐忑。一会儿想要是能考出怎样理想的成绩就好了，一会儿又想着万一考砸了要怎么办。今天她却完全没想那些，只想着晚上是该去吃火锅还是吃烧烤好。

路上有点堵，出租车缓慢地前行着。钱钱闲得无聊，就拿出手机玩了起来。

“今夜做梦也会笑——”

“老娘要玩十八啦！”

车在红灯前停下，出租车司机听到游戏里的语音声，好奇地往边上斜了一眼，只见自己的乘客正一脸投入地捧着手机玩大富翁游戏。

钱夫人的面前有个大穷神，钱钱小声嘀咕：“别丢三，别丢三，别丢三……”

她按下扔骰子的键，两颗骰子咕噜咕噜滚了数圈，最后停了下来——好巧不巧，一颗一点，一颗两点，加起来不多不少正好三点！

“哎哟！”钱钱心塞地吐槽，“我这破手气！”

钱夫人瞬间穷神附体，哗啦啦扣掉一堆钱。

一轮结束，再次轮到钱钱操作。上一轮没丢个好数字，这要搁平时，钱钱就回档到上一句重新丢骰子了。然而这次她只是犹豫了一下，就选择继续前进了。这一次她丢个两个六点，钱夫人骑着小车唰啦啦前进，前方出现了一个大福神，钱钱顿时眼睛一亮，赶紧数了数剩余的步数。

大福神福身，刚附身没两回合的穷神立刻打哪儿来又被送回哪去儿去了。大福神还另外送了钱夫人三张卡牌。钱夫人高兴地掩面狂乐："我是幸运女神！"

"Yes！"钱钱高兴地捏了下拳头。时来运转了！

"姑娘，你怎么玩的？"出租车司机看呆了，"这怎么满地图全都是你的地？"

打眼望去，地图上的地产一片紫色，几乎全都是钱夫人的资产，还一栋栋都是被修建多次的高楼建筑。谁不小心踏上她的地盘，破产那是分分钟的事儿啊！这得多厉害的运气才能把游戏局面玩得这么漂亮？

钱钱不好意思地摸摸耳朵："我以前走一步存一步，作弊来的。"

她上车以后不是新开一盘游戏，而是读了个之前玩到一半的存档。她平时很少有时间玩游戏，再加上按她那种强迫症似的玩法玩一次根本进展不了多少，这一局少说玩了能有两三个月了。这还是她上一次去参加毕业清考时没玩完的那局。

"哦……"司机明白了，不由感慨，"姑娘，你是个完美主义者啊？"

钱钱笑了笑，没有解释什么。

过了拥堵路段，车速就快了。没多久，车开到H大的校门口，钱钱结账下车，又掏出手机看了一眼。

这一局她已经玩到很后面了，大多对手都已经破产淘汰，除了她的钱夫人之外，就只剩下最后一个孙小美。可怜的孙小美也已经穷得响叮当，而前方一片繁华的高楼大厦又全都是属于钱夫人的产业，她就这样风萧萧兮易水寒壮士一去兮不复还地抛骰子前进，一脚踏入钱夫人的土地。

一个天文数字的租金降临到孙小美的头上，她的现金和存款瞬间清零，土地股票全部变卖仍然无法还清债务。小美同学坐地痛哭：“人家一毛也不剩了！！”

孙小美，K.O！

钱夫人得意大笑：“来宾请给掌声！”

钱夫人大获全胜，本局游戏结束。

钱钱长出了一口气。玩了几个月的游戏终于结束了，她没觉得不舍得，反倒是心里轻松了很多。她毫无留恋地退出游戏，直接对着游戏图标点下了删除键，收起手机，朝校园里走去。

路过学校体育馆，里面正在上体育课，一群学生在里面跳健身操。老师正在教一个比较难的动作，学生们一个个前仰后合、东倒西歪。钱钱忍不住驻足看了一会儿，被学生们滑稽的动作逗得直乐。

以前她也在这个场馆里上过体育课。那学期她抢课的动作慢了一步，热门的球类运动都让人抢完了，她只好硬着头皮选了健美操。奈何她天生肢体就比较僵硬，体育细胞很是有限，她自己学得头很大，老师也教得头很大。

她还记得那时候身材姣好的体育老师曾经说过一句话。老师说，如果一个动作做起来既别扭又费力，那就别梗着脖子瞎胡来了。自己停下来好好想想，是不是用错了力气。发力姿势正确的话，动作就应该是流畅且优雅的。

那时候老师说完这句话，班上的同学一片哀号声，纷纷抱怨老师站着说话不腰疼。当初钱钱也是抱怨的人之一。

今天她突然又想起那句话来，并觉得那句话好像的确有那么点道理。如果能找到正确的发力姿势，就能轻松而优雅。只是在找到正确姿势之前，难免也要经过一段别扭又费力的摸索过程。

她在体育馆门口看了一会儿，见时间不早，转身朝教学楼走去。

考前三十分钟，肖娟就已经到达考场。到了以后，她找了个靠窗的位置坐下，盯着窗外的大路，并心急地不断抬起手看表。

临考前二十分钟，熟悉的人影终于出现在楼下。肖娟蓦地站了起来。钱钱的病症她已经听他们班上的辅导员说过了，她现在才知道原来之前几次钱钱都到了考场门口，只是因为心理疾病的原因一直没能上来考试。

钱钱走到教学楼下，停下脚步，抬头望了眼教学楼。

肖娟看到钱钱停步，心里顿时咯噔一下，正准备跑下楼去接钱钱，不料钱钱只是停留了片刻，就走进了教学楼。

肖娟微微一怔。

半分钟后，钱钱出现在考试教室的门口。她看见已经等在教室里的肖娟，略感诧异。

“老师好。您这么早就来了啊。”她意识到肖娟是专程来等她的，抱歉地笑了笑，朝着肖娟鞠了个躬，“老师您辛苦了。”

“没事……”肖娟上下打量她，“你最近过得怎么样？”

“挺好的。您呢？”

“我最近在给今年的新生带课。刚开学，就上了几节课，今年有几个学生水平挺不错的。”肖娟顿了顿，还是忍不住感慨，“不过说实话，这么几年下来，我个人感觉最有天赋的学生还是你。”

钱钱不好意思地笑:“老师，我这人脸皮薄，经不住夸，您意思意思就行。别夸狠了，我怕我骄傲。”

肖娟愣了一愣，扑哧一声笑了出来。

不一会儿，考试铃声响了，钱钱跑到台下坐好。色彩构成的考试是在电脑上进行的，她登录考试系统，试卷立刻出现在她的屏幕上，她开始认真作答。

考试的内容是问答题加上一张设计作品。问答题的题目都比较简单而且基础，钱钱很快就完成了试卷的内容，然后去看后面的大题。

看题之前，她略微有点紧张。每次的设计作品，都是老师给一个主题，让学生自由发挥设计一幅作品，用色彩知识来表现主题。这种题目不光考学生的水平，事实上主题本身对于学生的水平发挥也有很大的影响。毕竟每个人都有擅长的领域和不擅长的领域。

钱钱还记得大学那会儿她一碰到跟“爱情”有关的主题就抓瞎，她宁愿去做那种“自由”“时间”“探索无穷”之类特别虚特别玄的主题，也不喜欢做这种常见的、接地气的题目。因为这种主题反而会让她觉得很虚、很玄，说不清道不明，一个头两个大。她唯一一次没拿高分的作业，就是一张以“热恋”为主题的作业。她的作品被老师评价太浮夸，最后只拿到一个“中”——要知道她平时连良都没拿过，都是全优的！

于是翻到最后一页之前，钱钱忍不住在心里暗暗祈祷了一下，希望这次的主题简单一点，最好是她擅长发挥的领域。

一翻页，看到大题的题目，钱钱瞬间就愣了。

人生有的时候就是怕什么来什么。好巧不巧，这一次的主题和她唯一拿低分的那一次非常相似。

“请考生利用色彩构成中的色彩对比和色彩调和等知识，以‘甜蜜’为主题自行创作一幅作品。制作尺寸 100mm × 100mm。”

钱钱几乎是本能地暗道不妙，这次的考题竟然正中自己的软肋！然而待她冷静下来真的试图去构思，她忽然愣了一会儿，然后忍不住摇头笑了。

现在的她已经不是从前的那个她了，不是吗？

肖娟坐在讲台上，注视着教室里唯一的考生。她已经提前知道考题了，也知道这是钱钱的软肋所在。她有点担心。

她看到钱钱先是懊恼地皱了下眉头，又奇怪地发了一会儿呆，最后她闭上眼睛开始构思。

午后的阳光斜斜地照进教室里，教室里一半明亮，一半沉静。钱钱就坐在明亮和沉静的分界线处，阳光从她的侧后方照过来，温柔的金色光辉将少女笼罩。她的脸上渐渐绽开一个笑容，笑意越来越深。

那是一个很甜很甜的笑。

韩闻逸拿起手机看了眼时间，距离钱钱考试结束还有一段时间，他又把手机放回原处。打了个内线电话，把郑佳和夏见灵都叫到他办公室来。

“都准备好了么？”

郑佳在他对面坐下："放心吧，该布置的都布置好了。我跟同事们说过今天新投资人要来，让他们工作的时候表现得认真点。"

夏见灵笑眯眯的："茶水点心也都准备好了。"

韩闻逸点点头。

今天下午事务所的新投资人要来，看看事务所的环境，并且跟韩闻逸他们再谈一谈合作的细节。如果都谈妥了，他们就可以签合同，然后资金很快就会到位，事务所的危机也就能度过了。

韩闻逸说："我们把等会儿要给投资人看的文件再检查一遍吧，确保没有任何问题。"

虽然他们已经检查过很多遍了，但是郑佳和夏见灵还是拿起文件夹，跟韩闻逸一起认真地再一次进行检查。

没等他们看多久，韩闻逸办公室里的电话突然响了。他连忙接起电话："什么事？"

电话是前台小姑娘打上来的，她的声音听起来有点慌："老大，投资人来了！"

韩闻逸诧异地看了眼表，比约定的时间早了一刻钟："已经来了？好，我知道了。"

"不是，"前台小姑娘急匆匆道，"是马总来了……"

韩闻逸一怔，抬起头。他透过办公室的玻璃门望出去，看到腆着个啤酒肚的马千万已经出现在楼道口了。

马千万走进办公室，背着手在办公室里踩了一圈，四处打量。

"办公室怎么这么敞亮？做过大扫除了？"他随手把柜子上插在花瓶里的一束鲜花拔了出来，"哎哟呵，还有鲜花呢？今天这是什么好日子？好像也没逢年过节吧？"

办公室里的同事面面相觑，谁都不知道该说什么。

韩闻逸、郑佳、夏见灵从办公室里走了出来。

"马总。"韩闻逸皱了皱眉。

马千万把沾着露水的鲜花凑到鼻子下闻了闻，又随手丢回花瓶里。他的动作十分粗暴，数片花瓣落了下来。这原本是郑佳精心布置过的，被他这么一拔一扔，点缀办公室的鲜花顿时变成了残花败柳。他转身打量韩闻逸等人："怎么都在啊？开会呢？开什么会，让我也听听？"

韩闻逸不动声色地观察着马千万。平日里马千万很少会不请自来，但他今天候着这个时间点特意跑上门，显然是听到什么风声了。那他的目的也很明白了——他就是来搞破坏的。

于是韩闻逸也免去了那些拐弯抹角，开门见山道："今天新的投资人要上门，我们特意布置了一下。不知道马总今天来有何贵干？"

马千万还以为他会兜兜圈子，没想到他竟然这么直白，不禁愣了一愣。他随即讪笑道："这么巧？那真是择日不如撞日，等会儿那位老总来了，大家一起坐下来聊聊，韩总和夏总不介意吧？"

"说实话，"韩闻逸道，"我介意。"

夏见灵笑眯眯地跟着点头，表示她也介意。

马千万再一次被韩闻逸的直球给噎住了。

之前马千万和韩闻逸已经是明着翻脸了，他要求如果韩闻逸不听他的他就要撤资，韩闻逸很爽气地答应了。然而撤资也不是说撤就撤的，总要一步步按照程序来，这需要不少时间。韩闻逸就在利用这段时间积极自救。然而马千万也不是真想撤资，有可能的话，他还是希望能逼韩闻逸就范。因此他一听到风吹草动，就立马赶过来搞事情了。

虽然韩闻逸明确表达了不欢迎，但马千万也不是那种被人一赶就走的人。他只当刚才的话没说过，厚着脸皮赖着不肯走。

两边正僵持着，又有人从楼道口上来了。来人看见办公室里那剑拔弩张的局势，不由一怔。

"王总。"韩闻逸忙迎上去。

来人正是新投资人，名叫王有富。他跟韩闻逸握手："韩总……"

话都还没来得及出口，斜里窜出一个大肚子的中年男人，十分热情地握住了他的另外一只手："您就是王有富王总吧？您好您好，久仰大名。"

王有富一脸莫名地看着马千万。事务所里的员工都是年轻人，马千万这画风一看就格格不入。

“我叫马千万，”马千万主动自我介绍，“我也是这家事务所的投资人。”

王有富一惊，忙跟马千万握手：“马总你好，久仰久仰。”他虽然以前没有跟马千万见过面，但是马千万的名字他还是听说过的。金融圈就这么点大，大家很容易扯上关系。

马千万哈哈一笑：“我今天碰巧路过这里，没想到能遇上王总，也是缘分。等下开会的时候大家一起坐下来聊聊，王总不介意吧？”

王有富微微一怔。他也是个人精了，他看看韩闻逸，看看马千万，心里就已经清楚了七八分。他不动声色地笑了笑：“不介意。”

韩闻逸眉头皱得要打结。可王有富都说不介意，他也无可奈何。不管怎么说马千万现在的身份确实还是事务所的投资人，他不可能让保安把他撵出去。

他也只能硬着头皮继续做好自己的事情：“那么，王总，我们到会议室谈吧。”

然而马千万非常自来熟地搭着王有富不放：“王总，前两天我跟施乐集团的施总吃饭，还谈到你了。听说王总对 A 项目很感兴趣？要不要我帮忙牵个线，搭个桥？”

王有富一愣，忙迭声应道：“好啊好啊，那敢情好啊。马总什么时候有时间一起吃个饭，详细聊聊？”

“没问题！”马千万热情地拍拍王有富的肩膀，“咱俩也是有缘分，你这个朋友我交定了！”

顿了顿，又道：“王总，你打算投资这家事务所？你知道我要撤资的事吧？”

王有富既然要投资事务所，事先该弄清楚的事情当然都已经弄清楚了。但他还是装作很有兴趣的样子：“噢？马总为什么要撤资？”

“这家事务所没前途啊！王总，我跟你说剧掏心窝子的话，你可别瞧韩总看着是个青年才俊，实际上他这人不是个做生意的料，有钱不会赚，你要跟他合作，他早晚有一天能把你活活气死！”马千万拍着胸脯道，“我既然交了王总这个朋友，以后有投资的好机会，我一定介绍给王总。咱的钱还是得花在刀刃上，可别让某些创业者把咱们投资人当成冤大头了！”

办公室里的同事都被马千万的厚颜无耻震惊了，一个个义愤填膺，只恨不能把人丢出去！郑佳也忍不住想上前理论两句，却被韩闻逸默默按住了。

生意场上，利益永远比讲道理管用。他明白这个道理。

他再一次向王有富发出邀请：“王总，我们去会议室聊聊合作方案好吗？”

王有富看看马千万，看看韩闻逸，又打量了一下事务所，眼神意味深长。他倒不是真指望马千万会给他介绍什么回报很高的好项目，大家都是混商场的，不至于那么天真。但他看出了马千万想要阻挠他投资十二事务所的意图。

本来他听说上一任投资人要撤资，虽然他会因此而顾忌这家事务所是不是有什么难以启齿的地方，但这也是正常商业行为，调查过没有问题就可以了。可现在，马千万出现在这里，跟他说这些话，等于是明晃晃地警告他：别给这家事务所投资！他在这行混，交朋友固然重要，不要轻易树敌更重要。这家事务所能够给他带来的利润，不足以让他跟马千万结仇。

片刻后，他慢吞吞地说：“韩总，我今天身体不太舒服，要不我们还是下次有机会再聊吧？”

马千万脸上顿时露出了得意的笑容。

韩闻逸的嘴唇抿成了薄薄的一条线，想说什么，还是放弃了。

“那我就先回去了。”王有富抱歉地对韩闻逸笑笑，“改天我请韩总吃饭赔罪。”

韩闻逸脸上喜怒未辨，依旧保持着礼貌：“那王总慢走。下次再见。”

王有富转身走了，韩闻逸没去送他。

马千万拉了把凳子坐下，看到桌上有夏见灵准备的零食果盘，随手抓了一块丢嘴里。他得意扬扬：“韩总，怎么不追出去再劝劝？你们忙活了这两个月，好像就找了这么一位冤大头吧？就这么放跑了好吗？”

韩闻逸轻轻吐出一口气，淡然道：“既然志不同道不合，不强求。”

马千万哈哈大笑：“这都什么时候了，韩总还玩一身傲骨呢？你们账面上还剩多少钱？下个月员工们的工资发得出来吗？发不出工资，还有多少人愿意跟着你混？”

韩闻逸懒得跟他废话，只道：“马总还有事吗？没事的话我得回去工作了。”

马千万就看不惯他这种宠辱不惊的样子。他早就听说了韩闻逸跟王有富搭上线的事儿，其实他私底下也能把这事儿给搅黄了，但他特意跑过来，那就是把这出戏做给韩闻逸看的。他想让韩闻逸明白，除了他之外，韩闻逸别无选择。

他冷笑道：“韩总，识时务者为俊杰。你既然是学心理学的，就该知道人不能把自己看得太高。你以为有多少人真对心理咨询这一行感兴趣？你再这么轴下去，谁都讨不着好啊！”

韩闻逸无视他，径直往楼下走去。

马千万不死心地追在他背后。他被韩闻逸的态度激怒，开始撂狠话：“你还别不信，你要是能找到人接我的盘，我就管那位冤大头叫爷爷——”

话音未落，走在他前面的韩闻逸突然停了下来，他来不及刹车，险些撞到韩闻逸背上。好容易站稳，才看见楼道里站着一个浓眉大眼的中年男人。那男人约莫四十出头，颇有气场。他靠在墙边，不知道在那里站了多久了。马千万瞧着他竟觉得很是眼熟。

韩闻逸看清来人，诧异：“武先生？你怎么这么早就来了？”他今晚约好了给武大问他们做家庭治疗，但那是晚上六点的事，现在才下午三点多啊！

武大问先看了眼韩闻逸，随后目光在马千万身上逡巡。他的眼神并称不上友善。最后他再次将目光挪回韩闻逸身上。

“韩老板，我们家里最近出了点事情，近期内没有时间再来做家庭治疗了。我正好办事路过这里，想着上来当面跟你说一声，今天晚上的预约也得取消了。很抱歉。”

“啊，没关系。”韩闻逸忙道，“如果你们什么时候还需要咨询，提前跟我说一声就好。”

武大问点头：“小顺和内人最近都有很多收获和改变……也包括我。我们都很感激韩老板。”

“客气了，应该的。”

“对了韩老板，”武大问忽然话锋一转，向马千万的方向抬了抬下巴，“这位是？”

韩闻逸蹙眉。武大问是事务所的客人，他不想让客人卷进这些事情里。

然而还没等他说什么，马千万竟然又主动热情地上前跟武大问握手：“你好，我是这家事务所的投资人，我叫马千万。我们是不是在哪里见过？”

“马总你好，”武大问点点头，没接他的问题，“我刚才在这里等着，你们的谈话我不小心听到一些。我没听错的话，马总你是不是要从这家事务所撤资？”

马千万一愣。

“你的投资我愿意接手。”武大问从口袋里掏出一张名片递给他，“我会让我的投资顾问联系你的——就这两天。”

马千万愣愣地看着他，以为自己的耳朵出了什么问题。然而武大问的表情很严肃，完全不像在开玩笑。他不可思议地接过武大问递过来的明信片，一看就傻眼了：武动集团的武大问？！

他瞬间想起来了。是了，难怪他觉得眼熟，以前他跟武大问在某个商务会议上见过一次的。只是突然在这条小走道里遇上，他竟然一下没反应过来。这武大问可是本地有名的企业家，生意做得比他马千万大多了！

韩闻逸也有些惊讶。还没回过神来，又听武大问开口：“韩老板，明天上午十点之前我会让我的投资顾问联系你。你赶紧把资料都准备好，没有问题我们就尽快签合同。”

这不像王有富刚才那模棱两可的“改天请吃饭”，武大问做事一向雷厉风行，给出的时间也是非常具体的时间，一两句话就把这么大的事儿给定下来了。

他又瞥了眼马千万，冷冷道：“韩老板，等会儿回去给你的员工们打一针强心剂，告诉他们不要被有些人吓到。资金绝对没问题，不会拖欠他们工资的。”

马千万顿时脸上一阵火辣辣地疼。他刚说完谁接他的盘他就管谁叫爷爷，爷爷就打地里蹦出来了。这叫个什么事儿啊？

武大问倒也没幼稚到真让他叫爷爷，只是略带鄙夷地扫了他一眼，然后上前拍拍韩闻逸的肩膀：“我还有点事儿，就先走了，不用送。回头联系。”说完就大步下楼离开了，只留下一个潇洒的背影。

马千万攥着一张烫手的名片，还跟做梦似的呢。他千辛万苦花了这么多心血和时间布的局，这么完了？完了？？

韩闻逸看着武大问的背影，也微微怔了一会儿。直到手机铃声响起，他拿出来一看，是钱钱发来的消息。

钱钱：“哥！！！我考完啦！！！！！[喜极而泣.jpg][手舞足蹈.gif]”

韩闻逸看着她刷屏似的发来一堆表情包，隔着屏幕都能感受到她的喜悦，不由弯了弯眼睛，给她回消息：“晚上一起去吃大餐庆祝一下？”

钱钱：“我要吃火锅！！！”

韩闻逸哈地一乐，回了个“好”字，收起手机往回走。他路过马千万的身边，停下脚步，心情很好地跟他告别：“马总慢走，不送。”

韩闻逸头也不回地进办公室去了，独留马千万一人在风中凌乱。

晚上韩闻逸和钱钱回到住处，因为吃得太饱，他们没有立刻上楼，而是选择一起去T大校园里闲逛几圈，走路消食。

天黑以后，校园里的人就很少了，他们牵着手，慢慢在校园里散步，有一搭没一搭地聊着天。有时候谁也不说话，交握的手指像是在玩游戏一样，你捏捏我，我勾勾你。走在夜色下的林荫小道里，有一种曲折的情致，不说话也是种表达。

走得累了，便想找一处小亭子或是凉椅坐下歇歇脚。然而这样的地方却不好找。

夜晚还在校园户外的几乎都是年轻的小情侣了，他们好容易找到一处凉亭，凉亭里已被一对情侣霸占。小情侣在里面旁若无人地搂搂抱抱卿卿我我，任谁也不好意思进去打扰。

钱钱吐吐舌头，又继续往前走。

又走到一条树下的长椅，长椅上也有一对年轻男女如胶似漆地搂在一起。女生坐在男生腿上，男生的手从女生背后衣摆下伸进去，不断游走。

钱钱赶紧拉起韩闻逸的手加快脚步走开，非礼勿视。

她忍不住吐槽："晚上找个能坐的地方比白天还难啊。"

"我们往右边走，"韩闻逸说，"我记得礼堂后面还有个凉亭，那里人少。"

绕到礼堂后方，那里的凉亭里果然空着，两人走进去坐下。没一会儿也搂在一起了——恋爱里的人都是干柴碰到烈火，谁找地方真为坐下歇个脚的？不就是找个能停下说说小话搂搂抱抱的地方么？

韩闻逸捧着钱钱的脸，细密地吻她的唇角。两人并肩坐侧着脖子接吻总觉得别扭，他在吻她的间隙黏黏糊糊地丢出一句话来："坐我身上。"

钱钱没立刻动弹，韩闻逸索性直接动手，一手搂住她的背，一手铲起她的腿，轻轻一抱，便把人抱进自己怀里了。

年轻的躯体紧密地贴在一起，他们能够听到彼此的心跳声。

正吻着，钱钱隐约听到不远处传来脚步声向他们靠近。她想从韩闻逸身上下来，韩闻逸却按住她的脖子不让她走，小声道："他们看到有人会走的。"

钱钱想想也是，夜黑风高的，谁又认得出谁呢？她便索性搂住韩闻逸的脖子，更热情地亲吻。

天干物燥，人也跟着燥热起来。

脚步声越来越近，有两个人。钱钱没有抬头，心想又是一对出来找地方的情侣。

不一会儿，他们听见有人说话。

“啧啧，现在的小情侣啊。”

“说人家干什么？你以前不也一样？赶紧走，别打扰人家。”

正吻得忘我的钱钱和韩闻逸听到说话声同时僵住。钱钱下意识地抬起头，一对中年夫妻正站在凉亭外准备离开，六目相对，所有人都愣了。

——凉亭外站着的，赫然是钱美文和钱为民。

一阵风吹过，树叶被吹得飒飒作响，然而亭子里坐着的人，亭子外站着的人，都跟中了定身术一样，谁也没动弹。

时间仿佛就这样静止了。

短短几秒的时间里，每一个人的大脑都在飞快地运作。

钱美文唏嘘：哎哟喂，年轻小男生就是热情，瞧这亲起来就没完没了的……等等，这姑娘怎么那么眼熟？……欸！！这是哪家的臭小子？！

钱为民感慨：啧啧啧，年轻小姑娘就是热情，亲个嘴还往人大腿上坐，瞧这抱得多紧……等等，这姑娘怎么那么像我闺女？……这是哪来的兔崽子？！

钱钱的内心山呼海啸：我爸妈视力多少来着？！他们出门戴眼镜了没有？！我现在低头继续的话，他们会不会当作人认错走掉？！

韩闻逸：Emmmm……背脊发凉……头皮发麻……

数秒后，韩闻逸慢吞吞地把钱钱从自己身上放下去，站起来，转身看向已经石化的钱美文和钱为民。他缓缓挤出一个尴尬而不失礼貌的笑容，率先打破了沉默：“钱叔叔，钱阿姨，晚上好啊。”

一切回归万籁俱静。

韩闻逸只能继续微笑寒暄：“叔叔阿姨晚饭吃过了吗？”

钱家三人继续集体沉默。

韩闻逸抿唇，干笑：“叔叔阿姨出来散步？真巧……”

钱钱尴尬得快待不下去了。

几分钟后，钱为民和钱美文往回家的方向走，韩闻逸和钱钱默默地跟在后面。

一路沉默，气氛尴尬到韩闻逸牙根都快酸倒了。他其实想过很多种方法向两家的父母坦白，可惜计划赶不上变化，怎么就偏偏碰上了这种最尴尬的状况呢？

钱钱哭丧着脸向他丢来一个眼神：这下完蛋了！

韩闻逸看她可怜兮兮的样子，想拉拉她的手安抚她一下。结果小手还没牵上，走在前方的钱为民仿佛有心灵感应一样，忽然回过头，目光幽怨地看着他们。

钱教授平日里还是挺开明的，然而真的看到自家闺女被一个臭小子抱着啃的时候，他心塞得不想做一个开明的家长了。

韩闻逸被那眼神看的身上的鸡皮疙瘩都竖起来了，那只刚抬起来的手又默默放下去了。

众人上了楼，走到房门口，停下脚步。

钱美文率先开口："小韩，你早点回家休息吧。"

他想说点什么，奈何他也是第一次碰上这种突发情况，到现在还有点头皮发麻，一时间不知道该说什么才好。

钱美文已经掏出钥匙开房门了，钱钱可怜巴巴地看了他一眼，扭头进屋去了。钱为民走在最后，目光复杂地盯着他看了几秒，然后默默关上了房门。

韩闻逸扶额。

几分钟后。

钱钱低着头坐在沙发上，双手规规矩矩放在膝盖上。她的对面，钱美文和钱为民一人一把椅子，正襟危坐。这架势，放在一间小房间里，房间的墙壁上在贴上"坦白从宽抗拒从严"八个大字，那就和审讯室没什么两样了。

钱美文一脸严肃地问："你们到底是什么关系？"

钱钱心说您不都看见了么？这还能是什么关系？我要说他嘴疼我帮他

揉揉你们信吗？但她不敢那么说，只能老老实实地回答："男女朋友……正儿八经的那种。"

钱美文眼神一厉，又问："你俩什么时候在一起的？"

钱钱小声哼哼："也没多久……"

"没多久你们俩就……黑灯瞎火夜深人静在小花园里，干什么呢？！"钱美文瞪眼。

钱为民在一旁不住点头。就是！黑灯瞎火，夜深人静，干什么呢！

钱钱心里真是后悔，千不该万不该，刚才就不该抬头，她要不抬头，没准父母看不清人也就走了。不，她今天晚上就不该去那凉亭，不去凉亭就不会被撞见！甚至她就不该去吃那顿火锅，不吃撑他们也不会在校园里乱逛了……

然而木已成舟，火锅也吃了，凉亭也去了，该撞见的都撞见了。她把心一横，索性死猪不怕开水烫："也没干什么……这种事情……人之常情的嘛……"

"什么叫人之常情？"

钱美文眉毛往上一挑，还没来得及说什么，就听钱钱慢腾腾地说："我刚都听见了……你说你跟我爸年轻时候也这样……"

钱美文瞬间被噎住了。她又气又羞地剜了钱为民一眼，用眼神指责都怪你刚才乱说话。钱为民特无辜：那些话还不都是你说的？

"别扯开话题，"钱美文当惯了老师的人，还是很有控场能力的，"你俩到底什么时候在一起的？多久了？谁主动的？为什么没告诉我们？小韩他爸妈知道不知道？"

"您一下问这么多，我从哪儿开始答啊？"

"别打太极！"钱美文瞪她，"一个一个回答！先说在一起多久了？"

钱钱只得又低下头，老老实实地哼唧："三个月了……"

"都三个月了？！我说他小子怎么突然搬回来住，敢情就没安好心！"钱美文连连摇头，"为什么这么大的事你一直都不跟我们说？"

钱钱讪笑："这不是想等时机成熟了再说嘛……"

这下连钱为民都忍不住了："时机成熟？闺女，你们都这样了，还不叫成熟，你是准备成熟到什么份上啊？我跟你妈年纪大了，你可别给我们来个大惊喜。我们受不起这惊吓。"

钱美文连连点头。也就这种时候，这两夫妻难得地同心协力了。

钱钱愣了几秒才明白老爸说的大惊喜指什么，顿时脸颊发烫："你们想哪儿去了？不至于……"

钱美文翻了个白眼，又接着问："你们的事情，他父母知不知道？"

钱钱连忙摇头："他们不知道。就算等时机成熟了，我们肯定也先告诉您二老啊！毕竟您二老更开明……"

钱美文脸色稍霁，还是忍不住道："少学你爸油嘴滑舌！我跟你说，拍马屁也不行，这事儿你今天必须解释清楚……"

坐在一旁的钱教授再次躺枪，然而钱教授早已经习惯了，风轻云淡，万弹从中过，片弹不沾身。他还跟着帮腔："就是，解释清楚！"

此时此刻，韩闻逸正在家里抱着猫发呆。

招财一天没看见铲屎官了，不停用爪子拨拉铲屎官的手，想让铲屎官帮它顺顺毛。然而韩闻逸心思全然不在这里，被招财拨了半天才反应过来，开始漫不经心地撸猫。

他心想：隔壁现在在说什么呢？钱钱是什么心情？钱叔叔和钱阿姨会怎么想他？怎么说他？会反对他们交往吗？会要求钱钱跟他分手吗？

唉，他怎么就没长一双顺风耳好好听听隔壁的动静呢……

招财被撸舒服了，享受地闭上眼睛，喉咙里发出咕噜噜的声音。然而爽意刚上头，它却突然被人抱了起来。

才干活没两分钟的铲屎官将小主子放到地上，起身向外走去。招财诧异地追上去，用爪子扒拉铲屎官的裤腿，想让它回来好好干活。然而铲屎官全然没注意到它，径自走到玄关处，换了双鞋，开门出去了。

招财：喵喵喵！气死喵噜！！

钱钱家里，家庭会议还在召开。

“他以前谈过几个女朋友？发展到什么程度了？为什么分手？这些你都问清楚没有？”

“没有……我是说，他没有谈过女朋友。”

“小韩没有谈过女朋友？”钱美文满脸的不置信，“一个也没有？？真的假的？你不要被他骗了！”

钱为民啧啧点头：“就是就是。当初我跟你妈谈朋友的时候我也是这么说的。这种话听听就算了，不能当真的！”

钱钱眼珠一转，逮到了转移矛盾的机会，立刻追问：“爸，那你在我妈之前到底谈过几个女朋友？”

“呃……”钱为民皱皱眉，“这种老皇历的事情还谈它干吗？我这是在教你做人不要太单纯，不要被人骗。”

钱钱死咬不放：“那你到底谈过几个？”

“三个？五个？十个？”钱钱故作吃惊地睁大眼睛，“还是二十个？！”

“哪有那么多！”钱为民急了，“就两个而已……”

“两个？妈你相信吗？”钱钱猛地扭头看向钱美文，加大火力挑拨离间，“我觉得我爸这个人不老实！你可千万别被他哄骗了！”

钱为民从老婆那里得到了一个充满狐疑的白眼，心里顿时懊悔不迭：干吗自己给自己挖这么一个坑啊？图什么啊！

钱钱的挑拨离间之计小小地成功了一下，可惜今天晚上钱美文和钱为民今天晚上脑子还是很清醒的，很快就把矛盾焦点放回到她身上。

“你爸的账我以后再跟他算！”钱美文不再走追问路线，而是改成了语重心长路线，“我们不是反对你们，你也二十二岁了，是该找对象的年纪了。我们是担心你，怕你吃亏上当知不知道？”

钱教授自动无视了第一句话：“你妈说得对，你好好听听！”

夫妻俩一唱一和，跟说相声似的。

“小韩那个孩子，脑瓜子多少机灵？”钱美文忧心忡忡地看着女儿，眼神充满了关爱，“你说你傻乎乎的，被他欺负了怎么办啊？”

“还有他们家里，哪个人好相处？你……”

钱美文话还没说完，外面门铃声突然响了，打断了他们的谈话。

钱美文起身去开门："谁啊？"她走到猫眼跟前一看，看到站在门外的韩闻逸，微微一怔。片刻后，她把门打开了。

"钱阿姨，钱叔叔。"韩闻逸先向钱美文鞠躬，又向屋里的钱为民鞠躬。最后他的目光停留在坐在沙发里一脸小媳妇样的钱钱身上。

"抱歉，很冒昧地打扰……"他顿了顿，问道，"叔叔阿姨，我现在可以进来吗？"

钱美文和钱为民面面相觑。他们还想跟钱钱好好说道说道，但他们又不好意思把韩闻逸拒之门外，再怎么说都是二十年的邻里邻居。终于，钱美文点头许可："你进来吧。"

韩闻逸连忙换鞋进屋，走到钱钱身边。钱钱仰着头诧异地看着他，小声问："你怎么来了？"

韩闻逸小声回答："我来陪你。"他在钱钱身边坐下，跟她一样乖巧地将两手放在膝盖上，面对对面的钱家二老。

钱钱一个人应对父母两个，感觉很头大。身边有了个韩闻逸，她确实感觉安心了不少。

钱家二老你看我，我看你，又看看对面两个小年轻，一时间不知道该说什么。对着韩闻逸，他们不好意思像刚才训钱钱那样训。

韩闻逸知道此刻相见必然会尴尬，也知道钱为民和钱美文心里必定有许多质疑、不信任、不放心等等。而钱钱和她的父母需要单独的交流、很长的交流才能将一切解释清楚。但是在钱钱一个人面对那些之前，他想他应该站出来表明他的态度。

或许他的一个态度，能让钱钱少耗费许多口舌。或许他的一个态度，能让为人父母者少一些担心。

"叔叔，阿姨。很抱歉没有及时让你们知道。我和钱钱在交往，已经有三个月的时间了。"他一边说，一边默默地握住了身边的钱钱的手。说实话，他其实有点紧张，他怕钱美文和钱为民会反对，他的手心里已经都是汗了。

钱美文和钱为民诧异地看着韩闻逸。

这个孩子也是他们看着长大的，在他们的印象里，这孩子虽然乖巧懂事，但却比较冷漠。而且他身上有一种不像是个晚辈的疏离感。哪怕在他多年留学回国之后，他似乎比年少时友善温和了许多，可也许是因为他过于成熟，也许是因为他工作上的成就，他给人的感觉依然是疏离的、难以亲近的，甚至是高高在上的。

而这好像是他们第一次看到韩闻逸真正像个没经历过风霜的年轻人那样，谦卑、拘谨、却又殷切、激动。

“我希望钱钱会是我生命中最长久陪伴我的那个人，”他的呼吸不是那么平稳，可说出来的话却掷地有声，“我会一直对她好，不欺骗她，不欺负她，不伤害她……叔叔阿姨，给我一点时间，我会证明给你们看的。”

钱美文和钱为民都愣了。

钱钱怔怔地看着他，紧接他话语的是自己胸腔里扑通扑通鲜活的跳动声，她久久说不出话来。

“爸，妈，我送他回去哈。”钱钱踢下拖鞋，迅速蹬上凉鞋。

“送他？”钱美文无语地翻翻眼皮。“就两步路，有什么好送的？”

“哎呀，送两步路也是送嘛！”钱钱已经把家门打开，推着韩闻逸往外走。

关上房门之前，他们听见钱为民在里面喊：“送到家门口就行了啊！大晚上的，别再去小花园了……哎哟！”——最后叫的那一下，是可怜的钱教授因为多嘴被老婆拧了胳膊。

钱钱和韩闻逸愣了一愣，忍俊不禁地笑了起来。大晚上楼道里没有别人，下一秒，钱钱就扑进韩闻逸的怀里，紧紧搂住他的脖子。

“呼……”韩闻逸松了口气，收紧胳膊，把下巴抵在钱钱的头顶上，“刚才好紧张啊，我现在心跳都好快。”

钱钱一愣，通过紧贴的胸膛能感受到他的心跳确实快得不寻常。她还以为韩闻逸永远天不怕地不怕，再大的麻烦都能处变不惊，没想到他也有紧张的时候？她忍不住道：“紧张什么？你跟我爸妈不是整天抬头不见低头见的嘛？”

“以前见面，我只是个邻居家的孩子。这是我第一次以毛脚女婿的身份上门，怎么可能不紧张？”毛脚女婿是上海话里未转正的准女婿的意思。

钱钱顿时脸上一热，轻轻踢了他一脚：“什么毛脚女婿，扯哪儿去了！”

韩闻逸一脸无辜。

两人慢慢往韩闻逸家门口走，步子迈得又小又碎。明明就几米的路程，硬是走出了小路漫步的感觉。然而无论怎么慢，就这么点路，没过一会儿还是走到了。

“送到了。”钱钱依依不舍地松开一根手指，两根手指，三个手指……

韩闻逸舍不得跟钱钱分开，表情可怜兮兮的，像一只即将被主人抛弃的狗狗：“要不……我们再去小花园逛逛？”

虽然她也很想再跟韩闻逸腻歪一会儿，但如果他们现在真的再去逛一趟小花园……这就真的有点过分了。可以想见，回家以后迎接她的必定是新一轮狂风暴雨般的批斗大会。

钱钱松开一根手指，韩闻逸又牵上一根；钱钱再松开一根手指，韩闻逸又再牵上一根。他们像是在玩什么幼稚园小朋友玩的游戏一样。

不多久，走廊里的声控灯暗了，整个过道变得一片漆黑。

钱钱终于将五只手指都松开了，她依依不舍，慢慢地往后退：“我回家了喔。”

她说话的声音很轻，没有弄响声控灯，也没有听见韩闻逸掏钥匙的声音。

黑暗中，她慢慢地一步一步往后退。

忽然，她的手再一次被牵住。旋即，一股很大的力量将她拉了回去，她先是撞进一个温暖的怀抱里，然后她又被轻轻推到墙上，一只柔软的手垫在她的后脑与墙壁之间。韩闻逸既温柔又野蛮地吻住了她，另一只手不安分地从她的衣服下摆伸进去，在她后腰游走，并绵延向上。

黑暗中突如其来的被侵略感让她的肾上腺素狂飙，心跳几乎要破膛而出。她像是一个溺水的人，一阵慌乱之后，她没有挣扎和抗拒，而是紧紧抱住韩闻逸，仿佛那是她唯一的救命稻草。

良久，残存的理智让韩闻逸停了下来。两人额头相抵，呼吸粗重。

“钱钱……”他抓起钱钱的手，按到自己的心口上。“我们永远在一起好不好？”

钱钱什么都没说，用力地点了几下头，然后再次把头埋进他肩窝里。管它回去以后会不会被骂了，反正现在，就是不要分开！

钱家里。

钱钱和韩闻逸离开家门，钱为民望着合上的大门，不由得感慨，“这小子……还是有一点我当年的风范的嘛。”

“你的风范？”钱美文好气又好笑地斜了他一眼，“你可省省吧！”

“我怎么了？”钱为民不服气，“我当年可不比他差吧？”

“甜言蜜语是不比他差。”钱美文哼哼，“也就甜言蜜语了……”

钱为民也没真想跟韩闻逸比。这差着辈分呢，有什么好比的？只不过刚才的情形让人忍不住又回想起一些青春年少时的记忆罢了。他感慨道：“小韩这孩子还是不错的，毕竟是我们看着长大的，知根知底，人品、能力都没的说。我看他也是真心喜欢咱闺女的。”

钱美文点点头。她刚才对着钱钱问了那么多，并不是想反对他们交往，主要还是担心钱钱受委屈。刚才韩闻逸上门表态，说的那些话很动听，他们没有完全当真——倒不是怕那小兔崽子说谎哄人，只不过恋爱中的人说的话多少是含点水分的，他们都是过来人，这点儿他们心里有数。实际上日子怎么过，那还得接着往下看——但不得不承认，韩闻逸诚恳的态度，让他们的担心减轻了许多。

过了一会儿，钱美文叹了口气：“小韩这孩子是不错。可他爸妈……你说，他们会满意我们钱钱吗？”

这个问题让钱为民沉默了。

其实钱家和韩家的关系是很不错的。钱教授和韩教授同是一个大学的教授，钱美文跟林佩蓉是中学同学，两家还是这么多年的邻居，再有缘也不过如此了。这些年下来两家人的矛盾不能说没有，但总的来说，还是好的时候多。钱美文以前没少帮忙到腾不出手的韩家人去缴个水电煤、物业费之类的，钱为民家里饺子包多了、水果买多了，也经常给隔壁送去一份；韩家人呢？也一向很大方。钱美文用的唯一比较贵的几套护肤品都是林佩蓉送的，韩爱国也给钱为民送过几套奢侈品，只是钱教授都没舍得穿戴用，还是喜欢穿着自己那件破洞小背心到处跑。

但有时候，人与人之间的关系不能简单地用一句好或者不好、喜欢或者不喜欢来概括。钱美文和钱为民，他们固然很钦佩韩家夫妻的能力和眼光，但对他们为人处世的一些地方也有微词。至于韩家父母对他们钱家的看法，肯定有好的地方，但有些人家没说出口的东西，他们也隐约察觉得到。两家人能够做好朋友和好邻居，却未必能成为很好的亲家。

过了一会儿，钱为民搂搂钱美文的肩膀，又恢复了那副乐呵呵的样子："嗐，别想那么多了。姓韩的那小子要是连这点事情都处理不好，咱家钱钱也不稀罕他！"

钱美文用力点点头："就是！反正不能让钱钱受委屈！"

夫妻俩聊了一会儿，钱为民忍不住打了个哈欠。他有点犯困了。他回头看了眼墙上的挂钟，这才发现时间已经很晚了。而钱钱到现在还没回来。

"跑哪儿去了啊？"钱教授又心塞了，"不会真的又去逛小花园了吧……啧啧，现在的年轻人真的是……"

翌日清早，钱钱换上运动装下楼，韩闻逸已经在楼下等她了。两人一起向操场走去。

"昨晚你爸妈后来还说什么了没有？"韩闻逸问道。

"你来过之后他们就放心多啦。"钱钱说，"后来也没再说什么，叮嘱了我两句就让我去睡觉了。"

"叮嘱你？叮嘱什么？"

兴许是第一次曝光恋情的画面太刺激，以至于钱美文和钱为民一直在叮嘱她女孩子还是应该矜持一点。实在情到浓时，也千万注意做好措施，别搞出未婚先孕什么的……

想到这些，她不由得老脸一红，连连摆手："哎呀，没什么，就随便唠叨唠叨。"

只要钱钱的父母不反对，韩闻逸就很松了口气了。他也没指望钱钱的父母立刻举双手双脚赞成，有些东西，他会用时间和行动来证明的。

晨跑完，钱钱换了身衣服，随便扒拉了两口早饭就赶紧下楼了，因为今天韩闻逸说要早点去公司上班，他们得把资料都准备好，发给武大间的投资顾问。然而她在楼下等了几分钟，韩闻逸一直没下来，她忍不住拿起手机给韩闻逸打电话。

不一会儿，韩闻逸匆忙地从楼道里跑出来，怀里还抱着招财。平日里招财都活蹦乱跳的，两只又大又水的眼睛充满了灵气。这会儿眼睛却半睁半闭，一副萎靡不振的样子。

钱钱吓了一跳："招财怎么了？"

"生病了。"韩闻逸神色凝重，"平时它都天不亮就醒了，今天我起来的时候它还趴着，我还以为它在睡觉。结果刚才回家发现它居然又呕吐又腹泻。"

"啊，那怎么办？"

"你帮我送招财去宠物医院看看医生好吗？"韩闻逸说，"我上午有很多事情要做，还要弄投资的事情，忙不过来了。"

钱钱连忙点头，伸手把招财接过来："交给我吧！"

招财被韩闻逸喂养得很好，已经有十来斤重，抱在怀里沉甸甸的。它很乖巧，躺在钱钱怀里完全不挣扎，柔弱的小表情看得钱钱心都要碎了。

韩闻逸先开车把钱钱和招财送去了宠物医院，然后才开车去上班。

整个上午，钱钱一直陪着招财在宠物医院做检查。好半天，医生检查完出来了，钱钱忙紧张地迎上去："医生，招财怎么样了？"

刚才她等待的时候上网差了很多资料，猫咪呕吐和腹泻有可能是一些严重的疾病的并发症，比如尿毒症、肾衰竭、肝炎……看得她简直心惊胆战。

“它得了急性肠胃炎，可能是吃错东西了。没什么大问题，回去以后按时给它吃药，注意它的饮食，过段时间会痊愈的。”

钱钱这才松了一口气。

陪招财治完病，她本想把招财送回家去。然而又想起早上韩闻逸走得匆忙，没给她家里的钥匙，她回去了也进不了门。何况招财现在病恹恹的，把它一只猫留家里也不放心。考虑再三，她拎着猫篮带着招财一起上班去了。

回到事务所，正好是午休时间。她刚进办公室，就撞上刚吃完饭回来的郑佳。郑佳看见她手里提这个大篮子，吓一跳：“这是什么？”

钱钱把布揭开，露出里面毛茸茸的一角。

“哇！”郑佳顿时心都要化了，“这就是老大的猫吗？”韩闻逸上午帮钱钱请了半天假，说明了是带他的宠物去治病。

钱钱点头：“是不是很漂亮？”

“萌翻了！”郑佳作为事务所的大管家，平日里的形象简直是个霹雳女强人，有时候连韩闻逸和夏见灵都要听她的话。然而霹雳女强人在美貌的布偶猫面前，瞬间化身成了星星眼的猫奴。

很快，全办公室的人都围过来了。

“啊啊啊啊啊，太美了，太美了，太美了，太美了……

“这是谁养的仙女猫？好想抱回家啊！”

“是老大养的。”

“这是师父的猫？”刘小木忍不住在心里默默想：韩闻逸果然有一颗隐藏的少女心啊……

招财经过早上的治疗以后已经恢复了一些精神，此刻趴在钱钱的怀里，一脸淡泊安详，仿佛一个出尘绝世的大美人。它漫不经心地舔了下爪子，整个办公室顿时一片倒吸冷气声，无数人血槽被清空了。

肖巴坐在钱钱旁边，摸了摸招财的尾巴，问道：“它叫什么名字啊？”

钱钱回答：“招财。”

大家的表情跟钱钱刚得知招财的名字时简直如出一辙。给这么漂亮的小仙女取名叫招财，缺不缺心眼啊？韩闻逸怎么回事？

唯独越明宇听到这个名字的时候愣了一下，诧异地看着钱钱。

不一会儿，韩闻逸也吃好饭回来了。招财看到他，可怜兮兮地“喵”了一声，向他走过去。韩闻逸忙心疼地把招财抱起来。钱钱跟韩闻逸说了宠物医生的诊断，韩闻逸听完哭笑不得。

“急性肠胃炎？”他轻轻弹了下招财的鼻子，质问，“小浑蛋，以后还敢偷吃吗？”

招财喵喵叫着把头缩进韩闻逸怀里蹭他。

这只布偶猫从名字到性格都非常犬系，别人家的猫各种挑食，猫粮不贵不肯吃。但招财却不是这样，它一点都不挑嘴，给什么吃什么，谁给都吃。平日韩闻逸都很注重招财的饮食健康，但耐不住招财自己嘴馋，经常在家里翻箱倒柜，还会拆包装。有一次韩闻逸买了包牛肉干回家，明明已经放在冰箱里了，也不知道怎么让招财给挖出来的。他出门上个班再回来，牛肉干撒了一地，招财已经吃得肚皮滚圆。这让它怎么不长胖？

韩闻逸拿它没办法，只能泄愤似的胡撸了几下，抱回办公室去了。

午休结束，肖巴来他办公室的门。

韩闻逸抬头：“进来。”

“老大，我刚给你发的文件你看了没？”

“看了，正给你写回信呢。”

“不用写回信啦，有什么问题你直接跟我说吧。”

“哦，也行。那你过来看看这个……”

韩闻逸跟肖巴如此这般说了一会儿，肖巴嗯嗯啊啊不停点头。韩闻逸问他：“你觉得这一条应该怎么改才好？”

“嗯嗯嗯。”肖巴答非所问地点头，“老大说得对。”

韩闻逸这才发现肖巴虽然在跟他说话，目光却一直花痴地盯着趴在一旁的招财。敢情这小子是找借口跑进来吸猫来了。他好笑地摇摇头，“算了，我还是给你发邮件吧。等会儿自己回去看邮件。”

“嗯嗯嗯。”肖巴又是一阵疯狂点头。过了一会儿他才反应过来韩闻逸刚说了什么，顿时露出了不好意思的表情，“呃……老大……”

韩闻逸没生气。猫奴的心情他能够理解，何况招财讨人喜欢，他也挺高兴的。他踩着地向后蹬，带轮子的椅子向后滑了几寸，他的腿伸直成一个斜坡。他拍拍自己的大腿：“招财，上来。”

招财又听话又聪明，马上顺着他的长腿爬了上去，在他的大腿上躺下。韩闻逸温柔地摸着它的脑袋，并且大方地示意肖巴也可以摸一摸。

肖巴摸到招财那油光水滑的毛，激动得两眼发光：“招财？招财……哈哈，听起来好像在招钱钱哎！”

肖巴说完之后，觉得很有意思，自己哈哈笑了几声。笑到一半，他的笑容僵在脸上。他想起钱钱说过韩闻逸和夏见灵都不喜欢别人开他们男女关系的玩笑，上次他嘴贱，就招致了两位上司的不满。要不是钱钱帮忙，他差点吃不上夏见灵做的小点心。

他心里顿时懊丧不已。他怎么就管不住自己这张嘴，老说些得罪领导的话啊？

“老大，对不起！”肖巴赶紧战战兢兢地道歉，“我就开个玩笑，你别介意啊……”

“介意什么？你没有说错啊。”韩闻逸充满怜爱地挠挠招财的下巴，微笑着表扬他，“你还挺聪明的。”

肖巴脸上的表情再一次定格了。

“What？”

“What！！”

肖巴梦游似的从韩闻逸的办公室出来，从刘小木桌子前经过。刘小木漫不经心地一抬头，顿时被肖巴脸上那副魂飞天外的表情吓到了。

“八哥，你还好吧？”刘小木担心地问道。

肖巴停下脚步，双眼无神地看着他。

刘小木拿手在他面前招了半天，才把他的三魂七魄召回来一点：“你没事吧？”

肖巴咽咽唾沫："小木……"

"啊？"

"我问你个问题……"

"什么？"

"如果你有一个喜欢的姑娘A……姑娘A有一个同事B，同事B经常在姑娘A的面前说你和另一个女人C是一对，B还信誓旦旦告诉A说你跟C已经结婚了……"

刘小木的嘴张成O形。

肖巴欲哭无泪："如果你知道了这些事，你以后会怎么对待这个同事B？"

刘小木无语："这个B……是2B的意思么？"

肖巴咽下一口老血，"你就当是这个意思吧。"

刘小木用怀疑的目光上下打量他。作为韩闻逸的好徒弟，他差不多也是办公室里最了解韩闻逸的人之一了。他稍稍一联想，就大概猜到肖巴口中的ABC都是谁了。他拍拍肖巴的肩膀，同情地建议："剖腹谢罪吧？"

可怜的八哥同学踩着小内八嘤嘤跑走了。

肖巴进了卫生间，上完厕所出来洗手，看见镜子里自己，想起刚才在韩闻逸办公室里的对话，他简直恨不能一头撞死！

原来老大喜欢的人是钱钱！要是让老大知道自己平日里是怎么拖他后腿、帮他倒忙、反向助攻的，老大一定会打爆自己的狗头的！

"你这张讨嫌的嘴……整天胡说八道……就你爱惹事……"

肖巴恨铁不成钢地指着镜子里的自己嘀嘀咕咕，又用手去捏镜子里的自己的嘴，恨不能把它缝上。在旁人看来，他就像是在跟镜子较劲。

神经病似的折腾了一会儿，他懊恼的情绪总算发泄得差不多了。拍拍手，准备回去干活。然而他一转身，就看见了站在厕所门口面无表情看着他的越明宇。

这一幕，是多么的似曾相识，只不过当时他在这里，他在那里。而现在，他在那里，他在这里。

唯一不同的是，越明宇比肖巴淡定得多，他并没有露出惊恐的表情，只是轻轻嗤笑了一声，就很自然的进来洗手了。这让恨不能找条地缝钻进去的肖巴心里宽慰了不少。

“小明……”肖巴用难兄难弟般的眼神看着越明宇，心里完全放下了往日的成见，亲切地拍拍他的肩膀，想要就此化敌为友。他发自内心地感慨道，“我发现我们两个人真的很有缘！你说这一切是不是都是命中注定？要不然我们……”

他还没说完，就听见越明宇倒吸了一口冷气！

小明同学脸上淡定的表情瞬间裂开，满脸惊恐地连退三步，水龙头都没关，撞鬼似的跑了。

两个男人刚刚建立起来的脆弱友谊就这么迅速地破灭了。

武大问的办事效率非常高，韩闻逸把准备好的资料都发过去，那边迅速地审完了，顺便还把接手马千万投资的事情也都谈妥了。

大方向确定以后，韩闻逸跟武大问又找时间约了见面，确定合作的方案细节。

韩闻逸问武大问：“武总，我能不能问一下，你为什么愿意投资我们事务所呢？”

武大问微微一怔，旋即哈哈大笑：“这个问题我要是回答不好，韩老板是不是就不收我的投资了？”

“不是，我很感激武总的帮助。只是因为事情发生得突然，所以我有点好奇罢了。”

武大问想了想，说：“我这几年除了公司的事情之外，一直在做公益慈善，韩老板知道吗？”

韩闻逸点点头。他之前在搜索引擎上一搜武大问的名字，就找到了很多武大问做公益事业的新闻。

武大问笑笑：“我做慈善，原因挺多的，事业上的需要也有，个人的原因也有。最主要的一个原因，是我心里……怎么说呢，空虚吧。韩老板知道，我这个人实际上毛病很多，别看我管一个大公司，其实我连我儿子都管不好。说本事和能耐，我肯定有点，但能获得现在的成功，不光是我自己的本事有多大，其实是我得到的、消耗的社会资源比人家多。”

“我享受了社会红利，也希望自己能做点对社会、对别人有益的事情。要不然受之有愧，我晚上睡不踏实。”武大问说，“我现在是发现，人除了吃饱穿暖，心里头那些事儿也挺重要。这件事有意义，我就愿意去做。”

他和其他所有投资人都不一样，他没有问过韩闻逸是否打算用他的名气来拓展业务，他连想都没有想过要利用十二事务所的影响力去创办培训、演讲之类能来快钱的机构。他唯一关心的是韩闻逸有没有打算把心理咨询事务所的规模办得更大一点，可以接待更多的来访者，给更多人提供咨询服务。

韩闻逸说：“武先生，我很钦佩你。”做大事的人，往往都是谦逊的，这一点在武大问身上得体现很到位。

武大问连忙摆摆手：“嗐，哪里的话。其实我听说过韩老板的家世，以你的家世和才学，你也可以做很多其他事，但是你选择了做这行。说起来，你也是一样的吧？”

韩闻逸沉默片刻，微微一哂。他最初选择心理学，是抱着为自己答疑解惑的目的，也只是作为第二专业去选修的。可他真正决定放弃金融，把心理咨询当作自己的职业，是在他大学里参加了社区的义务咨询服务之后。他想对他来说，在这里他能做的有意义的事情，比在金融业能做得更多。

片刻后，他伸出手跟武大问握手：“武总，合作愉快。”

“合作愉快！”

谈完公事，韩闻逸驾车准备离开。车刚发动，手机铃声响了。他拿出来一看，来电人显示“林佩蓉”。他接起电话。

“喂？”

“闻逸，”林佩蓉开门见山，“你周末有时间没有？我可以给你介绍一家上市公司的股东。”

“我周末有时间……”韩闻逸说，“不过股东就不必介绍了。”

“为什么？”林佩蓉疑惑，“你拉到投资了？”

“嗯。”

“啊……”林佩蓉略有些惊讶，“好的，我知道了。”

她正准备挂电话，却听电话里又传来韩闻逸的声音。

“妈，周末我们一起吃饭吧？”他顿了顿，说，“我带我的女朋友一起来。”

林佩蓉捏着手机愣住了。

晚上下班以后，钱钱没有直接回家，而是先去了韩闻逸家。

韩闻逸正在给招财喂晚饭。他在猫饭盆里装了招财最爱吃的高级猫粮，推到招财面前。若搁在以往，招财早就扑上来狼吞虎咽吃个精光了，然而这次它竟然只是过来闻了闻，就一脸嫌弃地走开了。

他不死心地把猫饭盆端过去，再次放到招财面前。招财转了个圈，拿屁股对着猫饭盆。他再端，招财再转，很有气节，说不吃就不吃。

钱钱看他折腾了半天也没成功，建议道：“要不换一种猫粮试试？”

“没用的。”韩闻逸败下阵来，气馁地往地上一坐，“它鼻子灵得很，这几天换好几种猫粮了，牛肉鱼肉鸡肉也都试过了。不管换什么它都能闻出药味。”

招财平日里吃什么都不挑食，偏偏得了肠胃炎，要吃药了，却开始挑嘴了。它一闻出药味就不肯吃，无论铲屎官把药混在什么它平时最爱吃的美食里，它都闻一下掉头就走。然而不吃药它的病就不能好，就算塞也得给它塞下去。

于是钱钱跟韩闻逸又是抓又是哄，招财一会儿上演哪吒闹海，一会儿又演烈女守节，戏码一出接着一出来。两人折腾了老半天，小祖宗可算是勉为其难地把药吃了。两个人伺候完小祖宗都累得够呛。可事情还没完呢，这几天招财经常吃完就吐，呕吐就说明它的病没好全，要是它把药都给吐了，药就白吃了。他们又监视了招财好一会儿，确定它吃饱以后活蹦乱跳，没吐也没拉，这才松了口气。

韩闻逸累得倒进沙发里，发自内心地感慨道："养个孩子真不容易啊。"

钱钱顺着他的话想了想，也觉得很恐怖。养个猫尚且如此，以后养个孩子还不得累瘫了？她顿时不寒而栗："还是三十岁以后再考虑养小孩的事吧。"

韩闻逸摸着下巴沉思片刻，点头表示赞同，一本正经道："我同意，还是二人世界好。三十岁以前我们可以尽管享受过程，不用急于获得成果。"

她愣了三秒才反应过来韩闻逸的意思，顿时满脸飞红，一脚朝韩闻逸踹过去："去去去，一边去！"

韩闻逸顺势捉住她纤细的脚踝，轻轻一拉，钱钱失去重心，直接扑进他怀里。

两人在沙发上闹了一会儿，闹得累了，韩闻逸在沙发上躺下，把头枕在钱钱的大腿上，软绒绒的短发在她大腿上散开。她心里痒痒的，忍不住开始抚摸他的头发。

"对了，你这周六中午有时间吗？"韩闻逸问道。

"周六？"钱钱专心致志地玩着他的头发，漫不经心地回答，"有啊，怎么啦？"

"跟我爸妈一起吃顿饭吧？"

钱钱手一抖，从韩闻逸头上拽下两根头发来，痛得他"嘶"地倒吸一口冷气一声。

他揉着被弄痛的头皮，见钱钱一脸惊悚相，好笑道："你这什么表情？"

"为、为什么一起吃饭啊？"钱钱磕磕巴巴地问道，"几个人啊？"

"我、你，还有我爸妈，就四个人。"韩闻逸仰头看着她，"我跟他们说，我谈恋爱了，想把我的女朋友正式介绍给他们认识一下。所以约好一起吃饭。"

她半天没说话，韩闻逸伸手揉了揉她僵硬的脸："要见未来公婆了，紧张啊？"

钱钱惊恐地点头。

"有这么可怕吗？我不也刚跟你父母见过？我表现还行吧？"

“废话……”钱钱从牙缝里挤出两个字来。“你跟我爸妈整天抬头不见低头见，你当然不怕。我跟你爸妈一年见不到两次面，那能一样吗？”

别说这几年韩家从家属楼搬出去了所以他们见面少了，就是搁小时候，韩爱国和林佩蓉也是整天神龙见首不见尾的。所以那时候钱钱才能老是跑到韩闻逸家里找他玩。韩家的父母对钱钱来说，只能说是印象比较深的邻居和长辈，熟悉还真算不上。

韩闻逸笑了笑:“没关系啊,别说你,我跟他们一年也见不到几次面的。”

这个安慰并没有让她觉得好受一点。

过了一会儿，她又忍不住问：“话说……你爸妈看到我会说什么？他们会不会不喜欢我？会不会让我跟你分手啊？”

“想什么呢？”韩闻逸抬眼，“我爸妈不喜欢你，丢出一张数额一千万的卡，让你离开他们儿子？”

钱钱听到一千万这个数字，眼睛瞬间睁圆了。看这表情，还挺心动的样子。

“嘿！”韩闻逸好气又好笑，“一千万你就不要我了？”

钱钱露出了痛苦挣扎的表情。一千万还是韩闻逸？这真的很难选啊！

韩闻逸轻轻弹了她额头一下，“少在那儿胡思乱想。”

钱钱捂住额头，惋惜地摇头。看来一千万是没戏了。

韩闻逸拉起她的手，摩挲着她的手指，缓缓道：“我带你去见我爸妈，不是为了让你讨他们喜欢……而是……怎么说呢……”

他很少有词穷的时候，但是现在他确实不知道该怎么描述他的想法。良久，他笑了一下：“反正，就是带给他们看看。有这么漂亮的女朋友，我想让他们知道。”

钱钱怔怔地看着他。这种说法很奇怪，但她又好像有点明白。

气氛一时间陷入了沉默。

过了一会儿，韩闻逸忽然叫道：“钱钱……”

“嗯？”

“我是不是很少跟你说我爸妈的事？”

“不是。”钱钱托着腮故作认真地思考了一会儿，“不是很少。是从来没有说过。你口风超紧的。”

从小时候开始，她跟家里人吵架了、闹矛盾了，或者是发生了什么有趣的、开心的事情，她都会来找韩闻逸说。可是这么多年来，她从来没有听韩闻逸主动提过关于他的父母的事，无论好还是不好，都没有。

“什么口风超紧……”韩闻逸失笑。

他调整了一下躺在钱钱大腿上的位置，找到一个更舒服的姿势枕好。这是一个很好的契机，他很有冲动说点什么。

“宝宝。”

“嗯。”

“你记不记得小时候你经常跟我说，你很羡慕我，羡慕我很自由？”

“记得……好像每年寒暑假我都会这么说。”

她以前真的很羡慕韩闻逸。作为一个双教师家庭的孩子，她从来没有享受过一个自由的寒暑假。她放假，老爸老妈比她更早放假。他们天天待在家里，管她吃喝管她作息，简直比平时管得还多！天知道她多想能一个人自由潇洒地玩几天，可惜根本没有这样的机会。她每次去韩闻逸家，看到韩闻逸家里没有大人在，羡慕得眼睛都发红。他一个人在家，就能想干吗干吗，多开心啊？多自由啊？

“你每次这么跟我说的时候……其实我想说，我也很羡慕你。”韩闻逸轻声道，“每次我路过你家门口，你家里都很热闹……真的，我很羡慕。哪怕你们是在吵架，可我连想吵架，都不知道应该找谁去吵。家里连个说话的人都没有。”

钱钱怔住。这些话她从来没有听韩闻逸说过。

“我爸妈工作都很忙，你知道。我爸除了在学校当教授，还在外面开咨询公司。我妈的工作整天全世界到处飞，出差应酬多到数不清。在他们的心里事业才是第一位的，家庭不是……我更不是。不要说第一位，我甚至很怀疑，他们心里到底有没有我的位置……”他顿了顿，自嘲一笑，“我记得有一年我过生日前的一个晚上去找我妈，问她我生日那天她会不会跟我一起吃晚餐。她答应我说会的。然后她接了个电话，她有一个客户的儿子跟我同一天生日。她就在我面前接的电话，她毫不犹豫地答应去参加那边的生日晚宴……然后，那天她连一句生日快乐也没有跟我说过。”

钱钱不知道该说什么。她有时候的确会烦自己的父母，甚至希望他们有时候如果不在会更好。但她希望他们在的时候，他们都在她的身边。

“很长一段时间里，我曾经怀疑过……”韩闻逸说，“是不是我做错了什么，或者，是不是我不讨人喜欢。”

“怎么会！”钱钱脱口而出地反驳，“如果你都叫不讨人喜欢，还给不给别人留活路了？”

韩闻逸笑了笑。他没有跟钱钱争论他是否讨人喜欢这个话题，那是他年少时的困扰，现在他并不需要靠别人的反驳来自我证明了。

他拉起钱钱的手，盖在自己的脸上：“小的时候我会难过。我很努力地学习，生活，我希望如果我做得更好，他们就会多爱我、多关注我一点。后来年纪大一点，我觉得我不在乎了，他们不喜欢我，我也不喜欢他们。我可以独立生活，我不需要他们，我甚至不需要任何人。”

钱钱想起那时候的韩闻逸，他总是清清冷冷的，礼貌地疏远所有人。那时候她就看得出他心里其实不快乐，她也试着做了很多事，让他能高兴一点。现在想起来，她依然觉得心疼。她弯下腰，跟韩闻逸脸贴脸。

韩闻逸笑着摸摸她的脸：“那也是以前的事情。现在我的想法又不一样了。”

他没有说他现在的想法变成了什么样，而是忽然岔开话题，说起了另外一件事：“最近我在给招财买新的玩具，然后我突然想起一件事。我想起我小的时候，我爸经常会给我买航模、车模之类的模型，很酷炫，也很贵，他买了很多，只要他经过商场看到除了新款，他就会买回来给我。但说实话，我对这些机械模型不是很感兴趣，我宁愿看书、运动也不想花时间去组装那些细碎的零件。”

钱钱以前的确在韩闻逸屋里看到过不少模型，她还以为男孩子都喜欢玩那些。原来喜欢那些的不是韩闻逸，而是韩教授？

“我不知道我爸为什么喜欢给我买那些东西。直到有一次我放学回家，看见他站在我房间的柜子前，对着那些模型发呆。可能那天他的心情很感慨，所以他跟我说了件事。他说他小时候家里很穷，也没有现在那么多高级的玩具。他在我这个年纪的时候，曾经在商店里看到一艘木船模型。那时候他特别喜欢，但是他买不起。可他真的很想要，于是他花了三个月的时间想办法赚钱。等他终于攒够钱再去商店的时候，发现那艘模型已经被人买走了……”

“如果他当时买到了，也许他早就忘了这件事。但是就因为他没有买到，这件事成了他心里的一个结，直到他做了父亲，他还在弥补当年的这个亏欠。他把我当成小时候的他。”

钱钱皱眉：“可是你不喜欢……”

“对。其实那时候我听完他说的这个故事，我很反感，我觉得他这么做只是在满足他自己。他根本不在乎我喜欢什么，我想要什么。我那天甚至很愤怒，我让他把那些东西都搬走，不要来占用我的空间。”

韩闻逸停顿了片刻：“我愤怒，是因为我觉得他是故意这么做的。我觉得他们都故意无视我的感受，都故意看不到我的努力和成就……我认为他们是故意伤害我，让我难过。但我现在不这么想了。”

他笑了笑：“每个人活在这个世上，都有做不来的事情，我们都在按照自己习惯的理解方式去做事……我爸妈以前家里条件都不好，也许他们吃过苦，发过誓。我相信我爸买那些模型给我，是希望让我不要经受他曾经经受过的委屈和痛苦……我相信其实他是爱我的，用他自己的方式。就好像如果将来我有了自己的孩子，我不会那么在乎钱，我会给孩子更多的陪伴和关怀。但我也不能保证，我给的，就是孩子想要的。”

钱钱怔怔地看着他。她也曾想过很多次，如果有朝一日她长大了，她有了孩子，她会给孩子更多自由，她绝不要唠叨，不要争吵……可她没有想过，钱美文和钱为民在她这个年纪的时候，他们是什么样的呢？他们那时想要成为什么样的父母？也许他们也是在用他们理解的方式，给她他们所能给的最多的爱。

“我相信他们只是在某些方面不擅长，而不是故意让我难过。”韩闻逸轻声道，“他们不是完美的父母，我也不是完美的儿子……”

钱钱什么都没有说，轻轻蹭他的脸颊。韩闻逸或许不完美，但他真的很温暖。他努力尝试着去理解所有人。

韩闻逸侧过脸，吻了吻她的唇角。

过去的那些对他来说都已经不重要了。他已经不再是当初那个期盼着温暖与关怀却又无能为力的少年了。现在，他已经有能力去爱别人了。

所以他带钱钱去见他的父母，并不是为了让她讨她们的欢心和许可。他是在试着走出和解的那一步。

他爱钱钱。而现在，他希望能让他的父母知道，他也爱着他们。

转眼到了周末。钱钱起了个大早，晨跑完就回家去了。即使韩闻逸说过她不用讨他父母的欢心，她还是用了一上午的时候精心打扮。

于是中午钱钱下楼，出现在韩闻逸面前时，把韩闻逸吓了一大跳。

“你这穿的是……礼服？”他围着钱钱转了一圈，“我记得早上你的发型不是这样的？你刚才去过理发店了？”

“没有，就自己用卷发棒烫的啦。”钱钱用手拨了拨耳边烫卷的发丝，“好看吗？”

韩闻逸点点头：“好看，太好看了！不过，会不会太隆重了？”她这样的打扮，别说只是去吃顿寻常的午饭，就是去参加晚宴都足够了。

其实钱钱一开始也没想弄成这样。然而半个衣柜的衣服都拿出来试了，怎么都觉得不满意，最后还是穿上了这条裙子。妆容一开始化得也很清淡，后来觉得眼妆太淡没精神，就把眼妆加得稍微浓了些；补了眼妆，眉毛当然要配套；画了眉毛，唇色也得相得益彰才是……最后一个上午过去，她就把自己收拾成这样了。

“你这样让我想上去换套西装看起来才跟你般配……”韩闻逸摸摸下巴，提醒，“万一我爸妈穿得都很随意，你会不会觉得尴尬？”

想想那画面，一桌四个人，三个日常打扮，一个盛装打扮，看到的人大抵都会奇怪这是一个什么性质的聚餐。韩闻逸倒是不在乎旁人的目光，但就怕钱钱自己心里不自在，觉得受到冷落。

钱钱倒没有抱很高的期望。林佩蓉和韩爱国是什么样的人她了解。她低头一看手机，发现约定的时间已经快到了，忙拉着韩闻逸往停车的地方走："就这样吧，我们赶紧出发吧！"

韩闻逸无法，只能上车。

不一会儿，他收到了林佩蓉发来的短信，告诉他她已经到了。

林佩蓉第一个到达包间，见时间还早，从包里掏出化妆镜，仔细补了下口红。正补妆，包厢的门被人推开，她抬头一看，韩爱国走了进来。

夫妻俩不是一起出发的。事实上他们已经几天时间没有见过面了，林佩蓉是刚刚出完差从外地回来的。

两人相见，都是一愣。

韩爱国上下打量林佩蓉："你这裙子……你早上回家换过衣服了？"

"当然。出差的衣服都穿脏了。"林佩蓉微微皱了下眉头，"你怎么把这块表给戴出来了？太正式了吧？"

韩爱国手腕上那款名表，售价七位数，一般如果不是重要商务会议或者见什么大人物，他很少会佩戴这块表。毕竟没事把半套房子戴手腕上心里容易发虚。

韩爱国嗤了一声："别说我，你先看看你自己吧。你这全套蓝宝石首饰戴的，你是准备见国家元首呢？"

林佩蓉对着镜子照了照，整套的项链耳环戒指确实有点过于浮华，于是她摘掉了项链，又照着看了看，感觉好一点，就继续补口红。

韩爱国放下西装的袖子，遮住手表，又挽起，又放下，来来回回折腾好几遍。

夫妻俩各自默默整理自己的仪容仪表。

过了一会儿，韩爱国漫不经心地问道："他交女朋友的事情，你什么时候知道的？"

“有一阵子了。”林佩蓉淡淡地说，同时收起化妆包。

韩爱国微不可见地皱了下眉头。他倒是前两天接到电话才第一次听说的。

“那他跟你说，他女朋友叫什么名字了吗？小姑娘哪里人？什么时候认识的？”

林佩蓉目光不自然地闪了闪：“我没问。”

他想嘲讽说你是怕问了他也不跟你说才不好意思问吧？但他最终把话咽回去了。

不知从什么时候开始，他们的关系越走越远了，已经远到不像是家人。韩闻逸在国外改了专业，他们过了大半个学期才听说；韩闻逸在国内创办了心理咨询事务所，事务所已经开门了，他们才晓得儿子选择的事业；韩闻逸开始做节目，直到节目播出了几期，有人推荐给他们，他们才晓得还有这样的节目。

他知道自己没有怎么尽到做父亲的职责，所以这一切也理所当然。只是心里难免有点怅然若失。

韩爱国抬起头，默默打量自己的妻子。林佩蓉一直保养得很好。每周去两趟美容院，无论再困再累，睡前护肤的步骤她绝对一步都不省。明明五十岁的人了，看起来像是三十出头。她永远是这副优雅从容的样子，似乎从来不会出错。但几十年夫妻做下来，无论感情如何，韩爱国对她也总有几分了解——很多时候，她只是不给自己出错的机会，才能看似永远那么笃定。

从某种程度上来说，他们是一样的人，所以当初才能走到一起。

而无论再精致的妆容和再得当的保养，她的身上依旧能看出属于这个年纪的一丝疲态和老态。

他轻轻叹了口气：“时间过得真快啊……”

不多久，包厢外响起了脚步声。林佩蓉和韩爱国对视一眼，纷纷坐好。

包厢外，韩闻逸和钱钱走到门口，韩闻逸正打算开门，钱钱紧张地一把拽住他："等等等等，我头发乱了没有？"

韩闻逸认真看看："没有，挺好的。"

"我妆花了没？"

"没有，很漂亮。"

"口红要不要补一下？"

韩闻逸很有耐心地观察了一会儿："我觉得没有补的必要。要不你照镜子看看？"

钱钱紧张地深呼吸，拍着胸脯给自己顺气。

韩闻逸等她气息平稳一点，搂住她的肩膀："进去了？"

钱钱点头。

韩闻逸终于把包厢的门打开。两人走进包间，四人打上照面，全都愣了。

韩爱国和林佩蓉看看儿子，看看钱钱，再看看儿子搂在钱钱肩膀上的手，两张脸上写着茫然——这就是韩闻逸说要介绍给他们认识的女朋友？

钱钱和韩闻逸看看西装革履的韩爱国和雍容华贵的林佩蓉，也很是吃惊。说好的随性呢？这打扮也太庄重了点儿吧？要是韩闻逸真把西服穿来了，他们这一行人能直接去礼堂办婚礼了都！

"爸，妈。"韩闻逸率先打破沉默。他松开搭在钱钱肩上的手，改为握住她的手，微笑，"这是我的女朋友钱钱，应该不用我详细介绍了吧？"

韩爱国和林佩蓉面面相觑。这还真是姓名年龄家庭背景一样都不用介绍了，省事儿。

钱钱紧张得不敢看林佩蓉和韩爱国脸上的表情，只一个劲儿地向他们鞠躬问好："韩叔叔好，林阿姨好。"

过了片刻，她听见韩爱国温和的声音："你小子真是……都别站着了，坐下聊吧。"

她这才敢抬头偷偷瞟了眼对面的两位长辈。韩爱国对她笑了笑，笑容挺友善。林佩蓉说不上是什么表情，不能算开心，但也没有不开心，似乎还没完全从惊讶中回过神来。

韩闻逸牵着钱钱在座位上坐下。

服务员进来点单，推开门看到屋里坐的人，不由愣了一下。四个人里有三个盛装打扮，这难道是什么隆重的聚会？可为什么又有个年轻男人穿着T恤休闲裤，这是什么情况？

韩闻逸也没想到自己反而成了格格不入的那一个，他被服务员疑惑的目光看得不自然，轻轻咳了一声："菜单拿给我看看吧。"

点完菜，包厢里的气氛总算没有那么尴尬了。

韩爱国率先发问："你们俩什么时候在一起的？"

韩闻逸在桌子底下轻轻捏了捏钱钱的手，示意她回答。钱钱忙道："三、三个月了。"

"三个月啊……"韩爱国想了想，"我上次见你的时候，你们还没在一起吧？亏我还说要给你介绍男朋友来着。幸好没成，要不然小逸可该恨上我了。"

钱钱接收到边上韩闻逸不爽的目光，一脸无辜。那是韩爱国说着玩玩的，她也没答应嘛！

韩爱国显然也很久没跟韩闻逸交流过了，他问韩闻逸："你最近在忙什么？我听你妈说，你的事务所刚刚完成了新一轮融资？"

"是的。"

"嗯。"韩爱国点点头，"有什么问题就跟我们说。"

韩闻逸笑了笑："我会的。"

林佩蓉也开口了："钱钱，你现在是在小逸的事务所上班？"

这个问题还没等钱钱回答，韩闻逸率先把话题接了过去："对，之前我们事务所缺UI设计师，她就来帮忙了。"

稍一停顿，又接着等介绍："另外她还在画画，签约了一家画廊，最近刚刚拿了一个水彩画大奖。"

林佩蓉微微一怔，有些惊讶。

"我社交网站的背景图、家里挂的画都是她画的。"韩闻逸的语气满满的骄傲和炫耀，"是不是很厉害？"

林佩蓉见过韩闻逸分享的那些画作。她脸上的表情渐渐舒展，颔首认可：“我记得钱钱从小画画就很好，没想到现在这么厉害了。”

“那敢情好。”韩爱国也挺高兴，“以后要是我有客人想买画装饰公司，我就把他们介绍给你。”

钱钱受宠若惊，赶紧谦虚了一番。

韩爱国身为一个大学教授，虽然不像钱为民那样贫嘴滑舌，也是很健谈的。他除了对韩闻逸的了解比较少之外，和其他父亲并没有很大的不同。他也会在饭桌上吹牛地说些国家大事，也会聊起韩闻逸小时候的糗事。钱钱看得出，韩爱国对她并不排斥。

然而林佩蓉的态度，钱钱就捉摸不透了。以林佩蓉的身份，她很少会把喜怒直接写在脸上，即使她不高兴，她也不会当场说出来。钱钱只能看出她兴致不高，除了问了一句工作上的事之外，就没再怎么主动开过口了。

不一会儿，韩闻逸起身：“抱歉，我去趟洗手间。”

钱钱一个人在包厢里面对两位长辈，心里瘆得慌，正想起身说一起去，这时候林佩蓉站了起来：“抱歉，我也去一趟。”

钱钱看着往外走的林佩蓉，犹豫了一会儿，最终还是没动窝。

母子俩前后脚出去了，包厢里只剩下钱钱和韩爱国两个人。韩爱国的态度很友善，让钱钱感觉压力没有那么大。

“钱钱。”韩爱国问道，“小逸他脾气好吗？”

钱钱连忙回答：“他脾气很好，非常好！他简直是我见过脾气最好，最有耐心的人。”

韩爱国不由一怔。显然钱钱的描述跟他对儿子的认知有些差距。

“真的？”韩爱国咂摸了一会儿，道，“那是因为你是他女朋友吧？没想到这小子这么疼女朋友。”

“不是的。不是因为我是他女朋友他才对我好……哎，这么说好像不对。”钱钱想了想，说，“他确实很疼女朋友啦。不过他是一个很温柔也很温暖的人。他就是这样的一个人。”

韩爱国露出了惊讶的表情。

钱钱看得出来，韩爱国是关心韩闻逸的。他对韩闻逸的事情感兴趣，可是刚才在韩闻逸的面前，有些话他不好意思问。

她对韩爱国笑了笑，认真地说，“他是这个世界上最好的人。

韩爱国怔怔地看着她。这几年来他每一次见到钱钱，都觉得有些惊奇。在他心目中的钱钱，还是隔壁家那个甜甜的、活泼的小姑娘，一眨眼竟然已经长得那么大了。那是因为他跟钱钱不常见。可有时候他见到韩闻逸，心里也会产生同样的迷惑。什么时候这孩子长得这么高、这么大了？

好像他对股池里每一支股票价格的变化曲线比对韩闻逸的成长变化了解得更多。而这个事实，在今天以前，他从未发现。意识到这一刻，他忽然有种说不上来的惋惜和沮丧，比期货暴跌更让他沮丧。

韩闻逸上完厕所出来，在洗手池边看到了林佩蓉。他微微一怔，对林佩蓉笑道：“妈。”

林佩蓉显然是在等他。还没等林佩蓉说什么，韩闻逸率先开口：“妈，你今天戴的耳环和戒指真好看。”

林佩蓉一愣，摸了摸耳环，眼角笑出淡淡的皱纹：“真的？”

“真的。我一进门就注意到了。跟衣服颜色很配。”韩闻逸勾起唇角，“花了不少心思搭配的吧？”

林佩蓉脸上浮现一抹红晕，竟有些羞涩。她很擅长奉承她的客户，但是在家里，韩爱国从来不会夸奖她，她也不会褒扬他们父子。来自韩闻逸的一句夸奖，竟让一向从容的她感到不自在了。

片刻后，她轻轻哼了一声，半笑不笑的：“比你爸有眼光。”

韩闻逸理所当然地收下了这个夸奖：“毕竟我遗传了一半你的审美啊。”

两句话就把林佩蓉捧得心花怒放。不过她在这里等韩闻逸，可不是为了问他她的首饰好不好看的。她抿了抿唇，缓缓开口：“钱钱她……”

林佩蓉倒不是不喜欢钱钱。但是作为朋友家的孩子和自己儿子的女朋友，那感觉是不同的。林佩蓉是个对别人和对自己要求都很高的人，她觉得韩闻逸可以找一个家境、工作都更优秀的女孩。

然而还没等她把想说的说出口，韩闻逸就把话接了过去：“妈，我今天很开心。”

“嗯？”林佩蓉茫然。

“你们的工作一直都很忙，现在我的工作也多起来了，我们很难得有机会能坐在一起说说话。我最近有很多开心的事，工作上的，生活上的，还有——钱钱。自从跟她在一起之后，发生了很多让我高兴的事，我都想跟你们分享。”韩闻逸不疾不徐，眼角眉梢尽是柔情，“其实我跟钱钱的事情，我早就想告诉你们，只是一直没有找到一个机会。所以，我现在真的很开心。”

林佩蓉怔怔地看着他。韩闻逸的眼里满是柔情，他是真的很快乐，这种快乐对她而言甚至有些陌生。她忽然一句话都说不出来了。

韩闻逸擦干洗好的手：“回去了？”

少顷，林佩蓉点了点头：“回去吧。”

他们一起往包厢的方向走，走没两步，林佩蓉小小一个趔趄。韩闻逸低头看了眼她脚上细细的高跟鞋，无奈地摇摇头，低头查看她的脚踝：“扭到了吗？”

林佩蓉试着走了两步，脚踝有点酸，但并不严重：“没事。”

韩闻逸起身，搂住她的肩膀，搀着她往回走。

林佩蓉惊讶地看着他。他们母子很少这么亲密。她才发现，即使她穿着高跟鞋，儿子也已经高出她一个头了。

“妈。”韩闻逸柔声道。“你这样穿真的很好看，不过我还是喜欢看你穿得休闲一点。”

林佩蓉收回目光，垂下眼：“哦。”

不片刻，她的脸上也浮起一层淡淡的、柔和的笑意。

母子俩不在包厢的这段时间里，钱钱跟韩爱国越聊越欢实。

韩爱国对儿子在别人面前是什么形象还挺感兴趣的，问了钱钱很多“你们约会时他话多不多”“他喜欢吃哪家餐馆”“他在公司里是什么类型的领导”之类的问题。钱钱刚开始比较拘束，话说多了就放开了，在家那股子贫劲儿上来了。

“韩叔叔，我跟你说，我们事务所有个实习生，还在读大学，韩闻逸收了他当徒弟。他的小徒弟给我们爆了好多料，说韩闻逸这人平时看着挺一本正经的，有时候却会一个人躲在办公室里傻乐。有一次他的小徒弟进办公室找他，他在电脑后没看到，突然一阵嘿嘿嘿地傻笑，把他小徒弟吓了一大跳。后来才知道，原来他在看招财——就是他养的那只猫的监控录像。”钱钱吐槽，“是不是超级猫奴的？”

韩爱国想到那个画面，想到儿子养的那只仙女猫，忍不住跟着乐。

这时候门被人推开，韩闻逸和林佩蓉走了进来。韩爱国立刻笑容略收，坐正身体，端起桌上的茶杯喝了一口。

韩闻逸在钱钱身边坐下，小声道:“你跟我爸独处还好吧？有尴尬吗？”

钱钱摸摸耳朵，嘿嘿笑：“还好还好。”

自从中间跟韩闻逸去了趟卫生间之后，后半程饭上林佩蓉的话比前半程多了不少。她开始问钱钱和韩闻逸平时约会时会做些什么，最近看了哪些电影和书，说到有趣处，她也会跟着笑。

吃完午饭，林佩蓉下午还有事，她得先走一步了。韩闻逸埋了单，牵着钱钱把父母送去停车场。分别之前，林佩蓉又想起一件事来。

她把手伸进包里，过了一会儿，掏出一个首饰盒，递到钱钱面前。

钱钱惊讶：“这是给我的？”

林佩蓉点了点头：“见面礼，收下吧。”

钱钱看了眼韩闻逸，韩闻逸用目光示意她放心收下。于是她受宠若惊地接过盒子：“谢谢阿姨！”

林佩蓉对她笑了笑：“不用客气，下次见。”

林佩蓉离开后，钱钱打开首饰盒一看，里面装的是条价格不菲的钻石项链。虽然不知道项链具体值多少钱，但看到品牌的名字，她就已经心惊肉跳了。

她小心翼翼地把项链收好，眼巴巴地问韩闻逸：“阿姨送我这个，是不是说明她认可我了啊？”

韩闻逸好笑地揉揉她的头发：“当然啊。不然你以为这么贵的东西她舍得随便送出手吗？”

今天的见面总体来说还是很顺利的，至少比钱钱自己预想的顺利多了。不过她看得出，刚开始的时候林佩蓉兴致并不高，是后来跟韩闻逸一起出去了一趟回来，态度才发生变化的。

于是等上了韩闻逸的车，她忍不住问道：“哥，你中间你跟林阿姨一起出去的时候，你是不是跟她说了什么？感觉她一开始好像对我不太满意来着。”

“我跟她说啊，”韩闻逸开玩笑逗她，“我爱你爱得要死要活，没你就活不下去了。”

钱钱无语地看着他：“好好说！你到底怎么跟阿姨说的？”

韩闻逸耸肩：“差不多就是这个意思。”

钱钱压根不相信。从后视镜里，韩闻逸看着她噘着嘴“喊”了一声。她这样子太可爱了，韩闻逸忍不住伸手捏住她噘起的嘴，捏成鸭子状。

钱钱受到挑衅，立刻展开花拳绣腿的攻击。韩闻逸连忙发动车子：“我开车，开车！”

为了自己的生命安全，乘客只能不情不愿地饶司机一条小命。

韩闻逸一手打着方向盘，一手托着腮，微笑：“我跟她说啊，跟你在一起我很幸福。”

钱钱观察他的表情，这一次他好像是认真的：“就这样？没别的了？”

“嗯，就这样。”

钱钱有点不可思议。在她印象里，林佩蓉不是个很好说话的人。

韩闻逸但笑。重要的不在于他跟林佩蓉说了什么，而在于，他让母亲看到了他的坚定和幸福。有的时候，一个态度比千言万语更有说服力。

他把手伸过隔离带，握住钱钱的手：“晚饭吃什么？”

“我想吃川菜！哎哟，刚才太紧张了，根本没吃饱，我现在就饿了。”

“看出来了。”韩闻逸耸耸肩。刚才钱钱那矜持样儿，就没动两下筷子，不饿才奇怪了。他正打算让钱钱搜搜哪家川菜馆子更好吃，这时候手机叮了一声，有条新消息进来了。

他拿起手机看了眼，又把手机收回去：“夏见灵说今天食物买多了，邀请我们去她家吃饭。你去吗？”

“啊？”钱钱吃了一惊，“去灵姐家？”

“嗯哼。”

钱钱想到夏见灵的手艺就流口水。她做的东西可比外面任何一家饭店做的都好。但她有点犹豫：“她邀请我们俩吗？”她有点担心夏见灵就请了韩闻逸一个人，韩闻逸自作主张带她去，那就尴尬了。

韩闻逸看出来她的想法：“当然。你以为她有兴趣请我吃饭？我们认识这么多年她可一次都没这么好心过，我还是沾了你的光。是你整天吃她做的东西，都把她夸到天上去了，弄得她早就想在你面前露一手了。”

钱钱顿时来兴致了：“灵姐一个人住吗？”

韩闻逸摇头：“跟她对象。”

钱钱的嘴张成了O形。通过肖巴贩卖的八卦，她早就知道夏见灵有一个神秘的对象，只不过肖巴误把那个人当成了韩闻逸。不知道那是个多高多帅的男生才能配得上灵姐？才有福气整天享用灵姐的厨艺？

她想着想着，忍不住咽了一大口唾沫：“啊，好饿啊，好想吃！”

晚上，韩闻逸带着钱钱一起去往夏见灵的住处。到达之前，钱钱很兴奋地问韩闻逸：“哥，你见过灵姐的对象吗？”

韩闻逸点头：“见过一两次。”

“长什么样啊？”钱钱问，“是不是比你还帅？”

韩闻逸瞥她一眼：“你觉得有这个可能吗？”

虽然这句话很不要脸，但是不管从主观还是客观——好吧，这事儿也没有什么客观不客观的——从主观的角度上来说，这世上压根不存在长得比韩闻逸还帅的男人！

韩闻逸原本想在去之前把夏见灵的事情告诉钱钱，然而钱钱一脸好奇的样子激起了他的玩心。他故意吊她胃口：“你整天灵姐灵姐地叫，你猜猜看啊，你觉得夏见灵喜欢的会是什么样的人？”

钱钱一愣。她虽有些不明所以，但既然韩闻逸让她猜，她也就顺势思考了起来。夏见灵虽然看起来温温柔柔的，骨子里的性情其实是很要强的。她是那种以柔克刚的强，要不然她一个弱女子怎么会有魄力跟朋友出来创业？

“灵姐是个外柔内刚的人，”钱钱推断出自己的第一条结论，“她喜欢的人是不是那种外刚内柔型的？就是那种看起来酷酷的，其实内心还是很柔软的。”

她沉吟：“铁汉柔情？”

韩闻逸想起那个人的形象，对比一下铁汉柔情的形容，差点笑出声来。他不动声色地摸了摸嘴角，把笑忍了回去。

然而钱钱很快就否定了自己这个推测：“不对，灵姐不喜欢粗犷类型的。她喜欢精致漂亮的人。上次我们路过健身房门口，宣传海报上的肌肉男她看都没看一眼。一个中性小鲜肉的广告牌她倒是有看几眼……”

她托腮：“说起来有一次我们在商场门口的大屏幕看到新垣结衣的护肤品广告，她还特意停下来看完了整个广告才走呢……”

韩闻逸顿时眉头一跳。

不过钱钱倒没有就这条线索过分挖掘。毕竟看广告可以是为了美女看的，也可以是为了护肤品看的。钱大侦探总结了一下自己的前两条推论：“灵姐喜欢的人，外表应该是清秀型的。性格可能看起来比较酷，实际上内心很柔软。”

韩闻逸不置可否。

钱？福尔摩斯？钱继续推断：“灵姐带来办公室的食物，肯定是他们家里人自己爱吃的东西，她做的时候多做几份，给同事们分享。她带的食物里有鸡胸肉蔬菜丸子，荞麦饼干，菜花米寿司……这些都是健身的人吃的。但灵姐自己不怎么喜欢运动，她也不需要减肥……那就说明，她的对象是个很爱健身运动的人！”

韩闻逸眉峰挑得更高了——这推理开始有点技术含量了。

钱钱若有所思。对象爱健身，灵姐却对肌肉男丝毫不感冒？这倒也不是不行，只是难免觉得有点奇怪。

他们已经走到了夏见灵住处的楼下，进电梯准备上楼。

钱钱蹙着眉头继续思考。毕竟夏见灵没有提起过她的对象，她只能从日常生活中的蛛丝马迹寻找线索。

“灵姐跟她的对象感情应该很好，不然没必要把戒指挂在脖子上，不想戴的话收起来就好了……”钱钱嘀咕，“不过她最近好像又把戒指拿出来戴上了。”

韩闻逸提醒：“最近有人追求她，她为了避免麻烦，所以才把戒指戴上了。”

“这样啊……”钱钱了然点头。但她还是觉得有哪里怪怪的，戴钻戒和对戒的目的本来就是对外宣告自己非单身的状态，为什么要等到出现纠缠的追求者才戴上呢？既然不是介意让别人知道自己已有对象，那就是不想无缘无故被人问起私生活？

电梯停下，门打开，前面就是夏见灵家的大门了。

韩闻逸刚走出电梯，就被钱钱一把拉住了，于是他停下脚步。钱钱一脸狐疑地盯着他看。他被她的眼神看得发毛。

“怎么了？”

钱钱眯起眼睛，短短数秒内，脸上的表情千变万化。她一会儿若有所思，一会儿不尅生意，一会儿又恍然大悟。最后她直截了当地问道：“灵姐的对象是女朋友？”

韩闻逸惊呆了。

这是怎么猜出来的？这简直是福尔摩斯本斯了啊！

就在这时候，房门突然开了，一颗脑袋瓜从里面探出来。那是一个年轻女孩，瓜子脸，高鼻梁，眼睛细细长长，一头干净利落的黑短发。她身上有一种英气的漂亮。很显然，这就是夏见灵的女朋友了。

她先上下打量了钱钱几秒，对她浅浅一笑，然后面无表情地看了看韩闻逸，扭头朝屋子里喊：“灵灵，你朋友来了。”

不一会儿，穿着围裙带着烘焙手套的夏见灵从屋里出来，看见韩闻逸和钱钱，笑眯眯道：“来了啊，先进来坐会儿吧，饭马上就好。”

两人进屋，英气的小姐姐指指玄关边的拖鞋，示意他们穿这个就好。她言简意赅地向钱钱自我介绍：“我叫唐苏。”

钱钱忙道：“苏姐好！我叫钱钱，想赚很多小钱钱的钱钱。”

唐苏为这个自我介绍愣了几秒，随后忍俊不禁地一哂。

钱钱注意到唐苏不光穿着一身运动装，手上还缠着打拳用的绑手带。唐苏发把绑手带解了下来，解释：“不好意思，刚才在练习。”

钱钱的目光往客厅看去，嘴顿时张成了 O 型：客厅里居然吊着一个搏击用的大沙袋，地上扔着一副拳套。这位唐苏小姐姐果然是个运动达人，非同凡响啊！

唐苏让他们先坐，自己去客厅里收拾了一下刚才健身的器材，然后回屋换衣服去了。

她们走了之后，客厅里只剩下韩闻逸和钱钱两个人。韩闻逸纳闷地问：“你刚才是怎么猜到的？”

钱钱双手抱胸，轻蔑一笑：“女人的第六感，听说过吗？”

韩闻逸眼皮一跳。第六感？

其实能让钱钱在最后一刻正中靶心的线索并不来自夏见灵，而是来自韩闻逸。他以前就跟钱钱说过诸如让钱钱跟夏见灵保持一点距离之类的奇怪的话，他把唐苏称为夏见灵的“对象”而不是老公或者男朋友，这也有点怪怪的。而最关键的一点，是他让钱钱猜夏见灵的对象是什么样的人，这个行为本身就透着蹊跷！他是想吊起钱钱的胃口，等钱钱发现真相的时候来个反差萌，殊不知他的话给了钱钱最重要提示。当然，这些细节钱大侦探就没有透露的必要了。这无疑是一个树立威信的好时机。

她摊手：“你可别小看女人的第六感。从小到大我爸偷藏私房钱，只有我妈心慈手软不想查他，没有想查查不到他的。”

韩闻逸为钱教授表示默哀。

“另外，著名的哲人钱・奥古斯丁・阿奎那・钱曾经说过一句话。”钱钱模仿着钱为民平时的语气，“再厉害的心理学家，也不是一个拥有第六感的女人的对手。所以即使是大心理学家，也不应该在聪明女人面前耍小聪明。”

韩闻逸愣了数秒才反应过来这位听着有点耳熟的著名哲人是谁，顿时啼笑皆非：“果然是一句非常有哲理的话，小生受教。”

钱钱满意点头。她就喜欢这么谦虚受教的男人。

厨房里飘出阵阵香气，钱钱肚子早就饿得咕咕叫。唐苏换好衣服出来，众人一起进厨房帮忙。韩闻逸帮着切菜，唐苏帮着清洗递送工具，钱钱帮着摆放碗筷餐具。众人齐心协力下，很快就开饭了。

这一顿汇聚了东南西北中外名菜，凉热荤素还有各种点心。夏见灵的厨艺自然不必多说，每一道菜都是色香味俱全。钱钱从中午饿到现在，肚子都要饿扁了。众人一动筷，她就开始狼吞虎咽。

“太！好！吃！了！”钱钱被美食感动到迎风流泪。

夏见灵笑眯眯地给她夹菜：“好吃你就多吃点。”

钱钱看着满桌的美味佳肴，情不自禁地感慨，“灵姐，我真的爱死你了！”

夏见灵又夹了一块水煮鱼，正打算往钱钱的碗里送，唐苏不声不响地地抓着她的手转了个向，送到自己嘴里吃掉了。

韩闻逸不甘示弱，清了清嗓子，问夏见灵：“那个，你这道菜是怎么做的来着……”

夏见灵不光准备了食物，还弄了些小酒。几人吃着喝着，钱钱酒量不好，很快就喝到微醺，话也变多起来。

“灵姐，”她神秘兮兮地凑到夏见灵耳边，用全屋人都听得到的音量问道，“我哥以前上大学的时候，喜欢他的人多吗？”

韩闻逸正在喝酒，差点被呛到。

还没等夏见灵回答，钱钱又神神秘秘地问：“喜欢他的女生那么多，他没有交过女朋友？”

韩闻逸直接“噗”一口酒喷身上了，赶紧到处找餐巾纸擦。这什么鬼问题？！果然不能让这家伙在外面喝酒！！

夏见灵怔了怔，忍俊不禁："喜欢他的人很多呢，男生女生都有。"

韩闻逸正在擦衣服，闻言赶紧瞪了她一样，让她不要乱说话，然而夏见灵淡定地假装没看到。

钱钱来了兴致，缠着夏见灵要听爆料。

"以前上学的时候，我们在社区的机构给人做心理咨询，经常有女生……也有男生为了看他，编造出各种各样奇怪的理由。"夏见灵说，"有一次有一个年轻女孩打电话来，说是生病了，在家没有办法出门，要他上门提供帮助。于是他就去了。刚进门说了没两句话，那女孩就把门反锁了，还做了一些出格的事情，吓得他差点报警。"

钱钱震惊地瞪大眼睛。天呐，韩闻逸中外通吃、男女通吃，这简直是蓝颜祸水啊！

"后、后来呢？"钱钱问道，"后来怎么办的？"

夏见灵眼睛弯弯的："那个社区附近有一所中学，很多来咨询机构看他的年轻人其实都是那所中学的学生。后来他就直接联系了那所学校……"

钱钱吓一跳。韩闻逸是让学校的老师管好他们的学生吗？

"他希望能在学校开办讲座，如果那些孩子对心理学感兴趣，对听他说话感兴趣，他可以去学校为他们讲。这样那些年轻人就不会来占用其他真正需要帮助的人的资源了。"

钱钱愣住。这……的确是韩闻逸会做出来的事。

"咳。"韩闻逸轻轻咳嗽了一声。既然要爆料的话，难道只有夏见灵手里有料吗？谁怕谁呢？

于是饭局的后半程，就变成了爆料大会。大家互相揭老底，互爆糗事，一时间欢声笑语不断。

等钱钱和韩闻逸从夏见灵家里出来的时候，天色已经很晚了。钱钱酒意微醺，坐在车里吹了会儿风，渐渐清醒了不少。车经过一个路口，她看着熟悉的风景，忍不住道："啊，快到家了！"

韩闻逸扭头，从她的目光判断了一下她的清醒程度："酒醒了？"

钱钱眼珠转了一圈，摸摸耳朵。

韩闻逸勾起嘴角，悠悠道："你知道吗？上大学的时候，他们还给我起过一个外号，叫'钢铁直男'……"

"呃，我知道。"她在夏见灵的手机上看到过。

韩闻逸摇头："不，你不知道。"他意味深长地看了她一眼，"你很快会知道的。"

钱钱默默的不敢吱声。

月光如水，夜色撩人。

午后，林佩蓉匆匆忙忙走进咖啡店，一个打扮精致的中年女子坐在咖啡店的最里面，正捧着 ipad 看视频。

她快步跑过去："李总，抱歉，路上有点堵。"

李薇是她最近合作的一个项目的公司的老板，今天她们约了在这里谈事。从李薇 ipad 里发出的声音很耳熟，她情不自禁往那屏幕上看了一眼，就看到屏幕上风度翩翩的韩闻逸正在说话——李薇在看的，正是《十二》！

"没关系，我也刚到。"李薇暂停了视频，把 ipad 收了起来。她不无艳羡地看着林佩蓉，"林总，真羡慕你啊。"

"什么？"

"你是怎么教育孩子的，怎么能培养出这么小韩厉害的儿子？"

林佩蓉愣了一愣，不知道该说什么。

李薇还沉浸在刚看的视频节目里："你们家小韩的节目还是我女儿推荐给我看的呢，现在我每个礼拜都在追，还推荐给好多人。他最新的这一期讲原生家庭的讲得尤其好，我差点都看哭了……你看了没有？"

林佩蓉不好意思地笑笑："来的路上看了一半，还没看完呢。"

李薇压低声音，悄悄问她："你儿子现在有女朋友没有？我女儿最近刚跟她前男友分手，我看她很喜欢你们家小韩，有机会介绍认识一下？"

林佩蓉目光微微闪烁。最近她跟李薇有一笔很大的合作项目，如果能把这个项目拿下来，未来几年的收入都不愁了。

“介绍认识，当然没问题。”林佩蓉停顿片刻，“大家可以交个朋友嘛。不过他已经有女朋友了。”

“真的？那真是太可惜了。”李薇惋惜地叹气。要真有个韩闻逸这样的女婿，她是哪哪儿都满意啊！

林佩蓉拨了拨耳边垂下的发丝：“李总，关于项目的事情……”

李薇从包里拿出一份文件夹，从文件夹里抽出一份合同。那是林佩蓉上次交给她的合同。她抽到一半，忽然停下动作，问道：“林总，你们家小韩要是跟他女朋友分手了，你会不会通知我？”

林佩蓉一怔，踌躇着不知道该怎么接话。

气氛就这样僵住了。

“哈哈，跟你开玩笑的啦！”李薇笑了，“年轻人的事情我才懒得管。回头你帮我要张小韩的签名照，我拿回去给我女儿炫耀炫耀。”

她边说边把整份合同抽了出来。林佩蓉顿时眼睛一亮：合同的下方，李薇已经盖章签名了！

李薇把签好的合同递给林佩蓉，大大方方地伸手：“林总，合作愉快！”

林佩蓉连忙跟她握手：“合作愉快！”

拿完合同，林佩蓉和李薇聊了一会儿，就离开了咖啡店。她坐上车，掏出手机，继续看她来的路上看到一半的视频。那是昨天晚上更新的《十二》的最新一期，讲的内容是关于原生家庭的。

“近年来，我们经常能听到一个词，‘原生家庭’。在这个词的后面接的往往都是‘问题’‘矛盾’‘对孩子的影响’……这仿佛成了一个流行病，我们每个人性格上的缺陷都能在原生家庭里找到根源。”

韩闻逸的语气不疾不徐，娓娓道来。

“我不喜欢现在很多贩卖焦虑的营销专家。他们打着心理学的旗号，在社会上掀起了一种风气，让人们拼命挖掘、寻找原生家庭的缺陷，以此来对应自己身上的所有不足。仿佛‘我的原生家庭有多糟糕’是一句‘南无阿弥陀佛’，只要念几遍就能心安理得了。”

“的确，我们的性格，我们的行为习惯，我们的做事风格，很多都能从原生家庭中找到根源。可是找到问题的目的并不是让我们去批评、怨恨，或者自暴自弃。而是为了帮助我们自我理解、理解他人。”

“父母对孩子疏于照顾，可能会导致孩子缺乏安全感；可父母过于关爱，也可能会导致孩子难以发展出自己的个性；甚至父母非常恩爱，可能导致孩子的个性善妒，因为他会希望双亲把更多的关注放在自己的身上……这世上并没有绝对好的原生家庭，也没有绝对好的教育方式。”

“而我们寻找根源的目的，只是为了让自己明白，或许让我们恐惧的东西，没有那么值得恐惧；或许让我们卑微的东西，没有那么应当卑微；它可以帮助我们改变。可即使不改变，也没有关系，我们仍然可以学会接纳——缺点也好，胆怯也好，那就是我们自己，是我们人生中的一部分。”

“一次的溺水，让我们从此畏惧下水，它让我们错失了成为游泳运动员的机会，但也让我避开了被鲨鱼吃掉的风险——这就是命运给我们的东西，它不分好坏，也无论对错。”

林佩蓉的心里涌上许多思绪，一时间难以厘清。

韩闻逸很少会在节目里说自己的事，今天他却破天荒地提了一些。

“在我的生命中，有许多重要的人，我的家人、爱人、朋友……我也曾和他们有过不快，也曾对他们有过埋怨和失望……我也曾认为，我的原生家庭欠缺了些什么。”

“可有一天，我发现，人生并不容易，他们每一个人都在用他们的方法努力生活着，负担着生活的重担和无奈。他们仍在他们力所能及的范围里给了我许多东西。”

林佩蓉注视着手机的屏幕上韩闻逸的脸，穿过镜头，韩闻逸似乎也在注视她。他对她微笑。

他的声音穿过耳机，直击人的内心深处：“我感激命运让他们出现在我生命中，感激他们给予我的一切，也感激他们陪伴我的每一天……”

埋怨的话被轻描淡写地带过，感激的话却怎么也说不完。爱让一切和解。

林佩蓉匆匆忙忙按下暂停键，从包里抽出两张纸巾，压在自己眼下。

她努力睁大眼睛，以免泪水流下来弄花眼妆。但很快她控制不了自己的情绪了。

她打开餐巾纸，盖住自己的脸，在车的后座无声地痛哭。

许久，她从包里掏出手机，点开韩闻逸的头像。她人生中第一次给韩闻逸发去了这样一句话——

“小逸，你是我的骄傲。”

韩闻逸停好车，跟钱钱从左右两边车门下来。他们走出停车场，看到面前的高楼大厦，钱钱情不自禁地发出赞叹声：“哇，真豪华！”

韩闻逸牵起她的手：“走，我们上去看看。”

他们坐了几层电梯，到达指定楼层。一出电梯门，面前就是一片十分空旷的办公区域。阳光从玻璃幕墙外直接照进来，采光极好。

钱钱兴奋地转了一圈：“以后咱们事务所就搬到这儿来？”

韩闻逸点头。武大问给他们投资之后，他们事务所危机解除，又顺利融到了另外几笔资金。现在事务所的规模正在扩大，每天上门求助的来访者太多了，原先的办公区域已经不够容纳，所以得把办公室搬迁到更大的地方来了。

“这里……这里……这里……”韩闻逸在新办公室里梭巡，拍打着墙面，“这些地方挂你的画，怎么样？”

“行啊！”钱钱拍着胸脯，“我回去画几幅让大家看着就身心舒畅、有能量好好干活的画出来！”

“嗯。我再给你几个主题，你设计几幅作品，到时候挂在咨询室里。”韩闻逸说。艺术对于人的心理是能够给予能量的，国外也有一些艺术流派的心理咨询师。无论美术还是音乐，只要用得好，心理治疗的效果就能事半功倍。

“没问题！给你打折哦亲！”钱钱乐呵呵的。事务所买画，那还是要给钱的，当然，钱不从韩闻逸私人腰包里掏，走的是公司的公账。

前几天王晋生把钱钱的画作送去拍卖，成绩很不错，现在她已经是一幅画价值五位数的大牌了。她看到银行卡上的进账数字以后乐得一整个晚上没睡觉，刷了整晚的淘宝。

韩闻逸好笑地捏捏她的鼻子："小财迷。"

这时候他的手机铃声响了，是夏见灵发来的消息。他打开信息一看，愣了。

新的办公区域很大，钱钱还在往里走，没听到身后脚步声跟上来，她不由回头看了一眼。正看见韩闻逸对着手机失笑地摇摇头，把手机收回口袋里。

"怎么啦？"钱钱问道。

"是见灵发来的信息，"韩闻逸说，"她说马千万因为非法经营被拘留了。"

"啊？！"钱钱吓一跳，"那会不会对我们事务所有什么影响啊？"

韩闻逸耸肩："他的投资已经全部由武总接盘了，手续早就办好了，不会对我们有影响的。"

钱钱长长舒了口气："幸好幸好。"

幸好当初韩闻逸坚持，扛住了最艰难的时候，要不然马千万还是十二事务所最大的投资人，他们岂不也要备受牵连吗？

庆幸过后，钱钱就开始幸灾乐祸了：马千万出事了？活该啊！

两人往里走，韩闻逸问道："话说，你觉得以后我们的新家里挂什么样的画合适？"

这个问题问住钱钱了。她喜欢的风格太多了，什么都想挂，看来以后房子得买得足够大，才够她把喜欢的画都挂上。

她还在思考呢，忽听旁边的韩闻逸轻笑了一声。她莫名回头："你笑什么？"

"我突然想起一句以前在书上看到过的话，我很喜欢，所以就记了下来。刚才又突然想起来了。"

"什么？"

"是一句英文——If you want to go fast,go alone.If you want go

far, go together."

钱钱眨巴眨巴眼睛看着他。

韩闻逸笑眯眯地牵起她的手："我们走吧。"

一起走吧。

第八章 ______ 奖励与惩罚

周末钱钱约了吴妮妮一起出去逛街，刚见上面，钱钱就发现吴妮妮看起来心情很丧，整个人无精打采的。

“你心情不好吗？”钱钱问道，“出什么事了？”

吴妮妮心烦地踢踢脚边的石子：“还能为什么？我又跟张西那个浑蛋吵架了！”

钱钱早都已经习惯了，这对情侣三天两头就要吵一架，感情倒是在不断的争吵中越来越好。她问道：“这次你们又为什么吵架啊？”

一提起这事儿，吴妮妮就愤愤不平：“我跟他交往一年多了，最近刚发现，这家伙居然是个直男癌！”

钱钱吓一跳。闺密的男朋友她也接触过几次，张西的确很直男，也有不少直男有的毛病，有时候说话能把人噎死。但要说直男癌，是不是有点过了？

“上礼拜我来‘姨妈’，来的第一天我痛得下不了床。家里卫生巾用完了，我爸妈也不在家。我就让张西去超市帮我买一包，送到我家来——他家到我家，也就两条马路，走路顶多十分钟。”吴妮妮愤愤不平，“结果你猜他怎么着？”

钱钱知道吴妮妮从初中开始就有痛经的毛病，每次“姨妈”光顾第一天都会备受折磨，痛起来在地上打滚也不是没有的。她不可思议："难道他不肯帮忙？"

"对！他说卫生巾是女孩子用的东西，他是男人，不要碰那种东西。他让我找邻居或者其他人帮忙。找别人？找别人我还要他这个男朋友干吗！"吴妮妮越说越激动，"我躺在床上难受得要命，他却连这点忙都不肯帮，我气都气死了！我跟他吵了两句，结果他反应还很激烈，说他打死也不会买女人用的卫生巾的。买一下他会死吗？他的手会烂吗？你说他是不是直男癌？！"

"这是有点过分啊。"钱钱也觉得离谱了。别说男朋友了，就是普通朋友，这种时候搭把手也是正常的吧？

"我气得要跟他分手，他却说我作，说这明明是件小事，我却动不动就拿分手威胁他！"吴妮妮拍着胸口给自己顺气，"他居然还觉得这算小事？我真的掐死他的心都有了！"

"那你们分手了吗？"钱钱问。

吴妮妮默了默，烦躁地叹气："不知道，我们已经冷战一个多礼拜了。"

要搁以前，钱钱可能会劝分。这件事情真的挺让人心寒的。但是现在她的心态有所转变。人这东西是个复杂的生物，没有人是绝对的好，又或是绝对的坏。这一年多来她也听吴妮妮说过不少张西好的地方。吴妮妮的工作经常加班，张西每天晚上都会接她下班回家，风雨无阻，好几次等到夜里十二点也没一句怨言，第二天还得大清早爬起来去上班呢！要说他直男癌，有时候大马路上看到吴妮妮鞋带松了，他也是立马蹲下帮忙系上的。所以他们交往了一年多，这还是吴妮妮第一次怀疑张西是直男癌。

因此钱钱明白吴妮妮的纠结：就这么分手，一年多的感情，她没有那么洒脱；可当这件事情没发生过，继续好好交往，她也做不到。一来她真的很寒心，二来她也担心这件事只是冰山一角，张西还有更多自大的、封建的一面没有表现出来。

钱钱和吴妮妮逛完街，吃晚饭的时候，韩闻逸也来了。一见面，就连韩闻逸都发现了吴妮妮的闷闷不乐。

吴妮妮知道韩闻逸处理人际关系很有一套，便把前几天的事也告诉了他。说到卫生巾相关，她还有点不好意思，不过韩闻逸作为心理咨询师，什么世面没见过？卫生巾的事儿他一点没觉得有什么不能见人的，在他的态度的影响下，吴妮妮也大方起来，把前因后果全说了。

韩闻逸听完问道：“你们交往这么长时间了，除了这件事，你觉得他还有其他地方有‘直男癌’的特质吗？”

吴妮妮郁闷地回答：“他虽然情商不是很高，经常不解风情，但以前的确没发现他是直男癌。要是有的话，我们早就分手了，也不会在一起一年多了。”

韩闻逸点点头：“他在你最需要帮助的时候不肯帮忙，的确是他不好。不过他不肯买卫生巾，也不一定是他直男癌……我听你说他情绪激动，我想有可能是他以前经历过跟卫生巾相关的不太好的事情，所以他才对此很抗拒。”

吴妮妮一愣。跟卫生巾相关的不好的事？

“比如他上学的时候被调皮的男生往身上贴了一枚卫生巾，然后遭到全班同学的取笑；比如他小时候帮母亲买过卫生巾，却在超市碰到熟人，被熟人奚落……又或者是其他的什么事情，在他心里留下阴影，以至于他对这个东西非常排斥……”

吴妮妮和钱钱都很惊讶地看着他。这些可能性她们都没有想到，被他一说，又觉得很合情理。她们上初中的时候，就发生过班上调皮的男生偷女同学的卫生巾藏在另一个男生的书包里，然后又故意当众拿出来，取笑那个男同学是用卫生巾的人妖。小孩子做起事来过分得很，一点不懂得换位思考，当时班上好多同学都参与进来笑话那个可怜的小男生，把小男生欺负得一边痛哭流涕一边在教室里掀桌子。要是张西小时候也曾经历过类似的捉弄，留下心理阴影也不是不可能的。

“当然，这些可能性都是我的猜测。也有可能，他就是认为女人用的东西是不好的，男人就是不应该碰……”韩闻逸摊手，“我并不了解他，所以我也不能确定他究竟是什么情况。”

吴妮妮想了一会儿，问道："那我该怎么办？我去问问他以前经历过什么吗？"

韩闻逸并不推荐这么做。他是专业的心理咨询师，有来访者找上门向他求助，他才会挖掘他们内心隐晦的伤痛。而且这也是来访者愿意向他敞开心扉，他才能够了解。但吴妮妮不是心理咨询师，张西是否经历过什么，张西又是否愿意向女友坦白糗事，那都不得而知。况且吴妮妮没有沟通的技巧，反而有可能弄巧成拙，致使两人的矛盾越发加深。

"如果他并没有其他'直男癌'的表现，仅仅是对卫生巾过敏，或者你就当他曾经受过刺激，然后谅解他？"韩闻逸说。如果是他，他就会选择尽可能地体谅别人。

但他的建议让吴妮妮沉默了。她没有韩闻逸那么好的涵养和那么宽广的胸怀，当她痛得冷汗涔涔在床上打滚的时候，本该是她最亲密的人却拒绝为她提供那么简单的一点帮助，她不愿意谅解。即使张西真的经历过什么，如果他爱她，为什么他不能克服呢？

韩闻逸看出了她的不情愿，他只好问道："如果你不能接受的话，那你希望怎么样呢？"

吴妮妮皱着眉头道："我不接受在我最脆弱的时候他却袖手旁观。现在我还能找邻居帮忙，以后万一碰上更糟糕的情况，或者他今天对卫生巾过敏，明天又对其他东西过敏，那我怎么办？"

韩闻逸明白了，如果这件事情不能妥善解决，就算他们俩和好，以后吴妮妮心里也始终有个结，他们很难好好走下去。

"如果你想让他改变的话，我倒有个办法，"韩闻逸温和地说，"不过这个办法需要你有点耐心。"

"什么办法？"吴妮妮急忙问道。连钱钱也好奇地看着他，想听听他能出什么主意。

"'体验'比'道理'对人有更大的影响力。"韩闻逸解释道，"很多时候是我们的行为决定了我们的思维，而不是我们的思维决定了我们的行为。举个简单的例子，如果有人非常讨厌昆虫，你问他为什么讨厌，他能说出无数个理由，比如昆虫身上有病菌，比如昆虫的形状很丑陋，甚至他有可能会说昆虫是妖魔的化身，会侵蚀人类的灵魂……事实上这些原因可能都不是他最初讨厌昆虫的原因，但是人们会本能地寻找证据来支持自己的行为。是因为他讨厌昆虫，所以他选择相信有关昆虫的一切糟糕的说法，并且把那些说法引用过来解释自己的行为。”

吴妮妮听得一脸茫然。

“所以，他说他为什么不愿意帮你买卫生巾的理由不是最重要的，即使你觉得他的理由很荒谬，也不用和他争论。那些理由也许连他自己也不是很信服，只是他必须为自己的做法找到借口。反而你越和他争论，他会越相信越相信自己找的借口——因为没有人愿意承认自己错了。”

吴妮妮虽然没有完全领会，但还是觉得韩闻逸的话很有道理。张西确实找了些一听就让人火大的借口，比如他去买卫生巾会被人笑话、店员会怀疑他是变态之类的。他越解释她越生气，觉得他完全就是瞎扯淡。结果她越生气，他反而越犟，坚信只要他跟卫生巾扯上关系就一定会被人看不起。说别人就算不当面耻笑他，也会在心里耻笑他云云。

现在韩闻逸这么一说，她又有点理解了。人会为自己的行为找理由……确实是这么回事。有时候她自己偷个懒，又不想承认自己在偷懒，就会给自己找理由，说自己最近有多累多辛苦之类的。说着说着就会觉得自己是真的不容易，偷懒也是理所当然的。

韩闻逸说：“不要去命令他、强迫他做事。大多数有思想的成年人都不喜欢被别人教育。另外，除非你已经决定要分手，不然用分手作为威胁也不是好办法，这很伤害你们未来的感情。”

吴妮妮有点急了。韩闻逸说了一堆不要怎么做，那她到底该怎么做？“所以我到底能做什么？”

“直接给他好的‘体验’。”

“什么？”吴妮妮蒙了。什么叫直接给他体验？

“既然他有可能有过不好的‘体验’，那就想办法给他一个好的‘体验’，覆盖掉以前糟糕的记忆。这比在言语上跟他进行一百次争吵有效得多。简单来说，就是——不要说，直接做。”韩闻逸想了想，建议道，“想办法制造一些机会，让他跟卫生巾有接触。比如你可以假装忘记带包，让他帮你送包，然后当着他的面从包里拿出一张卫生巾去厕所，回来以后不用特意提卫生巾的事，以免被他察觉到你的刻意，只需要很感谢地告诉他，他帮了你一个大忙就可以了。甚至可以给他一些奖励，比如陪他玩一天他喜欢的游戏之类的，让他知道你是真的很感激、很高兴他帮你。当他发现这件原先他非常抵触的事情并不会让他被人耻笑、不会让他感觉难受，反而是一件能让女朋友和他自己都开心的事情，他就很有可能会改变。”

吴妮妮目瞪口呆。这几天一想起这件事她就气得要命，跟张西不是吵架就是冷战。她原本希望韩闻逸能告诉她怎么说才能让张西低头认错虚心改正，没想到韩闻逸却让她什么都别说。

“就……就这样？”她并不是质疑这个方法的可行性，事实上这是一个听就觉得非常有道理的方法。但她心里依旧堵得慌，不是很愿意按照这个方法去做。

韩闻逸观察她的神色，问道：“你是有点不甘心吗？”

吴妮妮犹豫片刻，点头：“就算这个方法成功了，我还是觉得很不爽。他既没跟我道歉，也没承认错误。你知道那天我躺在床上有多难过吗？”

韩闻逸温和地说：“我理解你的情绪，不过比起争一口气，或许可以试试先解决这个问题？”

吴妮妮摇头。比起解决问题，她觉得争一口气更重要。老话怎么说的来着？人活一口气，树活一张皮！

“我的确想让他改，但不是我让他改。他为什么就不能因为我主动改变呢？”她赌气地说，“他是不是不爱我？或者至少也是不够爱我！”

这个问题很难回答。韩闻逸毕竟没有跟张西交流过，他不知道张西到底怎么想的。真正的心理障碍，不是一句“应该怎么做”就能克服的。万一他说错话，破坏人家感情不说，他自己也有可能得罪人。

然而韩闻逸不慌不忙，微微笑了一下：“有时候‘被爱’比‘爱’能给人更多的动力和能量去改变。你觉得呢？如果你爱他，或许试试多给他一点耐心？”

这句话让吴妮妮愣在当场。

跟吴妮妮道别以后，钱钱和韩闻逸一起往回家的方向走。商场离他们的住处不远，很快就走到了 T 大。

钱钱的手机一阵震动。她拿出一看，都是吴妮妮发来的消息。

妮妮爱吃土豆泥：“服！”

妮妮爱吃土豆泥：“大写的服！”

妮妮爱吃土豆泥：“你们家金坷垃，我的天，不愧是心理咨询师。他说的话我越想越觉得有道理，简直五体投地的服！”

钱钱扑哧一乐。韩闻逸侧过头看着她：“谁啊？”

“吴妮妮呗，她夸你来着。”钱钱踮起脚尖，摸摸他的脑袋，“表现不错，很给我长脸。”

韩闻逸用脑袋蹭着她的手心，一脸乖巧：“那我有奖励没有？”

“还想要奖励？”钱钱左右看看，校园里人烟稀少，没有人注意他们。于是她勾着他的脖子在他左脸颊上亲了一口。

韩闻逸把另外半边脸扭过来：“这就完了？”

钱钱好笑地又踮脚，在他右脸颊上也亲了一下。

韩闻逸低下头，嘴微微噘起。

钱钱抱住他的脑袋，在他唇上用力“MUM”地亲了一下，又摸摸他的头，语重心长地教育：“小朋友要懂得知足，知道吗？”

韩闻逸好学生样地点头：“知道了！”

“那奖励领够了吗？”

韩闻逸摇头：“不够！”

钱钱于是鼓起腮帮子假装生气地瞪着他。没瞪几秒，她先破了功，一下笑出来，扑进韩闻逸怀里。

韩闻逸搂着她的腰，她发间的清香盈了满鼻。他也跟着笑。跟她在一起，生活中的每一天，每时每刻，都是美好的奖励。

过了几周，钱钱又和吴妮妮一起去看展。展览逛到一半，吴妮妮给张西打了个电话。

“西西，你现在在哪儿啊？有没有时间帮我个忙？”

“在家打游戏呢。”张西问道，“出什么事了？你不是跟朋友出去了吗？”

“嗯，我跟钱钱在看画展。那个，我出门的时候有个小包忘记拿了，里面有我要用的东西，你能不能帮忙去我家拿一下，然后给我送过来？”

“呃……你急着要吗？”

“挺急的。”

张西看着面前的电脑，正好他一局游戏也快打完了，于是他犹豫了几秒就答应了：“行吧。你把地址发给我，我马上给你送过去。”

展馆距离他的住处不远，半小时后，张西就拿着一个红色小提包气喘吁吁地出现在了场馆门口。吴妮妮和钱钱就在电子栏杆里等着他。

张西没有买票，进不去，隔空把包递过去。吴妮妮忙伸手接住，感激道：“谢谢西西，辛苦你啦！”

又露出个愧疚的小表情，抱歉道：“不好意思啊专门让你跑一趟。我们如果离场再进去，就得重新买一次门票了，所以才来麻烦你。”

张西原本对女友的马虎是有点小不满的，不过听吴妮妮这样说，他的不满也就烟消云散了。他摆摆手：“没关系，这点小事。反正我今天也不忙。”

张西正打算跟女朋友聊几句，吴妮妮却显出一副心急的样子，打开包翻了翻，翻出一张卫生巾，把包往钱钱手里一塞，就匆忙向厕所跑去。

他不知道吴妮妮让他送的那个包里到底都有哪些东西，但是很显然，吴妮妮所谓“急着用”的东西，一定包含她刚刚取出来的那张卫生巾。

要知道上个月他们才刚刚为了他不愿意帮她买卫生巾的事情大吵一架，和好才没过多久，现在又来这么一出。张西第一反应就是吴妮妮故意设计了这出戏，他心里很不痛快。然而吴妮妮已经上厕所去了，他也只能把心里的不爽按捺下来，暂不发作。

钱钱没去卫生间，还在电子围栏边站着。张西有点尴尬，眼睛盯着地板，怕钱钱会因为他送卫生巾的事笑话他，然而钱钱并没有那么做。

“你真体贴。”钱钱夸奖道，“这么远帮忙送东西过来，妮妮刚才跟我疯狂炫耀来着。”

张西惊讶地抬头。

“模范男友啊！”钱钱笑眯眯地给他一个大拇指。

张西被夸得不好意思了，心里那点不爽迅速随风飘散。他摸摸头，憨笑：“应该的，一点小事而已。”

不一会儿，吴妮妮上完厕所回来了。她隔着电子围栏勾过张西的脖子，在他脸上亲了一口：“谢谢亲爱的，你真好，帮大忙啦！”

张西脸上一热，问道：“你们什么时候看完展览？晚上一起吃饭？”

吴妮妮看了看表：“还有一个小时吧。等会儿我们看完了打电话给你。”

一个小时以后，张西接到吴妮妮电话，再次来到展馆门口。吴妮妮从展馆里出来，只有她一个人。晚上钱钱约了韩闻逸一起去看电影，已经先走了。

吴妮妮心情很好地勾住张西胳膊：“我们晚上去吃什么？”

张西舔舔嘴唇：“刚才来的路上我看到肯德基新出了一个炸鸡桶，还蛮想吃的。”

吴妮妮顿时眉头一皱。张西很喜欢吃些炸鸡、烧烤之类的食品，吴妮妮觉得那不健康，她自己不吃，跟张西谈恋爱以后也不许张西吃。每次张西表现出对垃圾食品的渴望，吴妮妮就会忍不住教育他几句，让他打消念头。

她张了张嘴，想说什么，又咽了回去。韩闻逸建议过，她今天最好能让张西觉得轻松愉快，避免争吵，否则张西很可能认为“我专程来帮你，你还要跟我吵架”，从此越发抗拒帮她做事。

“好啊，”吴妮妮松口，“那我们去吃肯老头吧！”

张西顿时愣住，不可思议地看着吴妮妮。

吴妮妮见他站在原地不动，扯扯他的袖子：“走呀，你不是要吃炸鸡吗？”

张西眼睛瞪得更大了，抬手摸了摸女朋友的额头，怀疑她是不是发烧烧坏脑子了。

吴妮妮翻了个白眼："你到底要不要去吃？"

"吃！吃吃吃！"张西立刻小鸡啄米似的点头，生怕女朋友反悔，拉起她赶紧走。

吴妮妮勾着张西的胳膊，跟他讲今天画展上的发生的事情。张西漫不经心地听着，心里还想着刚才给她送包的事。他总觉得女朋友今天怪怪的，很怀疑刚才的事情是吴妮妮的有意设计。他心里戒备着，如果吴妮妮敢用"不是说不愿意碰女人用的卫生巾吗？今天还不是来帮我送？"之类的话来嘲笑他，他一定会生气。然而吴妮妮仿佛完全忘记了刚才这一茬事，提都没提，只一个劲兴奋地分享画展上的见闻。

张西有点迷惑了。

等到了肯德基，张西不确定地问道："你真让我吃炸鸡啊？"

吴妮妮耸肩："你想吃就吃嘛。"

张西小心翼翼地观察着她的脸色。以往的经验告诉他，在处理这种送命题的时候还是小心为妙。女朋友说不好，有可能意味着"你再哄哄我我就会同意"；女朋友说"不好"，也有可能意味着"你敢试一试你就死定了"。

吴妮妮被他来回打量，顿时失笑，不由在心里默默反思：自己平时会不会太霸道了点啊？

张西确定吴妮妮不是挖了个坑给他跳，立刻兴高采烈地去买了炸鸡桶。两人在店里找位置坐下，张西开始大快朵颐。

"你尝一块？"张西递了个鸡腿给吴妮妮。

吴妮妮摇头拒绝了："我不喜欢油炸的东西。我看你吃就好啦。"

张西一个人捧着这么大一桶炸鸡吃独食，心里怪过意不去的。当然，过意不去也没能阻止他享用美味，他一边大口啃着炸鸡，一边含混不清地问道："你平时不是不让我吃这种油炸的东西吗？今天怎么突然转性了？"

吴妮妮托腮看着他狼吞虎咽的样子。他吃得太香了，让看的人心情也不由自主地变好："偶尔还是可以放纵一下的嘛。"

张西啃完一根鸡腿，把骨头都吮干净了，又忍不住舔了舔手指。吴妮妮拿了张纸巾，帮张西擦掉嘴角的油渍，情不自禁地感慨道：“平时都是你陪我吃我喜欢的，今天能陪陪你，我也挺开心的。”

张西正准备去抓下一块炸鸡，闻言手停在半空中。他怔怔地眨了眨眼睛。似乎有什么想说的，但他不是很会说话，好半天一个字没憋出来。最后他忍不住咧开嘴，露出一口大白牙，对着吴妮妮嘿嘿傻乐起来。今天送的这个包，送得太值了！

吃完炸鸡，两人离开肯老头，又去商场觅食。

路过厕所门口，吴妮妮想进去上，一打开包，傻眼了：卫生巾又用完了！

这回还真不是她故意的，她一般在包里放两三张备用，谁想到今天量大，看画展的时候水又喝得比较多，跑厕所勤，一没留神，带的就全用完了。这下尴尬了。

张西见女朋友一脸局促地在包里翻来覆去，愣了几秒明白发生了什么事，顿时失笑：“不会吧，你那个东西又没了？”

吴妮妮讪讪点头，左右张望，发现商场的马路对面有一家便利店。两人便一起朝便利店走去。

进了便利店，吴妮妮在店里转来转去，找卫生巾放在哪个货架上。张西帮她一起找，一眼就看到货架上一包包的小翅膀。他正想叫吴妮妮过来拿，突然心念一动，朝货架走了过去。

这个东西以前他都很避讳，看都不愿多看一眼，更别说碰。仿佛碰一下耳边就会有嘲笑声响起。可今天的经历却让他发现……好像也没有那么可怕。

他站在货架前，犹豫了一会儿，伸手拿起一包小翅膀，翻动着看了看包装。这就是一包很普通的商品，没有奇怪的气味，没有奇怪的形状，不会咬人，也没有自带嘲笑的背景声。

吴妮妮还在到处找自己需要的东西，忽听张西在后面叫她：“妮妮，我找到了。”

吴妮妮回头，只见张西手里抓着一包卫生巾举给她看：“你是用这个吗？我记得你说你用这个牌子的。”

吴妮妮不可思议地睁大眼睛。张西居然很自然地把那个东西拿起来了？他不是一项碰也不愿碰的吗？

张西等了一会儿不见吴妮妮有反应，奇怪道：“不是这个吗？那你自己过来看看吧。”

“是这个，就是这个。”

“哦……”张西就拿着拿包卫生巾去柜台结账了。

柜台营业员是个老阿姨，张西刚过去的时候还有点不好意思，目光看着旁边的柜台。老阿姨见多识广，哪在乎这个，直接扫码结账，一句废话也没有。张西长长地舒了口气，把结完账的卫生巾递给吴妮妮。

两人走出便利店，吴妮妮有很多话在舌尖打转。她想说你看我以前说什么来着，没有人会笑话你吧？你想说你以前不肯碰，今天怎么肯了？但她最后什么都没说。韩闻逸告诉过她，当她不确定一句话该不该说的时候，就试着换位思考一下，倘若这句话是别人对她说的，她会有什么样的感受？如果张西这样对她说话，她很可能会产生逆反心理。

她把其余的话都咽了回去，笑嘻嘻道：“谢谢啦。”

张西不好意思地摸摸鼻子：“跟我还说什么谢！”

吴妮妮什么都没说，勾着他的胳膊，把头靠到他肩上。

过了会儿，等她上完厕所出来，看见张西趴在商场的围栏边发呆。她走过去，跳到他背上：“想什么呢？”

张西正出神呢，被她吓了一跳：“没、没什么……”

吴妮妮狐疑地打量他一番，见他不肯说，也就算了：“走吧，我们去找饭店。”

走出没几步路，张西挠挠头，小声道：“对不起……”

“什么？”吴妮妮没明白他为什么道歉。。

“上个月……就是你跟我生气那件事……对不起。”张西低着头，愧疚地说，“我以后不会再让你一个人那么难过了。”

吴妮妮这才反应过来他是为了上一次拒绝帮她买卫生巾的事情而道歉。

这个道歉来得着实有点迟，然而并不是张西死要面子不认错，而是直到此时此刻，他才第一次真心实意为这件事情感到愧疚。先前跟吴妮妮闹矛盾的时候，他并不觉得自己有多大的错，他就是对卫生巾心里硌硬，为什么非得逼着他做？他不肯做这件事，他愿意做别的啊，难道不肯帮女朋友买卫生巾的男人就没资格谈恋爱了吗？他甚至觉得他被逼买卫生巾的痛苦丝毫不会比吴妮妮的痛经来得轻。

然而当他真的走进超市，买东西结账，他才发现这件事情比他想象的轻松简单得多。没有白眼和嘲笑，得到的反而是女朋友和女朋友闺密的表扬。而他却因为这么简单的一件事，在心爱的人痛苦无助的时候拒绝给她帮助。这真是让他汗颜。

——单纯的思维层面上的转变往往是很难的。可是一点简单的行为，就有可能完全扭转人的思维。

吴妮妮眼中的水波漾了漾。这一个月的时间里，她心里一直压着块石头，情绪也经常反复。有时候觉得这件事就这么算了，有时候想起来又觉得意难平，不如分手。直到这一刻他真心认错，她心里的结终于随之解开了。

“唉……”她先是叹了口气，随后又笑了起来，“没事啦，过去的事已经过去了，不要放在心上了。走吧走吧，快点找饭店，我快饿死啦！”

韩闻逸坐在演播厅，最后看了遍手里写好的稿件。

“韩老师，准备好了吗？摄像师已经就位了。”导演问道。

韩闻逸点点头，把稿件放到一旁：“我准备好了，可以开始录了。”

很快，新一期节目的录制就开始了。

韩闻逸缓缓开口：“我曾经接待过几位来访者，他们向我抱怨，他们的家人、朋友、恋人是如何没有良心，对他们如何不好，让他们很苦恼。我问他们，那些人是否有对他们好的时候？当那些人对他们好的时候，他们又会如何做？他们是否会表达感激，是否会给予回馈？但是我得到的答案经常是否定的。

“他们会说，‘那不是理所当然的吗？他们难道不应该这么做吗？我对他们也很好，他们有什么理由不对我好？’——当然，别人对我们好，我们会想要回报别人；我们对别人好，也会希望别人同样善待我们。可具体该怎么做呢？什么样才是好？是帮忙做事？是送礼物？还是生活中的照料？

“如果想让事情能够按照我们的希望发展，我有一个好办法——那就是不要把任何事情当作是理所当然的。

“我经常给一个人送礼物，也许我是希望对方能多陪我聊天，但是对方的回馈方式却同样是送还我礼物，我们的想法不一样，我不能理所当然地认为对方收了我的礼物就应该陪我聊天。所以我应该说出我的需求。如果对方不是很愿意，试着弄清楚他不愿意的理由。如果我真的很需要，那么我会耐心地鼓励他去做，最重要的是——当对方做了之后，我一定会向他表示感谢，或者给予回馈。这样他才有会知道，他这样做能够让我高兴；有好的结果，他才有可能会做第二次。

“即使他做得不够好，也不要指责或抱怨，给他一点耐心，鼓励他继续尝试。然后在他做得够好的时候，给予奖励——因为这不是他必须做的。

“也许有人不理解，那么不妨设身处地地想象一下。我相信我们大多数人都愿意好好回报对父母。可如果每次帮老妈洗碗的时候，她都抱怨你笨手笨脚洗不干净，帮老爸修理家具的时候，他说还不如他自己干，他的效率比你高得多。你下一次还愿意再做吗？还有多少动力去改善，做到让他们满意呢？于是下一次他们在家忙碌，而你躺在那里玩手机的时候，他们会抱怨你不懂得回报，而你的想法很可能并不是‘他们对我那么好，我理所当然该按照他们的想法去做’，也不是‘我不愿意再对他们好了’，而是‘拜托，不要让我做这件事了，或许我可以做点别的。’”

说到这里，韩闻逸停顿了片刻，笑了笑：“生活是个大魔王。越是我们认为理所应当的事，它就越有可能事与愿违。反倒是我们心怀着希冀、感恩去做的事，它就越有可能给我们惊喜。而即使没有成功，我们也不会太过失望。”

“好朋友、恋人、家人之间常会说一句话：‘谢我干什么？我们这关系，还用得着谢吗？’如果下一次，再听到这句话，或许我们可以在心里给自己提个醒。”

“说谢谢可能是一件看起来让两个人显得很生疏的事情。我们可以不用说这两个字，但是当别人为我们做了什么，无论是口头上，还是行为上，我们仍然应该表达感激，和回馈。这是为了提醒我们自己，那些事情不是理所当然的。也是为了让别人有继续和我们好好相处的动力。”

当摄像停止的那一刻，场下人们掌声雷动。

江图用笔戳了戳坐在自己前面的女生，上身前俯，小声道：“班长，等会儿考试的时候，你写完了就把答题卡往桌角上挪一点，让我抄一下。”

前桌的女生背脊僵了一下，显然不是很乐意。

江图试图利诱：“这次我要是能上八十分，我送你一张迪士尼门票，怎么样？”

女生忍不住半回头瞟了他一眼。她想去迪士尼很久了，但门票是她两个月的零用钱，她一直没舍得。江图是个富二代，出手一向很大方，这个条件的确让她很心动。

然而她还是很担心：“可是……作弊会不会被老师抓到啊？”

“怕什么？”江图不以为意，“就算被抓到，也是我在偷看你的试卷，跟你没关系。万一老师问你，你就把责任都推到我头上，说你什么都不知道不就行了！”

女生犹豫了半天，在迪士尼门票的诱惑下，终于没忍心拒绝。

考试开始之后，班长同志下笔如飞，很快就涂完了答题卡。她迅速抬头看了眼监考老师，趁监考老师不注意，小心翼翼地将答题卡推到课桌的左下角，继续写后面的填空题。

江图一直假模假式地做着卷子，其实他压根没看懂几道题，等前排的答题卡出现在桌角，他立刻探长脖子一边偷看，一边在自己的答题卡上奋笔疾书。

英语考试是最好抄答案的，大多数题目都是选择题。他不用看清楚前排的人到底写了什么，只要看清楚答题卡上涂黑的形状，依样画葫芦地描下来，简直抄得又快又准确。

刚开始抄的时候，江图还注意着监考老师的动向。抄着抄着，他的注意力就全放在涂卡上了。

眼看已经抄到最后一小块了，江图盯着前方的答题卡，努力记住最后几道题的答案，打算一口气抄完。就在这时候，突然斜里伸出一只大手，抽掉了班长放在桌角的答题卡！

瞬间，江图愣了，班长也愣了。

监考老师先是冷冷瞪了江图一眼，又用失望的目光看着班长。班长顿时红了脸，嗫嚅着想按照之前说好的那样狡辩自己什么都不知道。然而小姑娘到底脸皮薄，最后愧疚地低下头去，什么都没能说出口。

晚上，江图正在房里打游戏，忽听外面传来开门声。

“江图呢？！臭小子，给我滚出来！”

江图一局游戏打到紧张处，根本没空搭理外面的人。

他不去就山，山只能来就他了。不一会儿，他爸江天谐怒气冲冲地走进他的房间。一看他居然在打游戏，更是火冒三丈：“江图！！！”

江图顿时背脊一凉。但是游戏里他们刚刚跟一队敌人杠上，正打得火热，耳机里是队友焦急的喊声：“快快快，给我点药！”

江图硬着头皮打开包裹，正打算往地上丢药，“啪”一下，电脑黑了！

江图目瞪口呆，过了两秒才反应过来，江天谐直接把电源插座给拔了！

“爸！！！”江图大怒，“你疯了吧？！”

“你才疯了！！”江天谐一把把他从电脑椅上拽了起来，“你能耐啊，我说你考试进步给你奖励，那是为了让你好好学习，是让你学会作弊吗？！还学会贿赂同学了是吧，迪士尼门票？你这种人，以后万一当了官，第一个被抓进去枪毙的就是你！”

江图撇撇嘴。这也不能全怪他，怪他爸给的奖励确实太诱人了。

他们整个年级三百多号人，他平时都考两百多名。他爸说了，这次期中考要是考进前两百，给他一万块；进前一百，给十万块；进前五十名，直接给他二十万！他的野心不大，二十万他就不想了，能拿到十万块，他就能在游戏里买很多限量版的皮肤了！

江天谐看着儿子那副满不在乎的嘴脸，气得恨不能给他几巴掌。但是孩子大了，又不能随便揍。他咬牙切齿地做了几个深呼吸，然后指着那台刚刚被他切断电源的电脑道："从今天开始，给我好好念书，不许再打游戏！你敢开一次游戏，这个月的零花钱就别想要了！"

江图顿时急了："我天天在学校念八小时的书，回家还要做作业，打一会儿游戏放松一下怎么了？我是人又不是机器！"

江天谐大手一挥，没有协商的余地："你是学生，把书念好是你的义务。想要钱，就给我把成绩提上去。还有，别再动那些歪脑筋，我已经跟你们老师说了，以后老师让监考老师好好盯着你，再被抓到一次作弊，你一年的零用钱全部给你取消！你的账户我直接给你冻结了你信不信？"

江图不可思议地瞪大眼睛。这简直是赶尽杀绝。

江天谐见儿子被震住了，冷笑："别想讨价还价，也别去找你姥姥装可怜。我说什么是什么，你找谁哭都没用。你老子我赏罚分明，你自己好好想想吧。"说完就怒气冲冲地走了。

武大问到事务所来找韩闻逸商量事情，正事谈完以后，武大问没急着走，跟他聊了起来。

"韩老板，前两天我跟我一个老同学吃饭，他也是做生意的，他儿子跟我们家小顺差不多大。我俩本来是出来谈生意的，结果谈着谈着就谈到孩子的话题上去了。"武大问说，"他说他家的小子不好好念书，考试作弊，整天就知道打游戏。他想了很多方法，但是孩子大了，管不住。现在还变本加厉，说是课都不上了，逃学去网吧打游戏……他现在也是头疼得要死，不知道能怎么办。我就给他推荐了你，让他带他儿子一起来做家庭治疗。"

"哦？"韩闻逸饶有兴致地听着。

"不过他那儿子比小顺浑多了，打死不肯来做咨询。韩老板你有什么办法没有？”

韩闻逸也不是神，如果别人不肯来做心理咨询，纵使是他也很难让人改变心意。强行压来又是绝不可取的，于是他想了想，说：“武总，先让你朋友来找我聊聊吧。”

于是隔了两日，江天谐果然上门来了。

“韩总！”刚一见面，江天谐就无比着急地握住了韩闻逸的手，“你可帮帮我吧，我快要让我们家那小兔崽子气出心肌梗死了！”

韩闻逸忙道：“江先生，我们坐下慢慢说吧。”

这一回跟平时的心理咨询不一样，江天谐本人没有什么心理疾病，他是对家庭里的问题头大，但是他的家人又不肯一起来。所以韩闻逸也没法像平时那样给他治疗，只能当成是朋友聊天，给他出出主意。

两人找地方坐下之后，还没等韩闻逸发问，江天谐就已经迫不及待开始吐槽他儿子的恶行了。

“江图……就是我儿子，这小子读书成绩一直不太好。不是他笨，真不是，他上小学那会儿还参加过奥数比赛呢，现在数学成绩也还可以的。就是他不把心思放在学习上，整天就知道沉迷网络游戏！”江天谐叹气，“他偏科，数理化成绩都还过得去，语文英语简直一塌糊涂。你说他学得好数学，能学不好英语和语文吗？就是不用心。”

韩闻逸点点头。这话他相信，就中学课程那个难度，很少真的有学生是因为智商问题而难以胜任的，绝大多数还是心态问题。

“上学期期末考，他们年纪三百五十个人，他给我考了个二百九十八名回来。英语才拿二十几分！我就觉得这样下去不行了，这样下去他以后考大学只能考个垃圾学校了。我跟他谈，他还很不在乎，说大不了送他出国不就行了，说别人家都是这么来的。”江天谐顿了顿，叹气，“我是可以花钱送他出国镀个金。可就算出国，他也不能不读书啊，关键问题不在于我想让有多好的学历，而是这孩子不能养成一个废人啊！以后他长大了，我还想把我的事业交给他，让他好好给我发扬光大，不是让他败掉我的基业——我这点基业建起来也不容易啊，让他败了，我可不心疼死！再者说了，他现在还能靠着我，万一哪天我靠不住了怎么办？”

韩闻逸认真听着，没有立刻表态。

“我想让他多花点心思在学习上，所以我跟他说，让他好好读书，把成绩给我提上来。我就跟他定了个规矩，这次期中考，他能考进年级前两百名，我给他一万块零花钱；进前一百名，我给他十万块。要是能进前五十名，那进步太了不起了，我给他二十万。”

韩闻逸露出了一个诧异的表情。一个期中考试的奖金就高达二十万……这真是要让很多工薪阶层哭晕在厕所了。

“结果这臭小子，你猜他干了什么？他居然拿一张迪士尼门票贿赂她们班成绩很好的班长小姑娘，让人家写完试卷给他看答案。”江天谐愤愤不平地吐槽，“这小子倒是有生意头脑啊，我给他几万块，他花几百块钱贿赂同学，这生意够赚的哈？”

韩闻逸忍不住也笑了一下。不过在他听到江天谐说出他给的奖金数额的时候，他已经猜到这样的结果了。

然而江天谐并没有说完，更让他火大的事情还在后面：“我真的是担心，再这么下去，他真的要废了。不光他自己学坏，还把别人好学生都给带坏了，不管教真的不行。我不许他再打游戏了，在他电脑里装了保护程序。我跟他说，再让我抓到一次他碰游戏，扣他一个月的零花钱。再作弊一次，一年的零花钱都别想要了！想要钱，就给我读书，成绩真正提上去了，才能拿到钱。”

韩闻逸微微皱了下眉头。这个计划他一听就知道恐怕效果不会理想。

果不其然，江天谐气得连拍了几下桌子：“他倒好！非但不学好，居然还变本加厉了！家里的电脑玩不了，他就跑去网吧打游戏！为了不让他去网吧，放学我派司机去接他，周末也让人跟着，结果他直接给我翘课！学校老师给我打电话，说一到体育课他人就不见了，又是在学校附近的网吧里逮到他！”

说到这里，江天谐因为太过激动，居然感到一阵眩晕。他伸手按住额角，轻轻揉了一会儿，露出疲惫的神色。

韩闻逸忙倒了杯水给他，江天谐接过："谢谢……"

他说了这么多，前因后果韩闻逸已经听明白了。他斟酌了一下，道："江总，钱这个东西吧……"

还没等他说下去，江天谐就打断了他的话："韩总，我知道，我工作太忙，平时给这孩子的关心不够多。我这当爹的肯定是有问题的。但不是我不关心孩子，而实在是能力有限。想给家人好的生活条件这种话我就不说了，我开一个公司，手底下几百号人，大家都指着我吃饭，我每天睡觉不超过六个小时，我真不可能每天待在家里盯着他读书。我知道我用钱解决问题肯定是在偷懒，但是我真的没有别的办法……"

韩闻逸沉默。有钱人的生活也不是那么轻松的，江天谐是富一代，江山全靠自己打拼出来，工作是真的忙，他能够理解。所以江天谐的诉求是，希望他能帮忙想点他目前做得到的事情，改变让他头疼的情况。

韩闻逸问道："江总，江图现在上几年级了？"

"高一，下半年就升高二了。"

高一的话，还有时间试错。韩闻逸想了一会儿，说："江总，不如试试换一种奖励和惩罚的模式？"

"什么模式？"江天谐连忙追问。

韩闻逸微微一笑，道："把您对江图的惩罚和奖励颠倒一下。下一次他打游戏，不要惩罚他，而是给他奖金。而如果他不好好学习，不要再用奖金诱惑他，而是让他知道，如果他不想学习的话，他可以不用再学了。"

江天谐瞬间愣住了。什么鬼？！

"哦对了。"韩闻逸提醒，"倒不是说未成年人手里一定不能有太多钱，不过江总，在给他奖金之前，如果教会他理财，或者当成创业基金之类的，也算是一个锻炼的机会。江总觉得呢？"

江天谐一脸诧异。

江天谐来之前就听武大问说韩闻逸有多厉害，说得他满怀期待，希望韩闻逸能给他一个惊喜。结果韩闻逸一开口，惊是马上惊到了，喜倒是还不知道怎么喜。

他一时间摸不清楚韩闻逸到底是不是故意说反话讽刺他，但从韩闻逸的表情来看，韩闻逸是认真的。他小心翼翼地问道：“韩总，我不是很明白你的意思，你能说得再清楚点吗？”

“我明白江总希望用赏罚分明的手段来督促江图学好，但是换一种方法或许更符合人性。”韩闻逸解释道：“人对于‘失去’这件事情是很抗拒的，‘失去’给人带来的痛苦远远超过‘得不到’。举个简单的例子，我们对于失去五十块钱的难过，胜过我们没能赚到一百块钱的难过。江总觉得有道理吗？”

江天谐想了想，点头同意。

“出于对‘失去’的厌恶，人会本能地去做一些逆反的事情。比如一个想要减肥的人，会做的事情不是马上放下手里的食物，而是赶紧去买几桶炸鸡和薯片，怕以后就吃不到了；想要戒烟的人，会做的事情也不是立刻放下手里的烟，而是赶紧再多吸几根，享受最后的放纵。我甚至看到过一个新闻，说一个想要戒烟的年轻人一口气吸了三包烟，把自己吸到尼古丁中毒，差点丢掉小命。”

江天谐露出了嫌弃的神色。这个例子里的年轻人也太没有自控力了。不过虽然不是人人都这么过分，这种心态确实是很普遍的。

“现在您不让江图打游戏，对于江图来说，游戏就是他即将要‘失去’的东西。他内心肯定很抗拒。他生怕以后打不到游戏，现在就会疯狂地想要玩游戏。您管得越紧，他恐惧‘失去’的焦虑越强，行为也就越变本加厉。就像我刚才说过的那个戒烟的年轻人一样。”韩闻逸说，“而您许诺给他的奖金，对他来说是‘没得到’的东西，这个东西对他的刺激没有那么强，对他来说能得到当然好，得不到也就算了，远没有不让他打游戏那么痛苦。这种情况下，让他放弃游戏好好学习，确实是不容易做到的。”

江天谐先是震惊，然后若有所思，最后感慨道：“韩总果然厉害啊！你这么一说，我茅塞顿开！”

又道：“那意思，我不能强行禁止他打游戏？那我应该怎么做才能让他把对游戏的注意力转移到学习上面？”

韩闻逸笑道：“我刚才不是出了个主意吗？”

江天谐愣了一愣，窘道：“你是说打游戏还给他奖金？我以为你开玩笑的。”

韩闻逸薇笑着摇摇头，示意自己没有在开玩笑。他慢慢解释道：“用行为心理学的话来说，外部刺激会对人的行为产生影响。正面强化，也就是所谓的奖励，会让人有动力尝试、重复某个行为；而不给正面强化，甚至给予负面强化，也就是所谓的惩罚，就会让某一种行为发生消退。如果能巧妙安排强化程序，能够改变人的很多行为。”

刚才他说“钱这个东西”，才说到一半就被江天谐打断了，江天谐还以为他要说钱是个坏东西，别老想着用钱来解决问题。但韩闻逸并不是这个意思。韩闻逸说：“钱这东西作为‘强化物’来说，是个双刃剑。因为它非常容易量化，用得好，效果会很不错。用得不好，也可能让事情变得更糟。”

江天谐急忙问道：“那应该怎么用才对？”

韩闻逸正要说这个：“对于江图来说，现在他打游戏的动静是精神层面上的。可能是轻松，可能是游戏里获得的成就感……这些东西江总没有办法干涉和控制。我之所以建议江总打游戏给他奖金，是希望这样做，把他玩游戏的动机转化成钱。这样一来，江总就可以控制‘强化物’了。”

江天谐瞬间来精神了：“你继续说。”

“江总可以试试给他设置一个游戏奖金。举个例子，如果他玩的是竞技类的游戏，那么只要他拿到第一名，就给他一万块钱的奖金。短时间内，他一定会对游戏更狂热。过一段时间以后，江总可以把奖金降到五千元。这么一来，他势必会产生不满的情绪，但是他可能还是会接着玩下去。等再过一段时间，江总就把这项奖金取消掉。”韩闻逸说，“在这个过程中，他打游戏的动力已经跟钱捆绑在一起了，他得到的钱越少，他的动力就会越弱。而且以后他每次玩游戏的时候，就会想起自己本该得到多少钱，这会让他产生失落感，进而失去对游戏的热情。”

江天谐的嘴因为太过惊讶，已经张成了圆形。还有这种操作？！

“这、这能行吗？”他将信将疑的。

韩闻逸想了想，举了个现成的例子：“很多有一定成就的人都会说一句话：‘不忘初心’。说这句话的时候，就意味着他们知道自己已经失去初心了。当他们用自己的理想、爱好赚到钱之后，曾经的爱好就跟钱捆绑在一起了。如果赚不到钱、赚到的钱在减少、甚至只是没有赚到理想的数字，都会大大打击他们的热情。这就是为什么，一个赚不到钱的作家也许能一年写一百万字，可赚到大钱以后，他可能一年连十万字也写不出来。”

江天谐愣愣地看着他，心绪波动不已。这样的例子他在生活中见了太多太多。就连他自己也无数次反思过，自己曾经的初心究竟去了哪里？

良久，他若有所思地点了下头：“这个我明白了……可是刚才韩总还说，如果他不想学习，让他可以不要学？这又是为什么？”

“就像我刚才说的，如果用钱作为督促他学习的动力，就算他本来有对知识的渴望和好学的热情，也会逐渐转变成对金钱的追求。而且他得到的刺激需要递增才能保持动力。也就是说第一次奖励他十万有效，第二次可能需要奖励他二十万才有效。但学习是一件长久的事情，不应该用任何外部刺激来消耗他内在的动力。所以我不建议用任何‘奖励’的形式督促他。”韩闻逸说，“恰恰相反，如果他不学习，他得到的应该是‘惩罚’。这个惩罚不是指打他骂他，让他难过，而是指——他将会失去学习的机会。”

江天谐呆呆地看着他，有点云里雾里的。

“我想江总应该让他明白，能有这样的条件读书，能进这样的学校学习，是命运和父母给他的礼物，而不是你们需要另外塞糖强迫他去吞下的苦药。如果他不珍惜，他就有可能会失去这一切。这应当是他自己付出努力去维护的东西。”韩闻逸注视着江天谐的眼睛，认真地问道，“事情本来就是如此。不是吗？”

江天谐怔了良久，终于恍然大悟。他回想着自己一直以来种种教育方式，摇头长叹一口气。

晚上江图放学回到家，一开门，看到江天谐就坐在客厅里等着他。他顿时吓一跳，心虚地往后退了两步。平时老爸回家都很晚，今天这么早回来，难道是自己今天午休溜出学校去网吧的事情被发现了？

然而江天谐没有发怒，只是平静地对他招招手："你过来，我们聊聊。"

江图警惕地走过去，在他对面坐下。

"你今天中午又去网吧了？"江天谐问道。

江图顿时身体一紧，做好准备，万一江天谐要动手，他就赶紧溜。

然而江天谐只是叹了口气，并非发怒："儿子，你到底为什么这么喜欢打游戏？你说你以后能靠打游戏吃饭吗？"

江图忍不住道："有什么不能的？现在游戏行业那么发达，顶尖的电竞选手一年赚的钱比你赚的还多呢。"

江天谐问道："你觉得自己能当电竞选手？"

江图心虚地转转眼珠，小声道："你怎么知道我不能？"

要搁平时，江天谐肯定已经开始让他好好醒醒脑子了。然而今天他却依旧是平静的："行，我现在也看穿了，如果这是你选择的生活，我支持你。"

"什么？！"江图吓呆了。支持他？他爸不会是对他死心了，要把他逐出家门吧？！

"你要是真有这个能耐，我支持你去试一试。我今天看了下你玩的那个游戏，确实挺火的，你要是真有本事当电竞选手，那就试试吧。以后你每拿一局冠军，我就给你一万块奖金。"

"什、什么？"江图怀疑自己耳朵坏了。打游戏拿冠军给他奖金？？是他老爸疯了还是他疯了？

他怀疑江天谐是在拿他开涮，或者是在嘲讽他，但江天谐的表情很严肃："你赢了以后，把截图发给我，奖金我会让我秘书在第二天下班以钱转你的账上。没问题吧？"

"真、真的？"

"真的。"

江图咽了咽唾沫："可是我的账号不都被你封了？"他最近实在太不

像话，所以江天谐就直接把他账号冻结了，希望他无钱可用可以让他好好学习。他也知道自己浑，但是越是被逼着，他就越不想学，打不了游戏简直要了他的命。最近去网吧的钱还是问同学借的。

江天谐皱了下眉头，掏出手机，点了几下。没多久，江图听到铃声，他赶紧掏出手机一看，他的账号竟然真的被解封了！

江天谐没有再多的话，收起手机，给他留下一句“好自为之”，就转身回房去了。

江图傻傻地坐在客厅里，那条提示短信来回看了十七八次，跟做梦似的。天底下居然还有这种好事？这不是天上掉陷阱，这简直是天上掉下十八层的翻糖蛋糕了啊！

黄天－图了个图：“各位！！！我胡汉三又回来啦！！！”

黄天－大龙：“哟！二图回来了？”

黄天－小衫：“你这个点上线，你爸对你解禁了？”

黄天－图了个图：“对啊哈哈哈哈，兄弟们想我了吧？”

江图玩的是个团战游戏，他加了个公会，大家整天一起打游戏，关系一直都很好。他上线以后跟人插科打诨了一阵，就迫不及待催促朋友们组队上线打游戏。

人数凑齐以后，就开局了。

江图打游戏的水平也就是还中上，他们开了几局以后，运气不太好，都碰上了高手玩家，连输了好几盘。输了以后江图连个喘息的机会也不给队友，催着大家赶紧开始下一盘。

不一会儿，一队人找到一个仓库作为据点，暂时休息，整理起装备来。

黄天－大龙：“我捡了个面具，你们快过来看看，我戴着帅不？”

黄天－二缺：“哇，借我也戴戴呗。”

黄天－小衫：“我也要戴！”

这时候江图忽然听到不远处传来枪声，立刻紧张起来：“嘘，有人来了！”

然而他的队友们并没有搭理他，还在研究刚捡来的新鲜装备。

黄天 - 大龙：“这面具跟你这身衣服挺配啊。”

黄天 - 小衫：“哈哈，是吧，那这玩意儿你送我得了。”

江图听大家还在闲扯，急了：“没听见我说话吗？都闭嘴！赶紧找隐蔽，有人过来了！”

他因为心急，语气难免冲了点，频道里瞬间一片寂静。过了几秒，大龙悻悻道：“枪声还那么老远呢，急个啥呀？”

这局打得比较顺，江图他们一队人过关斩将，拼到最后场上就剩下最后两支队伍了，只要打败对手，他们这局就能赢了！江图求胜心切，立刻布置战术：“大龙你守住右边，小衫你从左边抄进去，二缺跟我正面冲过去！”

频道里没人应答。刚才大家几次说笑都被他打断了，大家兴致缺缺，都不怎么说话了。

江图眼瞅着对面的人开始行动了，更加着急：“都哑巴了？听见应一声啊！”

众人稀稀拉拉地应了。

江图立刻开始往上冲，跑没两步，只听啪的一声枪响，自己的血条少了三分之一。他吓一大跳啊，赶紧旋转视角找放冷枪的人，好容易找到射击的源头，又听啪啪两声，自己的角色直接扑地了。

枪声全面爆发，他眼睁睁地看着自己队友的投向一个又一个暗下去，游戏结束，他们输了。

功败垂成，江图火大地把键盘一摔，“大龙！！！我不是让你守住右边？！你到底会不会玩？”

“嘴炮放得是轻松，你怎么不自己来守守看？”大龙被他怼了一路了，也怒从心起：“你今天吃枪药了？我忍你半天了，别自己撞上来找不痛快！”

“你忍我？”江图哈了一声，“我才是忍你忍够了！今天因为你，害全队人团灭多少次了？不会玩就别玩！”

小衫赶紧劝架：“别吵别吵，大家都少说两句。快十二点了，图图你家里人今天没催你去睡觉？”

然而他的劝架并没有奏效。大龙冷冷道："行了小衫，别和稀泥了。图图，你少在这儿装，你以为自己玩得有多好？你……算了，跟你争这个没意义。我玩游戏就图个痛快，既然不痛快，那大家好聚好散吧。祝你玩得开心。”说完就下线了。

不一会儿，群里弹出了大龙退出公会群的消息。

过了两天，江图放学回到家，急急忙忙把书包一甩，水都不喝一口，赶紧开机上游戏。

“有人组队没有？”江图在群里吆喝。

两分钟过去了，群里没有人回应。

江图很不可思议。往常这时候应该是群里最热闹的时候，大家下班的下班，放学的放学了，可以好好玩游戏缓解一下一天的疲劳了。今天怎么会没人呢？

他又在群里嚷嚷了几遍，还是没人理睬，他不由郁闷了。这游戏是个团队游戏，没有队友他怎么玩？

然而除了游戏他又不想干别的。江天谐给他奖金，他多玩几局，就多点赚奖金的可能性。没奈何，他只能暂时放弃了自己的公会，直接上游戏组野队玩去了。

然而组野队这种事非常讲究缘分，缘分的好坏取决于上辈子敲碎了多少木鱼。很显然，江图就算上辈子也不是什么信徒，这辈子没攒下多少好运。野队玩了没几把，糟糕的游戏体验让他恨不得把键盘都砸了。

“小学生滚回家写作业去，这不是你该玩的游戏！”

“你窝在那里不动想干吗？！学母鸡下蛋啊？！”

“哥，我叫你哥，我给你跪下了！你除了送人头还会干吗？”

他玩了好几把，非但没赢，还跟队友吵起来了。在跟人互相问候一通母亲之后，他简直兴致全无，意兴阑珊地退出了游戏。

他百无聊赖，上社交网刷了起来。不一会儿，他刷到自己工会的朋友发了张游戏里的截图，吐槽刚才打游戏时候碰到的趣事。江图仔细一看图片，傻眼了：他在群里叫了半天没人理他，结果这帮朋友们居然偷偷摸摸自己组了个队，早开始玩了！

他忙又打开群看了一眼，最后的发言还是他自己的，别人都没有说过话。他莫名其妙了好一会儿，终于意识到，不是群里的人都没上线，而是他被大家给排挤了！

江图顿时出离愤怒地敲键盘："你们什么意思？！我在群里叫了半天，你们开团不带我玩？？"

他的质问抛出去没多久，小衫出来打圆场了："啊，图图，我们下午就开始玩啦，一直在游戏里，没看到你在群里发的消息。"

江图压根不信这话。群里好多上课上学的，大家作息都很清楚，哪有可能下午就开始打游戏？

图了个图："少在那鬼扯！对我有意见就说，背后玩这套算什么？"

他这话一出，群里的气氛瞬间就紧绷了。很快，二缺也出来了。

二缺："为什么不带你玩你自己心里没点数吗？大家玩游戏就图个乐，不想给自己找找不痛快。"

他们毕竟不是什么职业玩家群，水平没那么高端。不是说大家玩游戏不想赢，但他们没有江图那么输不起。在外面组野队被人骂两句就算了，在自家工会群里，一不小心有个操作失误还得跟孙子似的挨队友批评，换谁谁也不乐意啊。

又有几个人出来声援二缺，谴责江图最近的作为破坏了大家的游戏乐趣。江图看着曾经的朋友们的指责，只觉一阵心凉。片刻后，他退出了群聊。

现在可好，自己的工会群没有了，组野队又不靠谱，游戏要怎么玩呢？江图瞄了眼放在桌上的手机，忽然又有了主意：既然赢了游戏有钱拿，那他花钱雇点厉害的人跟他一起打游戏，赢了以后分一部分给他们，自己不就稳赚了吗？

一想出好主意，江图立刻来了精神，马上上论坛招募队友去了。

晚上，江图和江天谐一起吃晚饭。

江图慢吞吞地开口："爸，我这周要月考了。"

平时江天谐一到日子就会主动追问他复习了没，什么时候考试，有多少把握。但是这一次他却什么都没问。江图主动提起，江天谐拿筷子的手在半空中顿了顿，又继续去夹菜，平静地"哦"了一声。

江图颇感惊讶。一个"哦"就没了？不要求他考个什么名次之类的？他转转眼珠，问道："爸，我要是考试排名有进步，奖金还有没有？"

江天谐淡淡道："算了。你上次作弊以后我想了很多，可能是我把你逼得太狠了。所以以后学习的事情你自己把握吧，我就不盯着你了。"

江图非常惊讶。亲爹最近到底是受了什么刺激？游戏随便他玩，还不逼他学习？！

他原本以为哪天江天谐不管他的时候他会很高兴，可真到这一刻，他却感到莫名的心慌。这算什么？他表现太差，被彻底放弃了？

在他纠结的时候，江天谐已经吃完晚饭，放下碗筷，径自回房工作去了。

江图坐到电脑桌前，看着游戏图标，却不是很想打开。最近他一闲下来就打游戏，为了能赢他每一局都打得非常认真，这让玩游戏变成了一件非常耗神的事。以前还能跟朋友们插科打诨逗逗乐子，现在跟他花钱雇来的那些人也没什么可聊的。

不知不觉中，打游戏已经从一件放松的事情变成一件让他疲惫的事情了。

可是不玩游戏能干吗呢？他百无聊赖地用目光在房间里梭巡了一圈，最后落在书桌一角的单词本上。

背单词的念头在他脑海中一闪而过，他被自己吓了一跳：疯了吧？！闲得没事背背单词？这是他堂堂江图江大少爷该干的事吗？！

这么想着，他的手却情不自禁地伸手拿起了单词本。这时候他又忍不住想起了江天谐最近奇怪的态度。

他总觉得，江天谐是在筹谋什么奇怪的计划。是不是想让他良心不安，想让他自己学习？嘁，想得美，他才不会呢！

他翻了两页单词本，又扔回去，搓搓脸，深吸一口气，然后打开了游戏。

周末，江图收到短信通知，江天谐给他的游戏奖金已经到账。他一看数字，乐得手舞足蹈，跑出房间叫道："老爸，谢啦！钱我收到了！"

江天谐淡淡地点点头。

江图正打算回去，江天谐叫住了他："等一下。从下周开始，给你的游戏奖金会减少。以后你赢一局，我给你五千块。"

江图立刻停下脚步，不乐意了："减少？为什么？"

"我有个做直播平台的朋友，我问了下他，就算是职业电竞选手，平均下来赢一局游戏也没那么多钱。"江天谐说，"所以我打算把给你的奖金慢慢减下去。如果将来你要走这条路，吃这口饭，你总得习惯。毕竟你玩游戏不是靠我养的。"

江图目瞪口呆。这个理由听起来很充分，让他不知道如何反驳。

晚上，他又去打游戏。

今天众人发挥不错，上来第一盘就赢了游戏。队友们欢呼雀跃："图老板，发钱啦！"

江图之前跟他雇来的这群队友说好，每赢一局游戏，他就给每人发几百块钱奖金。这样一来他发给别人两三千，自己还能净挣七八千，无疑是一笔很划算的买卖——但是那是今天之前的事。现在江天谐缩减了他的奖金，他赢一局只有五千，分给队友以后自己只剩下两三千了。

要是以前江天谐没给过他一万，他大概会觉得这样就很好了。可有了之前的比较，他心理上难免有很大落差。不赢还算了，赢了反而觉得自己生生损失了五千块钱似的。

队友问道："图老板，继续吗？"

江图话很少地开始了下一局："继续。"

第二局没有第一局那么好的运气，在最后决赛的关头，江图闷头往前冲，正好冲进了所有的射击范围，被队友一个冷枪打趴下了。突如其来的失误让大家都乱了节奏，随后不幸团灭。

这给了江图一个发泄心中不满的出口。他把那个误伤他的队友狠狠骂了一顿，骂得狗血喷头：“老子给你那么钱，是让你开黑枪打我？！这水平好意思也出来当雇佣兵，说出去让人笑掉大牙啊了！不如早点回家喝奶啊！”

被江图花钱雇来的都是高手，高手也是有点气性的。刚才那个误操作还真不好说到底是他开枪打中了江图，还是江图自己走位失误。高手平白挨一顿骂，很不爽地“呵呵”了一声。

“呵屁个！你再呵一个给老子试试？”江图恶狠狠道，“不想干就滚蛋，知道后面多少人排队吗？”

那高手看在钱的分上忍了，没再说话。

几人又玩了几把，经过刚才的事，大家都有点心不在焉，结果连输几把，输得人更没有玩的兴致了。一局打完以后，频道里非常安静，所有人一言不发，等江图的下一步指示。

然而江图没有什么指示。他直接关游戏下线了。

退出游戏以后的江图坐在电脑前，呆呆地看着桌面上的游戏图标。曾几何时，一看到这个图标就能让他打了鸡血似的亢奋不已，可现在他内心却很空虚。钱他固然想赚，可减少后的奖金对他的吸引力变得很弱。

这个游戏给他的乐趣到底是什么？他现在有点迷茫了。

礼拜五江图月考的成绩出来了，比平时更有突破——只不过是反向突破。以前他最烂考个年级第二百九十八名，起码还堪堪挤进前三百。这回可好，他终于突破三百大关，考了个三百二十五名！这也难怪，最近一段时间他把空闲时间都用来打游戏了，别说复习了，就是平时该做的功课都没做完，成绩倒退也是理所当然的。

拿到成绩单以后，江图根本不敢拿回家给江天谱看，但是成绩单要求家长签名，他打算准备去找姥姥让她偷摸给签个名。然而晚上吃饭的时候，江天谱慢吞吞地开口：“你们老师今天又给我打电话了。”

江图拿筷子的手一哆嗦，心里咯噔一下。他做好了承受江天谐怒火的准备，然而江天谐只是沉默地看了他一会儿，然后摇头长长地叹了口气：“唉……”

不知道为什么，这一声叹气让江图的心瞬间揪了起来。这竟比父亲曾经骂过他的所有话都让他更难受。

江天谐什么也没有说他，父子俩沉默地吃完这顿饭，江天谐留下一句“明天早点起床，带你去看姥姥”，就起身进屋了。

江图回到房间，打开书包，拿出成绩单。看着上面一个个糟心的数字。也许是因为父亲刚才的那一声叹气，久违地，他突然为自己糟糕的成绩感到难过和愧疚了。

第二天一大早，江天谐果然开车载着江图去姥姥家。

江图起得太早，还挺困的，上了车以后昏昏欲睡。不一会儿，他被后面的喇叭声惊醒，连忙扭头看向主驾。他们的车停在红绿灯前，江天谐正看着路边发呆。绿等已经亮了，因此后面被堵住的车辆才开始催促。江天谐醒过神，忙松开刹车，让车朝前驶去。

江图顺着江天谐的视线看过去，发现江天谐刚才在看的是马路边的一所中学。他有点莫名其妙。

“江图。”江天谐突然开口。

“啊？”

江天谐犹豫了一阵，问道：“你有没有想过转学？”

“什么？！”江图吓了一大跳，“转学？转什么学？为什么要转学？”

“你现在念的学校，是我当初硬托人塞钱把你送进去的，因为这所学校的升学率高，我希望你进去以后能得到更好的教育。”江天谐说，“可是我最近在想，我是不是逼你逼得太紧了。学校学习压力那么大，你的成绩排名那么低，我相信你自己心里也不好受。如果你不开心，那就转学吧，换一所你自己喜欢的学校，压力不用那么大的。”

江图有点慌了。成绩排名垫底他确实不开心，但习惯了脸皮也就厚了。他在那学校已经读了一年了，班上有好哥们儿，也有心仪的姑娘，现在让他转去一所人生地不熟的学校，他怎么适应？

“也还好啦……”江图硬着头皮道，“习惯了，压力我能承受。”

江天谐扭头看了江图一眼，严肃的表情让江图心里悠忽一紧。

江天谐说：“可我压力也很大。我不希望我儿子在一个地方总是垫底的，我不希望总是接到老师打来的电话，说我儿子又翘课去网吧了，考试成绩又退步了。你考虑一下吧，我是认真的。如果你想要更轻松的生活，那我就给你更轻松的生活。”

以前江图的确不止一次抱怨过，学校管得太紧，学业负担太重。江天谐告诉他他现在上的学校有多好，他就抱怨这个学校又不是他想上的，是江天谐硬把他塞进去的。可现在江天谐真的要让他从这个学校离开，他却不乐意了。

之后的一路上，他心里始终堵得慌，没再开口说过话。

晚上回到家，江图还是无精打采的，正打算回房休息，江天谐叫住了他。

“江图，我们聊聊吧。”

江图茫然地回头看了老爸一眼，想了想，点头同意了。

父子俩一起在沙发上坐下。江天谐并没有立刻开口，而是思考着组织了一下语言。他这段时间跟韩闻逸又聊过几回。在一次次的谈话中，韩闻逸让他明白，江图不喜欢学习，这不能全怪江图，是他用很多不正确的方式给江图传递了错误的信息。

他太逼着江图读书，这样一来，反倒让江图以为不是为自己学的，是为了他学的；他安排了太多的事情，从小学到高中，不管江图学习成绩怎么差，他都有本事把儿子塞进好学校，他没有让儿子明白学习的重要性，反让江图发现不管自己怎么埋汰老爸都会帮自己找好后路，那自己当然就没有努力的必要了；另外，他糟糕的奖励方式也毁掉了江图学习的动力。

——说白了，其实是他没有认识到儿子的前途是儿子自己的事儿，是他表现出了有钱能解决一切问题的态度。他把这种态度传染给了儿子。这种情况下，他又怎么能指望儿子能耐住性子力求上进呢？

想到这里，江天谐忍不住苦笑了一下。他尽量用平和耐心的语气问道：“儿子，爸认真问你，这学你还想上吗？”

江图露出了纠结的神色。他虽然不是很喜欢念书，但也不至于就想要放弃。

江天谐清了清嗓子，徐徐道：“爸这么多年努力工作，一直希望能给你最好的生活条件。好让你不要像我年轻时候过得那么苦。但是爸也很害怕，爸没有能力一辈子都这么风光，以后总得靠你自己，甚至等我老了以后，我可能也得指望着你。”

江图愣愣地看着父亲。在他心目中，江天谐一直是不可一世的，能把所有麻烦都打点好，怎么会跟他说这种话？

“我以前一直觉得，你年纪还小，所以有些话不跟你说。但是现在我觉得，你已经长大了，有些事情应该让你知道。”

江图以为江天谐要跟他讲大道理，顿时有点排斥。然而江天谐接下来说的话却大大出乎他的意料：“我这几年，看着很光鲜，其实有很多头疼的事情。我们董事会里成天明争暗斗，有两个老家伙想联手把我排挤出局，如果再让他们从董事会里拉走一个人，我这么多年一手建起来的东西，很可能就会拱手让人。”

江图猛地瞪圆了眼睛：“还有这种事情？！他们凭什么啊？！”

江天谐笑了笑：“等你长大了你就知道，商场如战场，我想赚大钱，给你最好的生活，他们也想得到最多的东西，给他们的家人更好的生活。每个人都为了自己的利益做事。生活不是那么容易的事情。”

江图似懂非懂。

江天谐顿了顿，接着道：“我想说的不是这些。我想说的是，最近我突然想明白，我一直害怕有一天我会扛不住，我会失去一切。我很焦虑，所以我也给了你很大的压力。我怕有朝一日我会没有能力给你这么多东西，我会没有能力给你富足的生活，没有能力为你安排最好的教育，所以现在就一股脑地塞给你……我还想，你能快点成长，能来帮帮我。可是也许，这些本来就不是你想要的。”

这番话让江图心里疼了一下。父亲逼他成长，父亲想让他继承衣钵，这些东西他其实有察觉到。他原本是反感的，觉得父亲不尊重他的意愿。可当江天谐真的明明白白把这些话说给他听的时候，他才发现，他其实并不抗拒。甚至在他听说父亲的艰难时，他恨不能立刻变成一个可以帮忙的打人。他所讨厌的，只是被人逼着的感觉而已。

“当初这所学校不是你想上的，是我自作主张硬让你去上的。你不喜欢念书，整天逃课去网吧，你痛苦，你的老师痛苦，我心里也很不好受。”江天谐说，“我不该这么自私。以后我不逼你了，既然你实在不想念，咱们就转学吧。”

“哎呀！”江图又听他说起转学的事，顿时急了，“我都念了快一年了，还提以前我不想上的事干吗？现在都挺好的呀！”

“挺好的？”江天谐用怀疑的目光看着他。

“我哪有整天逃课去网吧？我都两个礼拜没去了。”江图心虚地嘀咕，“好吧，我这几次是考得不好，那不是因为我没认真么？我要认真了，不会考成这样的。”

江天谐挑眉。

江图脸色微红，挠头：“我也没那么讨厌读书……反正别给我转学，我现在上学上的挺好的。”

江天谐露出为难的神色，沉吟不语。

江图怕他真给自己办转学，急了：“我真的不想转学！我跟你保证，以后我再也不逃课了，我认真点读书还不行吗？”

江天谐挑眉，仍是一派怀疑之色：“你真的要读书？”

“真的！”江图恳求道，“你给我点时间，我会让老师不再打电话跟你告状的。拜托，你就让我继续念呗。

以前都是江天谐求着江图念书，这还是头一回江图求着江天谐让他念书。江天谐心里简直要乐开花了，面上却还端着。他越不表态，江图就越着急。

“下学期！下学期我保证进前两百，努力挺进前一百！”江图绞尽脑汁地许诺，“我自己考，不抄别人的。这样行了吧？”

江天谐赶紧点头。现在这样正好，不能太过，万一把他逼急了牛皮吹太大，结果发现做不到，反而打击动力。他说：“这是你自己说的。你确定你愿意？”

“我愿意！”江图就差没拍胸脯保证了。为了表现自己的决心，他立马起身回屋，“我现在就背单词去！”

刚走没两步，江天谐在后面叫住了他：“等一下。”

江图回头：“还有啥事？”

“我最近有一笔投资的项目，手头比较紧。”江天谐为难地说，“给你的游戏奖金恐怕得暂时取消了。虽然很遗憾，但毕竟生意更重要。希望你能谅解。”

江图愣了一下。

江天谐有点担心江图会闹起来，谁知儿子只是神色复杂地叹了口气：“哦……”

当奖金从一万减到五千的时候江图的确挺不满的，不满到最近连游戏都没心情玩了。现在又从五千变成直接取消，可能因为有了铺垫，他已经麻木了，反而没什么感想了。

这么大一件事就这么轻描淡写被带过去了。少年一头钻回房间里。

不一会儿，屋里就传来他朗朗的背书声。

“以前我们学校的教授曾经做过一个实验。”韩闻逸在办公室里给刘小木讲课，“他的一门课，上课的内容都是一样的，但他用了两种不同的形式来上课。第一个学期，他准备了很多的巧克力，在第一堂课的时候，他告诉所有学生，凡是来上课的学生，每节课都可以拿一枚巧克力。所以他希望大家多多来上课。”

“哇，还有这么好的事？”刘小木咽咽唾沫，“我突然也想吃巧克力了！”

韩闻逸接着道：“第二学期，他又换了一种方法。在第一堂课上，他告诉所有学生，他的课如果有谁无故旷课两次，那么以后都不用再来上课了，他希望留下听他课的人都是真正对他的课感兴趣的人。”韩闻逸说，“当然，学分是按照期末考试的成绩来给的，所以即使平时没有出勤，也不用担心这门课会被挂科。”

——也就是说，同样的老师，同样的上课内容，同一个学校的学生，虽然两届学生的性格或许会有差别，但对于出勤率影响更大的，还是教授选择的不同策略。一个是来上课就给巧克力的奖赏，另一个是不来上课就不准再来的惩罚。

韩闻逸问道：“你觉得，这两个学期里，哪个学期学生出勤率更高？”

刘小木眨巴眨巴眼睛，犹豫再三，小心翼翼地答道：“如果不影响学分的话……第一个学期出勤率高点？毕竟有巧克力拿……”

韩闻逸摇头，说出答案：“第一个学期刚开始几堂课，出勤率的确很高，后来人就越来越少，甚至少于这位教授以往任何一个学期的出勤率。最后几堂课，几乎只有一半的学生还来上课。”

“呃……”

“而第二个学期，当教授说不上课的人可以永远都不来上课，结果从开学到学期结束，没有一个——对，没有一个学生——无故旷课超过两次。几乎每一堂课都是全勤。”

刘小木惊得下巴都要掉了。名校的学生素质高，爱学习，但是整学期没有一个学生旷课两次也太夸张了吧？而且两个学期的对比差距竟然那么大？差了整一半！

“所谓的自主能力和能动性，重要的是，得让人明白，他们所面对的东西，本身就是有价值的，是需要他们努力才能争取到的，而不是别人强塞给他们的，也不是在那里永远不会改变的。”韩闻逸解释道，“教授的课本来就挺有意思的，但是他送巧克力让学生们去上课，反而会让学生以为自己去上课是为了巧克力。巧克力的吸引力消失，他们就失去了上课的动力。但第二个学期，教授让学生们明白，教育的资源本来就是稀缺的，一旦他们松懈，他们就有可能永远失去机会。这样一来，反而没有人敢懈怠。

这就让学生们有了更强的能动性。”

刘小木若有所思了一会儿，醍醐灌顶地点头：“好有道理啊！”

正讲着课呢，外面响起敲门声，是郑佳来了。

韩闻逸暂停讲课，高声道：“进来。”

郑佳推门走了进来。

“老大，快到年底了，我们事务所得组织点出游活动，搞搞团建，给员工们发发福利。我刚才统计调查了一下大家想去哪里玩……”郑佳一边说一边把手里的文件递给韩闻逸，“这是统计结果。”

韩闻逸接过看了一眼，顿时露出了为难的神色。投票最高的几个地方都是旅游胜地，如果组织团体出游，价格可不便宜。大家辛苦一年了，确实是需要好好搞搞团建，有利于稳定军心，但是这经费也是个问题。他虽然拉到了武大问的投资，但最近换办公室什么的，已经花了不少钱了，再加上过年要发的奖金，公司的账面上还真有点吃紧。

“我知道了，我考虑考虑。”韩闻逸把文件放到一边。

等刘小木和郑佳出去以后，他给钱钱发消息：“团体游的投票，你投的哪个？”

还没等钱钱回消息呢，办公室的电话响了。韩闻逸接了起来。

“韩老板！！我儿子最近变化太大了，好几天没看他玩游戏了，这礼拜他还主动跟我提起，报了两个课外辅导班！！”电话一通，江天谐就迫不及待地分享喜悦之情，“太感谢你啦！”

韩闻逸眉峰一动，微笑：“那太好了。”

“你可真是神了！回头我请你吃饭，还得请武大问吃饭，多谢他把你介绍给我！”江天谐乐呵呵的，“我以前还以为心理咨询就是给人灌灌鸡汤，哪想到这么管用。我现在都想去学学心理学了……韩老板，牛啊！”

韩闻逸笑道：“江总过誉了。”

“没跟你客气，我说真的呢。”江天谐问道，“韩总，你们还融资吗？我想投资你们。我感觉这行有很大的市场，前景非常棒啊！”

韩闻逸怔了。

他忽然觉得他也有必要请武大问吃饭，好好感谢他一下了。这样的朋友，请再给他介绍一打吧！

数分钟后，他聊完电话，把听筒挂上，拿起手机一看，钱钱的回信来了："我选了普吉岛！好想去海滩游泳啊！！"

韩闻逸又拿起郑佳刚送来的文件看。普吉岛赫然就是众人票选的第一名。他微笑着拿起笔，爽快地在普吉岛的选项上打了个勾。

第九章 ______ 抑郁的老人

晚上下班以后，钱钱自己坐车回到家，刚进居民楼，就闻到了楼道里阵阵飘香的咖喱味。这个点她晚饭还没吃，被香气把肚里的馋虫都勾了出来，情不自禁地咽了口唾沫。

这楼里的邻居都知道，一闻到这个味道，肯定是二楼的土木学院的李教授又在烧咖喱饭了。钱钱小的时候，李教授经常会在家里烧咖喱饭，这对钱钱来说可是一项折磨。这个味道实在太香了，不知道李教授用了什么独门秘诀，别人烧的咖喱都不如他的香。好几次钱钱馋得忍不住想上门去蹭饭，如果是别家，她大概真会厚着脸皮去了。偏偏李教授是个不苟言笑的长辈，永远板着张脸，院里的孩子都不敢接近他，钱钱也不例外。

钱钱走到二楼，李教授家的房门突然打开了，李教授提着垃圾袋从屋里出来，看来是准备下楼倒垃圾。

两人在门口打了个照面，李教授抬起头，面无表情地盯着钱钱看。老人家今年已经七十岁了，眼角和嘴角耷拉下来，比年轻时更显严厉。楼道里的灯光又昏暗，被人用这样阴沉沉的眼神盯着看，看得钱钱忍不住起了一身鸡皮疙瘩。

她尴尬地打招呼：“李伯伯，晚上好。”

李教授慢吞吞地“嗯”了一声，用审视的目光继续盯着她看。

钱钱心惊胆战，总觉得李教授下一秒就要开口训她似的。不过老人家似乎没这个兴趣。他只是用冷冰冰的目光审视了钱钱一会儿，就提着垃圾袋从屋里出来，脚步蹒跚地向下走去。

李教授一走，那股无形的压力就解除了。钱钱拍拍胸口，松口气，正打算上楼，忽听楼下传来交谈声。

“哟，李教授，您怎么自己出来倒垃圾？”底下传来邻居的声音，“你们家保姆呢？”

李教授冷冷地回答：“走了。”

“走了？唉……您年纪大了，一个人住，还是请人帮帮忙的好啊。”

钱钱心想，李教授家的保姆该不会是让李教授整天冷冰冰一张脸给吓跑了吧？成天跟这么严厉的一位老人待在一起，是真的压力很大啊。

她一边想着，一边快步上楼回家去了。

吃过晚饭回到房里，钱钱开始刷淘宝。今天晚上韩闻逸有事，她是自己坐车回家的，回家的路上一不小心把围巾落在地铁上了。最近天气冷了，出门在外没有围巾脖子冻得难受，于是她打算买条新的。

正挑着呢，钱美文推门走了进来：“女儿，我刚才削了点水果，你自己到厨房去吃。”

钱钱“哦”了一声，坐在椅子上没动弹。

“你干吗呢？”钱美文把头凑过来，好奇地看女儿的手机屏幕，“咦，你要买围巾？你不是有一条了？”

“那条今天不小心被我弄丢了。”

“丢了？丢哪了？还能找回来不？……什么？找不回来了？你说说你，你都多大的人了，还整天丢三落四的！我跟你说过多少次了，每次离开一个地方的时候要检查一下自己的东西，这次是不是又忘记检查了？我说的话你怎么就是记不住？”

钱美文唠唠叨叨数落着钱钱的粗心大意，钱钱早已习惯了，把母亲的唠叨当成是背景音乐，左耳朵进，右耳多出，嗯嗯啊啊地敷衍。很快，她看中一条驼色围巾，加入购物车，正准备去结算，被钱美文拦住了。

“别买了，我给你织一条呗。”

“啊？你给我织？”

“对啊，你小时候穿的毛衣和围巾不都是我给你织的？你把你喜欢的围巾发给我，我照这样子给你织一条。”

她不提小时候的事还好，一提钱钱就忍不住嘴角抽搐了一下。小的时候母亲的确给她织过毛衣和围巾。可问题是，当年她还不到爱美的年纪，老妈给什么就穿什么，心里还挺高兴。可现在她早不是当年那傻呵呵的小姑娘了。她还记得后来看照片，钱美文给她织的围巾，底色选用了前卫的绿色不说，上头还绣了几朵鲜艳的大红花。对于母亲的审美和手艺，钱钱那是真心不敢苟同。

“您都多久没织了，怎么突然想到织毛线？”

“我不再过两年要退休了吗？”钱美文说，“学校给我安排的课程越来越少了，反正我闲着也没事做，打发一下时间呗。”

钱钱眼珠转了转，机灵地转移了话题：“对了，妈，我今天看了个网站，推荐了好多部经典的韩剧。你不是爱看吗？你把 Ipad 给我，我帮您下，保管够你看几个月！”

“好的呀，那你帮我下载。”钱美文最近很痴迷韩剧。不过剧要看，围巾也还是要织，“赶紧把你刚才看上的那条围巾图片发给我，我看剧的时候正好织。”

她又不好意思直说嫌老妈织的围巾老土，只能继续推脱：“妈，现在不流行针织款的了。我喜欢的都是欧美简约款，还是算了吧。您有时间跟小姐妹出去逛逛街呗。”

“什么简约款，你给我看看。”钱美文索性抢过她的手机，放大图片仔细研究了一会儿，“就算做不了一模一样的，我可以给你做个类似款的嘛。”

还没等钱钱反驳，钱美文已经雄心壮志地放下豪言：“等着吧，下礼拜你就能戴了！”

钱美文自说自话地做了决定，转身出去了。过了一会儿，厨房里响起她的喊声。

“女儿，快出来吃水果啦！”

第二天是周末，早上钱钱和韩闻逸照例去操场上晨跑。

跑了几圈从操场出来，前方路上有个白发苍苍的老人，手里提着一袋早点，低着头脚步缓慢地前行。钱钱率先把人认了出来，小声道：“前面那个好像是李教授？”

韩闻逸吃了一惊：“李教授？土木学院的李教授？”

钱钱点点头。

韩闻逸盯着前方的身影看了一会儿，发现真的是李教授，脸上露出了不可思议的表情：“李教授……怎么变得这么老了？”

钱钱不由一怔。李教授今年七十，已经退休好几年了。他退休以后就不大出门了，打从他老伴过世以后，他出门的时间更少。而韩闻逸搬回来才几个月的时间，又一直早出晚归，几乎没怎么跟这位老邻居打过照面。他印象里的李教授，大抵还是许多年前的样子。

钱钱正想说这都多少年过去了，人可不就是老了么？然而话没出口，她自己却愣了。

她突然想起了几年以前的李教授。

李教授祖籍北方，个子很高大，加上他为人严肃，总是给人一股威风凛凛的感觉。他是土木学院的教授，经常要带着学生们上工地干活、进山考察地质，风吹雨打磨炼出一副很硬朗的身子骨。钱钱念书的时候还听过不少关于他的光荣事迹。说有一回他带着一帮二十岁的毛头小年轻进山，山里下了雨，路异常地滑，学生们必须手脚并用地在山里前行，压根没法撑伞，一个个满身泥泞、狼狈不堪。李教授却跟修炼了轻功似的，撑着把伞在滑溜溜的大石头上健步如飞，身上一滴泥水没溅到，把学生们佩服得五体投地，送了个“小龙女”的称号给他这个八尺大汉。

一直到他退休的那一年，大家还说他六十多岁的人看起来跟四五十似的，显年轻。可这才过去了几年，他的头发已全部花白了，背脊佝偻了，精气神都衰败了，七十岁的人看着竟像八十几。

韩闻逸因是长时间不见，故而被李教授的巨大变化吓到了。钱钱这几年倒是见过李教授几次，老人家的变化对她而言没有那么突兀。可其实仔细想想，这样的变化的确是很反常的。

李教授步子很慢，不一会儿就被钱钱和韩闻逸赶上了。

“李伯伯，早上好。”两个年轻人跟老教授打招呼。

李教授慢慢转过头，神情冷漠地看着他们。过了几秒，他才淡淡地“嗯”了一声。

钱钱被老教授的眼神看得浑身不自在，打完招呼就想走了，韩闻逸却和李教授聊了起来。

“您出来买早餐？”韩闻逸看了眼老人家手里提的袋子，里面只装了一个小烧卖，“怎么买这么少？”

李教授冷冷道：“人老了，少浪费点粮食。”

这个回答让韩闻逸和钱钱同时吃了一惊。钱钱忙道：“这话说的。我爸到现在还觉得自己是个小孩呢！李伯伯您比我爸能大几岁？您也就比小孩大那么点儿。”

李教授愣了一下，紧缩的双眉微微松开，没再说什么。

两个年轻人放慢步子，跟老教授一起往回走。李教授话很少，钱钱绞尽脑汁找着话题，李教授也难得才吭个声儿。好容易进了楼，李教授回屋去了，钱钱这才松了口气，放松下来。

“妈呀，他好严肃，跟他在一起我大气都不敢喘。”

韩闻逸却若有所思地问钱钱：“你有没有觉得李教授现在的反应速度比以前慢很多，人也无精打采的？”

“啊？”钱钱一愣，“有吗？”

韩闻逸点头：“刚才我们叫他，他过了好几秒才认出我们。”

钱钱惊讶地睁大眼睛：“他是没认出我们？我还以为他是在审视我们呢。”

韩闻逸失笑：“老人家表情是严肃了点……”

被韩闻逸这么一说，钱钱仔细想想，才发现好像确实是这么回事。她从小就怵那些特别有威严的长辈，因此每次一接近李教授，她就怂得不敢跟老人家对视。可她又不是李教授的学生，也不是李教授的子孙，老人家审视她干吗？大概还真是韩闻逸说的那样，老人家只是反应慢，加上表情僵硬话太少，被她误以为是在释放不友善的信号。

又想起李教授近年来越发苍老的身影，钱钱突然有些心酸了。

"是不是老人家一个人住，太孤独了？"钱钱小声道，"我听我妈说过，自从他老伴去世以后，他就经常一个人闷在家里，很少出门了。跟人交流少了，反应也变慢了吧。"

韩闻逸欲言又止，最后只是叹了口气。

转眼又过了一周。

晚上韩闻逸和钱钱一起下班，停车的时候，韩闻逸发现他的前方停着一辆眼生的奔驰车。正在这时候，钱钱拍了拍他，指着正进楼的一对中年男女和一个十岁出头的小姑娘："李大荣他们一家来了。"

李大荣正是李教授的独子。他比钱钱和韩闻逸大了十来岁，小时候也在这栋楼里住过好些年头，因此他们都认得他。李大荣跟韩闻逸一样，从小就是远近闻名的好孩子。他念书的时候学习成绩好，长大了工作也有出息，现在已经是一家大企业的高管了。

两人停好车下来，走进楼道，正好看见李大荣他们一家三口进了李教授家门，与此同时，钱钱又闻到了那芳香扑鼻的咖喱味。

这里的房子隔音效果不好，他们走上二楼，听到屋里传出李大荣的生气声音。

"爸，你怎么又烧了咖喱饭？！都跟你说了，没有人爱吃这东西！我们是吃过晚饭才过来的！我拜托你，以后别折腾了好不好？"

钱钱和韩闻逸不由对视了一眼。

"泉泉要吃吗？"是李教授在询问小孙女。

小姑娘细声细气的："不要。"

“听到没有？跟你说多少次了，没有人要吃，你再烧也是浪费粮食！”

李教授不吭声了。

过了几秒，李大荣接着发脾气：“你又把我给你请的家政辞退了？你到底怎么回事？你知道我花了多少功夫挑的人吗？”

李教授冷冷地顶回去：“我没让你请。”

“你！”

眼看父子之间的战火一触即发，屋里响起一个女人柔声细语的声音。是李大荣的妻子在劝慰。屋里的声音渐渐轻了。

韩闻逸和钱钱上了楼，再听不到他们的对话了。

钱钱回到家，正在玄关换鞋，钱美文一脸兴奋地迎了出来，双手神神秘秘地背在身后：“回来啦。”

钱钱抬头一看，老妈的脸上就差写上“我有一个惊喜要给你”这几个大字了。然而她并没有感到惊喜，相反，她有一种不祥的预感。

“当当！”

果不其然，钱美文从背后掏出一条围巾，得意扬扬地邀功：“答应给你织的围巾织好啦！怎么样，好看不？快戴上我看看！”

钱钱打量那条塞到自己手里的围巾，嘴角一阵抽搐：“你选的这是什么颜色？”

“什么我选的颜色？这不是你选的颜色吗？”钱美文瞪眼，“我就是照你在网上看中的那条颜色买的线呀！”

“哈？我喜欢的那叫驼色好不，您选的这颜色它另外有个俗名，叫屎黄色，听说过没？”

“什么驼色？不就是咖啡色吗？我选的也是咖啡色啊。”钱美文理直气壮。反正在她眼里，这两种颜色没多大差别。

这钱钱就不乐意了：“我不是跟你抬杠，但是妈，我作为一个艺术生，我有艺术生的节操。我必须摸着我的良心说，要么您眼睛出了问题，要么我眼睛出了问题，反正这俩绝对不是一个色。”

“哎哟，能差多少啦？差不多就行了！”钱美文见女儿还在跟她纠结颜色，有点不高兴了，她心急地催促，“快戴上我看看合适不合适，我织了整整一个礼拜呢。”

钱钱被逼无奈地接过围巾，绕到自己的脖子上。她乍一看以为这条围巾是纯色的，戴上以后才发现围巾上有奇怪的花纹。叠着的时候看不清楚，一展开纠结看明白了：原来那不是什么花纹，而是钱美文在围巾上织了一个大大的中文字——“钱”。

什么玩意儿？！知道的是这围巾的主人姓钱，不知道的还以为围巾的主人想钱想疯了。还不如绣个麻将上的“發”字呢！

“你喜欢的那条围巾上面什么都没有，太单调了。”钱美文不无得意地邀功，“我看人家大品牌给超模的围巾上会绣个超模的名字在上面，所以我也给你搞个‘特别定制’款。怎么样，你妈还是挺时尚的吧？”

钱钱被老妈的时尚征服了：“是够特别的。你索性在上面再织个地址和手机号呗。这样就都不怕弄丢了，万一丢了，捡到的人能照着上面的地址给我寄回来。”

钱美文居然认真思考起这个可行性来：“也有道理。可是手机号和地址随便给人看不太好吧？万一被人打骚扰电话……”

钱钱心想：你还当真了！

钱美文期盼地问道：“怎么样，我织得好看不？”

钱钱只能呵呵干笑。“钱”字且按下不表，样式也搁下不提，光这屎黄色的选色，就够她把这条围巾枪毙一万次了。她倒不是不能昧着良心哄哄钱美文，可万一她真把老妈哄高兴了，老妈兴致上来，再给她织个毛衣毛裤帽子手套咋办？她可不想凑成全身屎黄色的成就。

钱美文等了半天等不到女儿一句夸，还看出了她的几分嫌弃，心里的热火劲儿瞬间灭了三分：“怎么，你不喜欢啊？”

“我说实话，你保证不揍我？”

钱美文瞪她，热火劲儿又下去三分。

“要不你给我爸戴吧？”

钱钱试图把围巾还给钱美文，让她把这“福分”转给老爸享用。钱美文热火劲儿再减三分，只剩下最后一分了。她没接，坚持推回去：“给你织的，你收着。找衣服好好搭配一下，肯定好看的。”

钱钱心说除非哪天我得了色弱，要不这颜色搭配什么衣服都救不回来。但老妈坚持，她也只得收下了。

她走进客厅，注意到客厅的一角摆着一栋中等大小的木房子，不由一愣。

“妈，你怎么把这个找出来了？”她走过去，把围巾随手放在一边，端起木头房子打量。这是一座手工小木屋，是她当年最喜欢的玩具。木屋的屋顶和门窗都可以拆卸，一些小木条也可以自由移动，又有观赏性，又有趣味性。这么多年过去，很多她曾经玩过的玩具都不记得了，唯独这栋小房子还印象深刻。

钱美文走过来：“我找织围巾的工具的时候从柜子里找出来的。你看你要是不要了的话，我拿去送给我表姐的外孙玩，正好把柜子空出来放别的。”

钱钱捧着小房子，很舍不得。虽说她现在这年纪确实不玩这种玩具了，但这好歹是她的童年回忆，很有珍藏价值。她犹豫片刻，问道：“这房子你以前在哪儿买的？再去买个新的送人家呗，我出钱。都那么多年了，现在的新款肯定做得更高级更好玩了。”

“哪儿有什么新款？”钱美文皱眉。“你不记得啦？这不是我买的，是人家李教授亲手给你做的啊。”

“李教授做的？！”钱钱惊呆了，“哪个李教授？！”

“土木学院的李教授啊，还能有谁？”钱美文说，“你当年在同学家里玩了乐高，回来哭着喊着说你也想买一套。那个太贵了，几块积木就好几百块钱，我没舍得给你买。正好人家李教授听到了，回去自己动手做了这个给你。你都不记得啦？”

钱钱目瞪口呆。这事儿如果不是发生在幼儿园，那顶多也是她小学一两年级的事儿，她还真没什么印象了。

“你确定是李教授做的？”钱钱不敢置信地问道。

钱美文好笑：“你不记得，我还能不记得吗？不信问你爸去。”

在钱钱的印象中。李教授一直是个难以亲近的人，对谁都很冷漠。这不光是她一个人的看法，楼里年纪相仿的孩子都这么觉得。小时候他们在院子里打闹玩耍，别的大人来了，他们有时候还会闹着跟大人一起玩。唯独李教授一过来，大家伙大气都不敢出，立刻躲得远远的。这样一位严肃的教授，亲自动手，给她做这么精巧的玩具？！这可真是……人不可貌相。

“李教授是个好人啊。”钱美文忍不住感慨，“可惜他老伴走得太早了……唉……”

钱钱心情无比复杂，竟不知该说些什么。片刻后，她珍惜地抱着小木屋回自己房间去了。

钱美文也打算回房休息，忽见茶几上有条围巾，她忙走过去。那是刚才钱钱看房子的时候随手搁在那儿的，搁了就忘了。她带走了房子，却留下了围巾，

钱美文心里不高兴，拾起围巾想给钱钱送进去，可刚走到房间门口，她的脚步停下了。她看着手里自己忙碌一周的成果，心里剩下的最后一分热火劲儿也彻底被浇灭了。

她在女儿的房门口站了一阵，幽幽地叹了口气。

第二天中午，钱钱出门去买东西，刚下楼，就听外面传来争执声。

“爸！我不是跟你说了不要再弄这些东西吗？我的话你怎么就听不进去？！”

“不用你管！”

“什么叫不用我管？你这是不是给泉泉做的？我跟你说了一万次泉泉不喜欢不喜欢不喜欢！现在满大街都是玩具店，几百块钱就能买一套乐高，你说你做那么粗糙的东西有什么用？你自己不小心弄伤手，给孩子玩，还会弄伤孩子的手！算我求您了，您都这把年纪了，就消停点在家享享清福行不行？”

钱钱吃了一惊。她听出了是李教授和李大荣在争吵。

李大荣的话让他的老父亲沉默了一会儿。片刻后，李教授不服气地小声反驳：“我都打磨过，不会弄伤孩子的手。”

钱钱走出楼道，果不其然，李家父子都在花坛边。李教授坐在一张小木板凳上，脚边放着榔头、镰刀、磨砂纸、木头等工具，还有一栋搭了一半的小房子。他又在做小房子，家里地方不够大，施展不开，因此搬到楼下来忙活。

李大荣则一脸不满地站在他身旁：“怎么不会弄伤？你看看你自己的手，都成什么样了？孩子手多嫩，一根木刺就能把手划破。你非做这吃力不讨好的东西干吗？”

李教授懒得跟儿子争辩，闷头忙活自己的，只当没听见。

李大荣火了：“我说话你怎么就听不进去？”

这父子俩长得很相似，脾气也很相似，李大荣脸一板，凶神恶煞的，连钱钱都被他吓了一跳。李教授却不会被自己儿子吓到，他头也不抬，拾起脚边的磨砂纸，开始磨木边：“泉泉如果不要，我就给院里别的孩子玩。”

“谁要玩，你告诉我，谁要玩？真没人稀罕你这玩意儿！”李大荣持续不断地给父亲泼冷水，“要真有谁家孩子缺玩具，你跟我说，我掏钱给他们买！”

父子俩都侧对着钱钱，因此没人注意到她的出现。钱钱站在楼道口，目光定定落在老人家手上的小木屋，和当年为她做的那个很相似。

小木头房子很精致，小时候的她玩了那么多年，从来没有想过这个房子是怎么被制造出来的。直到现在，她看到地上那么多工具，看到那些毛毛糙糙的原材料，原来那都是李教授自己画好图纸，一寸一寸量好尺寸，锯下一根根木条拼接出来的。原来他是这样用磨砂纸将木头的每一条边打磨光滑，才让她当年娇嫩的小手没有受到一点伤害。

她的目光又顺着小木屋移到老人的身上。李教授的背佝偻得有些厉害，许是因为眼睛看不清楚，他把小房子抱在怀里，脸几乎贴上去，仔仔细细地打磨着。他坐在树下的阴影里，逆光的背景让他的侧脸更添几分庄严。

可这是第一次，钱钱从这个一直让她敬畏的老人身上看出了温柔。

她突然觉得很心酸，很想走出去，站到李大荣的面前，一字一顿地告诉他：他看不上的东西，有人很喜欢。如果不懂得欣赏，就请闭嘴。但那毕竟是人家的家务事，她犹豫着不太好去插话。

就在这时候，楼上传来了脚步声。钱钱抬头一看，是小姑娘李泉泉跑下来了。

院子里，老人家全心全意地沉浸在自己的手工活里，不理会周遭的一切事物。李大荣劝说无果，却又拿他没办法，只能转身向回家的方向走。父女俩一前一后过来，钱钱听人谈话被撞破，有些尴尬，站在原地没有动。

李大荣看到钱钱，微微愣了一下，淡淡向她点了下头。钱钱回以点头问好。正好李泉泉过来了，冲向自己的老爸："爸爸，我饿了！"

李大荣摸摸女儿的头："等会儿我们出去吃午饭。"

李泉泉说："我想吃爷爷烧的咖喱饭。"

钱钱微微一怔。

李大荣回头看了眼还在外面做工的老人，对李泉泉摇摇头："不行。等会儿我带你出去吃饭，现在先上楼再说。"

李泉泉是个听话孩子，可怜兮兮地点了下头，就跟着李大荣回去了。

钱钱望着父女俩的背影，不由皱了下眉头。昨天她听俩人说不吃咖喱饭心里还纳闷呢，李教授的拿手好菜闻着多香啊，难道不好吃么？今天李泉泉都说想吃了，李大荣又拦着她做什么？

这个当儿子的，难不成以给自己的父亲泼冷水为乐么？

钱钱买完东西回家，钱为民已经烧好午饭了，夫妻两个坐在餐桌边聊着天等她回来吃饭。钱钱进玄关换鞋，好巧不巧，正听见夫妻俩正在谈论李教授家的事。

"我前几天碰到李教授，他又瘦了一大圈。也是蛮可怜的，老伴走得太早了，一个人过日子肯定不好受。"

钱为民叹气："是啊。"

"不过还好李大荣还算孝顺。"钱美文话锋一转，"我听说他在市区给李教授买了套大房子，就在他们家附近，想让老人家搬过去住方便照顾。不过李教授自己不肯，他在这里住了几十年，住习惯了。”

“住在学校旁边多方便啊。”钱为民接茬，“是我我也不肯搬。学校福利多好，不想烧饭的时候去食堂打两个菜，又干净又便宜。”

“也是。”钱美文点头认同，“住在学校旁边是方便。不过子女也是好心。大荣确实很尽心了，上次李教授腿不舒服，他请了个护工每天来照顾，还买了个高级按摩椅送过来，听说花了十好几万块钱呢。”

钱为民咋舌：“什么按摩椅这么贵？”

“不知道，国外进口的吧。”

这要是平时，钱钱听他们聊聊邻居家长里短的八卦，不太会发表自己的意见。可这会儿她想起刚才在楼下发生的事，心里替李教授抱不平，忍不住道：“得了吧。有钱，买得起大房子，就叫孝顺啦？”

夫妻俩一愣。钱美文听出她话语里的讽刺之意，却以为她只是单纯对有钱这件事情感到不屑，不由道：“说得你比人家孝顺多少似的。人家李大荣还是很尽心的好伐？”

钱钱撇撇嘴：“我要真跟李大荣一样‘孝顺’，你不掐死我才怪了。”

钱美文和钱为民面面相觑，不明白她在说什么。钱钱也懒得跟他们解释，见一桌菜已经准备好，便进厨房拿碗筷开饭去了。

吃完午饭，钱钱就出门左转去了韩闻逸家。

她一直在想中午的事，对李大荣的作为颇有微词，正跟韩闻逸倾诉呢，忽听韩闻逸家的门铃响了。她停了下来：“你有快递？”

“也许吧。”韩闻逸莫名地起身去开门：

钱钱坐在沙发上探头往外张望，门一开，她看见门口的人，不由愣了——说曹操曹操到，来的人居然正是李大荣！

韩闻逸看到这位稀客，也不由微微一怔：“大荣哥，你找我有事？”

李大荣神色凝重：“我可以进来吗？”

韩闻逸让开一条路。

李大荣走进屋，发现钱钱也在屋里，不由愣了一下。如今钱钱和韩闻逸的关系楼上楼下已经人尽皆知了。他犹豫片刻，并未说什么。

韩闻逸引李大荣在桌边坐下，钱钱起身去给他们倒茶。李大荣这才说明来意。

“小逸，我知道你是学心理学的，现在还开了个事务所……”钱钱倒完茶从厨房出来的时候，只见李大荣搓着手，似有些不安，“刚才午休的时候，我在家里找东西，结果在柜子里找到了安眠药和很多氟伏沙明之类药物，我上网查了那药的作用……”

韩闻逸瞬间明白了。氟伏沙明是抗抑郁症的药物。

李大荣冷毅严肃的脸上难得露出了慌张的表情：“小逸，我担心我爸的精神状态出问题了……”

打从上一次见到李教授，韩闻逸就有些担心老人家的精神。许多孤独的老年人往往有更高的风险罹患抑郁症。他们会情绪低落，反应变慢，食欲不振，免疫力下降……而李教授，已有了不少明显的症状。

韩闻逸先安慰李大荣：“既然李伯伯在服药，想必他已经看过医生了，正在接受治疗。你先不要太心急。”

李大荣的脸色很不好看。他知道抑郁症是一个很可怕的心理疾病，却从没想过竟然会发生在自己年迈的父亲身上。当他看到家里许多的安眠药，虽然他不知道那到底是父亲治疗失眠用的，又或者另有其用，他慌得几乎乱了分寸。

韩闻逸又问他更多的情况，问他老人家的不正常已经持续多久了？问他知不知道老人家除了服药之外是否还有接受另外的治疗？

李大荣知道得并不很清楚。经过他的回忆，自打他母亲去世，父亲的精神就每况愈下，尤其这一年来，老人家变得十分封闭，脾气时好时坏，又常说些悲观的话。他虽觉得父亲不对劲，可也没想心理疾病的方向想。直到刚才他在柜子里发现药物，才被狠狠吓了一跳。至于除了服药之外的其他治疗，老人家应该是没有接受的。李大荣请过很多保姆来照顾老人的日常起居，虽然老人家隔三岔五就会把保姆辞掉，但是没有一个保姆向他反映过老人家有定期出门的习惯，因此老人应该没有接受心理咨询。

李大荣一边回想关于父亲的种种反常的情形，一边忍不住皱着眉头摇头。他懊恼地用带着几分不满的口吻抱怨："我爸这人实在太固执。他这个病，一半是他自己犟出来的！"

他说的时候，钱钱也在旁边听着。等听到这句结论，她差点被气乐了。原本别人家的事她不好多说，这会儿终于忍不住怼了一句："这话说的。一个巴掌拍不响。要是没个比他更'犟'的人跟他对着干，李伯伯一个人跟谁犟去？"

李大荣微微一怔。

韩闻逸在桌子底下轻轻捏了捏钱钱的手。钱钱明白自己的语气有点不妥，李大荣好歹比她年长将近二十岁，她本该尊敬些。可一想到李教授曾为她做过的小木屋，一想到这两天她听到的他们父子俩的谈话，她就情不自禁地想为李教授打抱不平。

韩闻逸抚摸着钱钱的指尖，安抚她少安毋躁。然后他温和地问李大荣："为什么说李伯伯固执？"

李大荣有很多不满的怨言想要倾诉。他不住地叹气："我知道老人家一个人孤独，最好能多陪陪他。但是我工作忙，还要照顾孩子，顶多也就周末回来一趟来看看。我这几年工作还算顺利，手头宽裕了，就想说在我家旁边给他买套房子，让老人家住过来，近一点方便照顾。但他死活不肯，说什么在这里住习惯了，方便。"

他顿了顿，又道："我爸上年纪了，身体一年不如一年。他不肯搬家，我们没法在他旁边照顾，我就请保姆来照料他的生活起居，顺便也能陪陪老人家，让老人平时能有个说话的人。可我前前后后给他请了五六个保姆，都是我仔细考察过的，不管人品能力都绝对没问题。我爸却硬说他不需要人照顾，每次过不了几天就找理由把人赶走。怎么劝他也不听，我都头疼。"

钱钱略有些惊讶。这么听来，李大荣好像还是很关心他父亲的？

她忍不住道："如果你关心李伯伯，又为什么对他那种态度？"

李大荣不明所以："哪种态度？"

钱钱说："昨天晚上下班回家的时候，我听见你说他的咖喱饭没有人要吃。还有今天中午，我下楼的时候听到几句你斥责他的话。"

"斥责……"这个词让李大荣噎了一下。他讪讪道，"这……我承认我态度不好。我是心急了，因为跟他说什么他都听不进去。"

他并非有心对父亲发火，只是在对待亲近的人时，忘记了克制自己的脾气。被旁观者点出来，他才意识到自己的态度在别人眼里有多糟糕。

李大荣羞愧了片刻，又接着道："我不让他烧咖喱饭，是因为他现在年纪大了，手脚不灵活了。前几个月有一次他煮咖喱，不小心把一锅咖喱洒了，把脚上的皮都烫掉了。这让我怎么能放心？所以我才跟他说，没有人要吃咖喱。让他不要烧了，"

钱钱讶然。竟然发生过这种事？

李大荣又说："今天中午，你看到他在那里做小房子是吧？他现在老花眼，眼睛看不清楚东西，敲钉子锯木头的时候伤到手不是一次两次了。上个月我才带他去医院打过破伤风。他想给我女儿造小房子，可我女儿家里玩具一大堆，真的不需要他做这种费力不讨好的事情，何必呢？"

钱钱又是一怔。她原先听到李大荣对李教授发脾气的那些话，觉得十分过分，却没想到，李大荣不让老人做那些，竟也是出于关心老人的原因？

可即使如此，她依然觉得哪里让人感到不适，只是她一时间说不出来。

韩闻逸一直听着，没有出声，直到此刻他才温和地开口："大荣哥。"

"嗯？"李大荣立刻认真地看着他。

"我理解你关心李伯伯，不想让李伯伯受伤。"韩闻逸先肯定了他的孝心，随后话锋一转，"不过这份关心之中，是否也有一部分——也许只是一小部分——是因为如果李伯伯受了伤，出了什么事，会给你添麻烦呢？"

韩闻逸这么一说，钱钱立刻恍然大悟：对了！让她觉得不舒服的原因就是这个！煮咖喱烫伤脚也好，做木工弄伤手也好，那都是意外的事件。不说老人，便是她自己煮东西的时候也曾被烫到过。因此便剥夺老人做事的权利，即便是为了老人好，又何尝不是自己嫌麻烦呢？

李大荣愣了愣，第一反应是想反驳，可反驳的话到了嘴边，竟然没能立刻理直气壮地出口。

父亲会给他添麻烦吗？……当他在公司开会的时候收到保姆的消息，说父亲锯木头锯伤了手指；当他忙完公务打算上床睡觉，突然接到电话，说父亲烫伤了脚背……他心疼老人家，他担心老人家，可是那一刻，他脑海中最强烈的一个念头却是，为什么父亲就不能安分一点，好好享享清福，少给他添点麻烦呢？！

——他愿意给老人最好的生活，报答养育之恩，可生活的担子已经够重，烦心的事情已经太多，他不希望再有人给他制造额外的烦恼了。

韩闻逸观察着李大荣的表情变化，微不可闻地叹了口气。他没有讨论什么是孝道，也没有指责对方的做法有什么不妥，他只是问了个将心比心的问题。

“大荣哥，”他平静地问道，“如果有一天你也老了，你会希望你自己是个依然能为孩子遮风挡雨的老英雄，又或者，是一个被孩子奉养着、伺候着、不能再创造任何价值的老头子呢？”

李大荣的瞳孔瞬间收缩。这个问题对于一个壮年的父亲来说直击灵魂深处！

他想着自己年幼可爱的小女儿，一股热血在胸口激荡。他曾在无数个夜晚祈祷过自己的臂膀能永远有力，为孩子挡去所有的麻烦；他日复一日地努力着，让自己的胸膛始终宽阔，能为孩子创造一个没有忧愁的避风港。

可如果有朝一日，他垂垂老去，老到成了孩子的累赘和负担……他不敢想象那一天，他宁愿自己在那一天之前已然死去……

一瞬间，李大荣脸上惯常的严肃冷毅瓦解了，他的眼眶唰一下红了。

他不知道是哪一点让他忽然有了想哭的冲动。是他年幼的女儿？是他有一天也终会老去？又或者是他想起了他的父亲年轻时也曾如高大威猛、无所不能……而终有一天，他们都将在岁月中衰微，直至化作尘土。

他已经很多年没有想哭的冲动，此刻竟控制不住。他不得不抬手捂住脸，以掩饰自己的失态。

钱钱默默地将桌上的抽纸移到他的面前。

韩闻逸暂停了谈话，给他自我调整的时间。几分钟后，李大荣的情绪才又渐渐恢复平静。

韩闻逸切入了正体："很多原因会导致老年人产生抑郁的心理。其一是孤独；其二身边人的离世会对他们造成打击，让他们对生命失去信心；其三，担心自己无用，会给子女造成负担，也会让他们对生活丧失热情或是自责……"

李大荣心里一阵绞痛。

一直以来他想的只是怎样让自己看起来像个孝顺的儿子，却没想过父亲想要的是什么？在害怕的又是什么？他以为他是为了父亲好，却未料到他的所作所为竟是在狠狠戳着父亲的痛处。他用他的言语和行动，一遍一遍地告诉父亲：你已经老了，你的时代已经过去了，你不再有任何的价值……

而父亲的倔强，是父亲最后的挣扎。他固执地不肯要人照顾，因为他不想成为旁人的累赘；他仍然想为子孙做点什么，仍然想有发光发热的机会；他仍想做一个英雄，而不甘心就这样垂垂老去……

李大荣忍不住了。他的眼眶再一次泛红，他匆匆说了声抱歉，从兜里掏出一包烟，出门去抽烟。

抽完两根烟以后，他再次回来。

他跟刚进门时已经完全不一样了，背脊微微弯着，神色疲惫而谦恭："小逸，我该怎么做？"

韩闻逸说："我会去找李伯伯谈谈，如果他需要接受心理咨询或是其他的帮助，我会尽我所能。有什么进展我会随时跟你沟通。至于家人……"

他顿了顿，看着李大荣，平和地说："我想，也许对一个人好的方式，比起给予他我们认为对他好的东西，或许让他去做他想要做的事情，并使他从中获得成就感，会让他更高兴吧。"

李大荣被深深地说服了。

离开时，他走出房门，又回过头，朝着韩闻逸鞠了一躬。“小逸，谢谢你。”他说，“拜托你了。”

韩闻逸点头：“我会尽力的。”

钱钱回到家，钱为民和钱美文出去逛街了，家里只有她一个人。她回到房间，准备找一套换洗的衣服，一打开柜子，就看见衣架上挂着老妈为她织的那条围巾。

钱钱愣了一会儿，心情复杂地将围巾取下来。她走到镜子前，试着戴了下围巾，再一次露出了嫌弃的表情。

接下来的半小时里，她几乎把衣柜里大半衣服都拿出来试了一遍，想要找出一套搭配起来或许能使得这条屎黄色的围巾不那么土的衣服，然而她失败了。

她绝望地拿起手机，对着镜子自拍了几张，然后把照片发送给吴妮妮。

不片刻，吴妮妮的回信就来了。

妮妮爱吃土豆泥：“哈哈哈哈哈哈哈，你这条围巾什么鬼？你要去拍乡村爱情故事吗？你要打扮成这样跟我出门我绝对装作不认识你啊！”

钱钱没有钱：“很土是不是？”

妮妮爱吃土豆泥：“不是很土，是土爆了！别人送你的还什么？我相信以你的审美，不可能买这种颜色的围巾啊！”

妮妮爱吃土豆泥：“不会是金坷垃送的吗？这直男审美，啧啧啧。”

钱钱没好意思说是自家老妈亲手织的。她又对着镜子照了照，无力地躺到床上，仰天长叹。做人可真难啊！

几天后。

下了班，韩闻逸和钱钱一起回到住处，上楼的时候韩闻逸却走到二楼就停下了。

“你先回去吧。”韩闻逸说，“我去找李伯伯。”

自从上回李大荣来找过他以后，他就去找了李教授，想看他能给李教授提供什么帮助。李教授是个不愿意给别人添麻烦的人，也不愿接受心理咨询。韩闻逸并不勉强他。但只要一有时间，他便去找老人家聊聊天。即使不是系统的咨询，陪老人家说说话，开解开解，亦能有不错的效果。

一开始的时候李教授并不愿意跟他聊。可渐渐地，老人家最近开始向他诉说过往的事了。

正如他所料的，自从妻子去世以后，老人的心结就一直没化开。这两年来又经历了好友、兄弟姐妹的相继离世，对老人家更是一种沉重的打击。再加上子女的不理解，年老后身体机能的衰弱，一样样都是担子，沉沉压在老人的心里。内忧外患，是他越来越抑郁。

想要治好老人家的病，外界的环境需要改变，这需要子女们的配合。韩闻逸亦要开导老人家转变自己的思维方式。

他朝着李教授家门走去，钱钱并没有立刻上楼，而是在楼梯上停留，她看见李教授打开房门，韩闻逸走进去，房门又关上。她对着关上的房门，心里思绪万千，又在原地站了一会儿，才继续朝自家走去。

到了家门口，钱钱正打算掏钥匙开门，低头的时候看到了自己脖子上系的围巾。她后来还是在网上下单买了自己看中的那条围巾。

她想了想，解下围巾，塞进包里。

她打开门，钱美文正在客厅里坐着，闻声探头往她的方向看了一眼。发现她脖子上空空如也，钱美文不由奇道："这么冷的天你出门没戴围巾？我给你的那条怎么没见你戴过啦？"

这要搁平时，钱钱八成跟她贫上几句，埋汰她织的围巾太丑戴不出去。然而这回她犹豫了一下，什么都没说。

进屋以后，钱美文拿着手机过来给她看："女儿，你看这个帽子好看伐？我给你织一顶？"

上回的围巾没能在钱钱这儿取得好评，的确对钱美文的热情有一定的打击，可打击得还不够透彻。她闲着也是闲着，想不出有什么别的可做，只好可怜巴巴地把织毛线这项大业继续下去。

钱钱心里顿时咯噔一下。还真是怕什么来什么，围巾太丑没衣服可配，老妈这是要给她凑成土味全套啊！

她心里既不情愿，也不好表现得太过嫌弃，嗯嗯啊啊敷衍了一会儿，想办法把话题转开了。

吃过晚饭以后，钱钱给韩闻逸发消息。

钱钱没有钱：“你吃完了没有？我们出去散散步？”

我们家的金坷垃：“好，楼下见。”

钱钱换好衣服下楼，韩闻逸已经在楼下等着她了。一见面，韩闻逸就愣了愣，拎起她脖子上的围巾左右打量：“这个……”

“我妈织的，是不是土爆了？”钱钱一脸愁容。她不是不乐意哄老妈开心，但她也不能让自己太难过。大白天的这围巾实在戴不出门，也只能就这夜黑风高的时候戴戴，表示一下她的领情了。

韩闻逸怔了片刻，扑哧一声笑了出来。

两人牵着手往校园里走，钱钱问道：“李教授最近怎么样啊？”

“我跟他聊了几次，他以前比较抗拒，现在好多了。”韩闻逸笑了笑，“愿意跟我敞开心扉了，是件好事。”

钱钱连连点头。她很希望李教授能快点好起来。

他们走到校园的小路上，迎面一阵寒风刮过来。韩闻逸没有戴围巾，被风吹得哆嗦了一下，忙把大衣的领子竖得更高些，好抵御寒风。钱钱见状，把脖子上的围巾解开一段替他围上。钱美文织的这条围巾很长，足够小情侣两人一起戴。

戴着钱钱体温的围巾贴上韩闻逸的脖子，他被温暖地忍不住发出一声喟叹，身上的寒意都被驱散了：“好暖和啊。”

钱钱笑了笑：“是啊，除了丑之外没缺点了。”

她老妈织的这条围巾，绒线的料子选得很好，又亲肤又保暖，织得很密，丝毫不透风，从功能性上来说无疑是一条优秀的围巾。

——但是对于一个年轻爱美的姑娘来说，再好的功能性，只要不够美观，那就是一票否决。

说起围巾，钱钱就苦恼：“我妈今天又说要帮我织帽子，我都不知道怎么跟她说。扫她兴吧觉得不孝顺，顺着她我又实在戴不出门啊。你说我怎么办？要不我另外帮她找点乐子，转移她对织毛线的爱好？”

韩闻逸闻言停下脚步，扭过头看向钱钱。少女眉眼耷拉着，小嘴微微噘起，一副烦心的样子。可见那天他对李大荣说的话，对她亦产生了不小的影响。他眉目温柔地哂笑，抬手揉了揉她的头顶。

“或者，你可以试着参与进去。”

“啊？”钱钱不解地抬头看他，“什么叫参与进去？”

韩闻逸笑道：“既然阿姨喜欢为你织毛线，你就多多参与，找点你喜欢的成品的给她看，让她照着织。你也可以跟她一起去挑选材料，在她织的过程中多看看，给她点参考意见。这样，也许她能做出你喜欢的东西。”

钱钱瞬间怔住了。她竟从来没有想过这种方法。

那天她听韩闻逸说，真正对一个人好，是让那人做他想做的事，并帮他从中获得成就感。她不想扫母亲的兴致，便以为唯一的方法是委屈自己假装喜欢，以哄母亲高兴。可委屈自己又是一件很难的事情。她却没想到，这本可以是一件皆大欢喜的好事。

原来真正让别人获得成就感的方法，并不只是简单的口舌之事。而是用心和耐心，让这件事能真正做出价值来。

一阵风吹过，树枝沙沙作响，树梢上仅剩的几片残叶飘了下来。天气入冬了，万物衰败，几个月前茂盛强壮的树木不知不觉间已变得苍老枯萎。

一片落叶正巧落在他们同色系的围巾上，钱钱正要将它摘去，韩闻逸更快一步，夹起了那枚枯黄的落叶。他并没有立刻将那片叶子丢掉，捏在指尖。垂下眼，看着那枚叶片。最近总和老人家聊天，他的心里也有颇多的感触。

他又把话题转回了老人的身上：“今天李教授跟我说，他的孙女最近在学骑车，摔了好几跤，不过已经快学会了。”

钱钱定定地看着他。

韩闻逸松开手指，任由叶片落到地上，然后牵起钱钱的手，在静谧的小路上继续向前走。

“他说的时候，我突然想到，现在如果再让他去骑车，他大概也会像小姑娘一样摔许多跤吧。”

老教授曾经能在山里如履平地的那双腿脚，最近确实不大好使了。

“我又接着想到，不管他们谁摔跤受伤，大概都会给李大荣，给他们身边的人添些麻烦。只不过不管是谁，应该都会对小姑娘更有耐心一点。因为这是她成长的路上必须经历的，只有摔那么几跤，她才能长大。而老人家也得摔上那么几跤，然后才会将自己曾经学会的东西慢慢遗忘。”

他停顿片刻。

“这几天我在想，人们常说老人像孩子，人老去的时候就是一个返老还童的过程。只不过孩子的成长是学会更多的东西，老人的还童是忘记更多的东西。”

这个话题太沉重了，钱钱觉得鼻子有点发酸。

韩闻逸又接着说：“孩子在成长，她学会走路，学会跑步，学会骑车，学会更多东西。无论她学什么，都会给人添很多的麻烦。只用抱在怀里的时候，是不用担心她会不会摔跤受伤，会不会迷路走失的。”

这一次他停顿了很久。

然后他才又轻轻地说了下去：“我想，也许拿出一点耐心，让孩子多添一点麻烦，能让孩子快一点成长；而让老人多添一点麻烦，也能让老人慢一点衰老吧……”

钱钱抬眼望天。片刻后她没能忍住，无声地哭了。

一个月以后。

早上八点半，钱钱从楼上下来，准备去上班。韩闻逸比她晚一点，还没出来。

还没出楼道，她就听见外面传来嘎吱嘎吱的声音。等出来一看，原来是李教授搬了张小凳子，在楼下锯木头。

“哟，李伯伯，你在做什么？”钱钱好奇地跑过去看。这回李教授在造的不是小房子了，一个木头玩具雏形放在那里，她看不出那是什么。

李教授放下手里的工具，捡起地上的图纸递给她看：“我孙女说最近看了部动画片，喜欢里面的机……机器人。”

钱钱看着图片：“是机甲吗？”

李教授恍然：“对，她是说机甲。哭着喊着非想要，说外面没得卖，只有爷爷给她做了。”

钱钱眼睛都亮了：“您还会做机甲？！”

“不会，从来没做过这种玩意儿，随便试试，估计要失败好多次。”李教授愁眉苦脸的，可愁苦之间又夹杂着一种鲜活的快乐，“不知道什么时候能做好，有得好折腾啦。”

钱钱竖起大拇指：“有野心，有挑战！”

李教授并不泄气地唉声叹气：“难啦，难喽！”

这不是他擅长的东西的确是个挑战。生活有了新的挑战，日子也就有了新的盼头，又了新的乐趣。

这时候韩闻逸从楼上下来了，他们该去上班了。他们跟老人家道别，走出没多远，钱钱又回头看了一眼。最近李教授看起来和平时不太一样了。其实每一次看到李教授都跟上回不一样，只是从前见他，是一次比一次沉寂枯萎。可最近见他，却是一次比一次明朗鲜活。

李教授忽然想起什么，抬头对他们喊：“小韩，钱钱，我今早上去买菜，买多了。晚上我做咖喱，有多的话给你们送点过去。”

“哎！谢谢李伯伯！”钱钱忙不迭地答应了。她想吃李教授的咖喱想了很久了，以前不好意思开口去蹭饭，这回总算候上机会了。

刚说完，她就忍不住咽了一大口唾沫。

韩闻逸好笑地捏捏她的脸：“小馋猫。”

等到了单位，刚进门就碰上郑佳。郑佳看到钱钱，不由愣了一下，目光停在她头顶上：“哇，你这顶帽子哪里买的？好可爱！”

钱钱今天戴了顶粉色的绒线帽，帽边上用白线织了个小兔子的脑袋，长长的兔子耳朵，简直可爱极了。

“可爱吧？”钱钱得意扬扬地炫耀，“没得买，我妈自己织的。”

郑佳瞪圆了眼睛：“你妈这么厉害！”

钱钱指指那只小兔子："这只兔子是我自己画的。"

郑佳满脸的羡慕。她也很想要这么一顶帽子，但毕竟这是人家手工作品，她不好意思开口让人家帮忙做，因此也就只有羡慕的份儿了。

进了办公室，钱钱刚坐下，一众同事们纷纷围过来观赏她的新帽子。各种夸奖羡慕声不绝于耳。连越明宇都盯着那只小兔子看了半天，眼睛里冒出奇怪的兴奋的光芒。

等人群散了，钱钱掏出手机给钱美文发消息。

钱钱没有钱："妈，今天我戴新帽子上班，同事们简直羡慕死了，都问我妈还缺不缺儿子女儿。哈哈哈哈哈哈哈！"

钱美文："真的假的？"

钱钱按住录音键，然后扭头问边上的肖巴："八哥，如果让你跟我妈说句话，你最想说什么？"

肖巴看着她举起的手机愣了两秒，反应过来了，无比谄媚地扑过来，对着她的手机喊："干妈——"

钱美文收到语音，点开一听，顿时乐得花枝招展的。然后她打开表情包挑了挑，给钱钱发过去一朵盛开的鲜花。

钱钱也打开自己专门下载的老年人表情包，给老妈回了个干杯的表情回去。

上班的时间还没到，她打开网页看了起来。最近天气越来越冷了，今年还没买新的毛衣。她浏览着时尚网站上的各种今年新款，看到好看的，便截图保存下来。

过了一会儿，她又给钱美文发消息："妈，今年我还没买新毛衣呢。要不你再给我织件新毛衣？"

钱美文回她："就你会差遣老妈！"

几秒后，又状似无奈地回信："发张图片来看看，你想要啥样的？"

钱钱乐呵呵地把图片发过去。

窗外的寒风呼呼挂着。

今年是一个格外的暖冬。

第十章 ______ 难做的选择题

上班的路上，钱钱一直捧着手机在刷淘宝。马上要年底去普吉岛度假了，她的上一件泳衣已经是四五年前买的了，她想买件新的好看点的比基尼。她已经选了很久了，也有看中的款式，问题是她不止看中了一款，她在两个款式中来回纠结，选了 A 觉得 B 更好，选了 B 又觉得 A 也不错，死活拿不定主意。

实在选不出来，就暂时不选了。钱钱关掉淘宝，打开其他社交软件。一刷新，她就看到一条新闻：福利彩票昨日开奖，本市一位市民中了大奖。

她转头把新闻念给边上的韩闻逸听，不无羡慕道："买个彩票就能中八百万，人品爆炸啊！我要是什么时候也能中个这样的大奖就好了。"

韩闻逸耸肩："要真天上掉下那么多钱，没准烦心事比钱还多。"

钱钱不可思议地瞪大眼睛："天上掉钱还能有烦恼？那肯定是我太无知了，我不懂有钱人的烦恼。"

韩闻逸也就这么随口一说，闻言笑了笑，这个话题就过去了。

过了几天，韩闻逸一到办公室，刘小木就叫住了他："师父，又有新的预约。事务所里的其他咨询师已经接满了。"

韩闻逸的节目越来越火，事务所的工作也越来越多了。即使他们已经新招了不少心理咨询师，可是人手还是不够用。

韩闻逸点点头："你把来访者的资料整理一下发给我，我有时间，我来接吧。"

于是下午，新的来访者就上门来。

那是一个二十七八岁的青年，名叫王幸。他刚进咨询室的时候，把韩闻逸吓了一跳：只见他面色蜡黄，眼下一圈青黑，双眼无神，嘴唇发白，像是很久没睡觉了。光看他这副尊荣，就知道最近他一定备受折磨。

韩闻逸先跟他进行了一下简单的自我介绍，然后就开始切入正题了。他问王幸最近遇上了什么样的烦恼，王幸一脸紧张地左右张望。韩闻逸默默观察他，发现他好像是担心隔墙有耳。

"王先生，请您放心。"韩闻逸说，"我们这里的隔音效果很好，您跟我的对话，我用人格担保不会有第三个人知道。"

王幸确定房门关严实了，房间里也没有摄像头之类的装置。他对韩闻逸还是比较信任的，毕竟韩闻逸算是半个名人，于是他这才用很小的声音说道："韩老师，我最近每天焦虑失眠，再这样下去，我就要崩溃了。"

"是因为什么事呢？"

"我……我中彩票了。"

韩闻逸微微一愣："嗯？"

"中了八百万……不过扣完税到手里就剩五六百了。"

韩闻逸略吃了一惊。天底下竟然有这样巧的事，前几天他还在跟钱钱讨论有人彩票中奖的事，现在本尊就来了？他也就愣神了片刻，连忙把思绪拉回来，问道："让你焦虑失眠的事情和你中的彩票有什么关系呢？"

说起这个，王幸满肚子苦水要倒，他重重叹了口气："怎么处理这笔钱，真是快把我逼疯了！"

还真让韩闻逸说准了，天上掉下一大笔钱给王幸带来的烦恼，可比这钱本身还多。刚中彩票的时候，王幸当然是狂喜的，只是这个喜只维持了几个小时，甚至只有几分钟，他就开始为怎么处理这笔钱而发愁了。

他本身就是个家境普通的小老百姓，一个月工资万把块，也没什么花大钱的不良嗜好，顶多就是爱买买彩票。他有一个谈了两年的女朋友，本来也到了谈婚论嫁的时候，现在天降横财，他女朋友希望两人赶紧领证办酒，把中彩的钱用来付婚房的首付，并且要求房本上写两个人的名字，让她多点安全感，也好趁着年轻早点生孩子。

但女朋友的这个提议遭到了他父母的强烈反对。在他父母看来，小情侣两个还没结婚，他中彩票的钱无疑是婚前财产。如果现在买房并且加上女孩子的名字很不明智，万一感情不好离婚了，房子还得分人家一半。所以父母建议他把这钱先给老两口存着，老两口有认识做生意的人，可以帮他投资理财，让他能用钱生钱，反正他是家里的独生子，父母的都是他的，老婆的可就不一定了。等他们以后结婚生了孩子，再把钱拿出来买房，房子写小孩的名字。这样一来就算将来离婚，财产也是留给孩子的，不怕被姑娘卷走。

不光女朋友和父母对这笔钱的用途有争议，他最好的哥们儿也跑出来插了一脚。他们念大学的时候就有一个共同的梦想，但是毕业以后因为各种现实的原因放弃了。现在他有钱了，他的哥们儿希望他们能用这笔钱作为启动资金一起创业，完成当初的梦想，而不是一辈子这样混吃混喝地过日子。哥们儿的这个提议让他很心动。

女朋友、父母、好哥们，这是对他影响最大的三方人了。另外还有各种问他借钱的、给他介绍项目的、劝他投资的各色人等都暂且搁下不提，光这三方人马，就足够闹得他人仰马翻了。

这几百万的钱，说少也不少，说多也不多，如今这物价，三五百万的钱在大城市里也就够个首付，还买不上繁华热闹的地方。这点钱确实只够他满足一方人的要求，买了房就别指望创业，创了业就别指望买房。

说实话，不管是哪方的意见，单拿出来看都还不错。毕竟这钱是天上掉下来的，怎么花都不亏。但现在他有得选，反而坏事了。甭管他选择听谁的，都必然得罪另外两方。而且他又想创业又想买房，买了房觉得不甘心，创了业又害怕会失败。他现在陷入了选择障碍，还整天被身边的人施压，父母对他晓之以理，哥们儿对他动之以情，姑娘对他一哭二闹，他压力大到天天焦虑失眠。再这么下去，他都要患上抑郁症了！

要让一个没中过彩票的人听说有人中了几百万大奖反倒压力大到抑郁，旁人一定觉得此人不可理解。但韩闻逸能理解他。几百万的金额看似很大，可人的欲望更大。而幸福感这档子事儿，看似是件感性的事儿，可其实它也能理性地用公式表达出来。

公式是这样的：若"现实">"欲望"，则幸福值更高。若"欲望">"现实"，则幸福感更低。说得简单点，若一个人只想要一百块，他得到了两百，就会觉得自己是世界上最幸福的人；若是一个人想要一千块，却只得到了两百块，他便会觉得自己是世界上最悲惨的人。

而中彩票这事儿，先不说王幸自己本来是怎么想的，他身边的这些人得到消息，那欲望都跟着蹭蹭涨。女朋友觉得这钱理应用到两人日后的共同生活上；父母觉得肥水不流外人田，儿子的钱自己有权出主意支配；朋友也觉得自己最好的哥们儿发达了自己不得跟着沾点光？大家都欲望都摆这儿了，谁不能被满足，谁就不高兴。谁要是不高兴，也不能让王幸高兴到哪儿去。这是其一。

其二，身边这些人都有自己的算盘，势必也给王幸画了不少大饼。譬如父母想拿他的钱去理财，就会告诉他每年能拿到多高的分红，班也不用上了；女朋友想让他为小家庭投入，也向他描述了未来小两口生活恩爱美满，女儿双全的美好蓝图；好哥们儿想拉他创业，告诉他兄弟们一起并肩奋斗，一定能打下属于自己的大好江山。这无形之中也把王幸自己的欲望拔高了许多，他哪方都不想得罪，也哪种可能性都不想放弃。

可世上哪有这么好的事？内忧外患，他不焦虑又有谁该焦虑呢？

王幸诉起苦来就没完没了，等他把苦水倒完，一个小时的咨询时间已经差不多过完了。他问韩闻逸："韩老师，我这人本来就有选择障碍症，我买个冰激凌选什么口味都能纠结半天，这事儿可难死我了。你说我到底怎么选才对啊？"

韩闻逸并不给他出主意。一个称职的心理咨询师，不会帮来访者做任何选择，他真正应该做的是教来访者学会做出自己的选择。他抬腕看了眼手表，时间已经差不多了，他便建议道："这样吧，你回去以后思考一下每一种选择的利和弊，下一次来我们一起来分条陈列。”

王幸看时间不早，只能回去了。

韩闻逸进了办公室，整理了一会儿王幸的资料，闹钟声响起，跟他预约的下一个来访者又到了。来访者太多，他最近的时间表安排得满满当当。

他起身，离开办公室，再次向咨询室走去。

今天的第二个来访者是一位年轻漂亮的女孩，她的名字叫作林以曼，她也带了选择题来想让韩闻逸帮她做。

“我在 XX 公司上班，我一点都不喜欢这个工作，真的快烦死了。”林以曼一上来就抱怨她的工作，“工作上乱七八糟的事情太多了，有时候周末老板还让我们去加班，真的很辛苦。而且我们这里办公室政治太严重了，有人是老总的侄女，有人是区里领导的亲戚，她们这些关系户什么都不做，事情都推给我们，还整天钩心斗角，弄得办公室乌烟瘴气，我一进那地方就浑身难受！”

她开始喋喋不休地抱怨同事多会推卸责任，领导多么不管事，她的工作环境有多糟心，做事多么艰辛。韩闻逸试过引导她暂停埋怨，但她还没有说过瘾，不管话题如何转开她都能扯回来，足足发泄了半个小时的时间。

韩闻逸问道：“所以让你来做心理咨询的原因是你的工作让你很苦恼吗？”

“工作只是一个原因，还有我的男朋友。”林以曼一脸苦大仇深，又开始了下一轮埋怨，“他一点都不知道支持我，体谅我！我怀疑他根本就不爱我！”

林以曼年轻漂亮，她找的男朋友条件也很好，年纪轻轻已有五六十万的年薪，未来还有不错的发展前景。林以曼和他恋爱几年了，大家都觉得应该定下来了，所以今年已经开始商量婚事的细节。本来其他都挺顺利的，房车也都有了，结果这对小情侣却在一个问题上发生了争执，以至于婚事的进展都陷入了僵局。

“我想结婚以后我就辞职，待在家里。他的收入足够我们小家庭的开销了。”林以曼愤愤不平地说，“他居然不同意！他说我可以换一份工作，但是不能没有工作。我不明白，别人的老公都巴不得自己老婆在家里不要出去了，他却非要我在外面吃苦受累？他到底怎么想的？”

韩闻逸说：“他是怎么想的，你跟他谈过吗？他是怎么说的？”

林以曼撇撇嘴：“他就说他不喜欢我这个样子，说我经常抱怨，还说事情没有我想得那么糟糕，别人没我想得那么坏。他真的一点同理心都没有！他又不是我，他根本不知道我有多不开心！而且他是我男朋友，我心情不好不找他说，难道去找别人说吗？”

韩闻逸听林以曼寥寥几句的描述，便能想象出她未婚夫的形象。那大概是一个严谨话少的男人，他或许的确没有强大的同理心，同样，他的表达能力也不够强，他并不能很好地描述自己的感受，因此也无法让女友理解他。

韩闻逸换了一个问题：“我听了你刚才说的，所以你是希望辞掉工作，回家做家庭主妇吗？”家庭主妇这个词林以曼并没有提过，她只说了“待在家里”，他现在把这一点明确表达出来。

林以曼含糊其辞地点头：“算是吧。”显然她并不喜欢家庭主妇，但是比起上班，她更倾向于这个选项。

韩闻逸观察着她的表情：“那么让你想要成为家庭主妇的理由具体有哪些呢？能描述一下吗？”

林以曼有些惊讶地看着韩闻逸。她以为自己刚才噼里啪啦说了几十分钟的话都在陈述理由，现在韩闻逸让她再说一遍？——殊不知，她刚才所有的抱怨都是缺乏条理的，韩闻逸的问题是想帮她整理逻辑。

“你想做家庭主妇的原因是你不喜欢现在的工作，对吗？”韩闻逸一句话把她几十分钟的话总结完了，“那么，还有其他的理由吗？”

林以曼可以用一万字陈述自己有多讨厌现在的工作，但是好像说不出第二个理由来。

好半天，她终于憋出点东西：“我不喜欢朝九晚五地上班，每天跟人虚与委蛇真的很累。即使不是现在这份工作，换一份也一样。所以我不想出去上班了，只想待在家里。”

听起来跟第一条理由差不远，韩闻逸也算它成立了。他又耐心地问道：“还有吗？”

林以曼眨眨眼睛，沉默。

韩闻逸失笑。

“那么我换一种问法吧。”他说，“林小姐，你之所以想要选择新的生活方式，只是因为你不喜欢过去的生活方式，而并不是因为你更喜欢新的生活方式，也不是因为你对新的生活有规划，有憧憬，有向往。不知道我这样理解对吗？”

林以曼微微怔了一下。良久，她才迟疑着点了下头。她的确不是因为喜欢才想选这条路的。

韩闻逸明白问题的所在了。这个姑娘不知道自己想要的是什么，只知道自己不想要什么。

如果一个人做选择的原则是逃避那些自己不喜欢的东西，无论她逃到哪里去，她都很难生活得快乐，因为生活中永远有不顺心的事。而充满逃避的人生很容易一事无成、一无所有。相反，如果以追求喜欢的东西为选择的原则，快乐和幸福将变得很容易，人生也总是充满动力。

韩闻逸对于来访者应当做职场女性还是家庭主妇并没有任何意见，假若林以曼是因为喜欢和向往家庭生活而选择后者，他必定十分支持。可若只是为了逃避社会的压力，他几乎可以想见她即将遭遇的痛苦。

而韩闻逸作为一个心理咨询师，仅仅跟林以曼交谈了几次，便感觉她的人生态度让人不适。她的未婚夫这样的感觉想必更加强烈。他之所以反对林以曼待在家中，韩闻逸并不清楚他是否在意林以曼赚到的工资，但几乎可以确定的是：他在抗拒自己需要为另一个人的人生负全责这件事。这事情的压力太大了，很少人能负担得起。

然而韩闻逸并不会强行为来访者灌输什么价值观，那只会引起来访者的反感。他温和地问道：“林小姐了解家庭主妇的生活吗？”

林以曼微微皱了下眉头：“我觉得家庭主妇挺好的啊。我可以做一部分家务，多的完全可以找家政帮忙。过几年养了孩子，也可以让双方父母一起来帮忙带。多下来的时间我看看书，养养植物，跟小姐妹逛逛街。”

韩闻逸不置可否。

林以曼发现一个小时的时间已经快过完了，忙抛出自己的问题：“韩老师，我现在有点犹豫。你说我到底应该顺从我自己的心意辞职，还是再做一段时间？我觉得我的男朋友不理解我，我应该跟他分手吗？或者我应该跟他结婚吗？”

这几个问题更让韩闻逸觉得这姑娘的人生过得颇为糊涂。他理所当然没有帮她拿主意，只是拿出一张纸，开始在纸上写写画画。不一会儿，他做出了一张表格，递给林以曼。林以曼拿到表格，愣了一愣。

表格上分成四个纵列，第一列是“继续现在的工作”，第二列是“换一份新的工作”，第三列是“成为家庭主妇”，第四列是空着的。

“林小姐，这是你现在即将面临的几种可能的未来生活，空着的那一列如果你还有其他选项也可以填。我希望你能完成一项功课，下次来之前，你填完这个表格。每个选项下，写下至少十件你认为选择这种生活能带给你快乐和成就感的事，很小的事也可以，如果不止十件，那就全写下来。另外，写下至少十件选择这种生活有可能会带给你的困难和烦恼，同样上不封顶。”

正的反的都必须要写，而且数量不少。他用这种方式扩宽林以曼的思路和眼界，别只盯着那些她想看的东西，还有许多明明存在却被她忽略的事情，她也理当看到。

于是时间一到，林以曼拿着表格走了。

过了几天，来访者们又来接受心理咨询，这回先来的是林以曼。

韩闻逸上回给她布置的事情还真是费了她许多心力。原本有的生活方式只存在于她的想象中，由于韩闻逸非让她写十条好处和十条坏处，光凭想象可写不出那么多。她不得不做了点功课，在网上看了些帖子，也找朋友调查了解了一下。

这表格不填不知道，一填吓一跳。她原以为米虫的生活必然是轻松美妙的，可由于韩闻逸让她写出她认为自己能从中感受到快乐和成就感的事，快乐且先搁下不提，成就感她还真是绞尽脑汁都想不出来。她并不喜欢做家务，更不提热衷于伺候老公照顾孩子，她只不过认为这种生活会比原来的工作简单些罢了。至于困难和烦恼，她原本以为是不存在的，可真做了些调查以后，她才发现事情比她想得棘手得多。

她问了些朋友，发现即使她可以把家务丢给家政人员去做，可真要没了工作以后，她就会不受人尊重。这种不受尊重倒不光是指别人的指指点点，那些东西脸皮厚点完全可以不在乎。可有些不拿自己当外人的亲戚朋友的不尊重，才真的叫人头疼。一旦她休职在家了，那些人会拿她当成一个随时可供差遣的大闲人，一会儿让她帮忙去取个证件，一会儿让她帮忙接下孩子，一会儿让她帮忙照顾照顾老人。理由也很充分：别人都要上班，只有你有空，不找你找谁？你要敢拒绝一次，数落你没良心能数落到明年去。而林以曼娘家和婆家还真有那么几个会来事儿的亲戚，这种可能性想想就让她不寒而栗。

林以曼若是个喜欢为家人奉献付出的人，并且能从中找到成就感，这种事情她完全可以甘之若饴。可惜她不是。

而在几种可能的生活方式里，让她能找到最多成就感的，反倒是她原本以为自己最厌恶的她现在的工作。这倒不是说现在的工作真的最让她高兴，只是她毕竟做了小几个年头了，这是她最熟悉的生活，她还是知道些苦中作乐的方式的。因此填了这个表以后，她的心态也有些改变。以前每天上班都跟上刑一样，这几天感觉似乎也没有那么痛苦了。

于是这回来，林以曼没有再把那些南辕北辙的选项抛给韩闻逸让他帮忙选了，她自己的思路清楚了不少："韩老师，我想了几天，我想要不我辞了现在的工作，换个环境比较单纯的工作试试。我跟我男朋友商量了，他也支持我这个决定。"

来访者自己做出了决定，韩闻逸当然是支持的。不过事情并没有那么简单。他温和地问道："那你想好换什么工作了吗？"

林以曼神情有点为难："还没有。现在工作不是很好找，投几个简历看看吧。"

韩闻逸在心里默默摇头。她虽然似乎有了自己的选择，可本质上她的思维模式依然没有转变。她仍然是在逃避，目前的工作不喜欢，家庭主妇的生活不如她所想，于是她逃向了另一条路。如果这条路仍不理想，她过不了多久就会想要再次逃避。

而以兴趣作为内驱力的做出的选择，才会带给她更大的成就感和幸福感。幸而兴趣是可以培养的，即使她现在并无偏好，只要加以引导，亦能培养出来。

韩闻逸说："我很支持你的决定。不过这是一件大事，如果你不着急的话，找一份你喜欢的工作或许会更好，你觉得呢？"

林以曼有点茫然。她并不知道自己喜欢什么样的工作。

韩闻逸微笑道："那就试一试从今天开始记录生活吧。记下每一天让你感到高兴、获得成就感的事情，并为它们评个分数。下次你再来的时候，我们可以一起加以分析。我相信你会找到自己热爱的工作的。"

林以曼走了没多久，王幸又来了。

王幸仍然是无精打采的样子，面黄肌瘦，黑眼圈大得像熊猫。也不知是不是韩闻逸的错觉，他的头发似乎比上回见都稀疏了一些，可见这一周的时间他仍没有取得什么进展，还在饱受煎熬。

上回韩闻逸也给他布置了功课，让他回去想想每种选择的可能性，最好的结果和最坏的结果都要想。王幸照他的话做了准备，于是咨询开始之后，他们便开始一条条写下来。

每种选择能得到什么好处都是显而易见的：让父母帮他理财是最稳妥也最有安全感的，这几百万的钱每年理财的利息够他吃喝玩乐了；女朋友想买房，买了房他们早点生娃，老婆孩子热炕头，这日子他也挺向往；至于好哥们儿说的创业，这是让他最心动的，如果他们做成了，保不齐以后他是中国的第二个马云呢？

然而每种选择会带来什么弊端，这个问题一开始王幸想得并不透彻，直到被韩闻逸要求之后他坐下仔仔细细地想，才发现任何一种选择的风险都远比他想象的大得多。

理财虽然相对保险，也不能说完全没有风险。而且要真往最坏的方向去想，他父母虽然只有他一个孩子，可老两口感情不是很好，吵架吵到嚷嚷离婚也不是一两回了，尤其他爹不是什么靠谱的人，颇有点花花肠子。这钱要是放在他们手里，改天他们感情破裂离婚了，是不是真的不会坑儿子那也不是能拍着胸脯打包票的事儿。

再说这钱拿去买房结婚。这年头婚姻太没保障，听说离婚率都超过百分之五十了，别说他爹妈不放心，他自己都不放心啊！而且中彩票的钱出不起房子的全款，还得另外贷不少钱。可现在这个房价，这个经济环境，他是真怕哪天来个金融危机啥的，房价崩盘了，他岂不是血亏？

另外跟兄弟去创业，可能的收益大，可能的风险也大啊！折腾个几年，创业失败了，竹篮打水一场空，到时候再想去回到工作岗位，就挺麻烦了。他的资历平白比同龄人差一大截，能不能再找到现在这样水准的工作都不好说。

这种种可能性，他越想越悲观，这些天掉的大把头发都是愁掉的。

王幸把他想到的这一条条利弊逐一陈述给韩闻逸听。之前为林以曼做咨询的时候，韩闻逸更关注的是林以曼自己更喜欢的事物，以此来帮助她做出选择，但现在为王幸咨询的时候，他却采取了完全相反的策略——他更关心每种选择可能给王幸带来的弊端。

于是韩闻逸便从把钱财交给父母打理这个选项开始，引导王幸代入他所能想到的悲惨结局之中进行想象。

“如果你的父母最后确实没办法把钱还给你了，你会是什么样的感受？你觉得你又会具体做些什么呢？”

王幸一开始比较抗拒进行这种代入想象。他最近患得患失真的都快抑郁了，韩闻逸还让他深入想这种惨事，还给不给人留活路了？

然而韩闻逸循循善诱地引导他，让他卸下心理负担，就当成是在写小说，把自己当成主角代入一下。在韩闻逸的指引下，王幸真的开始认真思考起来。

很神奇的是，原本当他设想那些可能出现的悲惨结局的时候，他非常焦虑不安。但当他真正开始思考应对方法的时候，他的焦虑以极快的速度消散了。

——其实真正可怕的往往不是一件事本身，而是人们自己想象出的恐惧。人的焦虑情绪，是来自拒绝接受这种可能性。而思考应对策略的前提却恰恰是必须接受这种可能性。接受之后，想象出来的恐惧的可怕外衣被退去，变得平凡朴实，也就全然不那么恐惧了。

“要是投资失败了，”王幸抓耳挠腮想了一会儿，“我……我请律师打官司，看还能要回来多少。”

“要是我爸或者我妈不肯把钱还给我……他们一直催我想抱孙子，我没钱，我不生，他们肯定着急。没准为了抱孙子，就把钱还我了。”

“他们毕竟是我爹妈，万一万一，他们真要把我坑了，我也只能当是孝敬他们的了。还能怎么办呢？”

韩闻逸又问他如果跟女朋友结婚买房却遭遇失败他又打算怎么办，王幸想了半天，分成已经生了孩子和还没生孩子两种情况来考虑，也想出了应对的方法。

最后是跟好哥们儿去创业。这事儿变数挺大，成了那可能是一片大好河山，败了也有可能成为落水狗，而且失败的可能性远比成功的可能更大。而且这条路，他爸妈不支持，他女朋友也是极力反对，他要是一意孤行，那就是条独木桥，一旦失败必定人财两空。

要真落到那个境地，王幸想不出来该怎么办。他不是个有冒险精神能闯荡的人，要是的话他也不会老老实实地做现在的工作了。他这辈子做过最冒险的事儿，大概也就是每月拿个百来块去买彩票。

“还是算了，我觉得我不是创业的料，也扛不住那么大的压力，我还是选个稳妥点的路吧。”王幸自己率先否决了这个选项。

原本这是他做美梦时最心动的一个梦，毕竟前景是最广阔的。然而在考虑弊端之后，也成了他最先放弃的选项。

韩闻逸问道："那剩下的两种选择中，有没有哪一种，即使落到了最坏的地步，你也觉得心平气和，能坦然接受呢？"

王幸愣了片刻，陷入若有所思。

结束了一个多小时的咨询，韩闻逸把王幸送出事务所。他回办公室的路上，经过刘小木的办公桌，看见刘小木正无精打采地拨自己的手指玩。

"怎么了？"韩闻逸问道，"有心事？"

刘小木吓一跳，这才发现韩闻逸站在自己的办公桌前，忙打起精神来："啊……啊。"

韩闻逸没有马上离开，默默地看着他。若是刘小木有倾诉的欲望，他会听的。若是刘小木不想说，他也不会多问。

几秒后刘小木开口求助了："师父，我最近有点纠结，不知道该怎么做选择。"

韩闻逸拖了张椅子在他边上坐下："什么事？"

"我都大四了，我不知道我是应该继续读研还是应该尽早工作。"刘小木抓耳挠腮，"继续深造的话长远来说更有发展的前景，但是读个研也得两三年时间，我又希望自己能早点工作，早点独立，早点接触现实社会……"

他说了许多理由，这也好，那也好，这也不好，那也不好。他说的时候，韩闻逸在旁安静听着，并不插话。

刘小木是有兴趣继续深造的，如果可以的话，他恨不能一路深造上去，读它个博士后出来。但他也很想早点参与工作，而且如果他选择早点工作，他就可以留在十二事务所，他喜欢这里。

从偏好上来说，他真的不知道自己究竟更偏向哪一方。

韩闻逸听刘小木说完，没有拿出纸笔来为刘小木逐条分析，而是好整以暇地问道："你学了这些年的心理学，就没有什么对你做选择有什么帮助的？"

刘小木想了一会儿，回答："我记得有一条书上写过的规律：人更倾向于为自己没做什么后悔，而不是为自己做了什么而后悔。比如人会为了自己当年没有好好学习后悔，很少为了自己当初学习太努力累着了自己后悔。"

但是这条原则对他自己的情况并不适用。他现在不是要从赋闲在家和努力向上之间做选择，而是在两条不同的路之间做选择。他以后既有可能后悔自己没去读研，也有可能后悔自己没去工作。

刘小木正绞尽脑汁想着心理学上还有什么跟选择有关的知识，韩闻逸却轻轻拍了拍他的肩膀，中止了他对书本的回忆。

韩闻逸看着他，话语温和却有力："有的人无论做什么选择都会后悔，有的人无论做什么选择都不会后悔。在我看来，关于如何做选择的原则，其实只有一条。"

刘小木连忙问道："什么原则？"

韩闻逸一字一顿道："无论你选了哪条路，你要相信，这是你自己做的选择。"

刘小木愣住。

无论是帮助林以曼培养寻找兴趣爱好也好，还是让王幸思考即使走到最坏的地步也能坦然接受的事，韩闻逸最终的目的都是一样的：他在帮他们厘清思路，让他们明白，无论他们选了什么，那都是他们自己做出的选择，他们是清楚自己在做什么的。

也许林以曼最终选择的工作仍然很苦很累，也许王幸中彩票的钱仍然没能发挥价值……选择的究竟是什么其实并不重要。只要一个人相信自己的选择，他便不会在得意时懊恼自己本该挣得更多，不会在失意时浪费时间怨天怨地埋怨他人。省下来的时间和心力会让他拥有更多选择的机会。

——内心的坚定能让人知足并保持向前的动力，那才是最重要的。

刘小木呆了好一会儿，有些赧然地笑了。他毕竟也是心理系的学生，王幸和林以曼几个小时都弄不懂的东西，他听一句话就明白了。

"我知道了，谢谢师父！"

他现在仍不知道自己将来应该选择哪条路，也许还需要纠结一段时间。但至少听过韩闻逸的这番话，他知道未来无论他选择了哪条路，他都不会后悔的。

韩闻逸拍拍小徒弟的肩膀，留下一句“加油”，进办公室继续工作去了。

晚上韩闻逸开车载钱钱回家。车开到楼下，韩闻逸正要上楼，钱钱拉住了他：“等一下，我先去拿个快递。”

白天她收到短信，有两个快递包裹同时送到，因为家里没人，快递小哥就把东西放在快递柜了。

钱钱打开快递柜，拿出两个包裹，心里直犯嘀咕。最近她在网上买的东西已经全都收货了，这两单快递又是打哪儿冒出来的？

她借着路灯的光看清了包裹上的寄件人，愣了愣：这两单快递，都是比基尼专卖店寄来的。

钱钱抱着快递走回楼下，韩闻逸在楼道口等她。他正要伸手帮她拿快递，她挑了下眉毛，问道：“哥，这是你帮我买的啊？”

韩闻逸眨眨眼：“嗯……我觉得都挺好看的，都想看你穿。”

钱钱看上那两件比基尼装，纠结几天了，也问过韩闻逸的意见。因为年底工作太忙，她一直没时间做出选择，没想到韩闻逸放在心上了，两件全帮她买了。这下可好，她这选择障碍症不用障碍了。

钱钱说：“可是我们只有一天要下海，我没机会一次穿两件给你看呀。”

韩闻逸想了想：“下次呗。总有机会的。”

钱钱不置可否，抱着快递往楼上走。走没两步，她又回过头，目光暧昧：“何必等下次，不如……就现在？”

韩闻逸微怔，旋即眼睛一亮：“现在，就现在！”

钱钱丢下一个狡黠的笑容，转身继续向楼上跑去。

楼道里响起两道急促而欢快的脚步声，又渐渐轻了。

番 外 ______ 实用性男友

1.

开春时节，城里爆发了一场大型流感。很不幸，十二事务所里的同仁们大量中招，在流感病毒的侵袭下接二连三地倒下。最严重时，办公室里近一半同事全都请了病假，办公室为之一空，许多工作也被迫耽误。

肖巴也是不幸中招的成员之一。等他病愈回到办公室，同事们也都陆陆续续回来了，有人病还没好透，办公室里时不时传来擤鼻涕和咳嗽的声音。

肖巴环顾一圈，看到坐在自己身边的钱钱正认真地改着图。钱钱面色红润，精神很好的样子，是办公室里少数几个没有被流感病毒击垮的人。

肖巴忍不住道：“钱钱。”

钱钱没有回头，继续盯着自己的电脑屏幕：“怎么了？”

肖巴道：“我记得去年流感爆发的时候，你也没感冒吧？”

钱钱一怔，若有所思：“哎？你这么一说，我好像真的已经两三年都没生过病了。”以前上学的时候，她还经常感冒发烧，是医院吊瓶的常客。这几年她身体素质明显好了很多。

这时候韩闻逸从办公室里走了出来。

肖巴看到韩闻逸，忙道：“老大，你是不是也不怎么生病？”

打从他进入事务所以来，他好像就没见韩闻逸病过。反倒他自己，三天两头闹点小毛病，流感一来他次次中招，让他自己也很心烦。毕竟身体不适的时候实在很难受。

韩闻逸想了想，说："是啊。"

肖巴忙问道："你们都是怎么养生的？吃啥？喝啥？我学学。我觉得自己太容易生病了。"

韩闻逸说："你不怎么运动吧？我一直有锻炼身体，自从和钱钱在一起以后，运动量比以前更大，免疫力自然也就上去了。"

钱钱脸一红。其实韩闻逸的意思是，自从他们在一起后，除了每天早上都得起来晨跑之外，还经常打打羽毛球乒乓球之类的，运动量可不比以前大么？但是韩闻逸的这个说法很容易让人误会啊！

韩闻逸却没有察觉，继续道："你可以找人和你一起，做喜欢的运动。坚持几个月你就能看到效果。"

做喜欢的事……钱钱的脸更红了。

韩闻逸其实是建议肖巴找一项喜欢的运动项目，然后找到同好或者朋友一起参加，这样更有动力坚持下去。但他这话说的，更容易让人误解了。

办公室同事们都憋着笑，钱钱恨不能把脸埋进屏幕里。

等韩闻逸走后，肖巴往桌上一趴，哀号道："天天吃狗粮，单身狗没人权啊——"

钱钱抓起一把零食塞进他嘴里，堵住他的嘴。

过了一会儿，钱钱去办公室找韩闻逸，把自己做好的宣传海报拿给他看。

钱钱抱怨道："你刚才说的话太容易让人误会了。"

韩闻逸茫然："什么话？"他还真没反应过来。

钱钱便将刚才的话重复了一遍，韩闻逸这才恍然大悟，哭笑不得。

等两人把工作的事谈完，钱钱正准备回去，忽感鼻子痒痒，忍不住打了个喷嚏。她正揉着鼻子，韩闻逸递过去一张纸巾。

"亲爱的，恐怕我们需要再增、加、运、动、量，"韩闻逸语气狎昵，故意把字咬得很重，“多做点‘喜欢做的事’才行了。”

钱钱顿时两颊火烧一般，埋头溜了。

2.

等天气转暖，这波流感病毒过去，十二事务所的同僚们都恢复了健康，也将落下的工作都补上了。不过这次的流感给大管家郑佳的心里敲响了一个警钟——事务所虽然十分重视员工们的心理健康，然而都是天天坐办公室的人，身体健康更不容忽视。

于是乎，在人事行政部的努力下，事务所开始组织体育活动，督促员工们锻炼身体，培养运动爱好。

正巧韩闻逸最近和距离事务所不远的 A 大学有合作项目，于是郑佳和大学进行了商榷，校方同意让事务所员工们在学生没有体育课时可以免费使用场地进行锻炼。

A 校的运动场馆有好几个，乒乓球、羽毛球、网球、篮球等等设施都有。周四下午，员工们提前完成了工作，就到 A 校进行锻炼。

每个人都自由选择自己喜欢或者感兴趣的运动项目，肖巴、钱钱、韩闻逸和郑佳四人同时选择了网球。

既然有四个人，而且两男两女，那倒是很适合打混双。

肖巴选择网球的原因是他大学的时候参加过一个网球社团，毕业后已经很多年没打过了，正好找机会重温一下。他问其他三人：“你们打得怎么样？”

韩闻逸的回答很保守：“不太会。”

郑佳也差不多：“我是新人，没怎么玩过。但我很喜欢看网球比赛，正好今天有机会，就来试试。”

钱钱自信满满：“真的吗？你们打得不好吗？那你们不是惨了，我打得很好哎！”

三人都将惊奇的目光投向钱钱：没想到这家伙深藏不露，还是个网球高手？

分组的时候，肖巴原以为钱钱是必定要和韩闻逸组队的，不料钱钱却不想跟韩闻逸一组。她把肖巴拉到一旁，小声嘀咕："你没听老大和郑佳姐都说他们不太会打吗？这可是咱们难得的机会。我们俩组队，好好虐他们一把！"

肖巴顿时精神一振。对啊！虐韩闻逸和郑佳的机会千载难逢，过了这个村，就没有这个店了啊！

他立刻撸起袖子，与钱钱一拍即合："来吧！"

于是韩闻逸与郑佳一队，钱钱和肖巴一队，双方热身之后，就开始正式比赛了。

……

几分钟后。

肖巴被韩闻逸一击漂亮的扣杀打得欲哭无泪："老大，你这叫不太会打？？不带这么欺负人的啊！"

韩闻逸淡淡一笑。

又几分钟后。

肖巴望着又一个被钱钱击出界后飞远的球，无语凝噎："钱钱，你这就叫打得很好吗？"

钱钱讪笑："啊哈哈，很久没玩了嘛。"

……

韩闻逸真的觉得自己不太会打吗？真的。以前他跟着美校专业运动员练了一个学期，跟运动员比起来，他真的不太会打。

钱钱真的觉得自己打得很好吗？真的。她以前跟好友玩闹地打了几次，在大家都不会的基础上，她进步最快，很快就把新手朋友们打得落花流水。跟小白们比起来，她的确打得很好。

两人都是真心的，只可惜参考的坐标不一样。

不过这场比赛最后还是打得势均力敌，难舍难分。毕竟郑佳是真的新人，肖巴的水平也还凑合，再加上韩闻逸在摸清钱钱的水平后开始有意放水，总把球打在钱钱能舒服接到的位置上，这场球最后也打出了你来我往的乐趣。

比赛结束后，众人都是一身热汗，离开网球场往回走。

钱钱用毛巾擦着头上的汗，朝着韩闻逸抱怨：“哥，我们都实话实说，就你瞎谦虚。害我还我以为这次有机会好好虐你一回呢！”

肖巴在一旁默默吐血：还说人家谦虚，到底谁给你的自信啦！

韩闻逸笑了笑，从钱钱手里接过她的网球，用自己的右手同时捏着两个拍子：“虐我？那恐怕很难。”

钱钱问：“为什么？”

韩闻逸用左手牵起她空出的手：“谁也不想在喜欢的女生面前出糗啊，我也不例外。”

钱钱一怔，顿时乐开了花。

肖巴在一旁默默按住胸口。狗粮！又是狗粮暴击！单身狗的日子真是没法过了啊！

3.

晚上吃完晚饭以后，钱为民正要回房去看书，刚一起身，胃部一阵抽动，他立刻难受地捂住了胃。

钱钱和钱美文都注意到了这一幕。

“你胃又不舒服了？”钱美文皱着眉头道，“都好几天了，早就叫你去医院看看，有什么毛病早点查早点治啊。”

钱为民摆手：“我能有什么毛病？就是吃多了不消化而已。”

钱钱也很担心：“爸，你还是去医院查一下吧？”

“没事，没事。”钱为民很固执，“现在去趟医院，动不动做一堆检查，上次我去治个感冒居然花了五六百块钱！这种小毛病没必要跑医院，过两天自己就好了。”

钱钱更担心了：“爸，咱家不差这几百块钱啊，有病总是让医生看看才放心的。”

可惜钱为民不听，坚持自己只是不消化，就是不肯去医院。

过了两天，钱为民的胃病似乎更加重了，只吃一点东西胃就撑得慌，于是饭量也大减。无论妻子女儿怎么劝，他仍旧没有就医的打算。

晚上韩闻逸正在家里上网，门外响起敲门声，他出去开门一看，来的人是钱钱。钱钱垮着脸，一看就不高兴。

韩闻逸把她迎进屋，问道："怎么了？"

钱钱说："我爸真是太固执了，我也不知道该怎么劝他了，哥，你帮我出出主意吧。"她便将钱为民近来身体不适又拒绝求医的事情如此这般告诉了韩闻逸。她实在很担心父亲的身体，万一小病拖成大病，这可如何是好？

韩闻逸听完以后，不慌不忙地开解道："你觉得叔叔不肯去医院的原因有哪些呢？"

钱钱想了想，说："他觉得看病太贵了，舍不得花钱。"

钱家其实并不穷，只是上一辈人吃过苦头，节省惯了，处处都要精打细算。

韩闻逸问道："还有吗？"

钱钱挠了挠头，小声道："我觉得我爸他，有点讳疾忌医。"

韩闻逸点点头。他听完钱钱的描述，也觉得有可能是这两个原因。有些人不愿意看病，是真的相信自己体质出众，不会生什么毛病；也有些人拒绝求医，其实有点掩耳盗铃，仿佛不看医生就等于没生病似的。听起来，钱为民比较像是后者。

韩闻逸温和地说："如果想要说服他，不要否定，也不要纠正他的想法。这件事并无对错之分。试试顺着他的想法，找出他疏漏的那部分，让他自己思考。"

钱钱若有所思。

翌日晚饭时，钱家人又围聚到饭桌旁。

母女俩交换了一下眼神，开始动筷。

钱美文率先挑起话题："我有个同事，就是以前住在 B 楼的那个老张，你有印象没有？”

钱为民点头：“有点印象。他怎么了？”

钱美文叹气：“唉，去世了。他身体一直不舒服，他也不肯去医院检查，结果小毛病拖成大矛病，刚在医院里查出毛病，不到一个月人就没了……”

钱为民皱眉。他听出了钱美文似乎在隐射他，不高兴地想要反驳，却听钱美文继续说了下去：“太可惜了。去年才刚退休的，好容易到享福的年纪……他称职那么高，又是干部，本来每个月有一万多块退休金，这下全拿不到了。真是给国家做贡献了，唉……”

钱为民一怔。

退休金？这个角度他倒是从来没考虑过。他这两年差不多也要退休了，他在学校里教了半辈子书，工资虽然不怎么高，但福利还是不错的。等到退休以后，他的退休金其实也算比较高的，养老肯定没问题，还能省下一部分。他用钱一向节省，就是希望老了以后日子过得轻松点，别给儿女增添负担，要是还能帮衬帮衬儿孙辈，那就更好了。

有这样丰厚的退休金，那肯定是健健康康活得越久，赚得越多啊！万一自己有个三长两短，前几十年给国家交的钱都没领回来，可不亏大了么？这与他省钱的目的背道而驰了啊！

钱为民到底是研究哲学的，他虽然知道钱美文用意何在，但钱美文给他提供了一个新的思辨角度，让他不怒反笑：“你这话说得有水平。不错，不错！”

钱美文说完了，就轮到钱钱了。

“爸，我有个中学同学现在做医生了，我跟她说了你的症状，她说你这可能是幽门螺旋杆菌感染。很小的毛病，中国大半人都得过。他们医院每天来看这病的都有好几百个人呢！吃两周药杀杀菌就好了，什么问题也没有。”

钱为民看了女儿一眼。

其实他一直嘴上逞强，多少有那么点逃避的意思。万一真查出什么大毛病多麻烦？可这要真是常见病，吃几天药就能好……要不就去看看？整天忍着也怪难受的。

片刻后，钱为民笑着摇摇头："你们母女俩呀……"顿了顿，"行了行了，我知道啦！明天我就去医院查查吧。"

钱为民得的的确只是普通的胃炎，到医院做了检查，吃了几天的药，病情立刻大有好转。

钱钱也马上把这个好消息汇报给了韩闻逸。说到底还是韩闻逸出的主意好，她们原先只顾着批评钱为民一味省钱的想法不对，又表现得过于担心，害他也担忧起自己得了什么大毛病，更抗拒求医。然则顺着他的思路转变，把看病治病改成了省钱，又化解了他对大病的忧心，这事情倒也就解决得很顺利了。

钱钱上下打量着韩闻逸："我发现你真是个实用性男朋友。"

韩闻逸不光技能点多，还能解决家庭矛盾，这实用性，这性价比，没得挑啊！

韩闻逸挑眉，一字一顿地重复："实用性？不知具体有哪些用法？"

钱钱："……"她这才意识到自己的话有歧义，顿时老脸一红，扭头就走。

"走了走了，回家了。"

韩闻逸哂笑，追上去牵起她的手。

"钱钱。"

"嗯？"

"既然实用性这么强，你愿不愿意升个级？"

"升级？什么升级？"

"男朋友只是暂时的。不如升级为一辈子的那种。"

"上一次是利益共同体，这一次是实用性升级。你敢不敢弄个浪漫一点的！"

韩闻逸扑哧一乐，与她手指交错，慢慢向回家的方向走去。暖暖的斜阳将他们的影子拉得很长，很长。